大方
sight

大
吉

战争中没有女性

У войны не женское лицо

[白俄罗斯] S.A. 阿列克谢耶维奇 / 著
吕宁思 / 译

中信出版集团 | 北京

图书在版编目（CIP）数据

战争中没有女性 /（白俄罗斯）S.A. 阿列克谢耶维奇
著；吕宁思译 . -- 北京：中信出版社，2021.8（2024.7 重印）
ISBN 978-7-5217-1780-8

Ⅰ . ①战… Ⅱ . ① S …②吕… Ⅲ . ①纪实文学－白俄
罗斯—现代 Ⅳ . ① I511.455

中国版本图书馆 CIP 数据核字（2020）第 062467 号

У войны не женское лицо
© by Svetlana Alexievich
Simplified Chinese translation copyright © 2021 by CITIC Press Corporation
ALL RIGHTS RESERVED

本书仅限中国大陆地区发行销售

战争中没有女性

著　者：[白俄罗斯] S.A. 阿列克谢耶维奇
译　者：吕宁思
出版发行：中信出版集团股份有限公司
　　　　　（北京市朝阳区东三环北路 27 号嘉铭中心　邮编　100020）
承　印　者：河北鹏润印刷有限公司

开　　本：880mm×1230mm　1/32　　印　张：13.5　　字　数：281 千字
版　　次：2021 年 8 月第 1 版　　　　印　次：2024 年 7 月第 6 次印刷
京权图字：01-2020-2075
书　　号：ISBN 978-7-5217-1780-8
定　　价：69.00 元

版权所有·侵权必究
如有印刷、装订问题，本公司负责调换。
服务热线：400-600-8099
投稿邮箱：author@citicpub.com

历史上，最早何时有女性出现于军中？

早在公元前四世纪，古希腊军中就已经有雅典和斯巴达女性士兵了。后来，还有女性参加了马其顿的亚历山大远征军。

俄罗斯史学家卡拉姆辛曾写过我们先辈的故事："斯拉夫女人时常与父亲和丈夫并肩作战，她们不畏惧死神：在公元626年，那场君士坦丁堡大围困的激战中，希腊人就在战死的斯拉夫人中发现过许多女性尸体。母亲生养孩子，就是为了培育战士。"

那么在近代史中呢？

最早的记录出现在1560年至1650年之间。那时候，英国人开始创办医院，那时在医院工作的就是女兵。

在二十世纪，女性又是怎样从军的？

在二十世纪初，第一次世界大战期间，英国就已经开始征召妇女参加皇家空军了。同时建立了皇家预备役兵团和女子汽车运输军团，人数达十万之多。

在俄国、德国和法国，也有很多女性在战地医院和护理列车上服务。

而在第二次世界大战期间，全世界都见证了女性的非凡壮举。在全球众多国家中，所有军种兵种都有女性在服役：英军有二十二万五千女兵，美军有四十五万到五十万女兵，而德国军队中的女兵则有五十万人……

至于苏联，军中的参战女性更是达到一百万人。这些女人掌握了所有军事专业技术，包括那些"绝对男人"的岗位。这种现象甚至导致了一些语言词汇问题：坦克手、步兵、冲锋枪手，这些专业在"二战"之前没有任何女人干过，所以根本没有阴性名词存在。正是在战场上，才产生了这样一批阴性名词……

——摘自与一位历史学家的对话

目录

001_ 写战争,更是写人

039_ "我不想去回忆……"
057_ "再长长吧,姑娘……你们还嫩呢"
115_ "只有我一人回到妈妈身边……"
138_ "我们的楼里有两场战争……"
147_ "电话听筒可射不出子弹……"
165_ "我们只获得了小小的奖章……"
185_ "那已经不是我了……"
197_ "我现在还记得这双眼睛……"
217_ "我们没有打过枪……"
246_ "当然是需要军人……可我也还想做美女"
276_ "小姐们!你们知道吗?工兵排长平均只能活两个月……"
292_ "哪怕让我只看他一眼……"
324_ "最后一点点土豆仔……"
358_ "妈妈,爸爸是什么样子的?"
383_ "她把手放在自己的心口上"
407_ "突然间,非常想活下去……"

418_ 译后记

写战争，更是写人

> 千百万被害者在黑暗中
>
> 卑贱地踩出一条小径……
>
> ——奥西普·曼德尔施塔姆[1]

1978—1985

我在写一本关于战争的书……

我向来不喜欢看战争书籍。虽然在我的儿时和少女时代，那是所有人都钟爱的读物，那时候我所有的同龄人都喜欢读打仗的书。这毫不奇怪：我们都是"二战"胜利的孩子，是胜利者的后代。而首要的是，关于战争，我能记住什么？只记得我的童年被难以理解和令人惊恐的言语所包围，忧郁而苦闷。人们总是在回顾战争：在学校和家庭中，在结婚殿堂和洗礼仪式上，在节日中和葬礼后，甚至就在儿童的对话中。邻家男孩有一次问我："地底下的人都在做

---

[1] 奥西普·曼德尔施塔姆（1891—1938）：苏联诗人、评论家，阿克梅派最著名的诗人之一。——译者注（以下除特别标明外，均为译者注）

什么啊？他们在那里怎样生活呢？"连我们这些孩子也想解开战争之谜。

从那时起，我就开始琢磨死亡的问题……并且再也没停止过对它的思考。对我来说，死亡才是生命的根本奥秘。

我们的一切，都起始于那个可怕而神秘的世界。在我们家里，外公是乌克兰人，战死在前线，葬在匈牙利的某个地方。奶奶是白俄罗斯人，在游击队中死于伤寒。她的两个当兵的儿子在战争爆发后的头几个月就失踪了，三个儿子只回来一个人，就是我爸爸。我家十一个亲人和他们的孩子一起，都被德国人活活烧死，有的是在自己的茅屋里，有的是在村里的教堂中。每户都有人死去，家家都支离破碎。

好长时间了，乡下的男孩子们还总是喜欢玩德国佬和俄国人的游戏，用德国话大喊大叫："举起手来！""滚回去！""希特勒完蛋了！"

那时候，我们不知道还有无战争的世界，我们唯一认识的世界，就是战争的世界。而战争中的人，也是我们唯一认识的人。直到现在，我也不认识另一个世界和另一类人。他们存在过吗？

* * *

战后，我度过童年的那个村庄，就是个女人村，全都是女人。我不记得听到过男人的声音。我那时日复一日就是这样度过：听妇女们翻来覆去地说战争，天天以泪洗面。她们也唱歌，但唱得像哭一样。

在学校图书馆里,大部分书都是写战争的。村里和区中心的图书馆也都一样,爸爸经常到区里去借书看。现在我有了答案,知道为什么了。这一切难道是偶然吗?我们所有的时间都是在打仗或者准备打仗。人们的回忆也都是如何打仗。从来没有经历过别样的日子,大概都不会有另类的生活。我们从来不会去想,是否能够换一种方式生活,那是需要我们日后花很长时间去学习的。

在学校,我们被教育要热爱死亡。我们写作文的内容,大都是多么渴望以某某名义赴死……那成了我们的梦想……

但是,外面却在沸沸扬扬地争论另一个话题,吸引了更多人。[1]

我一直书生气十足,既害怕现实,又被现实所吸引。面对生活,无知而无畏。如今,我才想到:如果我是一个很现实的人,是不是还会投入这样一个无尽头的深邃?这一切都是为何发生?真的是因为不谙世事,还是由于感知历程?毕竟,感知有一个过程……

我孜孜不倦地探求……到底用怎样的语汇才能表达出我所听到的一切?我在寻找一种写作体裁,能够反映出我所见到的世界,能够承载我的所见所闻。

有一回我得到了一本书——《我来自火光熊熊的村庄》,作者是阿达莫维奇、布雷尔和克列斯尼科。只有在读陀思妥耶夫斯基时,我才体验过如此的震撼。这就是一种非凡的形式,一部以生命之声成就的长篇小说,那是我儿时听到的声音,那是现在的街头巷

---

[1] 斯大林死后出现了社会反思。

003

尾、千家万户、咖啡餐馆和汽车电车上，日日夜夜发出的声音。就是这样的！范围锁定了，终于找到了我的孜孜以求。正是我所预感的。

阿列斯·阿达莫维奇成了我的老师……

* * *

整整两年，我并没有按原来所设想的去做那么多采访，而是在阅读。我的书将要说些什么呢？仅仅是又一部战争作品吗？……为什么还要写？已经有数以千计的战争作品，薄薄的和厚厚的，大名鼎鼎的和默默无闻的，更有很多人写文章评论这些作品。不过……那些书通通都是男人写男人的。当然，这都在情理之中。关于战争的一切，我们都是从男人口中得到的。我们全都被男人的战争观念和战争感受俘获了，连语言都是男式的。然而，女人们却都沉默着，除我之外，没有谁去问过我们的外婆、我们的妈妈。连那些上过前线的女人也都缄默不语，就算偶尔回忆，她们讲述的也不是女人的战争，而总是男人的战争。循规蹈矩，字斟句酌。只有在自己家里，或是在前线闺密的小圈子里涕泪横流之后，她们才开始讲述自己的战争，那些我完全陌生的经历。不仅是我，对所有人都是陌生的。

在采访过程中，我不止一次成为见证者，是那些闻所未闻的全新故事的唯一倾听者。我体验到那种和小时候一样的震惊。在这些故事中，透露出某种神秘的、怪异的狰狞……在这些女人的叙述中，没有，或者几乎没有我们过去习惯于读到和听到的那些事情：

一些人如何英勇地打击另一些人，并取得了胜利，或者另一些人如何失败。也没有讲述军事技术如何对抗或将军们怎样指挥。女人的故事，是另一类人讲另一类事。女人的战争有自己的色彩，有自己的气息，有自己的解读，有自己的感情空间。她们都是在用自己的语言说话。没有英雄豪杰和令人难以置信的壮举，只有普普通通的人，被迫干着非人力所及的人类事业。当时，不仅仅是人在受苦受难，就连土地、鸟儿、树木也在受苦受难。它们无声无息地默默承受着苦难，这让回忆显得更加可怕。

这是为什么啊？我不住地问自己。在绝对男性的世界中，女性站稳并捍卫了自己的地位后，却为什么不能捍卫自己的历史，不能捍卫自己的话语和情感？就是因为她们不相信自己。整个世界对于我们女人还是有所隐瞒的。女性的战争仍旧不为人所知……

而我就是想写这个战争的故事。女性的故事。

* * *

第一批采访完成之后……

让人难免惊讶的是，这些女人曾经是军中各类专业人士：卫生指导员、狙击手、机枪手、高炮指挥员、工兵，而现在，她们却是会计师、化验员、导游、教师……此刻与当年，她们扮演的角色丝毫不相关联。她们回忆过去时，好像不是在说自己，而是在讲述其他女孩的故事。今天，她们也都对自己感到惊讶。而在我眼里，这却是证明历史正在变得人性化，变得与普通生活更为相似的证据，也就是出现了另一种历史解读。

在当面聊天时，讲故事的女人们都很激动，她们生活中的一些片断也堪比经典作品的最佳篇章。从天堂到人间，一个人如此清晰地审视着自己，面前是一段完整的历程，要么上天，要么入地——从天使到野兽。回忆——这并不是对已经逝去的经历做激动或冷漠的复述，而是当时间倒退回来时，往事已经获得了新生。首先，这一切都是创作。人们在讲述时，也都是在创作，是在写自己的生活。补充和改写是常有的。不过，一定要小心，要保持警惕。与此同时，痛苦会熔解并摧毁任何假话。痛苦是一种超高的温度！我确信，那些普通人——护士、厨娘和洗衣妇，她们会更为坦诚地面对自己。倘若定义得更加明确些，她们说的话都是出自本身，而不是来自报纸或所读过的书籍，更不是鹦鹉学舌，完全是出自亲身经历的痛苦和遭遇。无论感到多么奇怪，那些受过教育的人的情感和语言，反倒更容易被时间所修理加工，并普遍加密，也总是被某些重复的学说和虚构的神话所浸染。我一直在跋涉，走了很多路途，绕了各种圈子，就是为了亲耳听到女性的战争故事，而不是那种男性的战争——无非是如何撤退、如何反攻，无非是前线哪支部队……我需要的不是一次采访，而是诸多的机遇，就像一位坚持不懈的肖像画家那样。

经常地，我在一座陌生的房子或公寓里，一坐就是一整天。我们一起喝茶，一起试穿新买的衬衫，一起聊发型和食谱，一起看儿孙子女们的照片。接下来……过了一段时间，你也不知道通过什么方式，或者为什么，那期待已久的时刻突然就出现了。当一个人远离了那些好像纪念碑一样,用石头和水泥铸就的清规戒律时,就回归了自我,直面了自我。她们首先回想起来的不是战争,而是自己的青春,那是一段属于自己的生活……我必须抓住这个瞬间,绝对不可错过!然而,往往在度过充满话语、事实和泪水的漫长一天之后,只有一句话留在我的脑海中——不过这是多么感人肺腑的一句话啊!——"我上前线时,不过是一个傻傻的女孩子。所以我竟然是在战争中发育长大的啊!"虽然录音磁带绕了几十米长,足足有四五盒,但我只把这句话留在了笔记本上。

有什么可以帮到我?只有我们习惯于同心协力一起生活,这才会有帮助。正所谓"物以类聚,人以群分"。面对这个世界,我们有共同的快乐和泪水。我们既能承受苦难,又能讲述苦难,正是苦难,成为我们沉重而动荡的生活之证明。对我们来说,承受苦难是一门艺术,必须承认,女性是有勇气踏上这一历程的……

* * *

她们是怎么待我的?

她们叫我"姑娘""闺女"和"孩子",如果我和她们是同一代人,大概她们就会以另外的方式对待我了。采访是平和而冷静的,没有任何青年与老年相遇时所特有的那种高兴和苦恼。这是非常重要的时刻,因为她们当年都很年轻,现在则成了回忆往昔的老年人。她们这一生都是在回忆中度过的。只有在四十多年后,才小心翼翼地对我敞开了内心世界,还生怕伤害它:"战后我马上就结婚了,躲在了丈夫的身后,躲在琐碎的生活和婴儿的尿布中。我心甘情愿地躲起来。我妈也求我:'别说话,别出声!不要承认自己当过兵啊。'我对祖国履行了我的责任,可我却因为自己打过仗而忧伤,为我所知道的一切而难过……你还只是一个小姑娘,我都不忍心对你说……"

我经常看到的是,她们如何坐在那儿,倾听自己,倾听自己灵魂的声音,而她们也在用语言去印证自己的灵魂。这么多年以来,人人都理解这是当时的生活,而现在必须顺从,但也要做好准备走出来。谁都不想就这样屈辱地白白消失,随随便便地消失,人生不会停止。当人们回首往事时,心中总是存在一个愿望,不仅仅是讲述自己,更要解开人生的奥秘。一定要亲自来回答这个问题:为什么这些都发生在自己身上?他们往往都以某种告别和忧伤的眼神看待一切……几乎都是来自那里……已经没有必要欺骗和自我欺骗。有一点是明白的,如果没有对死亡的思考,就不可能看清楚人是什么。死亡的奥秘凌驾于一切之上。

战争是一种很私人的体验。这种体验如同人类的生命一样无边无际……

有一次,一个女人(她曾经是飞行员)拒绝与我见面。她在电话里解释说:"我不能……我不想回忆。我在战场上三年……那三年我就没有感觉到自己是个女人,身体像死了一样,没有月经,也几乎没有女人的欲望。我那时还是个美女呢……当我后来的丈夫向我求婚时……当时已经是在柏林的德国国会大厦,他说:'战争结束了。我们还活着,我们是幸运儿,嫁给我吧。'可我当时只想哭,想大哭一场，还想打他！怎么结婚啊？就在这当口？周围就是这副样子，我们处在黑色烟尘、破砖烂瓦中间，就这样结婚？……你瞧瞧，我都成什么样子了！他是第一个让我做了女人的：给我送花，向我献殷勤，花言巧语。我多么想要这些啊！我等待了多久！我真是差点没打他……好想打他……他被烧伤了，有一边脸颊还是紫色的，我看出他是懂我的，他脸颊的那一边流下泪水，沿着新鲜的伤痕流淌下来……最后，连我自己也不相信，我竟然回答他：'好的，我嫁给你。'"

"请原谅……不能……"

我当然理解她。但这也是我未来书中的宝贵一页，哪怕是半页。

原文，原文。到处都是原文的记录。从城市公寓到乡村小屋，从大街上到火车里……我处处倾听……我变成一只越来越巨大的耳朵，在这所有的时间中变成了另一个人。我所阅读的，是声音。

* * *

写战争，更是写人……

我记住的只有一点：人性更重要。在战争中，确实是有某种比历史更加有力量的东西在掌控着人。我需要更广阔的视野——要去书写生与死的真相，而不仅仅是战争的真实。要提出陀思妥耶夫斯基式的问题：在一个人的身上，到底有多少个人？又如何在本质上保护这个人？毫无疑问，邪恶是有诱惑力的，恶比善更加高明，更加诱人。我日益深沉地陷入了无尽的战争世界，其余的一切都在悄悄退去，变得比平常更平常。这是一个雄心勃勃、掠夺成性的世界。现在我明白了战争归来者的孤独，他们就像是另一个世界的天外来客。他们拥有别人没有的知识，那些只能从死神身旁去获得的知识。当他们试图用语言文字表达什么时，就会出现大祸临头的感觉，就会变得麻木起来。他们愿意诉说，别人也应该愿意理解，但一切都是那么地无能为力。

她们总是处于和倾听者不同的空间里，她们被一个无形的世界所包围。在我们的谈话中，至少有三个人参加：一个是现在的讲述者，而同样也是那些年月的当事人，还有一个就是我。我的目标，首先是获得那些年月、那些时日的真相，绝不能有感情造假。如果说战争刚刚结束时，人们讲的都是同一场战争，那么经过几十年后，他们当然会有所改变，因为人们已经把自己的全部生活注入了回忆，在战争中融入了自己的一切，包括他们这些年的生活，他们读到的书，他们遇到的人，最终还有他们的幸福和不幸。我与他们单独谈话，或许还有别人在一旁。家人还是朋友？怎样的朋友？前线战友是一类，所有其他人是另一类。文件是活生生的存在，它们和我们在一起也会有变化和动摇，但是从没有尽头的文件中，总是可以得到些什么，那是我们现在，或此时此刻正好需要的新东西。我们要寻找什么？最多见的不是战斗功勋和英雄行为，而是小事情和人性，那才是我们最感兴趣和最亲近的。比如，如果我很想知道古希腊人的生活和斯巴达人的历史，如果我很想了解当时的人们在家中都交谈些什么，他们是如何去打仗，他们在离开爱人前的最后一个夜晚，都说了些什么情话，而她们又是怎样送战士上前线，怎样等待他们从战场上回来……那么，我不会希望去读那些英雄和将领的故事，我会只想知道普通年轻人的遭遇……

历史，就是通过那些没有任何人记住的见证者和参与者的讲述而保存下来的。是的，我对此兴趣浓烈，我想能够把它变成文学。讲故事的人至少都是见证者，但又不仅仅是见证者，他们还是演员和创作者。完全没有距离地贴近现实是不可能的，毕竟，我们的感情存在于我们与现实之间。我明白，我是同各种说法打交道，每个讲述者都有自己的版本，正是从所有版本中，从它们的数量和交叉当中，产生出时代的特点和生活在其中的人的形象。但我不希望人们这样评价我的书：她的主人公是真实的，仅此而已，这只是故事，充其量只是故事而已。

我不是在写战争，而是在写战争中的人。我不是写战争的历史，而是写情感的历史。我是灵魂的史学家：一方面，我研究特定的人，他们生活在特定的时间里，并且参与了特定的事件；另一方面，我要观察到他们内心中那个永恒的人，听到永恒的颤音，这才是永远存在于人心中的。

有人对我说，回忆录既不是历史也不是文学，而仅仅是没有经过艺术家之手提炼的粗糙生活。絮絮叨叨的谈话每天都有很多，就好像散在各处的砖瓦，但是砖瓦并不等于殿堂！我的看法则完全不同……我认为，正是在这里，在充满温情人情的声音中，在对往事的生动表达中，蕴含着原创的快乐，并显露出无法抹去的人生悲剧。人生的混乱和激情，人生的卓越和不可理喻，它们在这里没遭遇任何加工处理，十足原汁原味。

我在建造一座感情的圣殿……用我们的愿望、失望和梦想,用我们曾经有过,却又可能被遗忘的那些感情,去建造一座圣殿。

* * *

再说一次吧……我感兴趣的不仅是围绕着我们的现实,还有我们的内心。我感兴趣的不是事件本身,而是事件的感觉。让我们这样说吧:事件的灵魂。对我来说,感觉就是现实。

那么故事呢?故事就在大街小巷里,就在芸芸众生中。我相信,我们每个人都有一段故事。这人有半页纸,那人有两三页纸。让我们一起来写一本时间的书。每个人都大声说出自己的真相和噩梦的阴影。我需要听到这一切,与这一切融合,成为这一切,同时也不失去自己。我要把街头巷议和文学语言结合起来,而复杂性恰恰在于我们以今天的语言讲述过去。但是,用今天的语言怎样才能表达出当年的感受?

* * *

大清早,我接到一个电话:"您并不认识我……我从克里米亚来,是从火车站给您打电话的。从这儿到您那儿有多远?我想对您说说我的战争……"

原来是这样?!

我带上自己的女儿去公园,把她送去乘坐旋转木马。怎样向一个六岁的孩子解释我在做什么？最近她问我："什么是战争？"怎么回答她呢……我只想以一颗温柔的心把她送进这个世界，我教她不要随意去折断花枝，要怜悯被撞伤的小母牛和被撕裂的蜻蜓翅膀。可是如何向孩子解释战争？如何向孩子解释死亡？如何回答孩子这个问题：他们为什么要杀人？他们甚至要杀孩子，那些和她一样大的孩子。我们大人就好像是在同流合污。我们知道是在说什么，可是孩子们呢？战后，我的父母对我解释过战争，但是我自己却无法向我的孩子去解释。必须寻找合适的词汇。我们最不喜欢战争，更难以为战争找到正当性。对于我们来说，这无异于谋杀——无论如何，对我来说就是。

我想写的是这样一本战争的书：让人一想到战争就会恶心的书，一想到战争就会产生反感、感到疯狂的书，要让将军们都会觉得不舒服的书……

我的男性朋友们不同于女性朋友，他们对我这种"女人的"逻辑感到惊诧。于是我再一次听到了男性的争辩："你是没上过前线的啊。"可能这样说更好些：我不曾被那种仇恨激情所驱使过，我的观点太过正常，太过平民化，也太过怯懦。

在光学上有"采光性"的概念，说的是镜头采集捕获图像能力的强弱。女人的战争记忆就是按照自身情感张力和痛苦，而呈现的最强采光性能。我甚至要说，女性的战争远比男性的战争更加恐怖。男人们总是躲避在历史和事实的后面，战争对于男人有一种行动、理想冲突和各种利益的诱惑力，女人却只被感情所掌握。还有，男人从小就准备好了，以后他们可能必须要去开枪。而对女人是从来不会教这些的……她们从来没有打算做这类工作……她们记住的是另一些事情，另一些完全不同的事情。但女人能够看到男人所看不到的东西。我要再说一次：女人的战争，是伴随气味、伴随色彩、伴随微观生活世界的战争："上级发给我们背包，我们却把它改成了裙子。""走进征兵委员会大门的，是一个穿着裙子的姑娘，当她从另一扇门走出去时，就已经穿上了长裤和套头军装，辫子剪掉了，只剩下短短的刘海儿……""德国人朝村子扫射了一阵又离去了……我们来到那个地方：被践踏的一堆黄沙上，有一只童鞋。"有些人（尤其是男性作家）不止一次地警告我："那都是女人们对你虚构的故事，是随口胡说的。"可是我相信，这是不能臆造的。是抄袭谁了吗？如果这可以抄袭，那也只能是从生活中抄袭来的，生活本身就是会有这类的奇幻。

不论女人们说什么，她们总是有这样一种思维：战争，它首先就是一场谋杀案；其次，它又是一种无比沉重的工作，然后，那也还是一类普通生活：她们照样唱歌，照样恋爱，照样烫头发……

但是思维的中心永远是：如何不堪忍受，多么不想去死。更不能忍受和更不情愿的就是杀人，因为女人是带来生命的，是奉献人生的。她们长久地在自己身上孕育着生命，又把这些生命抚养成人。所以我很明白，杀人，对于女人来说，是更加艰难的。

* * *

男人们都不情愿让女性进入他们的世界，那是男人的领地。

在明斯克拖拉机厂，我找到了一个女人，她曾是一名狙击手，当年大名鼎鼎，前线报纸上多次报道过她的事迹。她在莫斯科的朋友给了我她家的电话号码，可惜是旧的。我笔记上有她的姓氏，不过是她娘家的姓。我直接去了工厂，我知道她在那家工厂的人事科工作。在那里，我听到了两个男人（厂长和人事科长）的心声："难道是男人不够了吗？为什么您要这些女人的故事。那都是女人们的幻觉……"原来，男人们就是害怕女性讲述的战争不是他们那样的。

我去访问了这样一个家庭……丈夫和妻子曾经并肩作战。他们在前线相遇并且在战火中结为伉俪："我们是在战壕中举行婚礼的，就在一次战斗打响之前。我亲自用德国人的降落伞缝制了白色连衣裙。"他是机枪手，她是通信兵。刚一宣布成亲，男人立即把女人赶到厨房里："你去给我们做点什么吃的吧。"水煮开了，三明治切好了，她就在我们旁边坐了下来，可是丈夫立即把她叫起来："草莓在哪里呢？还有咱们的度假礼物在哪儿啊？"在我坚持请求后，丈夫才勉强让出自己的位置，却依旧对老婆唠叨一番："要按照我教你的那样说哦，别哭哭啼啼地总说些妇人家的鸡毛蒜皮：多想要漂亮啊，剪掉辫子时哭鼻子啊什么的。"后来她又悄悄对我耳语道："昨天一整夜他都拉着我学习伟大的卫国战争史，就是怕我乱说话。就是现在，他还觉得我回忆得不对呢，觉得我说的都是废话。"

这种情况不止一次发生过，不止在一栋房子里发生过。

是的，她们以泪洗面，甚至号啕大哭。我离开后她们要吞服心脏药片，甚至呼叫急救车。但她们还是一再请求："你要来啊，一定要再来啊。我们沉默太久了,沉默了四十多年……"

我知道,抽泣和哭声是无法加工处理的,如果抽泣和哭声不是主要内容,那就一定是加工过的,是文学取代了生活。素材就是这样的,素材是有热度的,还常常是超高温的。在战争中最能看透和开启一个人的内心,还有就是在恋爱中,能穿透表皮下层,触及心灵的最深处。在死神面前,任何思想都是苍白的,死神开启了深不可测的永恒,任何人都没有充分准备面对这种永恒。我们毕竟是生活在历史中,而不是宇宙中。

有好几次,在公开的演讲稿之外,我又收到过附加的嘱咐留言:"不应该拘泥于琐事……请你书写我们的伟大胜利……"可是,对我来说,正是那些琐事才是最重要的,才是温暖而清晰的生活:剪掉长辫子,留下短发髻;一百多人投入了战斗,返回营地的只有七八个人;煮好的一锅热粥和热汤,已经没有人吃了;或者,战争之后不敢走进商店,生怕看到那一排排悬挂的红肉……即使是红色印花布也让人胆战心惊……"哦,我的好姑娘,你看看,四十多年过去了,在我家里你还是不会找到任何红色的东西,战争过后我甚至对红色花朵都憎恨!"

* * *

我在倾听痛苦……痛苦是走过人生的证据。再没有其他证据了,我也不相信再有任何证据。语言文字不止一次地引导我远离真相。

我把苦难作为与生命奥秘有直接联系的最高信息形式，苦难直接联系着生命的奥秘。所有的俄罗斯文学都是关于苦难的，俄罗斯文学写痛苦远远多于写爱情。

她们对我所讲的痛苦就更多了……

* * *

他们到底是谁？是俄罗斯人，还是苏联人？不，他们都曾是苏联人——不论是俄罗斯人，还是白俄罗斯人；是乌克兰人，还是塔吉克人……

但说到底，他们都是同一种人，叫作苏联人。这样的一类人，我想是永远不会再有了，他们自己也都明白。甚至我们——他们的下一代，也是另一类人。其实，我也很想如别人那样，成为和自己父母不同的人，要成为世界人。可是我们的子孙又像谁呢……

但是我爱他们，我钦佩和敬仰他们。他们那一代人，确实有过斯大林和古拉格，但也有过胜利。他们都知道怎么回事。

不久前我收到的一封信上写道："我的女儿非常爱我，对于她来说，我就是女英雄，可是，如果她读了您的书，就会产生巨大的失望。污垢、虱子、流不尽的血，这一切都是真的，我都不否认。但是，难道对这些回忆，能够生出尊贵优秀的感觉吗？我们是准备建立功勋的……"

我不止一次地确信：我们的记忆远远不是一个理想的工具。它不仅任意和任性，而且还拴在时间的链条上，就像一条被拴住的狗。

我们能够从今天看过去,但我们却不知道从何处去看。

然而,她们却都深深爱着她们的遭遇,因为那不仅是战争,也是她们的青春、她们的初恋。

* * *

她们说的时候,我在倾听……她们沉默的时候……我也在倾听……不管是语言还是静默,对于我都是重要的文字。

"这个不是为了发表,只是对你说的……那些军官……他们坐在火车上,沉思默想,忧心忡忡。我还记得有个少校在深夜跟我说的话,那时大家都睡着了,他说到斯大林。他因为喝多了而壮了胆,告诉我,他的父亲被关在劳改营已经十年,与世隔绝,没有通信的权利,至今生死未卜。这位少校突然冒出可怕的话语:'我想保卫的是祖国,但我不想保卫斯大林。'我从来没有听过这样的话,害怕极了。谢天谢地,第二天一早他就消失了。大概是出走了吧……"

"我告诉你一个秘密吧……我和奥克萨娜是朋友,她来自乌克兰。我是从她那儿第一次听说乌克兰大饥荒的,恐怖啊,连蛤蟆或老鼠都找不到,全部被吃光了。她那个村子,死了一半人,她所有的亲人都死了,爸爸妈妈和弟弟们,只有她活了下来,因为她当晚偷了集体农庄的马粪吃。那可不是人能吃的,但她吃了:'热的不能放进嘴里,要冷的才行。冻起来的更好,闻起来就像干草一样。'"

我对她说:"奥克萨娜,斯大林同志在战斗。他在消灭害虫,但害虫太多了。"

"不,"她回答说,"你真傻。我爸爸是历史老师,他告诉我:总有一天,斯大林要为他所做的一切负责……"

那天晚上,我躺在床上,心想:奥克萨娜会不会突然间被发现是敌人,是德国间谍?我该怎么办?两天之后,她在战斗中牺牲了。她已经没有任何亲人,死亡通知书无人可寄……

人们很少接触这类话题,而且小心翼翼。在此之前,他们不仅被斯大林的欺骗和恐吓所麻痹,也被自己以前的信念而蒙蔽。但是,她们却不能不再爱她们曾经的所爱。

作战的勇气和思想的勇气,这是两种不同的勇气。我却认为它们是相同的、不可分割的。

* * *

手稿还摊在桌子上……

已经两年了,我总是遭到出版商的拒绝,杂志社装聋作哑。理由总是老生常谈:太多战争的恐怖了,过分恐怖了,有自然主义描写,完全没有共产党的领导和指引作用。总之,就不是那种战争……

哪种战争?将军们和英明大元帅领导的战争?没有流血和虱子臭虫的战争?英雄与勋章琳琅满目的战争?我记得小时候和奶奶在一大片田野上散步,她告诉我:"战争结束后,在很长一段时间里,这片土地都寸草不生。德国人撤退时,那一仗打了两天两夜……死人一个接一个地躺在这里,就像一捆捆庄稼,就像火车铁轨下的一排排枕木。德国人和我们自己人的尸体。下过雨后,他们好像全都泪流满面。我们全村人花了整整一个月埋葬他们……"

我怎么会忘了那片田野呢?

我不是在简单地记录。我是在苦难把小人物创造成为大人物的那些地方,收集和追踪人类的灵魂,人就是在那里成熟起来的。就在那时,对于我而言,小人物们不再是历史上默默无闻的无产阶级了,他们的灵魂开启了。那么,我与权力的冲突到底在何处?我突然明白了:大思想需要的是小人物,却并不需要大人物。对于大思想来说,大人物是多余的,是不合适的,加工处理很费力。我就是在寻找他们,寻找那些渺小的大人物,他们被侮辱过、被踩躏过,伤痕累累,他们熬过了斯大林的劳改营和背叛,最终他们还是胜利了,他们创造了奇迹。

但是有人以胜利的历史偷换了战争的历史。

渺小的大人物们要自己述说真相……

十七年之后
2002—2004

我在翻读自己的旧日记……

我试图想起来,当年写这本书时,自己是怎样一个人。那个人已经不存在了,就连我们曾经生活过的那个国家也都没有了。从

1941年到1945年，人们曾拼死保卫并且为她的名誉去牺牲的，就是这个国家。窗外已经天翻地覆，新的千禧年、新的战争、新的思维、新的武器，还有以完全出人意料的方式改变了自己的俄罗斯人（确切地说，是俄罗斯的苏联人）。

戈尔巴乔夫开始了改革……我的书立即付梓，印数叫人瞠目结舌：二百万册！那是发生了很多震惊世界的大事的时代，我们再次突飞猛进，再次走向未来。我们已经不知道（或者忘记了）什么叫革命，它始终是一个幻想或错觉，尤其是在我们的历史中。但它接着又发生了，就在所有人都被自由空气所陶醉的时刻。我开始每天都收到几十封信，我的文件夹都爆满了。人人都想讲话，不吐不快……他们变得更加自由，更加开放。毫无疑问，我注定要无休无止地把这些书写到底。不是重写改写，而是写下去、写到底。只要写下一个要点，马上就会变成很多要点……

* * *

我在想，今天我或许应该提出其他问题，听听其他的答案，也许会写另一本书，虽然差别不大，但毕竟是不同的。我每天与之打交道的那些文字，都是活的见证，它们不像冻土那样僵硬干涩，没有麻木不仁，而是跟我们一起活动的。我现在是否要多问些什么？还是希望补充些什么？我最有兴趣的应该是什么？……我在寻觅深刻的话语……寻找生物意义上的人，而不仅仅是时间和思想意义上的人。我原本的企图，就是更深入地探寻人的自然属性，进入黑暗的潜意识中，进入战争的奥秘中。

我还打算写自己如何采访一位当年的女游击队员……一位饱经风霜却依旧美丽如斯的女人。她对我讲，她那个小组（她在当中最年长，另外两人还是小年轻）有一次在侦察敌情时，偶然俘虏了四个德国人，他们带着俘虏在树林里转了很久也出不去，又走进了敌人的埋伏圈。显然，如果带着俘虏，他们是突围不出去的，无路可走。于是她做出了一个决定：让他们消失掉。这事是不可能让小年轻去下手的：他们已经和德国人相处了好几天，要是你和一个人相处久了，就算他是个外国人，反正你和他混熟了，他也和你近乎了，而且你对他们怎样吃饭、怎样睡觉，眼睛是什么样子、双手是什么样子，都很熟悉。不，年轻人不能做这活儿。她马上明白了，就是说只能是她亲自去杀人。接着她就回忆自己是如何杀了那几个德国人。她不得不既欺骗德国人，又欺骗自己人，假装要带一个德国人去打水，从后面向他开了枪，击中了后脑勺。另外一个，她把他带到树丛后面……她如此心平气和地讲述这些事情，我听得浑身直发抖。

参加过战争的人们回忆说，只需要三天时间，一个平民就可以变成军人。为什么三天就足够？莫非这中间也有奥秘？其实很容易解释：任何人在战争中都会变得更加莫名其妙，更加不可思议。

在所有来信中，我都读到过这样的话语："我当时没有把实情全部告诉您，是因为时间不同，那时我们都习惯于对很多事情保持沉默……""我没有对您坦承全部事情，就是在不久之前，这些也不能全都说出来，或许是感到耻辱吧。""我知道医生的叮嘱，我的病已经很重了，但是我想说出所有的真相……"

不久前又来了这样一封信："我们这些老人生活很艰难……但并不是为那点可怜的、微薄的养老金而难过，更加让我们受伤的，是把我们从过去的大时代，驱逐到令人无法忍受的猥琐的现在。已经没有人再邀请我们去参加学校活动和参观博物馆，我们已经不再被需要了。在报纸上，如果你读一下的话，法西斯变得越来越仁慈，红军战士却越来越可怕了。"

时间啊，这也是一种家园……不管怎样，我还是一如往昔地那样爱着她们。我不是爱她们那个时代，我爱的是她们这些人。

* * *

一切都可能成为文学……

更让我感兴趣的，是那些自己在资料笔记中记下的、曾经重创了审查部门的段落，以及我和书报审查官员的对话。另外，我还在里面找出了一些被我自己删掉的内容，那是我的自我审查、自设的禁区。还有我自己的解释：为什么我要把它们删除。诸如此类的许多文字，都已经在本书中恢复了，可是我仍想把这几页内容单独发表出来：它们已经成了记录——自我心路历程的记录。

审查部门删除内容摘录

直到现在，每个夜晚我还是会惊醒……总好像听到有人在我身边哭泣……感觉我还是身处在战争之中……

我们大撤退时……在斯摩棱斯克郊外，有个女人把她的裙子让给了我，我忙不迭地就换上了。在男人们中间，只有我一个女人。我过去都穿着军裤，现在却穿上了夏天的裙子。结果，发现自己身上突然出现了一些现象……就是女人的那些事情……大概是由于激动吧，也许是因为感动和委屈，就提前来了。可是在哪里才能找到需要的东西啊？真丢死人了，我非常难为情！我们那时候都躲在灌木丛中，住在沟壑里，睡在森林的树桩上。我们人很多，树林里没有足够的空间容纳所有人。我们常常惊慌失措，受骗上当，以至于谁也不敢相信谁……我们的飞机在哪里？我们的坦克在哪里？那些天上飞的地下爬的，大张旗鼓地，都是德国人。

我就这样被俘了。被俘房的前一天，还被打伤了两条腿……只能躺在那里撒尿……我都不知道自己哪儿来的力量，硬是在深夜爬回了森林。幸好被游击队员们救了起来……

我会觉得读过你这本书的人很不幸，但我更会觉得，没有读过这本书的人很不幸……

那天，我正好值夜班，到重伤员病房去查房。有个上尉躺在那儿……医生们在我上班前就预告说，他将在当天晚上死去。他却熬到了早晨……我上前问他："怎么样？需要我为您做些什么吗？"接下来发生的事情，那真是让我永远都不会忘记的：他突然笑了——痛苦不堪的脸上，竟然现出了灿烂的笑容："解开你的内衣，给我看看你的胸脯吧……我好久没有见到老婆了……"我当时可吓坏了，我连初吻都还没有过呢。一时间不知该怎么回答他，我转身就跑了出去。但一小时后，我又回来了。

他最后死去时，脸上挂着满足的微笑……

那是一个夜晚，在刻赤海峡，我们在驳船上遭到四面打击。船头燃起大火……烈焰沿着甲板扑过来，弹药被点燃炸开了……爆炸的能量威力无边，驳船顿时向右倾斜，并开始下沉。这里距离岸边不太远，我们都知道附近就是陆地，水兵们纷纷跳入海中。这时从岸上射来一串机枪子弹，水中是一片惨叫、哀号、呻吟和咒骂声……我的水性好，心想至少能救上来一个战友，哪怕是个伤员……但这是在水中，不是在陆地上，我身边一个伤兵随即死了，沉到了水下……我又听到附近有什么人浮出了水面，马上又要沉入水底。从水面到水下的一瞬间，我抓住了他……感觉冰冷冷、滑溜溜的……我断定这是个伤员，他的衣服肯定被爆炸撕碎了。因为我自己也几乎赤身裸体，只剩下了内衣……当时漆黑一片，伸手不见五指，周围还是一片哀号声。他妈的……我费了九牛二虎之力，才把那家伙拖到了海边……就在这一刻，火炮划破了天空，我突然发现自己拖着的是一条受伤的大鱼。那么大的一条鱼，有一个人那么高。是一条白鲸……它快死了……我躺倒在它旁边，破口大骂了一通，又因为气恼而大哭了一通……为所有人的苦难而难过……

我们要冲出包围圈，顾不得方向往哪边了，四周全都是德国人。终于，我们做出了最后的决定：第二天清早打响突围战。反正横竖都是一死，不如这样死而无憾，在战斗中牺牲。我们队伍中共有三个女孩,那天夜里,她们到每一个男人身边都去过,只要他还有能力……当然不是所有人都能做那事儿。您知道的,战前精神该有多紧张啊。那事儿,能做就做了……反正每个人都准备赴死……

早晨战斗之后,只有几个人活了下来……很少几个……也就七个人,而本来至少有五十多人,都被德国人用机枪扫了……至今,我想起那些女孩,还满怀感激,那天早上的战斗结束之后,在活下来的人中间,我没有找到她们中的任何一个……我永远也见不到她们了……

与审查官对话摘录

"看了您这些书之后,谁还会去作战?而且您用原始自然主义贬低女性,损害女英雄形象,诋毁她们的荣誉。您把女英雄写成了普通人,跟雌性动物一样。要知道,她们在我们国家是神圣的。"

"我们的英雄主义是经过无菌处理的,既无生理元素,也无生物元素。你自己其实都不相信吧。经受考验的,不仅是精神,也有肉体,物质材料的外壳也有感受。"

"您是从哪里来的这些想法?这是异端思想,不是苏联人的思想。您这是在嘲笑那些葬在兄弟公墓中的英雄,您是读了很多的雷马克[1]吧?……雷马克主义在我们这儿可行不通。我们苏联女人不

---

[1] 雷马克:埃里希·玛利亚·雷马克(1898—1970),二十世纪德裔美籍作家,以杰作《西线无战事》而闻名于世,他的小说带有强烈的反战情绪。

是动物……"

  * * *

有人出卖了我们……德国人知道了游击队营地在哪里。他们包围了森林，从四面八方逼近我们。我们藏身于野外丛林深处，沼泽地救了我们，讨伐者没法进来。深深的泥淖死死地拖住了敌人的装备和人员。可是，几天还行，一连几星期，我们就实在吃不消了。我们游击队有一个无线电报务员，她不久前刚生了孩子。那孩子饿坏了……不停地要奶吃，但妈妈也饥肠辘辘，哪有奶水啊，孩子就不住地哭。可是围剿者就在附近……他们带着狼狗……如果被狼狗听到，我们就全都完了。整个游击队有三十条人命……您明白吗？

游击队长只好做出一个决定……

谁都下不了决心去向那位母亲传达命令，但她自己猜到了。她用布把孩子包起来，浸入水中，一动不动地坚持了很久……孩子不再哭了，没有一丝动静了……可我们谁都不敢抬起眼睛，既不敢看那位母亲，也不敢互相看一眼……

我们抓了一批俘虏，命令他们排成一列……我们没有朝他们开枪，那种死法对他们来说实在太容易了……我亲眼看到这一切……我等待这一时刻的到来已经很久了！让德国人也痛到眼睛爆裂开……瞳孔放大……

可是，对于我所遭遇的事情，您又知道些什么啊？！他们就是在村里，把我的妈妈和妹妹们架在火堆上，活活烧死的……

在战争中，我不记得曾经看到过猫儿或狗儿，只记得看到过老鼠。好大的老鼠啊……黄蓝色的眼睛，多得不得了。那一次，我伤好之后，从医院被送回到部队，我的部队坚守在斯大林格勒城下的战壕中。指挥员下令："把她领到女兵掩蔽洞去。"我走进掩蔽洞，最让我感到惊讶的是，那里空空如也。一张松树枝编织的空床，这就是全部了。事先也没有人告诉过我……我把背包留在防空洞，之后就跑了出去，半小时后等我再回来时，发现背包不见了，一丝不留，梳子、铅笔这些东西，瞬间就被老鼠统统吞噬掉了……

第二天早上，我又看到了一批重伤员被老鼠啃伤的手臂……

就是在最恐怖的影片中，我也不曾看到过老鼠们在炮击开始前逃出城市的景象。这不是在斯大林格勒，已经是在维亚济马[1]了。一大清早，人们就看到城市中到处是成群的过街老鼠，它们逃到地面上来，是感觉到了死亡。成千上万的老鼠啊，有黑色的，有灰色的……人们惊恐万状地看着眼前这险恶的景象，只能蜷缩在家中。而当老鼠从我们眼前消失时，炮击就开始了。飞机凶猛地俯冲下来，房屋和酒窖转眼间成了破砖烂瓦……

---

[1] 维亚济马：俄罗斯斯摩棱斯克州东部的一座城市，拿破仑和希特勒侵俄时期这里都爆发过激战。

在斯大林格勒城下，有那么多那么多的死人啊，就连马匹都不再害怕了，而马匹通常是害怕死人的，马从来不愿意走向一个死人。我们只为自己人收尸，德国人的尸体就任其四处散落。那天气冷得可滴水成冰……当时我是个司机，运送成箱成箱的炮弹，我都听到了车轮压在他们头骨上的声音……

与审查官对话摘录

"是的，我们的胜利是来之不易。但您应该多搜寻英雄的范例，这样的故事很多很多啊。您却故意去表现战争肮脏的一面，见不得人的一面。在您的书中，我们的胜利是很恐怖的……您到底想达到什么目的呢？"

"写出真相。"

"您以为，真相就只是在生活中，只是在街道上，只是在脚底下的。对您来说，真相是如此之低俗，如此之尘世。不对，真相应该是我们的梦想，是我们所希望的那样！"

* * *

我们在反攻中……到了第一个德国居民区……我们那时都年轻体壮，四年没有碰过女人了。我们到了一家酒馆，喝酒吃零食，又抓住了几个德国女孩……现在我真不明白，当时我怎么能做出那种事情……我是个有教养家庭出来的孩子啊……但那就是当时的我……

我们唯一害怕的,就是被我们的姑娘们知道,被我们的护士们知道。在她们面前,这可是一种耻辱。

我们陷入了包围圈……只能在树林里和沼泽地中迂回。我们只有吃树叶吃树皮吃草根。我们一共五个人,其中有一个是刚刚加入不久的男孩。一天夜里,睡在我旁边的那位对我小声私语:"反正那个孩子已经半死不活,迟早都要死的。你懂的……"我问他:"你是什么意思?"他悄悄对我说:"有个犯人告诉过我……他们当年从劳改营逃出来时,会专门带走一个年轻的……因为人肉可以吃……这样大家都有得救……"

可是,那时我们连打人的力气都没有了。幸亏第二天我们遇到了游击队主力……

有一天,游击队骑马来到我们村,从一座房子里拉出户主和他的儿子,用铁棍敲打他们的头部,直到把他们打倒在地……倒在地上还继续打。我就坐在窗边,看到了这一切……而这些游击队员中间,竟然还有我的哥哥……当他回到自己家里,一边想要拥抱我,一边还喊着"好妹妹"时,我尖声叫起来:"不许过来,不要碰我!你这个刽子手!"后来我失声了,整整一个月没有说过话。

最后,哥哥也牺牲了……我经常会想,如果他活下来,又会是怎么样?他总是要回家的……

早上，讨伐队烧毁了我们的村庄……只有逃进森林里的人还生还着。我们是两手空空逃出去的，面包也没有，更没有鸡蛋或熏肉。每到夜晚，我们的邻居娜斯佳阿姨就揍她的女儿，因为那女孩总是大哭不止。娜斯佳阿姨有五个孩子，女儿尤莉娅是我的小伙伴，她本来体质就很差，三天两头生病……那四个男孩也都很瘦小，也吵着要吃的。娜斯佳阿姨快要疯了，呜呜痛哭。有一天夜里，我听得很清楚……尤莉娅在央求她的妈妈："好妈妈，你不要淹死我……我不再要吃的了，我再也不要一点吃的了。我不会了……"

可是从第二天早上起，再没有人看到过尤莉娅……

娜斯佳阿姨呢？……后来我们回到了村里，满眼一片灰烬……村庄全被烧毁了。没过几天，在自家园子里的苹果树上，娜斯佳阿姨吊死了自己。吊得很低很低，几个孩子还围在她身边要东西吃……

与审查官对话摘要

"您写的纯粹是谎言！这是对解放了半个欧洲的苏联红军的诽谤，是对我们游击队的污蔑，是对我们人民英雄的中伤。您写的这些小故事不是我们所需要的，我们需要的是伟大的故事，是胜利的故事。您根本不爱我们的英雄！您不爱我们伟大的思想，不爱马克思和列宁的思想。"

"没错，我不喜欢伟大的思想，我只喜爱小人物……"

作者本人删除内容摘录

那是在 1941 年……我们被敌人包围了，政治指导员卢宁和我们在一起……他宣读了一项命令，苏军战士决不能向敌人投降。用斯大林同志的话说，我军绝没有俘虏，有的只是叛徒。听完命令，同志们全都掏出了枪……指导员又下令说："不许这样，孩子们，你们要活下去，你们还年轻。"结果他自己开枪自杀了……

还有一件事情，发生在 1943 年……苏军反攻，踏上了白俄罗斯土地。我记得有个小男孩，不知道他是从什么地方跑出来的，好像从地底下，从地窖里钻出来似的，他一边跑一边大叫着："你们快去杀了我妈妈吧……快杀了她！她爱上了一个德国人……"男孩的眼睛，因为恐惧而瞪得圆圆的。在男孩身后，跑上来一个一身黑色的老女人，全身黑衣服，一边跑一边画着十字："可别听孩子的话，愿上帝宽恕这些孩子吧……"

他们叫我去学校……一个疏散后返回的老师和我谈话：

"我想把您的儿子转到另一个班级去。在我的班上，都是最好的学生。"

"但我儿子门门功课都是五分啊！"

"这个不重要。重要的是，这孩子在德国占领区生活过。"

"是的，我们在那儿过得十分困苦。"

"我不知道那些。我只知道，所有在占领区生活过的……都要被怀疑……"

"您在说什么？我不明白……"

"他对别的孩子讲过德国人，可是他结结巴巴的。"

"这是因为他害怕，一个住过我们公寓的德国军官打过他。因为我儿子没有擦干净他的皮靴，他不满意。"

"您看，您自己也承认了，你们曾经和敌人住在一起……"

"那又是谁放纵敌人到莫斯科城下的？是谁把我和孩子们抛弃在这儿的？"

我简直要歇斯底里了……

我担心了两天，害怕那个女教师会去告发我。不过，她还是把我儿子留在了她的班上……

白天我们害怕的是德国人和警察，晚上害怕的是游击队。游击队把我最后一头牛都牵走了，只给我家留下一只猫。游击队员们也很饥饿，但是也很凶恶。他们牵走了我的牛，我就一直跟着他们走……走了十多公里。我央求他们：把牛还给我吧，在我的破房子里，还有三个孩子围着炉子挨饿呢。"快滚开，娘们儿！"他们威胁我，"再不走我们就一枪毙了你！"

你试试在战争中还能不能发现好人吧……

人各有命。富农的孩子们从流亡中返回老家来，他们的父母都已经死了，于是，他们就为德国当局服务，报仇雪恨。一个人在农舍里击毙了我家邻舍的一位老教师，那位老教师早先告发了他的父亲，没收了他家的财产，是个狂热的共产党人。

德国人先是解散了集体农庄，又把土地分给民众，人们没有了斯大林体制后感到舒了一口气。我们开始付地租，按时交租……可是，后来德国人就开始烧我们的人和我们的房子了。赶走我们的牲畜，烧死我们的人。

哦，亲爱的闺女，我害怕说话。说话是很可怕的……我是行善自救，不想对任何人凶恶。我怜悯所有人……

我随着军队一直打到柏林……

我是戴着两枚光荣勋章和好多奖章回到村里的。可是，我刚刚回家待了三天，在第四天大清早，家里其他人都还睡着的时候，妈妈就把我从床上叫起来，跟我说："闺女啊，我给你打了个包裹，你就走吧……快走吧……你还有两个妹妹要长大了。可是有谁敢娶她们？全村人都知道，你在前线待了四年，和男人们在一起……"

所以，请不要再触碰我的心灵了。像别人一样，您就写写我的功劳吧……

上战场就是上战场，可不是请你们去看戏……

我们在一个场地上列好队形，围成一个圆圈。站在中间的是米沙和科利亚——我们的战友。米沙是个勇敢的侦察兵，口琴吹得好，至于科利亚，没有人比他的歌唱得更好……

宣读了一份长长的判决书：他们在某村庄勒索了两瓶土酿酒，某天夜里他们强奸了两个农村姑娘……也是在同一村庄，在一个农民家里，他们抢走了一件大衣和一台缝纫机，当时又向另外一户农民家去换了酒喝……

结论是判处枪决……这是最终判决,不许上诉。

由谁去执行?队伍里鸦雀无声……谁去?无人应声……指挥员只好亲自去执行了死刑令……

我那时是个机枪手,杀了这么多人……

战争结束后我很长时间都不敢生孩子。一直过了七年,一切平复之后才生孩子……

但直到今天,我还是不能原谅一切,绝不宽恕……看到有德军被我们俘虏时,我那个高兴啊,终于看到他们的可怜相了:脚上没有靴子,而是缠着包脚布,脑瓜子也缠着绷带……他们被押着穿过村子,用俄语请求:"妈妈,给一块面包吧……面包。"让我非常惊讶的是,农民们居然还纷纷走出小屋给他们食物,这个给一块面包,那个给一块土豆……男孩子们跑到柱子后面向那些俘虏扔石头……而女人们却在哭……

我似乎度过了两种生命:一种是男性的,另一种是女性的……

战争结束之后……那时候人的生命简直没有任何价值了。举一个例子说,有一天,我下班后乘坐公共汽车,突然听到有人尖叫:"抓小偷!抓贼啊!我的钱包啊……"巴士立刻停了下来,是在一个二手市场。只见一位年轻军官把一个男孩推到街上,把孩子的手折断了……军官跳回车上,公共汽车继续开动……没有一个人为男孩站出来说话,没人叫警察,也没有人叫医生。那个军官胸前挂满了战功奖章……我到站要下车时,他一步跳了过来,向我伸出他的手:"从这儿过吧,姑娘……"如此殷勤,彬彬有礼。

我至今都还记得这件事……当时我们所有人都还是战争中的人,生活在戒严时期。可是,难道这种人也算人类吗?

红军打回来了……

我们被允许挖开坟墓,寻找失去的亲人。按照旧习俗,与死者在一起要穿白色服装,白色披肩,白色衬衫。我会终身铭记这个情景:人们披着白色绣花毛巾,一身白色……可他们是从哪里找出这些白色服饰的?

人们都在埋头挖掘……谁找到了什么,认定了就取走。有人在独轮车上装着手臂,有人在马车上放着头颅……长久埋在土地下的人没有全尸,他们都互相混杂在一起了,和黏土、沙砾一起。

我没有找到姐姐,只是看到一片裙子布,感到很熟悉:这就是她了,是我认识的东西……爷爷也说,带走吧,总要埋葬点什么啊。就是那点衣服碎片被我们放进棺材,安葬了……

还有人只收到了父亲的失踪通知书。反正别人总会因为死者而得到什么证明,只有我和妈妈在村委会遭到干部的恐吓:"你们不会得到任何帮助的,他和德国娘们生活得可好了。他是人民的敌人。"

我在赫鲁晓夫时代就开始寻找父亲。经过了四十多年,到戈尔巴乔夫时代才得到答复:"在花名册中没有记录……"可是从父亲战友们的口中,我知道他是英勇牺牲的。在莫吉廖夫城下,爸爸带着一枚手雷，钻到了敌军的坦克下……

遗憾的是，妈妈没有等到这个消息，她是带着人民敌人妻子的耻辱去世的，到死都是叛徒的老婆。和她有一样经历的，还有很多人，他们都没有能够活到真相大白的那一天。我带了一封信去看望死去的母亲，在她的墓前读给她听……

我们许多人一直都相信……

我们以为战后一切都可以改变……以为斯大林相信自己的人民。可是战争还没有结束，一列列火车就开往远东的马加丹了。那是运载胜利者的列车……他们逮捕了那些被俘并且在德国人的集中营里熬过来的人，这些人曾经被德国人送去做苦力，他们所有人都见过欧洲的样子，可能会讲述欧洲人民的生活状况。他们会说那里没有共产主义，那里有怎样的房子、怎样的道路，他们会说在那里到处都没有集体农庄……

胜利之后，所有人重归沉默，和战前一样，人们沉默着，并且恐惧着……

我是个历史教师……在我的记忆中，我们的历史课本改写了三次。我用三种不同的历史课本教过孩子们……

趁我们还活着，来问我们吧。可别等以后我们不在时又要改写历史。请提问吧……

您知道杀人是多么困难吗？我是做地下工作的，半年后，我接到了一个任务，是到德国军官食堂中去当女服务员。我那时又年轻又漂亮，上级就选中我了。我是应该在那天把毒药投放在汤锅里，然后就去投奔游击队的。可是我已经和他们成了熟人。他们是敌人，可是您每天跟他们打照面，他们都要说："谢谢您……谢谢您……"这任务实在太难了，杀人实在太难了……杀死别人比自己死还痛苦……

我一辈子都教历史课……但我永远都不知道该如何讲述这件事。用什么样的语言去讲述……

我也有自己的一场战争……我和我的女主人公们一起，走过了漫长的道路。我和她们一样，久久都不能相信，我们的胜利有着两副面孔：一副是完美的，一副是恐怖的，伤痕累累，让人看不下去。

"在肉搏战中杀人时，总是会直视着对方的眼睛。这不是投掷炸弹，或者从战壕里射击那么远的距离。"——他们都这样告诉我。

倾听人们讲述他们怎样杀人或者怎样死去，一定也是这样的：必须直视对方的眼睛。

"我不想去回忆……"

这是一幢坐落在明斯克近郊的三层旧楼房，属于那种战后迅速出现的建筑群，周围早已长满了优雅的茉莉花。从这幢房子开始的寻访，持续了七年，那是惊愕不断又肝肠寸断的七年，是为我自己打开战争世界的七年，那是个我们要毕生去思索和解密的世界。我体验痛苦，品味仇恨，经历诱惑，既有温情又有困惑……我试图理解死亡与杀人之间的区别何在，人性与兽性之间的界限何在。人们怎么能与如此疯狂的想法彼此共存：他们竟然有权去杀死同类？而且是理直气壮的杀戮！我发现，除死亡之外，在战争中还有很多其他的事物，我们平常生活中的一切，在战场上也都有。战争，也是一种生活。我和无数的人性真相发生激烈碰撞，疑团重重。我又开始冥思苦想那些早就存在却百思不得其解的问题。比如我们为何对于恶行毫不奇怪？莫非我们内心本身就缺乏对恶行的惊恐吗？

路漫漫，跋涉无尽头。我走遍了全国各地，几十趟旅行，数百盒录音带，几千米长的磁带。采访了五百多次，接下去我就不再计算了。那些面孔逐渐从我的记忆中离去，留下的只是声音。在我的脑海里，那是一种和声，是无数人参加的大合唱，有时几乎听不见歌词，只听见哭声。我承认自己经常会犹豫，不知道这条路我能否撑得下去，能否披荆斩棘，但我还是要走到底的。有那么一些时候确实出现了疑虑和恐惧，想停下来或者打退堂鼓，但是我已经无路可退。我已经被愤怒牢牢抓住了，望着那无尽的深渊，就想知道个究竟。现在我似乎已经悟出了某些道理，可是越悟出道理，问题就变得越多，答案则更显缺少。

在踏上这条征途之初，我可绝没料到会是这样的结果⋯⋯

把我吸引到这儿来的，是城市报纸上刊登的一条消息，报道不久前在明斯克的"突击手"载重车辆工厂里，人们欢送了会计师玛丽亚·伊万诺夫娜·莫罗卓娃退休。报上说，她在战争中曾当过狙击手，十一次荣获战斗奖章，在她的狙击记录上，有七十五个敌人被击毙。在一般人的想象中，很难把这个妇女的军人身份与她在和平环境中的工作联系起来。看看今天报纸上的照片，看看她普普通通的相貌，怎么也想不到她曾经是个枪手。

这是个瘦小的女人，像少女一样把长辫子楚楚动人地盘在头顶上。她坐在一把大圈椅里，双手捂住面孔，说：

"不，不！我不想去回忆。再回到那个时候？我不行⋯⋯至今我还看不得战争影片。我那时还完全是个小姑娘，一边做梦一边长大，一边长大一边做梦。可是就在我做梦的年龄，战争爆发了。我甚至都有些舍不得让你听⋯⋯我知道我要讲些什么⋯⋯你真的想知道这些吗？我就像对女儿一样问你⋯⋯"

接着她反问道：

"干吗要来找我？你可以去跟我丈夫谈嘛，他可爱说往事了。指挥员叫什么名字，将军叫什么名字，部队的番号是什么，他全记得。可我不行，我只记得我自己，记得我自己的战争。虽然生活在人群中，但总是形单影只，因为在死亡面前，人永远是孤独的。我能记住的就是那种阴森恐怖的孤独感。"

她请求把录音机拿开："我得瞧着你的眼睛才能说，这玩意儿会妨碍我的。"

可是不多一会儿，她就把录音机的事儿给抛到了脑后。

我的故事太简单了，都是普普通通的俄罗斯姑娘的平凡故事，当时这样的女孩有很多……

我的故乡在狄雅柯夫村，就是现在莫斯科的普罗列塔尔区。战争爆发时，我还不满十八岁，辫子很长很长，都到了膝盖……没有人相信战争会打这么久，人人都在盼望战争就快要结束了，我们马上就会打退敌人。我进了集体农庄，又修完了会计课程，开始工作了。可战争还在持续……我的闺密们，那些姑娘都在议论："我们应该上前线啊。"

空气中已经弥漫着火药味，我们先报名参加了兵役委员会的训练班，可能和谁搭伴都不知道。我们在训练班里学会了实弹射击和投掷手雷。起初，我承认枪到了手上都害怕，浑身不自在。无法想象自己是去杀人的，就是简单地想上前线而已。在四十人组成的班里，我们村有四个姑娘，全都是密友，邻村有五人，总之，每个村都有一些人来学习，而且清一色是女孩子，男人们凡是可能的都上前线了。有时传令兵会在深更半夜突然到来，给我们集训两小时，拉到野外去，甚至经常是我们在地里劳动时就被拉去训练。（她沉默了一会儿。)我现在不记得那时我们是不是跳过舞,就算开过舞会,也是姑娘和姑娘跳舞,村里没有剩下小伙子。我们村里是一片沉寂。

不久,共青团中央号召青年们挺身保卫祖国,因为敌人已经逼到莫斯科城下。怎么能让希特勒夺取莫斯科?我们不放行!不单是我,所有的姑娘都表示了上前线的愿望。我父亲已经打仗去了。本来我们还以为,只有我们这样的人才会积极要求上战场,我们与众不同……可是我们来到兵役委员会时,看到已经有很多姑娘在那儿了。我喘着粗气,心咚咚跳得厉害,都要喷火了。挑选非常严格。首先,必须得有健康强壮的身体。我担心他们不要我,因为我小时候常常闹病,用妈妈的话说,小身子骨很弱,所以其他孩子经常欺负我这个小不点儿。其次,如果想参军的姑娘是家里唯一的孩子,也会被拒绝,因为不能把母亲一个人留在后方。哦,可怜的妈妈们!她们泪水涟涟……她们又骂我们又求我们……幸亏我还有两个妹妹和两个弟弟,虽然他们全都比我小得多,反正条件是够了。最后还有一桩麻烦事:集体农庄主席不同意放我们,如果我们全都离开集体农庄,田里的活儿就没人干了。总而言之,我们是被拒绝了。我们一起到共青团区委去,在那儿也碰了一鼻子灰。于是我们以本地区代表团的身份去找州团委,大家群情激昂热血澎湃,结果还是被送回了家。后来我们决定,既然我们在莫斯科,干脆就到共青团中央去,到最高层,去找第一书记,使命必达!我们当中派谁去报告?谁有这个勇气?后来我们想,索性大伙儿一齐去吧。可是,我们连团中央走廊都挤不进去,更别说见到书记了。从全国各地来的青年都集中在这里,其中很多人还是从敌占区来的,他们是冲出来为死难亲人报仇的。全苏联都有人来。是的是的……简单说吧,我们一时间不知所措了。

到晚上,我们总算见到了书记。他问我们:"怎么,你们连枪都不会放,就想上前线了?"我们异口同声地回答他:"我们已经学会了……""在哪儿学的?学得怎么样?你们会包扎吗?""您知道,就是在兵役委员会举办的那个训练班,地区医院的医生也教过我们包扎。"这下书记他们不说话了,不再小看我们了。我们手里还有张王牌:我们不仅是这几个人,还有四十多人呢,全都会射击,也掌握了急救知识。书记他们就对我们说:"回去等着吧,你们的问题将会妥善解决。"

我们回村时,那股高兴劲儿就甭提了!永远不会忘记那时……是啊……

过了整整两天,通知书到了我们手里。

我们去兵役委员会报到,在那里我们被带进一扇门,又被带进另一扇门。我原来有一条非常漂亮的辫子,我一直为它感到自豪。可是等我走出兵役委员会,它已经不在了……剪了一个女兵头……衣服裙子也收了上去。我都来不及把裙子、辫子给妈妈送去……她多希望在身边保留一些我的东西啊……我们当场就换上了套头军服,戴上了船形帽,领到了背包,然后被装进了运货列车……那是运稻草的列车,稻草很新鲜,散发着田野的芬芳。

货车里荡漾着快乐。真不幸,我们还互相逗趣,我记得当时很多人都在笑。

火车载着我们朝哪儿开？不知道。说到底，这对我们才不重要呢，我对于要干什么工作根本就不在乎。只要是上前线就行。大家都在作战，我们也要作战。我们开到了谢尔柯沃车站，离它不远是一所女子射击培训班，原来是要把我们派到那儿去。要做狙击手，大家都乐了，这可是正经事，我们要打枪了。

学习开始了，各种条令我们都得掌握：警卫勤务、纪律条令、地点伪装、化学防护。姑娘们个个都很努力，我们学会了闭着眼睛装拆狙击枪和确定风速，捕捉移动目标、测定距离、挖掩体、匍匐前进等科目我们也全掌握了，只想着快些上前线，向敌人开火……是的，在结业考核中，我的兵器作业和队列作业都得了"全优"。我记得，最苦恼的是紧急集合，五分钟内就必须收拾完毕。我们把长筒靴按尺码排列成一、二、三、四号，好尽快穿上，以免耽误时间。五分钟时间里，必须穿好衣服、皮靴，并且进入队列。常有这种情况，我们只好光着脚穿上长筒靴就去站队，有个小丫头险些把脚给冻坏了。班长发现后，猛剋了一顿，接着便教我们怎样裹包脚布。他在我们耳旁唠唠叨叨："丫头们，我什么时候才能把你们训练成战士，而不是德国鬼子的活靶呢？"丫头们，丫头们……所有人都对我们怜香惜玉，这使我们感到很委屈：我们不喜欢别人怜悯。难道我们不是和大家一样都是战士吗？

好了，我们总算上了前线，在奥尔沙一带。我们分在第六十二步兵师，我至今还记得师长是波罗特金上校。他一看到我们就火了："这不是硬把人家不要的小丫头塞给我吗？难道是女子合唱队？舞蹈团？这可是打仗的地方，不是唱歌跳舞！是残酷的战争……"可是接下来就把我们邀到他那儿,招待我们吃饭。我们听见他问自己的副官:"我们还有配茶水的糖果吗?"顿时心里觉得很委屈:把我们当作什么人啦?!我们是来打仗的,可他不把我们当作战士,却拿我们当小丫头看。当然,在年龄上我们确实可以做他的女儿。"要我拿你们怎么办呢,我亲爱的姑娘们?他们从哪儿招来你们这些小丫头啊?"——他就是这样对待我们,这样欢迎我们的。而我们认为,我们已经是战士了……是的,已经上战场了!

第二天,师长要求我们展现一下射击技术和原地隐蔽的本领到底怎样。我们枪打得很好,甚至比男狙击手还强,他们从前沿阵地被召回进行两天训练,对于我们这些姑娘居然能做他们的工作感到大为惊讶。他们大概有生以来还是第一次看到有女狙击手。射击表演之后是原地伪装……上校走了过来,一边走一边观察草地,然后站在一个土墩上——他一点都没发觉。可是这时"土墩"却在他脚底下哀求起来:"哎哟,上校同志,我不行了,您太重了。"瞧,真笑死人了!上校简直不敢相信我们能伪装得这么好。于是他说:"现在我收回原先对姑娘们的评价。"但他还是很为我们担忧,很长时间不习惯我们的存在……

那是我们第一天去"狩猎"(这是狙击手们的行话),我的搭档叫玛莎·柯兹洛娃。我们伪装完毕,就趴了下来:我观察目标,玛莎持枪准备。突然间玛莎捅捅我:"开枪,开枪呀!你瞧啊,那不是德国人吗?"

我对她说:"我在观测,你开枪吧!"

"等我们在这里弄清楚分工,他早就跑掉了。"她说。

我还是固执己见:"应当先想好射击要领,瞄准好目标:哪儿是干草棚,哪儿是白桦树……"

"你是在学校里解方程式吧?我在这里可不会解难题,我是来射击的!"

我看出,玛莎已经对我发火了。

"那好,你就开枪吧,怎么不开啊?"

我们就这样拌起嘴来。这时,对面有个德国军官正在给他手下的士兵们下命令。来了一辆马车,士兵们在流水作业地卸着货物。军官站在那儿又说了几句什么,就消失了。而我们还在争执。我发现那军官又露面了,如果我们再错过一次时机,就有可能放跑了他。于是当他第三次露面时——这是短暂的一瞬,因为他立刻会消失——我下决心要开枪了。主意一定,却突然又闪出一个念头:这是一个活人哪,虽然是敌人,可毕竟是个活人。于是,我的双手不知怎么发起抖来,而且浑身都打起了寒战,产生一种恐惧感。就是现在有时在睡觉时这种感觉也会回来。在打过胶合板靶子以后,要朝活生生的人体开枪,还真不容易。我通过瞄准镜看得一清二楚,好像他就在眼前,那么近……而我内心很纠结,犹豫不决。最后我总算镇定下来,扣动了扳机……只见那个德国军官晃了两下胳膊,就倒了下去。他死没死我不知道。可是开枪之后我身上哆嗦得更厉害了,心里害怕极了:我真的杀死了一个人?!必须习惯于这个想法。是的,简单说,就是惊心动魄!

永生难忘……

我们回到营地后,女兵排专门召开会议讨论我的行为。团小组长克拉瓦·伊万诺娃对我说:"不能怜悯他们,应该憎恨他们……"她的父亲就是被法西斯杀死的。那时我们常常喜欢围在一堆唱歌,而她总是请求说:"别唱了,姑娘们,等我们打垮了这帮坏蛋,到那时再唱吧。"

我们并没有很快适应,真不容易习惯。去仇恨并且去杀人,这确实不是女人应该干的活儿,不是我们的事……所以必须不断劝说自己、说服自己……

——玛丽亚·伊万诺夫娜·莫罗卓娃

(当时叫伊万努希金娜,上等兵,狙击手)

几天后,玛丽亚·伊万诺夫娜打电话给我,约我到她前线的战友克拉芙季娅·格利戈里耶夫娜·科罗辛娜家里去做客。于是,我又一次听到这样的故事……

我的第一次太可怕了……害怕极了……

我们卧倒后,我开始观测。这时我发现有个德国兵从战壕里站了起来,我手指一勾,他就倒下了。结果您知道怎样?我一个劲儿地哆嗦,浑身发抖,都能听到自己的骨头咯咯作响。我哭了。以前我是朝靶子射击,根本不在乎。可是在这里,我是怎么把一个活人给打死了?我,杀死了某个与我素昧平生的人。我对他一无所知,却把他打死了。

但这种惶恐很快就过去了,经过是这样的:我们已经反攻了。一次,我们行军路过一个小镇,大概是在乌克兰。到达那里时,道路旁边有一座既像板棚又像房屋的建筑,已经辨认不清了。它刚刚遭到大火焚烧,火苗渐熄,只留下一堆焦炭,剩下房基……很多姑娘都不敢靠近,我不知怎么就过去了。在焦炭里我们发现了人骨,还有烧光了珐琅质的五星帽徽。一定是我们的伤员或者俘虏在这儿被烧死了。从那儿以后,不管杀死多少敌人,我都无动于衷了,仿佛看到那些烧焦的五星帽徽……

我从前线回来时,头发全白了。我才二十一岁,却像个满头白发的小老太太。我负过重伤,脑袋也震伤了,一只耳朵听力很差。妈妈见到我第一句话就是:"我相信你准会回来的,我白天黑夜都在为你祈祷呀。"我哥哥已在前线阵亡了。

妈妈痛哭着说:

"无论生儿还是生女,如今全一个样。不过,他到底是个男子汉,有义务保卫祖国,而你却是个女孩子。我总在向上帝祈求:与其叫你受伤,倒不如被打死的好。我每天都要去火车站等火车。有一次看到一个被烧伤破相的女兵姑娘……我猛地一哆嗦,以为是你!后来我也一直为那姑娘祷告。"

我老家在车里亚宾斯克州,我家附近有各种金属采矿场。不知为啥总是在夜里搞爆破,只要爆破的炸药一响,我总是刹那间就从床上跳起来,头一件事就是抓起外套朝外跑,随便跑到哪儿去都行。这时妈妈就把我拽住,紧紧搂在怀里,像哄小孩一样地哄我:"睡吧睡吧。战争已经结束了。你已经回家了。"我好几次从床上一个跟头栽下来,去抓外套……妈妈的声音让我恢复意识:"我是你的妈妈呀,是妈妈……"她轻声细语地哄我,生怕大声会吓着我……

屋子里暖融融的，可是玛丽亚·伊万诺夫娜裹着一条厚羊毛毯，还是浑身发冷的样子。她继续给我讲：

我们很快就成了战士……您知道，那时候没有什么特别时间去想事情。心里的感觉，真是冷暖自知……

有一回，我们的侦察员抓到一个德国军官，有件事他十分疑惑：在他的阵地上有好多士兵被打死，而且都是打在脑壳上，还几乎都是同一个部位。他说，普通射手是不可能专打脑袋的，那么准确。"请你们告诉我，"他请求道，"这位打死我这么多士兵的射手是哪一个？我补充了大量士兵，可是每天都损失十来个人。"我们团长对他说："很遗憾，我不能指给您看了，那是个年轻的女狙击手，已经牺牲了。"她就是萨莎·施利亚霍娃，是在单独执行狙击任务时牺牲的。使她遭殃的，是一条红围巾。她非常喜欢那条红围巾，由于红围巾在雪地里太显眼，结果暴露了伪装。当这个德国军官听到这一切都是一个姑娘干出来的时候，非常震撼，不知如何回答，再也说不出话来……他似乎是一个大人物，在把他押送莫斯科之前，对他进行最后一次审问，他承认："我从来没有和女人打过仗。你们都是一些美女……我们的宣传总是说在红军里面是没有女兵参战的，都是阴阳两性人……"他看来是百思不得其解……我永远忘不掉……

我们都是两人一组，从早到晚埋伏在战位上一动不动，眼睛酸痛流泪，手臂发麻，就连身子也由于紧张而失去知觉，真是难受极了。春天尤其难熬，雪就在你身体下面融化，整天就泡在水里。你就好像是在游水，可又经常被冻在土地上。天刚破晓，我们就得出发，直到夜幕降临才从前沿回来。我们通常卧在雪地里或爬到树梢上、蹲在棚子或被毁坏的房屋顶上，一连十二个小时，甚至更长的时间。我们在那里伪装好，不让敌人发现我们的观测位置。我们会尽量靠近敌人选择监视点，与德军堑壕的距离只有七百至八百米，还经常只有五百来米。在清晨，我们甚至能听到他们的讲话和笑声。

我不知道当时为什么一点都不害怕……直到现在也想不通……

我们开始反攻了，推进十分迅速。但我们筋疲力尽，后勤保障又跟不上来，几乎是弹尽粮绝，连炊事车都被炮弹炸了个稀巴烂。我们一连三天三夜光吃面包干，大家舌头都磨破了，简直再也嚼不动那玩意儿了。我的搭档被打死了，于是我又带上一个新兵到前沿去。有一天，我们突然发现在中间地带有一匹小公马。它真漂亮，尾巴特别柔软……它悠然自得地溜达着，好像周围什么都没有发生过，也根本不存在战争。我们听到德国人已经嚷了起来，原来他们也发现了它。我们的战士也在吵个不休：

"它要逃走了，用它煮一锅马肉汤就好了……"

"这么远的距离，冲锋枪可打不着……"

大家看着我们：

"狙击手过来了。现在就请她们打吧……快打呀，姑娘们！"

我想都来不及细想，习惯性地先瞄准后开枪。小马腿一软，横倒下来，我似乎听到它在细声细气地嘶鸣，也许是幻觉，但我感觉到了。

事后我才想：我为什么要这样做？这么漂亮可爱的小马，而我却把它杀了，要拿它来熬汤！可是当时，我听到身后有人在抽噎，回头一看，是那个新兵女娃。

"你怎么啦？"我问。

"我可怜那匹小马……"她眼睛里噙满泪水。

"哦哟——哟，好一副软心肠啊！可我们大家已饿了三天了。你可怜这匹马，是因为你还没有亲手埋葬过自己的战友。你去试试吧，一天全副武装赶三十公里路，而且空着肚子，是啥滋味？首先是要赶走德国鬼子；其次，我们也得活下去。我们是会心软的，但不是现在……你懂的，心软是以后的事……"

说完话，我又转过身看看那帮男兵，他们刚才还在怂恿我，大叫大喊地请求我开枪呢。而现在才过了几分钟啊，就谁都不再看我一眼了，好像从来就没发现我似的，每个人都在埋头干自己的事。他们在抽烟，在挖战壕……也有人在磨着什么东西……至于我怎么样，他们才不管呢，哪怕我坐在地上号啕大哭！就好像我是个屠夫，我动刀杀生就那么轻轻松松、随随便便！其实，我从小就喜欢各种小动物，上小学的时候，我们家的母牛病了，家里人把它宰了。为这件事我还不停地哭了两天。可是今天呢，我"叭"的一枪就杀了一匹孤苦伶仃的小马。可以说，那是我两年多来见过的第一匹小马……

晚饭送来了。炊事员对我说："嘿，狙击手真棒！……今天菜里见莘啦……"他们把饭盒留下来就走了。但是我们这几个姑娘坐在那儿,根本没去碰一下饭盒。我明白是怎么回事,噙着眼泪走出掩蔽部……姑娘们跟着我出来,异口同声地安慰我。她们很快地拿走各自的饭盒,吃了起来……

这算是怎么一回事啊……我永远忘不掉……

每天晚上,我们照例都要聊大天。聊些什么?当然,要聊家庭,聊自己的妈妈,聊已开赴前线的父亲和兄弟。我们还畅谈战后要干什么工作,谈我们会嫁给什么样的人,丈夫是否会爱我们,等等。我们连长故意逗我们说:

"哎哟,姑娘们!谁都觉得你们可爱。可是打完仗一准没人敢娶你们。你们打枪打得那么准,要是摔盘子准会摔中人家的脑门心,还不把丈夫的命给要了!"

我和丈夫是在战争中相识的,是一个团里的战友。他负过两次枪伤、一次震伤,从头至尾整个战争他都坚持下来了,后来在部队干了一辈子。对他根本不用解释什么是战争。我的脾气他心里完全有数。如果我可着大嗓门说话,他或者毫不在意,或者默不作声。我也学会对他宽容。我们养大了两个孩子,儿子和女儿,供他们读完了大学。

再对您讲些什么呢?……嗯,我复员后到了莫斯科。从莫斯科到自己家要乘车,步行有几公里。现在那儿通了地铁,可当时还是一片连一片的樱桃园和洼谷。当时那儿有一道很宽的深沟,我得穿过去。等我好不容易赶到那儿时,天已经黑下来了。不用问,我不敢在夜里过这条深沟。当时我站在沟边上,不知怎么办才好:是返回去等第二天再说,还是鼓起勇气穿过去?现在想起来,真是太好笑了:前线都过来了,什么没见过?死人啦,各种各样的可怕景象啦。至今我还记得尸体的味道,和烟草气味混合在一起……可是到头来还是一个小姑娘的心态。想起我们从德国返回家园时,在途中的列车上,不知谁的旅行袋里蹿出一只老鼠,我们全车厢的姑娘们一下子都乱了套,睡上铺的人从高处倒栽下来,吱哇乱叫。跟我们同路的大尉惊讶地说:"你们个个都得过战斗勋章,居然还会怕耗子。"

算我走运,这时一辆运货卡车开了过来。我想,这下有车可以搭了。

汽车刹住了。

"我要去狄雅柯夫村。"我大声说。

"我正好也到狄雅柯夫村去。"车上的年轻小伙子打开车门。

我钻进驾驶室,他把我的皮箱拎到车上,又上路了。他瞧着我的装束和奖章,问道:"你打死过几个德国人?"

我告诉他:"七十五个。"

他嘿嘿一笑:"吹牛!恐怕你连一个德国人都没有见过吧?"

我突然认出了这小伙子是谁。

"柯尔卡·契绍夫?真的是你吗?你还记不记得,我给你系过红领巾?……"

战前我在母校当过一个时期的少先队辅导员。

"你是——玛露茜卡?"

"是我呀……"

"真的吗?"他停下了汽车。

"快送我回家吧,干吗在半路上停车?"我眼睛里噙满了泪水,我看到他也是这样。多么意外的相逢!

到了村里,他提着我的箱子跑进我家,手舞足蹈地对我妈说:

"快,我给您把女儿送回家啦!"

此情此景,怎么会忘记呢?

我回到家,一切都得从头开始。先要学会穿便鞋走路,我们在前线穿了三年长筒靴。我们习惯于扎腰带,笔挺地站着,而现在的衣服就像口袋似的套在身上,感到很不自在。我呆呆地看着长裙和连衣裙,已经感到陌生,因为在前线老是穿长裤,晚上把长裤洗干净,然后压在自己身下,躺在上面睡觉,我们把这叫作熨裤子。其实,裤子常常干不透,就得穿上它到严寒中去,结果立刻冻出一层冰壳。怎么学习穿裙子出门啊?双腿都迈不动。别看我们回来穿上老百姓的裙子和便鞋,可是一见到军官,还是不由自主地想举手敬礼。我们吃惯了军队伙食,完全由国家供给吃喝,而回来后得自己到粮店去买面包,按规定的定量去买。可是我们常常忘了付钱,幸好女售货员熟悉我们,知道我们是怎么回事,但又不好意思提醒我们。我们也就不付钞票,拿起东西就走。过后我们很难为情,第二天赶紧去赔礼道歉,再买上另外一些东西,付清全部钱款。我们需要重新学习所有日常生活,要找回平民生活的记忆,要正常过日子!去和谁学啊?跑去找邻里街坊,去问妈妈……

您听我说,我还想到这样的问题。战争打了几年?四年。这么久啊……什么鸟儿啦、花儿啦,我全不记得了。其实,它们仍然是存在的，可是我确实想不起它们来。事情就是这般奇怪，是吧？……为啥要有彩色的战争电影啊？战场上一切都是黑色的。要说有另一种颜色，那就是血色，只有鲜血是红色的……

我们在不太久之前，七八年前吧，刚刚找到战友玛申卡·阿尔希莫娃。一位炮兵连长负了伤，她爬过去救他，一颗炮弹在她前头爆炸开，连长死了，她幸好还没来得及靠上去，但两条腿却被弹片削掉了，真是受尽折磨，我们全力为她包扎，竭尽所能地救她。等我们用担架把她送到卫生营时，她却向我们哀求说："姑娘们，朝我开一枪吧……我不想这样活下去……"她就这样哀求我们……苦苦哀求……她被送往后方医院后，我们又继续前进、反攻。等我们回来找她时，她已经音讯全无了。我们谁都不知道她在哪里，情况如何。许多年过去了……无论往哪儿写信询问，都没有回音。后来还是莫斯科七十三中的同学帮助了我们。男孩女孩们根据线索查找，在遥远的阿尔泰的一个残疾人疗养院里找到了她，当时已经是战后三十年了。这些年她住过许多残疾院，漂泊过多家医院，做过几十次手术。她躲避所有人，连亲生母亲都瞒着，不让她知道女儿还活着……我们接她出来参加我们的聚会，大家都哭成一片。我们后来又安排她与母亲见了面……这是她们母女三十多年后的重新相逢啊。妈妈差点就疯了："多么幸运啊，我的心脏早前差点没痛碎了。有福啊！"玛申卡反复唠叨说："现在我不怕见人了，我已经老了。"是啊……简单说吧，这也是一场战争……

我记得我在夜里坐在掩体中，彻夜不眠，外面炮声隆隆，是我们的炮兵在射击……胜利在望，没人愿意死……我曾经宣过誓，军人的誓言，如果需要，我将会献出自己的生命，可是现在真的不想去死了。从战场上，就算你能活着回来，灵魂也是受伤的。现在我常常在想：伤了胳膊或伤了腿脚都没关系，哪怕整个身子都受了伤也无所谓。但伤了心灵，那就伤害大了。我们离家从军时，还十分年轻幼稚，都是些黄毛丫头。我是在战火中长大成人的。妈妈在家里给我量过身高……我在战争中长高了十厘米……

——克拉芙季娅·格利戈里耶夫娜·科罗辛娜

（上士，狙击手）

采访后告别，她笨拙地向我伸出滚烫的双手，拥抱了我，又说了声："对不起……"

"再长长吧,姑娘……你们还嫩呢"

她们的声音……几十种声音……揭开了不同寻常的真相,深深重创了我。而这个真相,在我从小就熟悉的"我们是胜利者"的简短定论中却没有立锥之地。现在,仿佛发生了剧烈的化学反应:那些昂扬激情原来是一种最短命的物质,很快就消融于活跃而复杂的人类命运之中。命运却往往又是深深隐藏在文字语言的背后。

几十年过去了,我还想听到什么?是曾经在莫斯科或斯大林格勒城下爆发的战役原委?是对军事行动的具体描述?是那些被人遗忘的大大小小高地的名称?我难道是需要有关阵地和战线移动的叙述、退败和反攻的纪事、游击队敌后袭击和破坏火车的数量,和所有那些已经被写过数千本书的东西吗?不,我要寻找的是另类,我要搜集被称为精神科学的东西,我在沿着心灵生活的足迹,去从事心灵的记录。对我来说,人的心路历程比他们经历的事件更为重要,事情是怎么发生的并不重要或者并不那么重要,更不是第一位的。令人激动和恐惧的是另一个问题:在战场上,人们的内心到底发生了什么?他们所看到并理解的究竟是什么?他们普遍怎样对待生与死?最后,他们又是如何看待自己的?我是在写一部感情史和心灵故事……不是战争或国家的历史,也不是英雄人物的生平传记，而是小人物的故事，那些从平凡生活中被抛入史诗般深刻的宏大事件中的小人物的故事，他们被抛进了大历史。

对于1941年的女孩子们……我首先想问的就是：她们都是来自何方？为什么她们会有这么多？她们如何敢与男人肩并肩地拿起武器？她们为什么开枪射击、布雷爆破、驾机轰炸，为什么杀人？

早在十九世纪，普希金也遇到过同样的问题。普希金在《现代人》杂志上刊出了投入抵抗拿破仑战争的处女骑兵娜杰日达·杜洛娃的日记片段，并在按语中写道："究竟是什么原因，促使一个年轻少女，上流贵族的大家闺秀，离开温暖的家庭，女扮男装出现在战场上，去承担连男人们都畏惧的艰难责任呢？（对手是谁？不可一世的拿破仑大军！）有什么事情刺激了她？是隐秘的心灵创伤、炽烈的幻想、桀骜不驯的天性，还是爱情的召唤？……"

这究竟是因为什么？！百年之后，问题依旧……

誓言与祷告

我想说……我要说话，统统说出来！总算有人愿意听听我们说话了，我们沉默了这么多年，即使在家中也不敢出声，都几十年了。从战场回来的第一年，我说啊说啊，可是没有人要听。于是我静默了……现在你来了真好。我一直在等着什么人，我知道有人会来，一定会来的。那时我还年轻，纯洁无瑕，真可惜。你知道为什么吗？因为我甚至记不得了……

在战争爆发前几天，我和闺密谈到战争，我们都坚信不会打仗的。我和她去电影院,正片前放的新闻纪录片就是里宾特洛甫和莫洛托夫在互相握手,画外音解说深入我脑海中:德国是苏联的忠实朋友。

可是不到一个月,德国军队已经打到莫斯科城下了……

我们家有八个孩子,前面四个都是女孩,我是老大。有一天爸爸下班回来,他流着泪说:"我以前还为我头几个孩子是姑娘而高兴呢,都是漂漂亮亮的未婚妻。可是如今,家家都有人上前线,唯独咱家没有……我老了,人家不要我,你们呢,都是丫头片子,儿子们呢,又太小……"我们全家人都很为此而难过。

后来上面举办了护士训练班,父亲赶紧把我和一个妹妹送去。那年我十五岁,妹妹十四岁。爸爸逢人就说:"我是为胜利尽最大贡献了……献出我亲爱的女儿……"当时根本没有其他的想法。

一年后,我就上了前线……

——纳塔利亚·伊万诺夫娜·谢尔盖耶娃

(列兵,卫兵员)

最初那几天……城市一片混乱,充满动荡不安和冷漠的恐惧。人人都在抓间谍,彼此之间都要敦促对方:"不要中了敌人的反间计。"甚至没有人敢想我们的军队已经崩溃了,几个星期之前已经被打散了。我们还被教导说,我们将到别国土地上去作战。宣传部门说:"我们的土地一寸也不会放弃……"事实是我军正在败退……

在战争之前早就风传希特勒准备侵略苏联了,可是这些言论被全面杜绝,有关部门严禁传播……您知道那是什么部门吗?它叫内务人民委员部,就是肃反特工……如果有人私下议论,不管在家里、在食堂,或者筒子楼里,就必须躲进自己房间锁上门,或躲在浴室里打开水龙头。但是,当斯大林说话时,当他向我们发出号召,说"兄弟们姐妹们"时,人们顿时都忘记了自己的不满……在我们家里,大舅正在蹲劳改营,他是铁路工人,一名老共产党员。他是在工作中被逮捕的……您知道是谁抓的他吗?是内务部……他是我们最喜爱的舅舅,我们也知道他完全是清清白白的,对此坚信不疑。他在国内战争中还立过功……但听了斯大林的讲话后,妈妈对我们说:"我们先保卫祖国,然后再申诉自己的冤情。"我们全家人都是爱祖国的。

我立即跑到征兵委员会,是带病去的,扁桃体发炎还没完全退烧呢。但我迫不及待了……

——叶莲娜·安东诺夫娜·库金娜

(列兵,司机)

我母亲没有儿子,她一共养了五个女儿。我对音乐有出色的感觉,曾经梦想进音乐学院学习。但是听到广播里宣布战争爆发后,我立即决定要把自己的天赋听力用到前线上去,我可以当通信兵。

我们和妈妈一起被疏散到斯大林格勒。斯大林格勒被围困时,我们都自愿上了前线。全家都上前线了:一个妈妈和五个女儿。父亲那时早已在作战了……

——安东尼娜·玛克西莫夫娜·克尼亚杰瓦

(下士,通信兵)

我们大家都有个相同的愿望：上前线。害怕吗？当然有些怕……不过反正就那么回事……我们到了兵役委员会，可是那儿的人却对我们说："再长长吧，姑娘……你们还嫩呢……"是啊，我们当时都只有十六七岁。不过我还是达到了目的，他们把我收下了。我本想和女友进狙击学校的，可是人家告诉我们："你们只能当调配员，而且没工夫教你们打枪。"

我们要乘火车走了，妈妈一连好几天守候在车站上。看到我们要集合，她赶紧跑过来，把馅饼和十几个鸡蛋塞给我，然后就晕倒了……

——达吉扬娜·叶菲莫夫娜·谢苗诺娃
（中士，调度员）

形势在急速变化……我还记得最初那些日子……妈妈每天黄昏就靠在窗边祈祷，我以前还不知道妈妈是信上帝的。她一遍又一遍对着天空祷告。

我原来是个医生，就入伍了。我是出于责任感而参军的。女儿上前线去保卫祖国，老爸很高兴。那天，爸爸一大清早就跑到兵役委员会，领取了我的入伍通知书，又专门赶大早返回来，就是想让全村人都知道，他女儿要上前线了……

——叶夫罗西尼亚·格里戈利叶夫娜·勃柳思
（大尉，医生）

那是夏季，是最后一个和平的日子……晚上我们都去参加舞会,那年我们都是十六岁,出来进去都结伴而行,回家也是大家一起,送完一个再送另一个。我们还不确定谁和谁是一对儿,如果出门,总是六个男孩六个女孩一起走。

仅仅过了两个星期,这些曾经作为我们舞伴的小伙子,成了坦克学校的学员,后来又遍体鳞伤地缠着绷带被送了回来。这太可怕了,令人恐怖!当时,我就是听到别人的笑声,都感觉是不能原谅的。在如此残酷的战争正在进行时,怎么还能笑出来,怎么还可以高兴?

不久,我爸爸也加入了后备役部队。家中只留下幼小的弟弟们和我,两个弟弟,一个七岁,一个三岁。在我告诉妈妈我要上前线时,她顿时就哭了,我自己也哭了一整夜。但我还是从家里逃走了……我到部队才给妈妈写了信,她那时已经不可能把我拉回家了……

——莉利亚·米哈伊洛夫娜·布特科
（外科护士）

听到命令全体列队……我们马上按照个头高低排列站好,我是最矮的一个。连长走过来,扫视了一遍,朝着我走过来:

"这是哪儿来的拇指姑娘啊?你在这儿会做什么呢?要不,先回到妈妈身边去,再长长个头吧?"

可是我已经没有妈妈了……妈妈在轰炸中死掉了……

我毕生难忘的最强烈印象……是在战争的第一年。当时我们正在后撤……虽然我们是躲藏在灌木丛后面,但是我清清楚楚地都看到了,我们的战士是用步枪和德国的坦克对阵,是用木枪托和铁甲车拼!只要还没倒下,他们就流着泪水怒吼着厮打,直到中了德军机枪手的扫射。用步枪对付德军的坦克和轰炸机,这就是战争的第一年……

——波林娜·谢苗诺夫娜·诺兹德拉乔娃
(卫生指导员)

我事先就请求妈妈,甚至是央求妈妈,到时候千万不要哭出来。当时虽然是白天,可是天色黑沉沉的,四下里一片哭声。我们的母亲们都在为自己的女儿送行,她们简直不是在哭,而是在号啕大叫了。我妈妈倒确实没有哭,她那么呆呆地站着,就像块石头。难道她真舍得我走吗?不,她是在控制自己,她是怕我也突然大哭出来。我是她最小的女儿,家里人都宠着我。而此时我的头发给剪得像个男孩,只剩下一小绺刘海儿。妈妈和爸爸起初都不肯放我上前线,但我那时心中只有一个念头:上前线,上前线,上前线!就是今天挂在博物馆里的那些宣传画,像《祖国母亲在召唤!》啦,《你为前线做了些什么?》啦,当时举目皆是,对我影响可大了。当时有什么歌曲?唱的都是"起来,强大的国家……挺起身,殊死搏斗"这些歌。

我们出发时,惊讶地看到车窗外的站台上已经摆放了尸体。战争已经在进行……不过青年就是青年,我们还一路高歌,甚至还很高兴,纷纷说笑打趣。

战争接近结束时,我们全家都参战了。爸爸、妈妈和姐姐当了铁路员工，随着战线向前推进，修复铁路，我们家人都获得了胜利奖章：父母、姐姐、我……

——叶夫盖尼亚·谢尔格叶芙娜·萨普洛诺娃

（近卫军中士，航空机械员）

战前我就在军中做电话接线员。战争爆发后那几个星期，我们的部队就驻扎在鲍里索夫，通信站站长召集我们大家排好队。我们不是现役军人，不是士兵，而是平民职工。

他对我们说："残酷的战争已经开始，姑娘们，你们将会遭遇很多艰难、很多危险。趁现在还不算迟，如果谁想离开，可以回到自己家里去。愿意留在前线的，请向前跨出一步……"

这时，全体姑娘就像一个人似的，"唰"的一声同时向前迈出了一步。我们一共二十个人，一致决心保卫祖国。战前我连打仗的连环画都不喜欢看，只喜欢读爱情小说。可是瞧瞧现在的我呢？！

我们没日没夜地干着。士兵们把饭盒送到电话总机旁，我们匆匆吃点东西，在总机旁打个盹儿，再戴上耳机继续工作。根本没有时间洗洗头发，我只好提出这样的请求："姑娘们，把我的辫子剪去吧……"

——加琳娜·德米特利耶夫娜·扎波尔斯卡娅

（电话接线员）

我们一趟又一趟地去兵役委员会……

我已经不记得多少次了，当我们又一次上门时，兵役委员总算没把我们赶出去:"好吧,你们至少得有一些特殊本事才行,比如做过护士啦、司机啦什么的……你们行吗?你们在战场上到底能做些什么?"我们听不懂他的话。能做什么?我们面前不存在这类问题啊。我们就是想打仗,这就够了,根本没有想过,上战场还需要哪些本事,需要具体的能力。他一下子可把我们问住了。

于是我和其他几个女孩就去学了护理课程。训练班要求我们至少学习六个月,而我们坚决表示:不!时间太长了,对我们不合适。还有一个学制只有三个月的短训班。说实话,三个月我们也认为太长。好在这个训练班就要结业了,我们便申请参加考核。只学习了一个月,晚上在医院实习,白天上课。就这样,我们总共只学了一个月多一点……

但是,并没把我们派到前线,而是派到了医院。那是在1941年8月底,学校、医院和俱乐部统统都住满了伤员。但是到了次年二月,我离开了医院,干脆说吧,我是逃出来的,开了小差。我不可能公开提出来。我身上没有证件,也没带任何物品,就这么钻上了卫生专列。我写了一张纸条留给医院:"我不来值班了,我上前线了。"就是这样……

——叶莲娜·巴夫洛夫娜·雅科夫列娃

(准尉,护士)

我那天本来是有个约会……我简直就像插上翅膀飞着过去的……我还以为他那天会向我表白,说"我爱你"呢,不料他满面愁容地来了:"薇拉,战争来了!我们要直接从课堂被派上前线去。"他是读军校的。这样子,我当然也必须让自己扮演圣女贞德的角色。只要能上前线,只要能拿起武器,只要我们能在一起,在一起是必须的!我跑到兵役委员会,但遭到严厉驳回:"我们现在需要的只是护士,而且至少要学习六个月。"六个月?我呆住了。对我来说,这可是感情问题啊……

人家告诉我,不管怎样都必须学习。好吧,我去学习,不过不是学护士……我想学开枪!像他那样去射击。反正我已经准备好就这样了。在我们学校常常有参加过内战和西班牙战争的英雄来演讲。女生都觉得自己可以同男生平起平坐,但他们瞧不起我们。反倒是在童年读书的时候,我们常听到的是:"姑娘们,去驾驶拖拉机吧!""姑娘们,去当飞机驾驶员!"当然了,我这里面含有爱情成分,我甚至想象到我和他两人如何死在一起,当然是在同一场战斗中……

我是在戏剧学校学习的,一直梦想当一名演员。我的理想,是当拉里萨·赖斯纳[1]那样的女人。穿着皮夹克的女政委,我喜欢她那种美丽……

——薇拉·丹尼洛夫采娃

(中士,狙击手)

所有比我年纪大的朋友,都被送上前线了……剩下我独自一人没被录取,我痛哭了一场。别人对我说:"丫头,你应该去学习啊。"

---

[1] 拉里萨·赖斯纳:苏联内战时期的著名女革命家。

但是刚刚学习了没有多久,我们院长突然来了,宣布说:

"姑娘们,战争终究会结束,然后你们可以继续完成学业,但现在是需要保家卫国。"

我们上前线那天,工厂的领导们都来送行。那是夏天。我记得所有的车厢都装饰得五彩缤纷。人们纷纷给我们赠送礼品。我得到的是一盒很美味的家制曲奇饼和一件漂亮毛衣,我激动得在站台上跳起了乌克兰戈帕克舞!

列车昼夜兼程了许多天……有一次,我和姑娘们在一个车站用桶打水,放眼望去,差点喊出来:一列接一列的车厢里,全都是清一色的姑娘,有的唱着歌向我们招手,有的挥舞头巾,有的扬起船型军帽。我们突然明白:是男人不够了,他们都牺牲或者被俘了,所以现在由我们姑娘去接替他们。

妈妈给我写了一个祷告,我把它放在一个小盒里,也许真的会保佑吧?最后我真的平安返回家乡了。每次打仗之前,我都会亲吻这个小盒子……

——安娜·尼古拉耶夫娜·赫洛罗维奇

(护士)

我在战争时期是个飞行员……

早在我读七年级时,我们家乡就第一次有飞机来过。您想吧,那还是1936年,在那些年头,飞机是很稀奇的。那时有个口号说:"好姑娘和好小伙儿,我们都去开飞机!"作为一名共青团员,我当然是要走在前列的,就立刻报名参加了飞行俱乐部。不过父亲却坚决反对。在此之前我们是冶金世家，几代人都是做高炉冶炼工作，爸爸认为冶金事业是适合女人的工作，而飞行员不是。飞行俱乐部的头儿知道了，就特批父亲和我一起坐上飞机，我带着父亲升到空中。打那天之后他不再吭声了，也喜欢上了飞机。我以优异成绩从航空俱乐部毕业，而且跳伞也很棒。我还在战争爆发之前嫁了人，生下一个女儿。

从战争开始的头几天起，我们飞行俱乐部就开始了重组：男人都当兵走了，我们女人接替了他们的工作。学员都由我们来教，从早忙到晚，工作很多。我丈夫是第一批上前线的，只给我留下了一张照片：我俩双双站在飞机前，戴着飞行员头盔……这样一来，只有我和女儿相依为命，所有时间都住在营地里。怎样过日子？我每天凌晨四点钟要去飞行，早上出去就把女儿关在家里，给她留下熬好的粥。等到傍晚回家时，也不知道她是吃了还是没吃，反正她浑身上下都是粥。女儿甚至从来都不哭，只是瞪着眼睛看我。她长了一双大大的眼睛，像我的丈夫……

1941年年底，我收到阵亡通知书：丈夫在莫斯科保卫战中阵亡了，他是飞行中队长。我很爱我的女儿，但还是把她送给丈夫的家人抚养，自己就申请上了前线……

上前线的前一晚……我在女儿的小床边上跪了一整夜……

——安东尼娜·格利戈里耶夫娜·邦达列娃

（近卫军中尉，一级飞行员）

我那年刚满十八岁……自己高兴得就像过节一样。可是周围所有人都在大叫:"战争来了!战争来了!"我记得人们都在痛哭,走到街上见到的人,他们都在哭。甚至有些人在向神祷告,这是早就几乎见不到的情景了……人们公开地祈祷,公开地在胸前画十字。我们在学校里受到的教育,是说上帝根本不存在。可是,我们的坦克和我们好看的飞机都跑到哪儿去了?我们以前总是在游行中看到它们,总是为它们而骄傲啊!还有,我军的统帅们都去哪儿了?布琼尼[1]呢?当然……惊慌失措只是一段时间。之后就开始想另一件事了:如何去战胜敌人?

我当时在斯维尔德洛夫斯克市助产学校就读二年级课程。我马上想到的是:既然战争来了,那么就应该上前线。我爸爸是个经验丰富的共产党员,曾经当过政治犯。从小他就对我们灌输"祖国就是一切"的思想,祖国是必须保卫的。所以我毫不犹豫:咱不上前线,谁上前线?义不容辞……

——塞拉菲玛·伊万诺夫娜·帕纳贤

(少尉,摩托化步兵营助理)

妈妈向着火车奔跑过来……她一向是个严肃的妈妈,从来没有亲吻和赞扬过我。如果我有事情做得好,她也只是温和地看我一眼而已。这一次,她跑过来抱住我的头亲了又亲,眼睛又直勾勾地盯着我看,看了很长时间。我意识到,恐怕以后再也看不到我的妈妈

---

[1] 布琼尼:谢苗·米哈伊洛维奇·布琼尼(1883—1973),苏军著名指挥员,苏联第一批元帅之一。

了。一阵难过涌上来……我顿时想放弃一切，丢下行李就回家去。我觉得对不住所有的人……家里的奶奶，还有小弟弟们……就在这时，军乐奏起了，口令下达了："各就各位！……按照车厢顺序，上车！"

我从车上，向妈妈久久地挥手，挥手……

——塔玛拉·乌里杨诺夫娜·拉德尼娜

（列兵，步兵）

我入伍后被分到通信团……要是从来不去干通信工作，也许我永远也说服不了自己，因为我不明白这工作也是战斗。有一回，师长来看望我们，我们整装列队。在我们中间有个姑娘叫玛申卡·松古洛娃。这位可爱的玛申卡一步跨出队列说："将军同志，请允许报告！"

将军回答："好，说吧，战士松古洛娃，请说吧！"

"列兵松古洛娃请求解除她的通信勤务工作，派到开枪射击的岗位上去。"

您知道吗？我们当时全是那样的情绪。我们全都认为我们所干的这项工作——通信联络，实在是太渺小了，简直是在贬低我们。我们只想到最前沿去。

将军脸上的笑容倏地收敛了：

"我的小丫丫们呐！（您要是能瞧见我们当时那副模样就好了，个个都吃不好、睡不安。而师长显然已不是作为师长，简直就是作为父亲来跟我们说话呢。）你们也许还不明白自己在前方的作用吧。

你们,就是我们的眼睛和耳朵!军队要是没有通信联络,就好比一个人身上的血液不流动……"

玛申卡·松古洛娃又是头一个按捺不住自己:"将军同志!列兵松古洛娃就像一把刺刀,时刻准备执行您下达的每一项战斗任务!"

后来我们就给她起了个绰号叫"刺刀",一直称呼到战争结束。

1943年6月,在库尔斯克战线,上级授予了我们一面团旗。当时,我们这个团,第六十五集团军一二九独立通信团,已经有百分之八十是女性。我很想好好同您讲讲,让您明白,当时在我们心灵深处产生了怎样的想法。我们当时是那样一种人,今后不会再有了,完全绝种了!我们是如此天真、如此真诚,有绝对的信念!我们团长接过旗帜,下达指令:"全团官兵,单膝下跪向团旗致敬!"此时此刻,我们所有的女兵,是多么幸福啊!这是对我们的信任,我们现在和其他兄弟团,不管是坦克团还是步兵团,都平起平坐了!我们站在那儿哭啊,个个泪如泉涌。现在您是不会相信的,当时由于一种震撼,我全身绷得紧紧的。我身体是有病的,患有夜盲症,是因为营养不良和神经过度疲劳引起的。可是授过团旗后,我的夜盲症居然好了。知道吗?第二天我就没病了,身体完全恢复了健康。这是通过心灵震撼而治愈的……

——玛丽亚·谢苗诺夫娜·卡利贝尔巴

(上士,通信兵)

那是1941年的6月9日,我刚刚成年……满十八周岁就是成年人了。两个星期后,确切地说是十二天之后,开始了这场可恶的战争。我们被送去建设加格拉至苏呼米的铁路，征召的都是清一色的年轻人。我还记得我们吃的是什么样的面包。几乎没有面粉，全都是汤汤水水而已。就是这种面包在桌子上，旁边放着小水盆，我们只能用舌头舔舔罢了。

到了1942年……我自愿报名到第三二〇一疏散医院工作，这是一所非常庞大的前线医院，隶属于外高加索与北高加索前线和滨海独立军区。战斗十分惨烈，伤员越来越多。我被派去做食品分发，这是要昼夜值班的，上午要分发早餐，晚上要供应晚餐。几个月后我的左腿受了伤，就用右腿跳着走路，继续工作。后来又提拔我当了管理护士，也是全天候工作。我的全部生活就是在工作中。

1943年5月13日……正好是克拉斯诺达尔大轰炸那天。我跑下楼去，不知道是否还来得及把伤员从火车站送出去。两颗炸弹正好炸中一个弹药库，弹药箱就在我眼前飞到六层大楼那么高并发生爆炸，爆炸的巨浪把我甩出去撞到墙上，我失去了知觉……我醒来时，已经是傍晚。我抬起头，试着掐掐手指，还能动弹，左眼感觉湿乎乎的，走到办公室，那里到处是血。我在走廊里看到我们的护士长，她一时都没认出我来，问道："您是谁？从哪儿来的？"等走近一看是我，惊叫了起来："柯赛尼亚，这么久，你去哪里了？伤员们都饿坏了，可你人影都不见了。"别人草草地给我包扎了头部和左臂的伤口，我马上就去打晚饭。我当时是双眼发黑，汗如雨下。刚开始分发晚餐，我就晕倒了。恍惚意识到别人把我抬了起来，还听到："快点快点！"过了一会儿又听到有人在说："快点快点！"

没过几天,我又要为重伤员输血了。很多人正在死亡线上挣扎……

在战争期间我变化太大了,以至于当我回到家时,妈妈都没认出我。别人指给我看她住的地方,我走到门前敲门。里面回应:"来啦来啦……"

我走进门先问了好,又说:"请允许我在这儿过一夜吧。"

妈妈把炉子通了通,我看到两个弟弟蜷缩在地板上的一堆稻草中,赤身裸体,什么都没有穿。妈妈还没认出是我,又说:"您看看吧,女公民,瞧我们是怎么活的?趁着天还没全黑,您还是继续上路吧。"

我又走上前一步,她还在说:"女公民,趁天还没黑下来,您继续赶您的路吧。"

我扑到她身上,紧紧抱住她大喊了一声:"妈妈,我的好妈妈!"

这时,他们才恍然大悟,一起扑向我,尖叫着抱住我……

现在我住在克里米亚……这座城市的人们都生活在花丛中,但我每天看着窗外的大海,依然在痛苦中煎熬,我到现在仍然不像一个女人。我经常哭,每一天都在呻吟。整天生活在回忆中……

——柯赛尼亚·谢尔盖耶夫娜·奥萨德切娃

(列兵,管理护士)

恐惧气氛和一提箱糖果

我上前线的那天,天气好极了。空气清新,细雨霏霏,多美丽的一天！我是早晨启程上路的，站在家门口我就想：也许我再也回不来了吧？再也看不到我们家的花园和家门口的街道了……妈妈一边哭着一边紧抓着我不放手。等我走远了，她又追上来，死死地抱住我不肯松开……

——奥尔佳·米特罗芳诺夫娜·鲁申茨卡娅

（护士）

说到死亡……我那时才不怕死呢。大概是年轻，或者是其他什么原因吧……死神就在周围打转，可以说形影相随，但是我从来没去想过它，大家也从来不谈论死。死神总是在我们旁边绕来绕去，紧紧贴身，但又总是擦肩而过。有一天夜里，我们全连出动，到我们团的作战区域进行火力侦察。黎明时分，全连人员撤出时，在中立区传来一阵呻吟声，原来我们有个伤员落在那里了。战士们都不放我回去："不要去，你会被打死的。你瞧，天已经亮了。"

我不听他们劝阻，坚持爬了回去。找到了那个伤员，我用皮带把他拴在我的胳膊上，花了八个小时硬是把他往回拖，活着拖了回来。连长知道后大怒，宣布以擅自离队的罪名将我拘捕了五天。可是副团长的反应就完全不同了："她应该得到奖励。"

在十九岁那年，我得到了一枚勇敢奖章；在十九岁那年，我的头发就开始变白；也是在十九岁那年，我在最后一次战斗中被子弹打穿了两肺，第二颗子弹从两根脊椎骨之间射过去。我的双腿一动都不能动……当时大家以为我被打死了……

那年我只有十九岁……可现在我已经有了这么漂亮的一个孙

女。瞧，这是她的照片，我简直都不敢相信，我还会有孩子！

当我从前线回到家时，妹妹给我看阵亡通知书……我已经被宣布阵亡……

——纳杰日达·瓦西里耶夫娜·阿尼西莫娃

（机枪连卫生员）

我不记得妈妈的样子……记忆中只有模糊的影子和轮廓……忽而是她的脸，忽而是她的身形，探过身来俯视着我，很近很近。其实那也是我后来的感觉。母亲去世时我才三岁。父亲是个职业军人，在远东工作。他教过我骑马，这是我童年最深刻的印象。爸爸不希望我长成一个俗不可耐的娇小姐。我记得从五岁起，我就在列宁格勒和姑姑住在一起。姑姑在俄日战争中当过护士，心地善良。我爱她，就像爱自己的亲生母亲……

我小孩子时是什么样子？那时我就敢和人打赌从学校二楼往下跳。我喜欢足球，总是在男生比赛中当守门员。苏芬战争开始后，我不顾一切地奔向芬兰前线。1941年，我刚刚读完七年级，准备进入中等技校学习，就听到姑姑哭着说："战争爆发了。"我听了还挺高兴，因为那就可以上前线，可以去打仗了。我哪里知道流血是怎么回事？

人民预备役第一近卫师成立了，我们几个女孩被录取到野战医院。

我给姑姑打电话说："我要上前线了。"

姑姑在电话那头回答我："马上回家！午饭都要凉了。"

我挂上了电话听筒。后来我觉得很对不起姑姑，为我的没有理性而愧疚。后来德寇开始围城，就是恐怖的列宁格勒大围困，全城的人死了一半，而她竟然孤独地活了下来。我的老姑妈。

我还记得那次我得到一次短期休假。在回家看望姑姑之前，我走进一家商店。战争之前我就非常喜欢吃糖果。我说："给我来一盒糖果。"

售货员看着我，好像我是个疯子。我还不明白什么是配给卡，什么是大围困。所有正在排队的人都转过身看我，我那时还背着一杆比我的个头还要高的步枪，上级给我们发枪时，我就一边看着枪一边心想："什么时候我能长到步枪这么高呢？"这时候，所有排队的人突然都向售货员请求说："给她一些糖果吧，就从我们的配给券中扣除好了。"

于是售货员就给了我。

大街上发起了支援前线的募集活动。直接就在广场的一排桌子上摆上大托盘，人们走过来主动捐献，有人扔进去金戒指，有人放下金耳环，也有人拿来了手表、金钱……没有人登记，没有人签名。女人们从手上摘下婚礼的戒指……

这些景象永远记在我的脑海里……

就在当时下达了那个著名的《斯大林227号命令》："决不后退一步！"只要后退就枪决！就地枪决，或者由法庭审判，送往专门设立的刑事罪犯营。进了那里的人被称为敢死队，从包围圈冲出来的和从囚禁中逃出来的，都被送到这些甄别集中营。打仗时，在他们身后是督战队……自己人对自己人开枪……

这些景象永远记在我的脑海里……

那是一块普通的林中旷地……刚刚下过雨，湿地泥泞。一个年轻士兵跪在那里，他戴着的眼镜少了一条腿，他就用手扶着眼镜。这是个知识分子模样的列宁格勒男孩，浑身被雨水淋透。他的步枪已经被缴下。我们全体人员都集合排起队。地上到处都是水洼……我们只听到他在求饶……在诅咒发誓，在恳求不要枪毙他，他家里只剩下妈妈了。他哭泣不止。可还是执行了，一枪就打在额头上，用手枪打的。这是杀一儆百，任何动摇分子都会是同样下场。哪怕一分钟的惊惶都不许有！不许有"私字一闪念"……

"这个命令立即让我成年了。但我们甚至久久不敢回想那件事……是的，我们是打赢了，但胜利的代价又是什么！多么可怕的代价啊？！"

伤员太多了，我们总是一连几天几夜不能睡觉。有一次连续三昼夜没一个人合过眼。我被派去跟车送伤员到医院，送完伤员空车返回的路上我就睡着了。回来的路上我们一个个都像蔫黄瓜一样，腿一软全都倒下了。

后来我见到政委，就说："政委同志，我很惭愧。"

"怎么回事？"

"我睡着了。"

"在哪里？"

我就告诉他，我们是如何运送伤员，在回来的空车上睡着了。

"这有什么呢？你们是好样的！只要有一个人是清醒的，其他人都可以在路上睡会儿嘛。"

可我还是很惭愧。我们就是带着这样的良心经历整个战争的。

野战医院对我很好,但我就是想当侦察兵。我放风说,如果他们不放我走,我就会自己跑到前线去。为此,他们还想把我开除出共青团,因为我不服从战时条令。但无论如何,反正我是逃走了……

我是这样得到第一枚勇敢奖章的……

有一次战斗打响后,敌人的火力相当猛烈,把我们的士兵压得只能趴在地上。指挥员高声下命令:"冲啊!为祖国前进!"战士们刚起身又被火力压倒。再次下令,再次卧倒。这时候我站了起来,甩下了军帽,让大家看到:女孩子挺身而出了……这下子,男兵们也都跳了起来,和我一起冲向战火……

为此,上级给我颁发了一枚奖章,而就在我得奖的同一天,我们又出去执行任务了。就在这天,我生命中的第一次出现了……就是我们女人的那事儿……我发现自己身上有血,惊叫着大哭出来:"我受伤了……"

和我们一起去侦察的是一个医务人员,一个上了年纪的男人。他走到我身边问道:"哪里受伤了?"

"我也不知道是哪里……但是流血了……"

他就像父亲一样,原原本本地给我讲了这是怎么回事……

战争后都过了十五六年,每个夜晚我都还在梦中去侦察敌情。要么梦见我的冲锋枪打不响了,要么梦见我们被包围了。醒过来后牙齿还咯咯作响,一时总忘记了自己是在哪里,在战场上还是在家里?

战争结束了，我有三个愿望：第一个愿望是我终于不用再匍匐爬行了，可以坐在无轨电车上，爱去哪儿去哪儿；第二个愿望是买来全麦面包吃；第三个愿望是在一张白色的干净床单上打着滚儿睡觉，要白色的床单……

——阿尔宾娜·亚力山德洛夫娜·汉吉穆洛娃

（上士，侦察员）

我那时候正怀着第二个孩子……已经有一个两岁的儿子，我又怀孕了。但就在这时爆发了战争，我老公上了前线。我就去了我自己的父母家，做掉了……嗯，您明白我的意思吗？就是做了流产……虽然那时流产是禁止的……但周围都是哭声和眼泪，叫我怎么生孩子……可恶的战争！在死亡中间怎样生育？

我结束密码专业培训后就被派往前线。我要为我失去的小宝贝去报仇，那是我的女儿……本来应该生到这个世界上来的女儿……

我请求上前线，但是上级把我留在了司令部……

——柳鲍芙·阿尔卡迪耶夫娜·恰尔娜雅

（少尉，密码破译员）

我们离开了城市……大家全都出来了……那是1941年6月28日中午，我们斯摩棱斯克教育学院的学生聚集在印刷厂的院子中。会开了不长时间，我们就出城沿着老斯摩棱斯克大道赶往红光镇。我们一边观察警戒，一边分成小组前行。傍晚时分，暑热消退，双腿变得轻松起来，我们走得更快了，不能回头也不敢回头看……只有在停下来休息时,我们才转头向东方望去。整个地平线都被淹没在紫色光芒中,大约是四十公里开外,却好像映红了整个天空。很明显,那不是十几幢也不是一百幢房子在燃烧,是整个斯摩棱斯克都在燃烧……

我有一件很拉风的褶边新裙子。我的闺密薇拉一直很喜欢它,她还试穿过好几次。我已经答应了,要在她结婚那天送给她。她正在准备结婚,未婚夫是一个好小伙儿。

可是突然间打仗了,我们都出城去挖反坦克壕沟,宿舍里的东西都要给管理员。可是那裙子怎么办?"裙子你拿去吧,薇拉。"出城前我对她说。

可她没有接受,说是都讲好了要在婚礼上才送她的。好看的裙子就在大火中被烧毁了。

现在我们是一步三回头,就好像我们的后背在受着烧烤。但我们一整夜都脚步不停,天一亮就开始工作了,挖反坦克壕沟,宽度三米半,深度七米,里面要像陡峭的墙壁一样。我挖得铁铲都像烤红了似的,沙土好像都红了。可是我的眼前还是浮现着鲜花和丁香丛中的家屋……白色的丁香……

我们住的帐篷搭在两条河流之间的水草甸中。闷热又潮湿,蚊子黑压压的,临睡前必须从帐篷里把蚊子熏出去,一到黎明就漏水,真是一夜都睡不了一刻安宁觉。

我病了,被送到医院。我们并排睡在地上,很多人生病发高烧打摆子。我躺着那儿正哭呢,病房门开了,医生出现在门口(她不可能迈进门来,因为床垫铺满了)说:"在伊万诺娃的血液中发现了疟原虫。"她说的就是我。但她不知道，对我来说，自从在读六年级时从书本上知道了疟疾之后，最害怕的东西莫过于疟原虫。但此刻，广播里不停地播放着："起来，强大的国家……"那是我第一次听到这首歌。我想："我得赶紧治好病，立即去前线。"

我被转移到距离罗斯拉夫尔不远的克兹洛夫卡，他们从车上把我抬下来放在板凳上。我坐在那儿，身不由己地要倒下去，恍恍惚惚听到有人说：

"就是这个姑娘吗？"

"是的。"医生助理说。

"先把她送到食堂去，喂她吃些东西。"

这下我是真的睡在床上了，您明白我的意思吧？就是说，我不是睡在篝火边的草上，不是睡在大树下的帐篷中，而是睡在暖融融的医院里，睡在有床单的病床上了。我一觉睡了七天都没有醒来。后来别人告诉我：护士们曾经唤醒我，喂我吃饭，可我全都不记得了。七天后我才真的醒了过来，医生来查看了一番，说："身体强壮了，已经恢复过来。"

而我再一次沉入了睡梦中。

回到前线后，我和部队一起很快就陷入了敌人的围困中。正常定量是每天两块面包干。埋葬死者没有足够的时间，就用沙土草草掩埋，用船型军帽盖上他们的脸……连长对我说："如果我们这次能够活着突围出去，我一定要把你送回后方。我从前以为，女人在这样的环境中是坚持不了两天的，我就是这样想我妻子的……"听了这话，我委屈得都哭出来了，在这样的时刻待在后方，对我来说比死还要糟糕。不过,虽然我的精神和心灵都顶得住,可是身子却不争气,体力上负担太重……我记得当时如何用身子背炮弹,在泥淖中运武器。尤其是在乌克兰,春雨过后的土地非常泥泞和沉重,就像松软的面团一样。甚至为了在这里挖个墓穴合葬战友,我们也要三天三夜不能睡觉……简直太艰难了。我们都不再哭了,因为连哭也要费力气。就是想睡觉,想睡它几天几夜。

每次上哨,我都要来回不停地走路或者是大声地读诗。还有别的女孩就唱歌,为的是不要倒下去,不要睡过去……

——瓦莲京娜·巴甫洛夫娜·马克西姆丘克

(高射炮手)

我们从明斯克往外运送伤员……我以前走路总是要穿高跟鞋,因为我很介意自己的个子矮。有一次一个鞋跟断了,马上就有人大声喊道:"空降兵落地啦!"吓得我赶紧把鞋子拿在手里,赤着脚跑掉了。那是双很漂亮的鞋子,让我心疼不已。

当我们被敌人团团围住,又看不到突围的希望时,我和护士达莎就站起身来走出了战壕,挺胸抬头不躲不藏了:就算脑袋被子弹打爆,也比被敌人抓住当俘虏受羞辱好。我的所有伤员,凡是能站起来的,也都站了起来……

当我看到第一个法西斯士兵时,我一个字也说不出,我失语了。他们都很年轻开朗,满面笑容。不管他们在哪里驻扎下来,只要看到水管或者水井,就洗开了。他们的袖子总是卷起来,不停地洗啊洗的……到处都在流血,到处都是哀号,而他们还走到哪儿洗到哪儿……我心头的仇恨直往上蹿……我回到家时，一连换了两件衬衫，即便如此，内心还是充满反感，因为德国兵来过这里。我一连几夜都无法入睡，难以自制。而我们的邻居——克拉娃大婶，看到德国人走在我们的土地上，一下子就气晕了，就在她自己的家里……因为她实在忍受不了德国人，很快就死去了……

——玛丽亚·瓦西里耶夫娜·什洛巴

（译电员）

德国兵进了我们村……他们驾着大黑摩托车……我睁大眼睛仔细望去：他们都是些快乐的年轻人，总是笑容满面，还哈哈大笑！看到他们在我们的土地上嘻嘻哈哈，我的心跳都停止了。

我做梦都在想如何报仇，也想象着如何壮烈牺牲，以后会有人写一本关于我的书。我的名字将永远被人牢记，这就是我的梦想……

1943年，我生下女儿……这时我已经和丈夫进森林参加了游击队。我是在沼泽地的草丛里生产的。我要用自己的体温烘干尿布，焐在怀里，温暖了再给孩子垫上。周围的一切都烧毁了，连人带村子都烧成灰烬。德寇把我们的人赶进学校或者教堂……浇上煤油……听到我们的对话后，我那五岁的侄女就问："玛丽亚阿姨，如果我被烧死了，会留下什么呢？只是靴子吗？"这就是我们的孩子问我们的话……

我自己去搜集残骸……为我的女友寻找她的家人……我们在灰烬中搜索遗骨，就算看到有一点衣服碎片，虽然斑驳不清，我们也能认出这是谁的。每个人都在寻找自己的家人。我捡起一片碎布，女友马上叫起来："这是我妈妈的毛衣……"说着就晕倒了。还有人用床单、枕套收集骨头，有什么用什么。我和女友带了一个拎包去，捡到的还没有半个包。我们把所有的遗骨葬在一个小公墓里，什么都是黑色的，只有骨头是白色的，还有骨灰……我已经熟悉了骨灰是什么样……骨灰是那种磷白色……

从那儿以后，不管上级派我去什么地方，我都不害怕了。我的孩子还很小，只有三个月，我就抱着他去执行任务。政委派我出去时，他自己都忍不住流泪……我从城市带回来药品、绷带，还有血清……就藏在孩子的小手小腿之间，用婴儿襁褓紧紧包住，就这么带出来。森林里的伤员危在旦夕，我必须这样做，必须！到处都是德国人和警察，没有其他人可以混过去，没有人可以携带物品，只有我能过关，因为我带着宝宝，他在我的襁褓中……

我现在要承认，那真是太可怕了……真的很难过！为了让宝宝热得哭出来，就用盐揉搓他。他全身都被搓红了，就像生皮疹一样，这样他就会哇哇大哭。哨卡叫住我时，我就说："孩子正在出斑疹，也可能是伤寒……"他们一听就赶紧放行，催我快走快走。我用盐搓过孩子，还用大蒜头辣过他。我可怜的孩子还那么小，我当时还在给他喂奶呢。

每次通过关卡后，一回到森林我就哭起来，号啕大哭啊！真对不起我心爱的孩子。可是过了一两天我又要去执行任务了……

——玛丽亚·季莫菲耶夫娜·萨维茨卡雅-拉丘凯维奇

（游击队联络员）

我学会了仇恨……第一次知道了这种感觉……他们凭什么能随意走在我们的土地上！他们算是什么东西？我一看到这些场面就怒火中烧。他们为什么要在这里？

战俘列车开走了，丢下几百具尸体在路上……几百具啊……那些没有力量站起来的人就被他们立即枪毙。活着的人像牲口一样被驱赶，死者没人理睬，来不及埋葬，实在太多了。他们躺在地上很久很久……生者与死者相伴着过活……

我遇到我的继妹，她住的村庄全被烧毁了。

她有三个儿子，一个都没活下来。房子被烧毁，孩子被烧死。她坐在地上逢人就哭诉，哭诉自己的不幸。等她终于站起身来，又不知道该去哪儿，该去找谁？

我们全家都进了森林：爸爸、哥哥们和我。没有任何人鼓动我们，更没有人强迫，我们是自己要参加游击队的。只有妈妈和一头牛留在村里……

——埃琳娜·费多洛夫娜·克瓦列夫斯卡雅

（游击队员）

我根本就没有多想……我有自己的专业，那是前线需要的。我丝毫也没有犹豫和动摇。其实我没怎么见到谁在这个时候还想安坐家中等待什么。我只记得一位年轻女子，她是我们家邻居……她对我坦诚地说："我很热爱生活，我喜欢打扮，我不想死掉。"我见过的其他人都不是这样子，也许他们是不想说出来，是掩饰自己。我不知道该怎么回答您……

我记得我临行前把自己房间的花搬出来，请邻居照看："请帮我浇浇花吧，我很快就会回来的。"

可是等到我回来时，已经是四年以后了……

留在家里的小女孩们都羡慕我们上前线，可成年女人们都哭了。和我一起走的姑娘当中只有一个站着没有哭，其他全都哭了。可是后来她也禁不住泪水如潮，一次次用手帕擦眼睛。她说大家都在哭，不哭不合适。难道我们真的明白了什么是战争？我们那时太年轻了……现在我还经常半夜吓醒，梦见我还在战斗……梦见飞机在空中，是我的飞机，飞得很高……突然又下来……我知道是我被打下来了，只有人生的最后几分钟了……可怕极了，直到醒过来，直到这个噩梦散去。老年人都怕死，年轻人就知道笑。年轻人不相信死！我当时也不相信我有一天会死去……

——安娜·谢苗诺夫娜·杜波罗维纳-库诺娃

（近卫军上尉，飞行员）

从医学院毕业后我回到家乡，家里有个生病的父亲。战争就在这时候爆发了。我记得战争是在早上……而我得知这个可怕消息是在上午……树上的露水还没干呢，人们就在说战争来了！直到上了前线之后，我都还清清楚楚地记得，那天我好像突然发现草丛和树木上的露珠那么晶莹剔透，那么清澈明亮。大自然和人类社会发生的事情有着那么鲜明的反差。那一天阳光明媚，鲜花盛开，遍地都是我最喜爱的矢车菊，在草地上星星点点，时隐时现……

我记得我们都藏身在小麦田中，那是个阳光灿烂的日子。德国鬼子的自动冲锋枪嗒嗒嗒地扫射，然后就是一片沉寂。只听到麦浪摇动的哗哗声。又是一阵德国冲锋枪的嗒嗒嗒……我就想：以后还能听到麦浪的声音吗？那是多么惬意的声音……

——玛丽亚·阿法纳西耶夫娜·加拉楚克

（助理军医）

我和妈妈一起被疏散到后方，到了萨拉托夫……我在那里三个月就学会了机床车工，我们每天十二个小时站在机器旁，忍饥挨饿。我每天只有一个念头：要去上前线。前线总会有些食物吧，总会有面包干和加了糖的茶吧？应该还有黄油吧？我不记得这是听谁说的了，也许是在火车站上听那些伤员说的吧。能从饥饿中活下来的，很显然，都是共青团员。我和女友一起去兵役委员会，没有承认我们已经在工厂工作，否则是不会要我们的。就这样我们当上了兵。

我们被派到梁赞步兵学校，那里是专门培训机枪班长的。重机枪很沉，都得自己拖着走，我们就像马匹一样。夜间要站岗，留意捕捉每一种声音，就像猞猁一样，每个沙沙的响动都要密切小心……在战争时期，就像俗话所说，我们一半是人一半是兽。真是如此……没有独到的本事就活不下来。如果你只是个人类，那就无法安然无恙，脑袋随时搬家！在战争中为了自保，必须要学会某些本事……必须要找回人类还没有完成进化时的那些本事……我不是很有学问，只是个普通的会计，但我知道这一点。

我打到了华沙……大家都像是散兵游勇了。用我们的话说，步兵是战争中的无产阶级。我们简直就是爬行前进……不要再多问我了……我真不喜欢战争书籍,不喜欢看英雄书籍……实际上我们都疾病缠身,咳嗽不断,睡眠不够,肮脏不堪,衣衫褴褛。饿肚子更是家常便饭……但是,我们胜利了!

——柳鲍芙·伊万诺夫娜·柳布契克

(排长,冲锋枪手)

我知道爸爸阵亡了……哥哥也牺牲了。死或不死,对我来说已经没有什么意义。最可怜的是我的妈妈,她本来是个大美人,一瞬间却变成一个老太婆,被命运折磨得不成人形,因为没有父亲她就活不下去。

"你为什么还要去打仗?"她问我。

"我要为爸爸报仇。"

"如果爸爸看到你背上了枪,他也不会好受的。"

从小就是爸爸给我编辫子,扎蝴蝶结。他自己就比妈妈还喜欢穿漂亮衣服。

我曾经在部队里做电话接线员。记得最清楚的,就是指挥官在电话中大嚷大叫:"援兵,我要援兵!我要求补充兵力!"每一天都是这样子……

——乌里扬娜·奥西波夫娜·赫姆泽

(中士,话务员)

我可不是女英雄……我过去是一个美人坯子,从小就受到溺爱……

战争爆发了……我不愿意去死,又那么害怕打枪,我从来没有想过我会去射击。唉,有啥法子呢!我还很怕黑,害怕进入茂密的森林。当然我也害怕野兽啦……嗯……反正我无法想象自己怎么可能和老狼或者野猪相遇。小时候连狗我都害怕呢,因为我很小的时候被一只大牧羊犬咬过,从此我就怕狗了。唉,有啥法子呢!我就是这样子啦……可是在游击队里我学会了一切:我学会了用步枪、手枪和机枪射击。如果需要的话,我现在就可以表演给你看,记得可牢了。我甚至还学会了除了刀铲之外没有任何武器时怎样和人搏斗。我也不再害怕黑暗与野兽了……不过见到蛇还是要绕着走,我一直不能习惯蛇。一到深夜,在树林中常常有野狼嗥叫。我们坐在自己的掩蔽洞里,一无所有。只有外面的恶狼和身体的饥饿。我们栖身的掩蔽洞非常小,也就是个猫耳洞。森林就是我们的家,游击队的家。唉,有啥法子呢!战争结束后我就一直害怕森林了……我现在从不进入森林……

整个战争中我都在想,要是能够坐在家里依偎在妈妈身边该多好。我有个漂亮的妈妈,非常美丽的妈妈。唉,有啥法子呢!我自己又不可能决定……身不由己……我们被告知……德国占领了城市,我知道自己是犹太人。战前我们所有民族都和睦相处:俄罗斯人、鞑靼人、德国人、犹太人……不分你我。唉,有啥法子呢!我以前甚至都没有听说过"犹太佬"这个词,因为我只是和父亲母亲还有书籍住在一起。战争开始后,我们变得跟麻风病人似的,到处都被人驱赶,人人都对我们避之不及。甚至我们过去的一些朋友也不再打招呼,他们的孩子也不敢同我们打招呼。有些邻居还对我们说:"交出你们所有的东西吧,反正你们也不需要这些东西了。"在战争之前我们与他们还都是好朋友啊,每天叫着沃洛佳叔叔啦、安娜阿姨啦……忽然间全都变了!

　　妈妈被他们射杀了……就是在我们不得不搬到犹太人隔离区去的前几天。城市无处不在地张贴着禁令:犹太人不允许在人行道上走,不允许去理发店,不允许在商店里买东西……还不许笑、不许唱歌……唉,有啥法子呢!妈妈还没有习惯这些禁令,她还总是四处逛街。大概她不相信这些是真的……也许她是去了商店?人们非常粗鲁地对待她,她还报以微笑。妈妈是个绝色美女……在战争之前她是爱乐乐团的歌唱家,人人都喜爱她。唉,有啥法子呢!我觉得,如果她不是那么漂亮的话,或者她一直跟我或爸爸在一起的话……我想这一切就不会发生。有个陌生人在深夜把我们带去看她,她已经死了,身上的大衣和靴子已经不见了。这真是一场噩梦,那个可怕的夜晚!太恐怖了!妈妈的外套和靴子都被人抢走了,还抢走了她的金戒指,那是爸爸给她的结婚礼物……

　　在隔离区里我们是没有自己的住房的,只能挤在别人房子的阁楼上。爸爸有一把小提琴,那是我们家战前最贵重的物品,爸爸想卖掉它。我当时扁桃体发炎很厉害,躺在床上发高烧无法说话。爸爸想要买一些东西给我吃,他怕我会死掉。没有妈妈我真的要死了……听不到妈妈说话,没有妈妈的怀抱。我是个从小受到宠爱娇生惯养的女孩……就这样,我在床上躺了三天等爸爸回来,后来有认识的人传话来说,爸爸也被打死了……他们说,就是因为那把小提琴……我不知道它到底有多么贵重,只记得爸爸离开的时候说:

"太好了，也许能换来一罐蜂蜜和一块黄油呢。"唉，有啥法子呢！我没有了母亲……又失去了父亲……

我出去寻找爸爸……就算他死了，我还是想找到他，我要和他在一起。我那时是金色头发，不是黑色，头发和眉毛都是金黄色，在城里谁都不敢接触我。我去到市场……见到了爸爸的一个朋友，他已经搬到农村住了，和他父母一起。他和我爸爸一样也是个音乐家，我叫他沃洛佳叔叔。我把一切都告诉了他……他把我藏在一辆盖着帆布的货车上。车上又是猪在拱又是鸡在叫，开了很长很长的时间。唉，有啥法子呢！一直开到晚上。我睡过去，又醒过来……

就这样，我投奔了游击队……

——安娜·约瑟佛夫娜·斯特鲁米林娜

（游击队员）

那次阅兵……我们游击队员和红军部队一起列队受阅，但是阅兵之后我们被通知要上缴武器，回去重建城市。我们很纳闷儿：怎么回事啊？战争还在进行，仅有一个白俄罗斯刚刚得到解放，我们怎么能交出枪支？！我们每个人都想把仗打下去。于是我们来到兵役委员会，我们那儿所有的姑娘都来了……我向他们表示：我是护士，请把我派上前线。兵役委员会的同志许诺说："好吧，我们一定考虑您的要求，等需要您的时候，我们马上通知您。您先去工作吧。"

我等啊等……可他们根本没来找我。于是我又来到兵役委员会……我一连跑了好多次。最后,他们对我说了实话,护士已经太多了,不再要护士了,不过明斯克市正需要人清理废墟……

您要问,我们那儿的姑娘们都是些怎样的人?我们游击队有个叫切尔诺娃的,已经怀孕了,还把地雷夹在腰里,紧靠着胎儿噗噗跳的心脏。通过这件事您就可以清楚地知道我们都是些什么样的人了。唉,我们是什么样的人,又何必说?我们从小就受这种教育:祖国就是我们,我们就是祖国。我还有一位女友,她带着女儿走遍全城,在小姑娘的裙子里,好几层传单裹在身上。女儿举起小手,央求妈妈说:"妈妈,我太热了……妈妈,我难受……"这时大街上布满了德寇和伪警。德国人还可能瞒过去,要想蒙骗伪警就太难了。他们也是俄国人,他们了解你的生活,能看透你的内心,猜到你的心思。

就连孩子们也参加了游击队……是我们把他们带到队伍上的,但他们毕竟是孩子。如何保护他们的安全呢?我们就决定把孩子们撤出前线,可是他们还是从儿童收容所跑回前线来。他们在路上、在火车上被截住,但还是一次次逃出来,再次跑上前线。

恐怕要过上几百年才会弄清楚这段历史:这是怎样的战争?这是些什么样的人?他们是怎样造出来的?您可以设想,一个孕妇怀揣着地雷……而她还在等着自己的孩子降生……她热爱生活,她想活下去……她当然心里也害怕。可她还是那样做……她那样做不是为了斯大林,而是为了自己的后代,为了孩子们的未来。她不愿意跪着生存,不想向敌人屈服……也许我们当时都太盲目了,我甚至也不否认当时有很多的事情我们根本不知道也不明白,但我们的盲目和纯洁是共存的。我们就是由两部分组成,由两个生命组成的。您应当明白这些……

——薇拉·谢尔盖耶夫娜·罗曼诺夫斯卡雅

(游击队护士)

夏天开始了……我正好从医学院毕业,获得了文凭。就在这个时候战争爆发了!我立刻被召到兵役委员会,得到的命令是:"给您两个钟头时间,收拾一下,我们就送您上前线。"我急忙回去整理行装,把所有东西都装进一只小手提箱里。

您打仗随身带的是什么?

糖果。

什么?

满满一皮箱糖果。我从医学院毕业被分配到农村工作时,得到了安家费,一有了钱,我便用它们统统买了巧克力糖,整整装了一皮箱。我知道在战争中我是不需要现金的。在皮箱的最上面,我摆放了一张医学院同班同学的合影,上头全是女孩子。就这样,我又赶到兵役委员会报到。兵役委员问我说:"您想我们派您到哪儿去呢?"我反问他:"我的女伴要去哪儿?"——我和她是一起毕业分配到列宁格勒州来的,她在邻村工作,离我十五公里远。兵役委员听了我的话笑了:"她恰恰也是这样说的。"于是,他拎起我的皮箱,要送我上一辆卡车再去火车站:"箱子里是什么,这么重?""是糖果,一箱子都是。"他不说话了,脸上的笑容也消失了。我看出他心情很不自在,甚至有些难为情。这是一个中年男子……他知道要把我送到哪儿去……

——玛丽亚·瓦西里耶夫娜·季霍米洛娃

(助理军医)

我的命运是在一瞬间决定的……

兵役委员会贴出了一份公告:"需要司机。"我就是从司机训练班出来的,学了六个月开车……我本来是个教师(战前我读过中等师范),但根本无人问津,战场上谁需要教书的?需要的是军人。我们训练班里有很多姑娘,组建了整整一个汽车营。

有一天外出训练……我一想起这事就不由自主地要流泪。那是在春天,我们打完靶返回营房。我在野外采了一束紫罗兰花,很少的几朵。我采来后,把紫罗兰绑在枪刺上,就这样一路走了回来。

回到营地,营长召集大家列队,点到我的名字。我跨前一步站了出来,可我忘记枪刺上还扎着一束紫罗兰花。营长开始厉声训斥我:"军人就应该是军人,而不是采花女……"他弄不懂,为何在这种严酷环境中我居然还有心思去想花花草草。这种事情男人永远不明白……可我没有把紫罗兰扔掉,而是把它悄悄取下来,揣进了衣袋。为了这几朵紫罗兰,我被罚了三次额外勤务……

还有一次,轮到我站岗。夜里两点钟,别人来换我的岗,但我不想换。我对下一班的人说:"你就站白天的岗吧,现在再让我站一班!"我自愿站了一整夜的岗,一直到天亮,仅仅是想听听鸟叫。只有深夜才能让我想起以前的那种安宁的生活。

我们开赴前线路过大街小巷时,道路两旁自动排起了送行的人墙:有妇女,有老人,有孩子。大家都在抹眼泪:"小姑娘都要上前线了。"我们整整一个营全是姑娘。

我开车做什么?……就是每次战斗结束后去收尸,战场上到处都是散落的尸体,都是年纪轻轻的小伙子。有一次,突然发现一位姑娘的尸体躺在地上,一个战死的女孩子……所有人顿时都沉默无语……

——塔玛拉·伊拉利奥诺夫娜·达薇多维奇

(中士,司机)

我准备上前线的时候……您不会相信……我那时以为战争不会打多久。我们马上就会战胜敌人!我还买了一条十分喜爱的裙子、两双袜子和几双鞋。那是我们从沃罗涅日撤退时,我记得当时我们冲进商店,又为自己买了一双高跟鞋。我记得很清楚,撤退的时候,城市上空已经是黑烟笼罩——但是商店居然还开业,真是奇怪!不知怎么地,我就是喜欢买鞋子。直到现在我还记得,那双鞋子多么精致优雅……我买到的是一种精神愉悦……

确实,要想马上就告别战前的生活是很困难的。不仅是心理,就是全身各部分都很抗拒。所以我还清楚记得当时拿着这些鞋子跑出商店时我是多么高兴，开心极了。其实当时已经是硝烟四起炮声隆隆了……虽然人已经处于战争中，但还是不愿意去想它，硬是拒绝相信战争已经开始。

我们已经被战火包围了……

——维拉·约瑟沃夫娜·霍列娃

（战地外科医生）

战场生活和琐事

我们的梦想……就是要去打仗……

我们刚进入车厢，训练就开始了。一切满不是我们在家时想象的那样，必须很早起床，自由活动的时间一分钟也没有，而我们身上还保留着以前的生活习惯。只受过小学四年级教育的下士班长古利亚耶夫教我们军事条令，他连有些单词的音都发不准，我们很不满意。在我们看来，他能教我们什么啊？其实也就是教我们怎样在战场上求生……

体检以后要进行入伍宣誓。司务长拿来了全套的军服：军大衣、船形帽、军便装、军裙。没有女式衬衣，就发了两件厚棉布缝制的男式长袖衬衣；没有绑腿，发的是一双长袜子和一双笨重的前后都钉着厚铁掌的美制大皮鞋。在连里数我个子最矮，体重最轻，身高才一米五三，鞋子穿三十五码。不用说，军工厂是不制作这么小尺码的军鞋的，美国人更不会供给我们这种小号鞋，于是就发给了我一双四十二码的大皮鞋，穿鞋脱鞋都不用解开鞋带，直接就可以把脚插进鞋筒。这双皮鞋那么重,我穿上它只能拖拖拉拉地走路。我走列队方步的时候,石子马路上都迸出了火星,步伐古里古怪,根本不像在走队列。那吃尽苦头的第一次行军,现在真是想想都可怕。我是准备在军队建功立业的,但没有料到三十五码的小脚却要穿上四十二码的大皮鞋,那么沉重又那么丑陋!难看死了!

连长看到我走路的模样,把我叫住了:"斯米尔诺娃,你是怎么走队列的?难道你没学过吗?为什么不高抬腿?我宣布罚你三次额外勤务!"

我回答说:"是,上尉同志,三次额外勤务!"我转过身去要走,可是还没迈出腿就摔倒了,人从鞋子中甩了出去……两只脚都被鞋筒磨出了血……

这时事情才真相大白:我都不能走路了。于是,连队的鞋匠帕尔申奉命为我用旧帆布改制了一双三十五码的高筒靴……

——诺娜·亚历山德洛夫娜·斯米尔诺娃

(列兵,高射机枪手)

有不少可笑的事情呢……

纪律、条令、等级标志——所有这些军中奥妙我们并不是很快就掌握的。我们就是每天站岗放哨守卫飞机。按照条例规定,如果有人过来,必须命令他站住:"站住,哪一个?"可是,我的一位女伴有一天站岗看到团长远远过来了,竟然大声喊道:"请停一下,那是谁呀?对不起您,我可要开枪了!"您说可笑不?她竟然喊:

097

"对不起您,我可要开枪了!"对不起您了……哈哈哈……

——安东尼娜·格利戈里耶夫娜·邦达列娃

(近卫军中尉,高级飞行员)

姑娘们刚到航校来时,都是一头长发,梳着各式各样的发型。我也把一条大辫子盘在头顶上。可是怎么洗头呢?到哪儿去吹干?刚刚洗好头发,警报响了,就得马上跑出去。我们分队长玛利娜·拉斯柯娃命令所有人都要把长发剪去。姑娘们一边剪一边哭。后来获得了荣誉称号的飞行员莉丽亚·利特维亚克,当初怎么也不愿意跟她的长发分手。

我只好去找拉斯柯娃:"队长同志,您的命令执行了,只有利特维亚克违抗命令。"

玛利娜·拉斯柯娃尽管具有女性的温柔,但毕竟是个称职的十分严肃的领导。她命令我回去:"要是你连上级指示都不能完成,还算什么党小组长!向后——转,开步——走!……"

连衣裙、高跟鞋什么的,我们实在舍不得扔掉这些东西,就把它们藏在背囊里。白天穿长筒靴,晚上就在镜子前面偷偷穿穿高跟鞋。这事还是被拉斯柯娃发现了——过了几天便下了个命令:所有女式衣物全部要打邮包寄回家去。必须如此!不过,我们只用了半年时间就学会了驾驶新式飞机,这在和平时期需要两年。

训练开始没有多久,我们就牺牲了两组学员,一共四口棺材。我们一共三个团,大家都伤心地痛哭。

拉斯柯娃站出来说话了:"姑娘们,擦干眼泪吧。这还只是我们的第一次损失,以后还会更多。你们要把柔弱的心攥在拳头中……"

后来在战争期间,我们再也没有在安葬同伴时流泪,大家不再哭泣了。

我们驾驶的是战斗机。对于所有女性身体来说,高度本身就是一个可怕的负担,有时好像肚子直接顶住了脊梁骨。可是我们女孩子们飞得很棒,屡创奇迹,还有尖子飞行员!就是如此!您知道,我们飞行时,就连男人都看得惊奇:女飞行员又升空了!他们很羡慕我们……

——克拉芙季亚·伊万诺夫娜·杰列霍娃

(空军大尉)

那是在秋天,我被召到兵役委员会……兵役委员亲自接待了我,他问我:"您能跳伞吗?"我承认我害怕,他又把空降兵的待遇夸了一通——服装漂亮不用说,每天还有巧克力吃。可是我从小就有恐高症啊。"那您愿意去高射炮部队吗?"高射炮?这我可知道是怎么回事。于是他又建议:"那我们把您派到游击队去吧。"我问他:"到了那儿,我怎么给莫斯科的妈妈写信呢?"最后兵役委员只好用红铅笔在我的派遣证上写道:"去草原方面军……"

在火车上,有个年轻的大尉爱上了我,整夜待在我这节车厢里不走。他在战争中身心受到很大创伤,多次负伤。他反复打量着我,说:"小维拉,您可千万别灰心丧气,不要学得粗暴。您现在多么温柔可爱啊……我可是什么都见识过的……"在当时那种好心情下,接下来自然发生了些什么,人们都说,想从战争中洁身自好地走出来真是太难了。战争是个地狱。

我和女伴走了一个月，总算到了乌克兰第二方面军第四近卫集团军。我们到达还没几分钟，主治外科医生出来打量我们一番，就把我们带进手术室说："这就是你们的手术台……"救护车一辆接一辆开来，还有史蒂倍克美国重型卡车，伤员有的躺在地上，有的睡在担架上，我们只问了一句："先救谁？""先救不吭气的……"一个小时之后，我就已经上手术台工作了。一直做下去……一连做了几天几夜手术，稍稍打个盹儿，然后很快揉揉眼、洗洗脸，继续做。两三个伤员中总有一个不治而死，我们不可能救活所有人。三分之一是死在手术台上的。

我们在士麦林卡火车站遇到非常猛烈的轰炸。火车停了下来，我们都四散逃离躲避。有一位副政委，昨天才切除阑尾，今天就已经在奔跑了。我们在森林里坐了一整夜躲避飞机，可火车已经被炸成了一堆废铜烂铁。清晨，德国飞机又超低空飞行，仔细搜索树林。我们还能躲到哪儿去呢？又不能像田鼠一样钻到地下去。我抱紧一棵白桦树站牢："啊，我的亲妈呀！……难道我就这么死了吗？要是我能活下来，我就是世界上最幸运的人……"后来我无论对谁讲起我怎样紧抱着白桦树不放，都引起一阵笑声。其实，当时真是千钧一发啊，不是吗？我就是那么直挺挺地站着，死抱住白桦树厉声尖叫……

我是在维也纳迎接胜利日的。我们到动物园去玩了一趟，我一直都渴望去动物园。本来我们也可以去参观集中营的，大家都被带到了集中营去看展览受教育，但我并没有去……直到现在我还很奇怪,当时我为什么不去?……其实就是不想难受,就是想高兴点、开心点,想看看另一种生活……

——维拉·弗拉季米洛夫娜·谢瓦尔德舍娃

(上尉,外科医生)

我们家一共三口人:妈妈、爸爸和我。父亲是第一个上前线的,妈妈想跟父亲一道去,她是个护士。可是父亲去了一个地方,母亲去的是另一个地方。我那时只有十六岁,人家不愿意要我。我就一遍又一遍地往兵役委员会跑,磨了一年多,总算把我收下了。

我们坐了好长时间的火车。和我们在一起的有从医院返回前线的战士,他们都是些年轻小伙子。他们给我们讲前线的故事,我们坐在旁边,听得目瞪口呆。他们说我们会遇到敌机扫射的,我们就坐立不安地等着:敌人到底什么时候开始扫射?于是他们又说,这样吧,我们一起去打声招呼,就说我们已经全都被扫射过了。

我们到达了前线。不料,没有派我们去握枪杆子,而是叫我们去洗衣做饭。姑娘们全是我这个年龄,参军前父母十分宠爱我们,我就是家里的独生女。在这里我却要搬柴草生炉子。最后我们还要把炉灰收起来,放到锅里代替肥皂,因为肥皂还没有运到,原来的已经用完了。衬衫都很脏,满是虱子,还尽是血迹……在冬天要洗掉血迹很难很难……

——斯维特兰娜·瓦西里耶夫娜·卡泰希娜

(野战洗衣队战士)

至今我还记得我救护的第一个伤员，常常会想起那张面孔……他是大腿根附近开放性骨折。您想想看，骨头都戳了出来，伤口稀烂，肉全都翻到外边。骨头都出来了……我虽然从书本上知道该怎么处置这种伤口，可是当我爬到他跟前看到这样子时，我支持不住了，恶心得直想吐。突然，我听到了说话声："小护士，给我点水喝。"这是那个伤员在对我说话，好可怜。我到今天还记得这情景。当他说出这句话时，我突然冷静下来了。"哼！"我心里责备自己，"好一个屠格涅夫笔下的贵族少女！人家受伤都要死了，而你这软弱的造物，还恶心啥呢……"我赶快打开急救包，给他包扎伤口。就这样，我开始镇静下来，提供了我力所能及的战地服务。

　　我现在常常看一些战争影片：护士上前沿阵地时，总是穿得整整齐齐、干干净净，还不穿棉裤，只穿一条小短裙，凤尾发型上戴一顶船形帽。唉，太虚假啦！难道我们这样子还能去背伤员？……周围清一色都是男人，怎么能穿着一条短裙这样爬来爬去？说实话，只是在战争结束时，上级才把裙子当作盛装发给我们。也只有在那时，我们才领到了针织品内衣，不再穿男式的粗布衬衣。您知道吗？我们真是欣喜若狂，为了能让人看到我们里面的内衣，我们就把套头军装前面的扣子统统解开……

——索菲亚·康斯坦丁诺夫娜·杜布尼亚科娃
（上士，卫生指导员）

　　我们遇到了空袭……敌机一遍一遍地轰炸，没完没了地轰炸。人们都争先恐后四散逃命……我也拼命地跑。忽然听到有人在声音微弱地呼喊："帮帮我……救救我……"而我还在继续跑……过了一会儿，喊叫声又传到我耳朵里，我这才突然感到了肩膀上救护挎包的分量，还有一种负疚感。恐惧顿时抛到九霄云外！我扭头就往回跑：原来是一个受伤的士兵在呻吟。我立刻冲上去为他包扎，然后是第二个、第三个……

战斗到深夜才结束。清晨又下了一场雪，大雪覆盖上很多很多的尸体……很多人的手臂都是朝上举着……伸向天空……您不是问我那时候有没有幸福感吗？我告诉您：突然在死人堆里发现了一个活着的人，那种感觉就是幸福……

——安娜·伊万诺夫娜·贝丽娅

（护士）

那是我人生中看到的第一个死者……我低头站在他旁边哭……痛哭不已……就在这时有伤员喊叫起来："快来给我包扎腿啊！"他的一条腿在裤子上摇晃着，已经被炸断了。我撕下他的裤子。"把我的腿给我，放在我旁边！"我就那样做了。他们只要还有意识，就绝不丢下他们的手臂或腿脚。他们要回自己的断肢，就是死了，也要埋葬在一起。

在战争中我曾想过：对于所发生的任何事情我永远不会忘。而事实上好多事情都被我逐渐淡忘了……

一个年轻漂亮又风趣幽默的小伙子被打死了，平躺在地上。我本来以为所有牺牲的人都会得到隆重安葬，但人们只是把他抬起来，送到了一片榛树林里，草草挖了个坟坑……既没有棺材，也没有任何仪式，就把他放进坑里了，然后直接盖上了土。阳光是那么强烈，照晒着他……那是在暖融融的夏天，连遮太阳的篷布也没有，没有任何陪葬，只好让他穿着身上现有的军装和马裤。好在他的服装还是崭新的，显然他刚到前线不久。就这样把他安葬了，坑很浅，刚好够他躺进去。他的伤口不大，却是致命伤———一枪命中了太阳穴，血也流得不多。这样一个人现在躺在那儿，就跟活着一样，只不过脸色是苍白的。

扫射之后便开始地毯式轰炸，炸烂了这片地方。我不知道还会留下什么……

但我们在那种处境里怎样埋葬死者？只好就近，在我们所待的掩体附近，挖个坑，把他们埋掉就得。只留下一个土堆，不用说，只要是德国人紧跟过来，或者开来汽车，坟头会立刻被轧平，成为普普通通的平地，什么痕迹都不会留下。我们经常在树林里掩埋战友……就在那些橡树底下，在那些白桦树底下……

直到今天我都没勇气到森林里去，特别是到长着老橡树和白桦树的森林……我不能在那种地方停留……

——奥尔佳·瓦西里耶夫娜·柯尔日

（骑兵连卫生指导员）

在前线我失声了……我有一副美丽的歌喉……

直到打完仗返回家乡我的嗓音才恢复了。晚上亲朋好友聚餐时，几杯酒下肚大家就说："来，维拉，唱一个吧。"我就放歌一曲……

我离开家上前线时，可以说是个唯物主义者、无神论者，是个成绩优异、品行良好的苏联女中学生。可是到了前线……在那里我开始祷告了……每次打仗之前我都要祈祷，出声地祷告，祈祷词也很简单……都是我自己的大白话……意思只有一个，就是上天保佑我能活着回家看爸爸妈妈。真正的祈祷方式我并不知道，我从没有读过《圣经》。也没有人看见我祈祷，我是暗地里悄悄祈祷，小心翼翼。因为……我们那时是另外一种人，当时都是另一种生活。您明白吗？我们想事情和现在不一样，我们都明白……因为……我来给您讲个偶然事件……有一次，在新兵当中发现一个教徒，当他祈祷时，士兵们都嘲笑他："怎么样，上帝给了你什么帮助啊？如果上帝真的存在，又为什么要容忍这一切发生呢？"对于一个人要趴在十字架上的基督像前痛哭，他们绝对不理解，说是如果耶稣爱你，为啥他不来救你啊？我是战争结束后才开始读《圣经》的……现在我要一辈子读《圣经》……说回到那个士兵，他也不再是一个年轻人了，就是不要开枪。他拒绝说："我不能啊，我不能杀生！"其他人都同意杀人，但他就是不同意。时代？那是什么时代啊……可怕的时代……就因为信教……他被送交军法审判，两天之后就被枪决了……造孽啊！

那是另一个时代……那是另一种人……该怎么向您解释呢？该怎么解释啊……

幸运的是，我从来没见过那些被我杀死的人……但是，反正都一样……现在我认识到自己也是杀生的。现在想到这些了……是因为我老了吧。我为自己的灵魂祈祷，我嘱咐女儿们，在我死后，我所有的战斗勋章都不要送进博物馆,要交到教会去,送给神父……那些死者,他们经常来到我的梦中……被我杀死的人们……虽然我没有看到过他们,但他们却在梦中来看我。我睁大眼睛找啊找,也许有人只是受伤,虽然身受重伤,但仍然能救活呢。我不知道该怎么说……反正他们都死了……

——维拉·鲍里索夫娜·桑基帕

(中士,高射机枪手)

我最受不了的是给人截肢……常常要做高位截肢,就是把整条腿都锯下来,当我把断腿搬出去,放到盆子里时,抱都抱不动。我记得,那些断腿都很沉。我轻轻地抱着,不能被那个截肢的伤员听到,又像抱个孩子,像照顾婴儿那样小心翼翼……特别是几乎从大腿根上截下来的腿,我最受不了。那些麻药还起作用的伤员,要么是在呻吟,要么就在叫骂,俄语中所有骂人的话都用尽了。我身上总是溅着血迹……像点点樱桃一样……不过是黑色的……

可是给妈妈写信我从来不写这些事。我只写道:这里一切都好,我吃得饱穿得暖。妈妈已经把三个孩子送上前线,她心里够难过的啦……

——玛丽亚·赛丽维斯特罗夫娜·巴若科

(战地护士)

我出生在克里米亚……距离敖德萨不远。1941 年,我从克尔登姆区的斯洛博德中学十年级毕业。战争爆发后,开始几天我一直从电台收听广播。我听懂了，我军是在撤退中……我跑到兵役委员会要求参军，被送回了家。又去了那里两次，两次被拒绝。7月28日，后撤下来的军队通过我们斯洛博德，我就与他们一起奔赴前线，根本没有什么入伍通知书。

我头一次看到伤员，吓得昏了过去。过后就挺过来了。我第一次爬到枪林弹雨中救伤员时，拼命大叫着，好像要压倒炮火的轰鸣。后来就完全习惯了，过了十天后，我自己也被打伤，我就自己把弹片拔出来，自己给自己包扎……

1942年12月25日，我们五十六集团军三三三师坚守着通往斯大林格勒的一片高地。敌人决心不惜任何代价也要把它夺过去。战斗打响了，德军坦克向我们进攻，但我军的炮火打得它们寸步难行。德国人退了下去。在开阔地带，我们一个炮兵中尉受伤了，他叫科斯加·胡多夫。几名卫生员冲上去想把他救回来，结果都牺牲了。两条救生犬爬过去（我在那儿生平第一次看到这种狗），也给打死了。这时，我一把扯下棉帽子，挺直身子站立起来，先是小声，然后就高声唱起一支我们在战前最喜爱的歌曲《我陪伴你去建立功勋》。双方的士兵——我们这边和德国人那边——全都安静下来。

我跑到科斯加跟前，弯下腰，把他抱上小雪橇，拉回我方阵地。我一边走一边暗自想："只要不打后背就行，宁可让他们打我的脑袋。"当时的每分每秒都可能是我生命的最后一瞬间……想知道我当时感觉到痛苦没有？太可怕了，我的妈啊！可是最终，一声枪响也没有……

那时发给我们的衣服根本不够用：就算是发了新衣服过两天也全都沾满血迹。我救的头一个伤员是上尉贝洛夫，最后一个伤员是谢尔盖·彼得洛维奇·特罗菲莫夫，迫击炮排的中士。1970年他来我家做客，我把他头部受伤的地方指给女儿们看，那儿落下一块很大的伤疤。我从炮火下一共救出了四百八十一名伤员。有个新闻记者算了算：整整一个步兵营……我们要把那些比自己重两三倍的男人背在身上，伤员就更沉重了，不但要背人，还要拖走他的武器，他们还有军大衣和大皮靴，都要带走……放下一个，立刻再回去背下一个伤员，又是七八十公斤……每次冲锋就要来回这样五六次，而我自己也就是四十八公斤，芭蕾舞蹈演员的体重。现在简直不能相信……我们那时怎么能做到这一点……

——玛丽亚·彼得洛夫娜·斯米尔诺娃
（娘家姓古哈尔斯卡娅，卫生指导员）

那是1942年，我们越过前线去执行任务，隐蔽在一片坟场附近。我们知道，德国人距离我们只有五公里远。这是在深夜，他们一个劲儿地发射伞式照明弹。照明弹一发接一发，此暗彼明，把很大一片地照得通亮。排长把我带到坟场边，指给我看照明弹是从哪里发射出来的，那儿是一片灌木丛，里面可能有德国人。虽说我不害怕死人，从小就不怕坟地，可我那时才二十二岁啊，又是第一回站岗，所以两个钟头里吓得够呛。结果，早晨我发现了一绺初生的白发。我站岗时，眼睛紧盯着那片灌木丛，它簌簌作响，摇摇晃晃，我总觉得好像有德国鬼子从那里走出来……好像总是人影绰绰……鬼怪精灵在附近……而我孤单一人……深夜里在坟场站岗，这难道是女人干的事吗？男人们对待一切都比较简单，他们往往就是这样想的：该站岗了，该射击了……而对于我们，这毕竟太难以接受了。或者一口气急行军转移三十公里，背着全部战斗装备，又热又乏，连马匹都累瘫了……

——薇拉·萨弗隆诺夫娜·达维多娃

（列兵，步兵）

你想问在战争中最可怕的是什么？你在等我答复……我知道你在等什么答案……你以为我的答复一定是，战争中最可怕的就是死亡，是丢掉性命。

呶，是这样吧？我认识你那帮哥们儿，新闻记者那些玩意儿……哈哈哈……你怎么不笑啊？啊？

其实我要说的是不同的答案……对我来说，在战争中最可怕、最糟糕的事，是穿男式内裤，这才是最可怕的了。这对我来说就好像……我形容不出来……嗯，首先吧，非常难看……你上了战场，本来是准备为祖国去牺牲的，可是身上穿着男人的内裤。看起来总是很可笑、很荒唐。那时候的男式内裤都是又长又宽，是用棉缎制作的。在我们掩蔽洞里有十个女孩子，全都是穿男人的内裤。哦，我的天啊！春夏秋冬，整整过了四年。

后来我军反攻，打出了苏联边境……用我们政委给我们上政治课时的话说，就是我们打到野兽的巢穴去了。我们到达第一个波兰村庄附近时，全都换了服装，上级发给了我们新的制服……而且……啊呀呀，还第一次给我们送来了女人内裤和胸罩，整个战争中这可是头一次。哈哈哈……嗯，明白吗？我们总算盼到了正常的女人内衣……

你为什么不笑？你哭了……是啊，为什么要哭呢？

——萝拉·阿赫梅托娃

（列兵，射手）

人家不批准我上前线……我当时刚过十六周岁，离十七岁还差得远呢。我们家有个邻居被征召了，她是个医助，入伍通知书送到她家，她哭个不停，因为她家里还有个很小的男孩。于是我跑到兵役委员会对他们说："让我代替她去吧……"妈妈不许我去参军，她说："尼娜，你才几岁啊？再说战争很快就会结束的。"母亲就是疼爱孩子。

战士们看到我，有的送我面包干，有的送我方块糖，都很体贴照顾我。那时我还不知道我军有喀秋莎火箭炮，它就伪装隐蔽在我们后面。开始射击时，真是天摇地动，火光四起。刹那间，我都惊呆了。震耳欲聋的轰鸣、喧嚣和闪电般的火光把我吓坏了，我一头栽进水洼中，军帽也丢了。士兵们看了捧腹大笑："你这是怎么了，小尼娜？你怎么了，小宝贝？"

常常进行肉搏战……我记得最清楚的是什么呢？记得最清楚的是肉搏时发出的骨头折裂声……肉搏开始了：立刻出现了这种骨头折裂声，软骨咯咯响，还有野兽般的狂叫。每次冲锋我总和士兵们一块儿上去，当然是跟着他们，但只是稍稍靠后，可以说就在他们身边。所以我什么都能看得清清楚楚,听得清清楚楚……男人之间扭在一起厮打……往死里整,砍杀不眨眼,直接把刺刀往嘴里捅,往眼睛里扎,往心脏和肚子里戳……这情景……怎么描述啊?我太软弱了……不能描绘那场面……一句话,女人从来不会见识到男人会这样子,她们在家时从未见过这样的男人。女人们和孩子们都没见过。叫人毛骨悚然……

战后我回到土拉老家,还经常在夜里做噩梦大喊大叫。妈妈和妹妹就常常深夜守在我床头……我总是被我自己的惊叫声所吓醒……

——尼娜·弗拉季米罗夫娜·克维连诺娃

(上士,步兵连卫生指导员)

我们到达了斯大林格勒……那儿正在进行殊死的战斗,是生死攸关之地……鲜血把水和土地都染红了……而我们必须从伏尔加河这边跨到对岸去。根本没有人理睬我们的央求:"你们在说什么啊,丫头们?谁会需要你们这些人啊!我们需要步枪和机枪射手,不是通信兵。"可是我们有很多人,八十多个女孩子。到了傍晚,那些大一些的姑娘被接受了,就剩下我和另一个小女孩没人要,嫌我们个子太矮,没有长大。他们想把我们留在预备队,于是我拼命大哭起来……

第一次作战,军官们就不断把我从掩体上推下去,而我总要从战壕里探出头,好能亲自看到一切。那时是充满了好奇心,幼稚的好奇心……很天真呢!连长就大声吼道:"列兵谢苗诺娃,列兵谢苗诺娃,你疯了吗!我的小祖宗啊……敌人会杀死你的!"我当时还不能够明白,我只是刚刚来到前线,怎么就一定会被杀死呢?我那时还不知道,死亡是一件多么寻常的事情,又是多么随意的事情。死神是不请自来而并非相约而至的。

破旧的卡车拉着增援部队上来了,上面都是老人和男孩。发给他们每人两枚手榴弹就投入了战斗,根本没有枪,枪支只能用在正规的战场上。一仗打下来,没有谁还需要包扎抢救……全都战死了……

——尼娜·阿列克赛耶娃·谢苗诺娃

(列兵,通信兵)

我从头至尾参加了全部战争……

我背着第一个伤员时,两腿软绵绵的。我一边背着他走,一边哭着小声嘟囔:"你可别死啊……可别死啊……"我一边给他包扎,一边哭着,还一边温柔地哄他。这时一个军官从旁边走过,对我大骂起来,甚至骂得很粗鲁……

为什么他要骂您?

因为像我这样怜悯和哭泣是不许可的。我把自己弄得筋疲力尽,可是还有很多很多伤员要救。我们乘车一路过来,到处躺着死人……剃得精光的脑袋泛着青色,就像被太阳晒过的土豆……他们就像遍地的土豆散落着……姿势还是像在奔跑一样,却已经横尸在被炮弹翻耕过的野地里……就像散落的土豆……

——叶卡捷琳娜·米哈依洛夫娜·拉勃恰叶娃

（列兵，卫生指导员）

我现在已经说不清那是在哪儿，是在什么地方了……一次就有二百多名伤员挤在一个板棚里，而护士只有我一个。伤员从战场直接运来，很多很多。好像是在某个村子里……过去这么多年我不记得是哪儿了……但我记得，当时我连续四天没睡觉，没坐下来歇口气，每个人都在喊我："护士……小护士……救救我，亲爱的！……"我从这人跟前跑到那人跟前，有一次我绊倒了，倒在地上立刻就昏睡了过去。但叫喊声又把我惊醒。这时有个军官，是个年轻的中尉，也是伤员，撑起没有负伤的半边身子对他们喝道："静一静！不许叫，我命令你们！"他理解我，知道我是精疲力竭了，可是其他的人还在叫喊，他们疼得厉害呀："护士……小护士……"我一下子跳起，拔腿就跑——也不知往哪儿跑，要干些什么。这是我到前线后第一次放声大哭……

就是这样……你永远也不知道自己的心。冬天，一群被俘的德国兵走过我们的部队。他们冻得瑟瑟发抖，褴褛的毛毯盖在脑袋上，身上的大衣都结了冰。严寒使得森林里的鸟儿都飞不起来，连鸟儿都冻僵了。在俘虏行列中有个士兵……还是个小男孩……他脸上的泪水都结冰了……我当时正推着一独轮车的面包去食堂。他的眼睛就一直离不开我的手推车，根本不看我，就是死盯着独轮车。那是面包……面包……我拿出一个面包，掰了一块给了他。他拿在手里……还不敢相信。他不信我会给他面包……不相信!

我当时心里是幸福的……我为自己不去仇恨而幸福。我当时也为自己的行为而惊讶……

——纳塔利亚·伊万诺夫娜·谢尔盖耶娃

(列兵,卫生员)

"只有我一人回到妈妈身边……"

我乘车前往莫斯科……关于尼娜·雅柯夫列夫娜·维什涅夫斯卡娅,我所知道的情况在活页夹里暂时只占了几页纸:十七岁上前线,在第五集团军三十二坦克旅第一营作战,任卫生指导员。她参加过著名的普罗霍洛夫卡坦克大战——苏联和德国双方在那次战役中一共投入了一千二百辆坦克和火炮战车,是世界历史上规模最大的坦克大战。

为了给解放自己家乡的第三十二坦克旅建立陈列馆,鲍里索夫市的中学生调查组收集了大量资料,也是他们悄悄给了我维什涅夫斯卡娅的住址。坦克部队的卫生指导员通常由男性担任,可是这里却突然冒出个小丫头来。我希望了解其中的故事,马上收拾行装上路去采访她……

我已经开始琢磨:如何在数十个被采访者的地址中进行选择?起初,我把所有被采访者的姓名都记录下来。随着电话一个接着一个地打来,她们轮番向我讲述,邀请我去采访,通常都会和她们一起吃茶点。我开始从四面八方收到信函,地址也都是前线邮戳。她们写道:"你也是我们中的一员,你也是前线的姑娘了。"很快我就发现,自己不可能面面俱到,应该采用另外一种筛选和积累资料的办法。怎么做呢？我先把现有的地址分门别类，再建立这样一个原则：尽量记录不同军事岗位上妇女的事迹。要知道，我们每个人都是通过自己所从事的事业，通过我们在生活中，或参与事件中的定位去认识人生的。

可以这样假设：护士看到的是一种战争，面包师看到的是另一种战争；空降兵看到的是一种战争，飞行员则又是一种战争；冲锋枪排排长看到的也与别人不同……在战争中，每个人都有自己的视野半径。

一位女性是在手术台边工作的，她说："我见过多少截下来的胳膊和大腿啊……简直无法相信世上还会有四肢完整的男人了。似乎男人们不是受伤，就是阵亡了……"（捷姆琴科，上士，护士）另一位女性是围着炊事车的锅台转的，她说："有时打完一仗，谁也没活下来……热粥热汤全做好了，可就是没人来吃……"（季尼娜，列兵，炊事员）还有一位女性的活动半径只是小小的飞行舱："我们的营地在密林深处。有一次我飞行归来，打算在森林里散散步。这时已经是仲夏季节，草莓都长出来了。我沿着林中小径走着，突然发现：地上躺着一个德国人……身体都已经发黑了……当时我真是吓得魂飞魄散。别看我已经打了一年仗，但在这以前我还从未见过死人。那是在高空中，是另一码事……只要一起飞，我们心里便只有一个念头：找目标，扔炸弹，返航。我们不必去看什么死人，所以这种惊恐我们从没经历过……"（邦达列娃，近卫军中尉，一级飞行员）而在女游击队员的脑海中，至今还会把战争与熊熊篝火的气味联系在一起："干什么都少不了篝火——烤面包啦，煮汤啦。就是篝火烧剩下的一些黑炭,我们也要在上面烘烤皮袄啦、毡靴啦什么的。夜间所有人都靠炭火取暖……"(叶·薇索茨卡雅)

但是,有好长一段时间我都无法单独与自己的思想相处。在火车上,女乘务员送来了茶水,车厢里立刻热闹起来,大家彼此愉快地做了自我介绍。桌子上有一瓶传统的莫斯科牌伏尔加,还有自制小吃,于是,就如我们常说的,开始了一番坦诚亲密的交谈:关于自己的家庭秘密和政治传闻,关于爱情和仇恨,关于领导和邻居,等等。

我早先以为,我们只是同路人和闲聊伴侣而已……

我也告诉他们,我此行是去看望谁,是为了什么目的。我的那两位同行旅客,一个当时是工兵营长,在战争中一直打到柏林,另一个在白俄罗斯森林里打了四年游击。于是我们就开始谈论起了战争。

后来,我是根据自己的回忆把我们的谈话记录了下来。

"我们已经是濒临死绝的种类了,就像猛犸一样!我们那一代人,坚信人世间总有比普通人生更为伟大的东西。祖国就是伟大的思想。嗯,还有斯大林。为什么要撒谎呢?就像俗话说的,在歌曲中,歌词是不能被抹去的。"

"这是当然……我们游击队里就有个勇敢的女孩……经常去破坏德国人的铁路线。她所有的家庭成员都在战前被镇压了:父亲、母亲和两个哥哥。她和她的阿姨,就是母亲的妹妹,住在一起。从战争的第一天起她就寻找游击队。在游击队中,大家都看到,哪儿危险她往哪儿冲……就是想证明什么……可是所有人都获得过嘉奖，只有她从来没有。因为她父母是人民的敌人，就从来不表彰她。在我军反攻到来之前，她的一条腿被炸断了。我到医院里去看她，她哭着对我说'现在大家总应该相信我了吧'。那是个很漂亮的女孩子……"

"当时有两个小姑娘到我这个营来，还要当什么工兵排长。谁知道是干部处的哪个蠢货把她们派到我这儿来的。我当即把她们打发回去，尽管她们气得死去活来。就她们，居然还想到前沿去当工兵排长，排雷开路！"

"您干吗要把她们撵回去？"我问。

"理由多了。第一，我有足够的优秀中士，派来的这两个小姑娘能做的事，他们全能做好；第二，我认为，女人没必要到前线去摸爬滚打、日晒雨淋。我们男人已经足够了。而且我还知道，必须要为她们挖单独的掩蔽部，还要下令安排一大堆女孩子必不可少的、各种各样的讨厌事情。"

"这么说，您认为姑娘们在战争中只能是多余的累赘了？"

"不是，我可没这么说。要是回顾历史，在各个时代，俄罗斯妇女不仅送丈夫、兄弟、儿子去作战，为他们担惊受怕，等待他们回来，而且还有雅罗斯拉夫娜公主那样的例子——亲自登上要塞城墙，把煮沸的松香浇到敌人头上。可是在我们心里，在我们男人的心里，总还是有一种负疚感：竟然让女孩子们来打仗！我心里一直有这种感觉……我到今天还记得，那是我们撤退的时候，正值秋天，连续几天大雨滂沱，没日没夜地下。我就看到一个被打死的姑娘躺在路边……长长的辫子，浑身是污泥……"

"这是当然……我曾听说过，我们的护士们在陷入敌军重围后，冒着四面八方的子弹保护伤员，因为这时伤员就跟孩子一样虚弱，对这一层我能理解。可是这样一番情景我就不能理解了：两个女人带着狙击枪爬到中间地带去杀敌。我无法摆脱这样的感觉，这毕竟是'狩猎'呀……我自己就是个狙击手……但我到底是个男人呀……"

"可她们是在保卫自己家园啊，是在拯救自己的祖国啊……"

"当然当然……或许我能带这样的女人去侦察，但是我不能带我老婆去……嗯，是这样的，我们已经习惯于把妇女当作母亲、当作未婚妻，然后是美丽的太太。我弟弟给我讲过一件事，当时一群德国俘虏被押着从我们城里经过，我弟弟那帮小鬼就朝俘虏队伍打弹弓。我母亲看到了，'啪'地给了弟弟一个嘴巴。原来，俘虏也是些大孩子，希特勒把最后的老本也抛出来啦。我弟弟那会儿才七岁，但他记得很清楚：我妈妈怎样一边看着这些德国人，一边放声大哭：'你们的妈妈真是瞎了眼，她们怎么肯把你们这样的人放出来打仗啊！'战争，就是男子汉大丈夫的事。你可以写的男人打仗故事难道还少吗？"

"不对……我就是证人，不对！我们都记得战争爆发后头几个月的惨状：空军的飞机全都被消灭在地面上，我们的坦克就像火柴盒一样燃烧。枪支都是又老又旧，几百万官兵被俘虏。几百万啊！只有一个半月，希特勒就打到了莫斯科城下。教授都被征兵打仗了，老教授们！而姑娘们自愿地冲到了前线，胆小鬼是不会自己上去的。这都是勇敢的、非凡的女孩子。有统计数据显示：前线医务人员的伤亡人数仅仅次于步兵营，高居各军兵种伤亡率的第二位。比如，在步兵中从战场上把伤员背下来，这意味着怎样的代价？我现在好好告诉您……

"有一回我们发起了冲锋，可是被敌人的机枪像割庄稼似的扫倒了一片，一个营就这样没有了，全都躺倒在地，但并没有全部牺牲，有很多人受伤了。德国人还在扫射，火力不减。这时候，一件让所有人完全料想不到的事情发生了：突然从战壕里跃出一个小姑娘，接着跳出第二个、第三个……她们开始包扎伤员，并把他们往回背。一时间，连德国人也惊得呆住了。战斗一直进行到晚上十点多钟，女孩子全都负了重伤，但她们每一个人救出了两三个人之多。可是上级给她们的奖赏却十分吝啬，战争初期奖章发得不多。那时规定，背下伤员的同时还必须带回伤员的武器。进了卫生营，首先要问的是：武器在不在？因为当时我们的武器装备还不充足。不管是步枪、冲锋枪、机关枪——全都要背回来的。1941年曾经发布过关于嘉奖救护人员的281号命令：从战场上救出十五个重伤员（连同他们的武器一道）者，授予战斗奖章，救出二十五人授予红星勋章，救出四十人授予红旗勋章，救出八十人授予列宁勋章。而我要讲述给您听的是，在战场上哪怕是救出一个人，都意味着什么……那是从枪林弹雨下救出来的啊……"

"这是当然……我也记得……嗯，是的……有一回我们派侦察兵到一个有德寇驻军的村庄。先去了两个侦察员……紧接着又派出一个……都没有回来。队长就叫出我们一个姑娘：'柳霞，你去吧。'我们把她装扮得像个牧羊女孩,送她上了大路……怎么办?结果会怎样?男的都被杀了,一个女人可以通过吗?这事情,是的……不过看到女人手中拿着步枪……"

"那女孩回来了吗?"

"我忘了她姓什么……但我记住了她的名字,柳霞。她也牺牲了……那是后来有农民告诉我们的……"

"所有人都久久不说话,然后,我们为死者举起了酒杯。话题转到另一个方向,大家谈起了斯大林,谈到他在战前如何毁灭了最优秀的指挥干部和军事精英,谈到残酷的集体化和1937年肃反、劳改营和流放。谈到如果没有1937年,可是能就不会有1941年,我们就不会一直退败到莫斯科城下。但是,待战争结束后,人们把这些都忘掉了。胜利把一切阴暗面都遮盖了。"

"在战争中有爱情吗?"我问。

"在前线的姑娘中,我见过很多美人,可是,我们从来没有把她们当女性看。尽管在我看来,她们都是相当出色的姑娘,但是我们一直把她们当作好朋友看待——是她们把我们从战场上背回来,救活我们,帮助我们康复。我两次负伤都是她们给背回来的。我怎么能对她们有非分之想呢?难道您能嫁给自己的兄弟吗?我们那时候都叫她们是小妹妹……"

"那战争过后呢?"

"战争结束了,她们突然显得那么需要爱护,柔弱得不行。瞧,这是我妻子的照片,她是个聪明的女人,但她对女兵们一直怀有偏见,认为这些女孩子上战场是为了找情郎,就像浪漫小说里那些缠绵悱恻的故事那样。虽然在现实中,我们部队里确实也有人谈过恋爱,但最多的还是纯洁无瑕的女孩,很干净的姑娘。可是战争结束后……经过了肮脏污浊,经过了虱子满身,经过了与死神擦肩,谁都想追求美丽和优雅,想找明媚可人的美女……我有一个朋友,在前线被一个姑娘爱上了,按我现在的理解,她就是个大美人,是个护士。但他并没有娶她,退伍后找了另外一个,更加妩媚的。但是他和自己的妻子过得并不幸福,还是会经常回想自己的战地浪漫曲,那段爱情对他来说别有含义。他是从前线回来后甩了她的,因为在四年时间里,他看到的她,总是穿着一双破靴子和男人棉衣。我们总想努力忘却那场战争,结果连自己的姑娘们也忘却了……"

"这,当然了……大家那时都还年轻,都想生活得……"

就这样,整整一夜没人闭眼,一直聊到天亮……

走出地铁站,我立刻就找到了这个静谧的莫斯科庭院。院子里有儿童滑梯和秋千。我一边往里面走,一边想起刚才电话里那个惊讶的声音:"您已经来了?这么快就找到我了?您不去退伍军人协会确认一下吗?他们有关于我的所有资料,他们都检查过的。"我真是很困惑。我早先以为,痛苦的经历会给人自由,使他们变得只属于自己,处于个人记忆的保护中。现在我却发现不是这样,至少不全是这样。情况往往是这种意识和(在一般生活中不存在的)超意识都是分开存在的,就好像某种不可动用的储备,或者好像在多层矿藏中那层薄薄的金粉。必须花很长时间去除掉那些无用的岩层,共同在毫无价值的尘土中搜寻,最后才能找到那闪光耀眼的金子,找到上天的赠予!

这些正是我们实际上的为人，我们是由什么东西、什么材料构成的呢？我想要弄明白的是，这种材料为什么会那么坚硬。我就是为此来到这里的……

一位个子不高、体态丰满的女人开了门。她像男人那样，朝我伸出一只手，表示欢迎，一个小孙子拽着她的另一只手。从这孩子的沉着镇静，便可猜出她的家人已经习惯了陌生人的频繁来访。他们总是在等候客人到访。

在一支鹿角上挂着一顶坦克帽，在一张光滑的小茶几上摆着一排小小的坦克模型，每个小坦克上都带有赠予者写的小标签："某部队全体官兵赠""坦克学校学员赠"……在沙发上，我旁边"坐着"三个布娃娃——穿着清一色的军装。就连窗帷和房间的壁纸也都是保护色的。

我明白了，在这个家中，战争还没有结束，永远不会结束。

从哪儿开始讲好呢？我甚至在这里为你准备了文本……那这样吧，我就从内心感觉开始讲吧。就像以前那样……就像对女友那样给你讲吧……

我先说说，坦克兵部队是多么不情愿接收女兵，甚至可以说他们根本不予考虑。那我是怎么进去的呢？我家住在加里宁州的科纳柯沃市。那时我刚刚通过考试，要从八年级升到九年级。同学当中谁都不懂战争是怎么回事，它对于我们还像是一种游戏，一种书本上的东西。我们受到的都是革命浪漫主义和革命理想主义教育。我们就相信报纸上的话：战争很快将以我们的胜利而结束，很快很快地……

　　那时我们家住在一栋公寓楼中，楼里有好多人家，每天都有人上战场：彼佳叔叔啦、瓦夏叔叔啦……大家都去为他们送行，好奇心强烈地折磨着我们这些孩子，我们跟他们一直走到火车站……当乐曲奏起来时，妇女们号啕大哭——这一切都没使我们害怕，相反却把我们逗乐了。管乐队反复演奏着进行曲《别了，斯拉夫女人》。我们向往的，就是能伴着这首歌曲坐上火车跑到外面去。在我们看来，战争是在很遥远的地方。比方说我吧，就特别喜欢军装上的纽扣，它们闪闪发亮。尽管我已经到救护训练班学习了，可仍像是在做游戏……后来学校停课了，动员我们去修筑防御工事，住在荒郊野外的棚屋里。我们甚至为此感到骄傲，因为我们总算开始做一些与战争有关的事情了。我们被编入弱劳力营，从早晨八点干到晚上八点，一天干十二个钟头，挖防坦克壕。我们全是些十五六岁的女孩子和男孩子……有一次，正在干活，我们突然听到一种声音。有人高喊："空袭！"又有人叫着："德国人！"大人们急忙跑开躲避，而我们却觉得很有趣，想看看德国飞机是什么模样，德国人又是什么模样。飞机从我们头顶上飞过去，什么都没看清。地面一片混乱，人们四散逃窜。过了一会儿，飞机又转了回来，这回飞得很低，我们看清了上面的黑十字，不过仍然是一点恐惧都没有，只有好奇。突然，飞机上的机枪口冒火了，开始了猛烈扫射。我们亲眼看着平时在一起学习、干活的小伙伴们倒了下去，顿时惊得目瞪口呆。我们怎么也弄不明白这是怎么回事。我们继续站着、看着。成年人向我们扑过来，把我们按倒在地上，可我们还是一点都不害怕……

很快，德国人离我们的城市非常近了，只有十来公里，已经可以听到炮声隆隆。我和姑娘们一起跑到兵役委员会去，说我们也要去保卫祖国，我们要一起去，没有任何讨论的余地。结果，我们没有全部被收下，他们只收下了有耐力、有气力的姑娘，当然首先得年满十八岁，而且是优秀共青团员。有个大尉在给坦克部队挑女兵。不用说，他对我不屑一顾，因为我只有十七岁，身高最多一米六。

"要是步兵受了伤，通常倒在地上，"他向我解释着，"你可以爬到他跟前，就地包扎，或者背回掩蔽部。坦克兵就不是那么回事了……要是他在坦克车里负了伤，就必须把他从舱口里面背出来。难道你能背动这样的壮小伙子？你知道吗？坦克兵个个都是大块头！在你要往坦克上爬时，四面八方都在朝它开火，子弹、炮弹皮到处飞。你知道坦克燃烧是怎么回事吗？"

"难道我不是跟大伙儿一样的共青团员吗？"——我差点要哭出来了。

"当然，你已经是共青团员。可是你太小了……"

和我在同一学校和同一救护训练班学习过的女友们——她们确实是高高大大、体格强壮的姑娘——都被招走了。我感到很委屈，她们都要走了，我却要留下来。

我去为朋友们送行。当然我什么都没对父母说。姑娘们都很同情我，于是她们把我藏在了帆布里面，我们就一起乘坐敞篷重型卡车往前方开去。大家都扎着各式各样的头巾：有黑色的、蓝色的，还有红色的……我就用一件妈妈的小短衫代替头巾。好像我们不是开赴战场，而是去参加业余歌手音乐会似的，太抢眼了，就像电影上一样……现在回忆起那些情景，还都要笑出来的……舒拉·基赛廖娃甚至把吉他也带上了。卡车向前行驶中，我们已看到战壕了。战士们看到我们，大叫大嚷："女演员来了！女演员来了！"

我们开到司令部驻地，大尉下令整队。全体人员都跳下卡车排好队，我站在最后一个。姑娘们都带着行装，而我啥都没有。因为我是突然跑出来的，所以什么东西都没带。舒拉就把她的吉他塞给了我说："拿着，不然你手里什么都没有……"

参谋长从司令部里走了出来，大尉上前去向他报告："中校同志！十二名前来服役的姑娘听候您的指示！"

中校看了看我们的队伍，说："这里并不是十二名姑娘，而是整整十三名啊。"

大尉还是坚持己见：

"不，是十二名，中校同志。"他绝对相信是十二名女兵。可是他转身一瞧，立刻向我走来："你是打哪儿钻出来的？"

我说："我是来打仗的，大尉同志。"

"你给我站出来！"

"我是和女友们一道来的……"

"你要是和女友一起参加舞会，就一起参加好了。可这里是战场……给我走近些！"

妈妈的短衫还扎在头上呢，我就这样朝大尉走过去，向他出示了救护班的证明书，请求道："您不用怀疑，大叔，我是有力气的，我做过护士工作，我还献过血呢……您行行好吧……"

两位首长都看了我的所有证件。最后中校还是命令:"把她送回家去,搭最早的便车!"

在汽车还没来时,他们决定把我暂时放在卫生排。我坐在卫生排里,做着纱布棉球,只要一看到有汽车到司令部来,我马上就溜进树林。在那里待上一个小时、两个小时,等汽车开走了,我再回来。就这样过了三天,我们营投入了战斗。我们三十二坦克旅第一坦克营全体出动去作战了,我就在掩蔽部内做接纳伤员的准备。半个小时不到,伤员就开始送回来了……还有牺牲的人……这次战斗中我们的一个姑娘也牺牲了。这下倒好,大家早把我忘在脑后了,他们对我的存在已习惯了。上级甚至已想不起我是怎么回事了……

现在该怎么办呢?我得有军装穿啊。上面发给我们每人一个背囊,好让我们放放私人物品。背囊是新的,于是我把收口的绳子剪断,把袋底拆开,套在身上,就成了一条军裙……我又找来了一件不很破的套头服,腰间系上一条皮带。我决定去向姑娘们炫耀一番。可是,我刚扭着腰肢在她们面前走了几圈,准尉司务长到我们掩蔽部来了,后面跟着参谋长。

司务长大喝一声:"立正!"

中校走了进来,司务长向他报告:"报告中校同志!姑娘们中间出现严重事故:我发给她们背囊,让她们放私人物品,可是她们却把自己套进去了!"

参谋长一下子认出了我:"哦,你还在这里呀,这个小兔子!那么这样吧,准尉,发给姑娘们全套服装就是了。"

我们收到了什么呢?坦克兵有帆布裤,膝盖上还缝有垫布,而

127

给我们发的却是薄工作服，像是印花布那种料子。土地上散落很多金属弹片，石头也全都散落出来，所以没过多久，我们浑身又破破烂烂的了，因为我们不是坐在坦克车里，而是在地上爬来爬去。坦克常常起火燃烧，坦克手就是活下来，身上也被烧伤了。我们也会烧伤的，因为要钻到火里去，要往外背浑身着火的人。这是真的……从舱口往外背一个人出来很困难，特别是炮塔射手，而死人比活人还要重很多。我很快就知道这些了……

我们都是没有经过军事训练就到部队来的，所以对于什么军衔是什么官，一无所知。司务长一个劲儿向我们灌输说，现在你们是真正的军人了，应该向任何军衔比您高的人敬礼，走路要挺胸昂头，大衣要扣好纽扣。

可是那些男兵呢？见我们都是些黄毛丫头，便总爱拿我们开玩笑。有一次，卫生排派我去打开水。我到了炊事员那儿，他打量着我说："你来干什么？"

我答道："打开……开水。"

"水没烧。"

"为什么？"

"炊事员们还在锅里洗澡呢，先洗完澡然后再用锅烧开水……"

我信以为真，提起水桶往回走。迎面遇到了医生：

"你怎么空手回来了？"

我回答说：

"炊事员们正在锅里洗澡呢，水还没烧。"

医生搔搔后脑勺，问："哪有炊事员在锅里洗澡的？"

他带着我转回去，狠狠地教训了那个炊事员一顿，给我灌了满满两桶开水。我提着开水桶，迎面又碰上了政治部主任和旅长。我立刻想起来，上级教我们要向每个军官行礼，因为我们是列兵。可现在来了两位军官，我该怎么同时向他们两人敬礼呢？我一边走一边想。等走到跟前，我放下水桶，两只手同时举到帽檐上，分别向他们两人行礼。他们正走着，本来没注意我，这时却惊讶地睁大了眼睛："是谁教您这样敬礼的呀？"

"准尉教的，他说必须向每个军衔此我们高的人敬礼，而你们是两个人在一起走……"

对于我们女孩子来说，军队里的每样事情都是深奥复杂的，要学会识别肩章标志就特别困难。我们参军那会儿，还有菱形的、小方块的和长方形的各种领章。你总得费劲去想，某某军官是什么军衔。有一次，有个军官对我说，把这包文件给大尉送去。可我怎么识别他是大尉呢？我边走边想，结果把"大尉"这两字搞忘了。我走到他跟前说："大叔，有个大叔，就是那边的一个，叫我给您送这个来……"

"到底是哪个大叔呀？"

"就是那个，总是穿套头军装，没有穿制服那位……"

我们记得住的，不是这个中尉或那个大尉，而是别的特征：好看的或难看的，棕色头发的或者高个子的……"喏，就是那个大高个儿！"——你马上就知道是指谁了。

不用说，当我看到了烧焦的工作服、烧焦的胳膊、烧焦的面孔时……我怕……太震惊了……我忍不住流下泪水……天然的泪水，女人的泪水……坦克手们从燃烧的坦克里跳出来，浑身都是火，冒着烟，还常常断了胳膊、断了腿，伤势都很严重。他们躺在那里，请求说：我要死了，请帮忙写封信给我的妈妈，或者，请帮忙写封信给我的妻子……而我其实是做不到的。我不知道该怎样对人讲述死亡的事情……

有一回我双腿受伤，坦克手们把我抬到一个乌克兰的村庄。我记得这村庄是在基洛夫格勒一带。卫生排所在地的女房东哭着说："真细（是）的，介（这）么年轻的小伙子！……"

坦克兵们听了她的口音，笑了："大妈，介不细小伙子，细个丫头！"

她坐在我身旁，仔细端详说："细丫头？细丫头？明明细个年轻小伙儿嘛……"

我那时头发都剃了，穿着连衫裤工作服，戴着坦克帽——像个地地道道的小伙子……大妈在高板床上给我让了个位置，甚至还为我宰了一头小猪，好让我快些养好身子……她老是怜悯地说："莫不细男人不够了，介么一个小妞都挑来打仗……还细个小丫头嘛。"

我十八岁那年，在库尔斯克会战中，被授予一枚战功奖章和一枚红星勋章；十九岁时，获得了卫国战争二级勋章。部队补充新兵时，来了许多小伙子，他们年纪很轻。对他们来说，勋章当然是很稀奇的。何况我和他们年龄差不多，都是十八九岁。有一次，几个小伙子讥笑地问我："你是怎么弄到这些奖章的？……你也参加过战斗？"甚至还有这样故意挖苦的："难道是子弹也能穿过坦克铁甲了？"

后来，我在战场上冒着枪林弹雨给他们中的一个小伙子包扎。我记得他叫谢戈列瓦特赫，他的一条腿被打断了。我给他上夹板时，他请求我原谅他：

"小护士，原谅我吧，我那时挖苦过你。坦诚地说，我已经喜欢上你了……"

您问我们那时懂不懂爱情？如果说有的话，那也是中学生的爱情，而中学生的爱情是幼稚的。我记得，我们是怎样落入包围圈……我们只能用双手掘洞藏入地下，除此之外一点办法都没有。连铁锹都没有……一无所有……四面八方的敌军围得越来越紧。我们就下了决心：夜里行动，要么突围出去，要么死掉拉倒。我们都知道死的可能性更大……我不知道，下面这件事该不该对您讲？我不知道……

我们隐蔽起来，坐等黑夜到来，不管怎样也还是想冲出去啊。有个中尉叫米沙，当时营长负了伤，米沙自告奋勇担负起营长的职责。他才二十岁……对我说起他以前很喜欢跳舞，还会弹吉他。接下来他突然问我：

"你大概尝过那种滋味吧？"

"什么？尝过什么？"我那时想吃的都想疯了。

"不是什么东西，是人……小娘子！"

在战争前有种馅饼就是这牌子。

"没——有——"

"我也还没有尝过那滋味。要是就这么死掉了，却还不知道什么是爱情的滋味……夜里我们会被打死的……"

"你说到哪儿去了呀，傻瓜蛋！"我这才明白他的意思。

我们为了生活而死，可还不知道什么是生活。一切都还只是书本上读到的那些东西。我最喜欢看爱情影片……

在坦克部队里，卫生救护员死得相当快。因为坦克上没有规定给我们的位置，只能紧紧扒在铁甲上面。我们那时只担心一件事，就是别把脚伸到履带里去，还必须留意哪辆坦克起火了……马上要跳下这辆坦克跑向那辆起火的坦克，爬上去……在前线时，我们共有五个知心的闺密：柳芭·雅辛斯卡亚、舒拉·基赛廖娃、托妮亚·鲍布柯娃、季娜·拉泰什，还有我。坦克兵们都管我们叫"科纳柯沃城五姐妹"。那四位女伴后来全都牺牲了……

在柳芭·雅辛斯卡亚牺牲的那场战斗前夜，我和她坐在一起，互相搂着说心里话。这已经是1943年了，我们师打到了德聂伯河畔。柳芭突然对我说："你知道吗？我在这次战斗中会死的……我有一种预感。今天我到司务长那儿去，求他发一件新衬衣给我，可他舍不得，他说你不久前才领过一件。明天早上我们两人一起去吧，你陪我去求求他。"我安慰她说："我已经和你一起打了两年仗，现在子弹都躲着我们了。"可是到了早上，她还是一个劲儿地劝我一同去找司务长。我们总算讨到两件新衬衣。这样，她终于有了件贴身的新衬衣……雪白雪白的，有一道小松紧带……结果她真牺牲了，全身是血……白衬衣和红鲜血，红白相间——这情形到今天还留在我记忆里，而她在事前已经有了预感……

牺牲后，柳芭的身子似乎特别重，我们四个人一起才把她抬到担架上。在那次战斗中牺牲了很多战友，我们挖了一个巨大的战友合墓，把所有的小伙子安葬在一起，和以往一样，每个人都没有棺材，柳芭的身体安置在最上面。我实在无法相信这一事实：她已经不在了，我永远也看不到她了。我想要从她那儿得到点东西留做纪念。那时她手上戴着一枚戒指，是什么质料的，金的还是普通的我都不知道。虽然小伙子们都劝我，说你还是不要拿，这是不祥之兆，但我还是把那枚戒指取了下来。最后告别时，每个人都按惯例撒上一把土，我也撒了，而且把我自己的戒指也扔了下去，投进坟里，留给柳芭……我记得她很喜欢我这枚戒指……她的家人中，父亲参加了整个战争，活着回来了，哥哥也从战场上回来了。连男人们都活着回来了，柳芭却死了……

舒拉·基赛廖娃，是我们几个当中最漂亮的一个，她是被烧死的。她把重伤员藏在干草垛里，敌人开枪扫射，草垛着了火。舒拉本可以逃出来，可那就得扔下伤员，而他们谁都动弹不了……结果，伤员全都烧死了，舒拉也和他们在一起……

托妮亚·鲍布柯娃牺牲的详细经过，我是不久前才得知的。她是为了掩护爱人才被迫击炮弹片击中的。弹片飞舞时，那可真是千钧一发啊……她居然还能抢在弹片的前头？她救了彼佳·鲍依切夫斯基中尉的性命，因为她爱他。中尉就这样活了下来。

三十年后，彼佳·鲍依切夫斯基从克拉斯诺达尔来到莫斯科。在我们前线老战士的聚会上，他找到了我，这一切都是他告诉我的。我和他一起到了鲍里索夫，找到了托妮亚牺牲的地点。他从她坟上取回了一把土……捧在手上亲吻……

我们本来是五个姑娘，科纳柯沃城五姐妹，一起离开母校……

可是只有我一个人回到了妈妈身边……瞧，她们的照片全挂在这里，我们一共五个人……

尼娜·雅柯夫列夫娜突然出乎意料地朗诵起诗来：

姑娘勇敢地跳上铁甲
为的是保卫祖国和家
横飞滚烫的弹片奈她如何
因为她心中燃着一团火
当我们抬起担架上的女孩
朋友，定要记住那淡淡的秀脸

她承认她在前线就写诗，我已经知道她们中间很多人在前线写诗，到如今她们还在用心誊写，保存在家庭档案里——虽然诗歌写得笨拙，但令人感动，充满了真诚的情感。前线相册也是感情的诗篇，在每个人的家里，她们都给我看相册，反复回忆姑娘们可爱的影像。在战场上的时候她们常常谈爱情，而现在她们却在谈论死亡。

我现在有一个和睦的家庭，很好的家庭，三代同堂……可是我还是活在战争中，感觉总是在战场上……十年前，我找到了我的朋友瓦尼亚·波兹得尼亚柯夫。我们当时都以为他死了，谁知道他还活着。他那辆坦克（他是车长）在普罗霍洛夫卡大战中打掉了德军的两辆坦克，他的坦克也被打中起火了。坦克手们全牺牲了，只剩下瓦尼亚一个人——但他失去了双眼，全身烧伤。我们把他送到医院里，大家都以为他活不成了，因为他全身没有一处好皮肤，全烧焦了。不料过了三十年，我竟找到了他的地址……已经过了大半辈子……我还记得，自己走上他家那座楼梯时，两腿直发软；会是他吗？不会弄错人吧？他亲自开了门，用双手抚摸着我，辨认着："小尼娜，是你吗？小尼娜，真是你吗？"过了这么多年，他还认得我！

他母亲已经老得不成样子，他和她一起过活。我们一起坐在桌旁，她只是不停地抹眼泪。我问她："您干吗还要哭？我们老战友会面了，应该高兴才对。"

她回答我说："我有三个儿子上了战场。两个死了，只有瓦尼亚活着回来了。"

可是她的瓦尼亚两只眼睛没了……

我问他："瓦尼亚，你最后看到的是普罗霍洛夫卡战场，是坦克大战……你还记得那一天吗？"

您猜他是怎么回答我的？

"我只有一件事感到遗憾：我过早下命令叫全体成员离开燃烧的坦克，本来可以再打掉一辆德国坦克的，而小伙子们后来还是都牺牲了……"

这就是他一生中唯一的憾事……一直到今天……

我和他在战争中是有过好感的……虽然彼此间没有挑明了说，什么都没有说过。可是我心里有数……

为什么只有我活了下来？为了什么啊？我总是在想……我只能

这样理解——这是为了给后来人讲述这些事……

——尼娜·雅柯夫列夫娜·维什涅夫斯卡娅

（准尉，坦克营卫生指导员）

我同尼娜·雅柯夫列夫娜的接触还在继续，不过已经是书信交往了。根据录音带，我把最令我感动和震撼的故事挑选出来后，遵照诺言给她寄了一份去。几个星期后，从莫斯科来了一包很重的挂号印刷品。我拆开一看，是剪报、文章，还有关于卫国战争老战士尼娜·雅柯夫列夫娜·维什涅夫斯卡娅在莫斯科各中学所进行的军事爱国主义教育的正式报告。我寄给她的那本资料也邮了回来，里面简直没剩下什么了——删得面目全非。关于炊事员在大锅里洗澡的那段滑稽文字，甚至丝毫无损于她的"大叔，那边的大叔派我给您送来这个"那段，也删掉了……在写有米沙故事的那页纸上，画了三个愤怒的问号并在旁边写了批注："对我儿子来说，我是个女英雄。上帝啊！读过这些之后，他会对我怎么想啊？"

后来我又不止一次地碰到这种事：在同一个人身上存在着两种真实：一种是被强行隐藏于地下的个人真实，还有一种是充满时代精神的整体真实，散发着报纸的气味。前一种真实很难抵抗后一种庞大势力的冲击。譬如，如果房间里除了讲述人之外，还有一些亲朋好友或者邻里街坊，那她就会讲得缺乏激情、缺乏可信度，远不如和我单独待在一起的时候。于是她的讲述就成了一种公共谈话，对观众的演讲，就不可能深入到她私人的体会中去，结果我发现的是一种坚固的内心自我保护意识和自我审查，而且还不断地进行修正。甚至形成了这样一个规律：听者越多，故事越枯燥无味，越顾左右而言他。于是可怕的事件表现为伟大的事业，而人类内心的隐晦阴暗一瞬间就变成了光明清澈。但我已经深陷于历史的荒野，在那里，耸立的纪念碑上，不仅镌刻着功勋和自豪，还留下了令人费解的一切。尼娜·雅柯夫列夫娜也是这样一种情形：她对我谈的是一种战争："就像跟女儿谈心一样，要让你知道，当时我们完全还是孩子，是被迫经历那一切的。"而为演讲大厅准备的却是另一种战争："人家怎么说我也怎么说，像报纸上写的关于英雄和功勋的官样文章，用完美的榜样教育年轻人……"这种对于普通人性的不信任，每次都令我震惊与无奈，这是企图用理想和理念去偷换和替代生活本身。那些司空见惯的温暖，其实却是冰冷之光。

但我还是不能忘记在她家的厨房里无拘无束喝茶的情景。她一个人讲，我们两人一起哭。

"我们的楼里有两场战争……"

明斯克的卡霍夫斯克大街上有一幢灰色的石板楼房,我们这座城市有一半都是这种千篇一律的多层楼房,经年累月,变得越发晦暗。但是这座楼却有其特殊之处,在我推开这楼的大门时,就有人对我说:"在我们这幢楼里的一个单元中有两场战争呢。"海军上士奥尔佳·瓦西里耶夫娜·波德维申斯卡雅在波罗的海的海军部队打过仗,她的丈夫萨乌尔·亨利霍维奇则当过步兵中士。

一切都重复着……我又是先用一段时间观看他们的家庭相册,十分精心而珍惜地装帧而成的相册,总是放在最显眼之处给客人们看,当然也是为了给自己经常看看。每一本相册都取了名字:《我们的家族》《战争》《命运》《孩子们》和《孙子们》。我非常喜欢这种对于私人生活的尊重,记录下对往日经历和亲人们深深的爱。虽然我造访过几百个居所,进入过不同的家庭,既有知识分子,又有普通人;既有城里人,又有乡下人,却很少见到这么有情感的家,他们这么愿意让人们深入了解自己的家族和关系。大概是不断的战争与革命教会我们要保持与过去的联系,要精心编织血亲的网络,回首追溯得很遥远,并且为此而自豪骄傲。人们急于忘记过去,抹掉痕迹,是因为他们积累的大量见证有可能会成为一种罪行,往往会赔上自己的一生作为代价。在祖父母一代之后，没有人再知道任何当时的事情，也就不会去追根寻源了。人类创造历史，却活在眼前。记忆总是短暂的。

但是这里偏偏就有不同的人……

"难道这就是我吗？"奥尔佳·瓦西里耶夫娜笑着说，她和我并排坐在沙发上，双手捧起一张照片说。在照片上，她身穿水兵服装，胸前挂满了战斗勋章。

"我每次看到这些照片，总感到十分惊讶。我们的外孙女六岁时，有一次萨乌尔把相片拿给她看，她问我：'外婆，你以前是个男孩子，对吗？'"

"奥尔佳·瓦西里耶夫娜，战争一开始您就上了前线吗？"

"没有，开始我是向后方疏散的……我丢下了我的家，丢下了我的青春。一路上列车不断遭到扫射轰炸，敌机几乎是贴着地皮飞。我记得，一群技工学校毕业的男孩子从车厢里跳出来，他们全都穿着黑色军大衣，这不是当活靶子吗？结果他们全被打死了。敌机简直是擦着地面飞行……当时我只有这样的感觉，他们是在数着人头射击……您能想得到吗？

"我们在工厂里干活，人家管饭，日子过得还行，但是心急如焚哪……我写信给兵役委员会，第一封、第二封、第三封……1942年6月我才收到入伍通知书，我们乘着露天驳船，在敌机扫射下，跨越拉多加湖，开进了被围困的列宁格勒。到达列宁格勒的第一天我记得最清楚：那是一个白夜，一队队身穿黑色军装的水兵在街上巡逻。我感到形势很紧张，看不见一个居民，只有探照灯在晃来晃去,水兵们来来往往,他们就像国内战争时期一样,扎着宽腰带。您能想得到吗?就跟在电影里似的……

"城市四周已被团团围住。敌人的包围圈离我们非常近。本来乘三路电车可以到基洛夫工厂,而现在那里已经是前线了。天空只要晴朗,敌人就开始炮轰,而且是有目标地炮轰、炮轰、炮轰……大批军舰停泊在码头边,虽然都进行了伪装,可还是难免被击中。我们负责施放烟幕,是一个专门的烟幕弹部队,指挥官是前鱼雷快艇支队长亚历山大·波格丹诺夫上尉。姑娘们大都受过技术中专或大学一年级教育。我们的任务就是用烟幕来掩盖和保护军舰民船。炮轰一开始,水兵们就说:'姑娘们,快放烟幕弹吧,有了烟幕我们就保险了。'我们携带专门的混合剂,坐着汽车开来开去,而这时候别人全都躲进了防空洞。只有我们,就像俗话说的,是在引火烧身。德国人呢,就专门对准施放烟幕的地方射击……

"告诉您,那时我们的给养来源也被封锁了,但是我们挺住了……首先,因为我们年轻,这是重要的一条;其次,列宁格勒市民感动了我们:我们多少还算有一点供给,虽说是最低水平;而列宁格勒居民常常走着走着就饿倒下了,走着走着就死了。有几个孩子经常跑到我们这儿来,我们就从自己微薄的口粮中拿出一点给他们吃。他们简直已不是孩子,而是一些小老头,小木乃伊。孩子们告诉我们在围困中他们的食品是什么,如果还可以称之为食品的话:皮带或新皮鞋汤、木胶黏冻、锯末煎饼……城市中所有的猫狗都被吃掉了,麻雀喜鹊全没了,甚至大小老鼠都被抓住吃掉了……就那么活活地烧了吃掉……后来,那些孩子不再来了,我们等了他们好久。大概是饿死了,我这么想……隆冬季节,列宁格勒没有燃料,上级就派我们到城里去拆房子,有的地方还有些木头建筑。我们朝这些木头房子走去时,心里真难受啊……一幢房子好端端地耸立在那儿,而住在里面的人却死的死,逃的逃,大都是奄奄一息,现在我们又要把房子拆毁。看到留在桌子上的那些食具等家用器皿,那种感觉是怎样的啊。所以一开始,大概有半个钟头,谁也不忍举起撬杠,你能想象得到吗?大家都呆呆地伫立着,最后指挥员只好自己走上去把撬杠戳进木房子,我们这才开始动起手来。

"我们还要采伐木材,搬运弹药箱。我记得,有一次我搬起一个木箱子,那箱子比我人还要重,我咕咚一声就栽倒在地上……这是一件事情。还有另一桩事(我们遇到多少困难啊,因为我们毕竟是女人)是这样:我后来当上了区队长,我这个区队全都是年轻小伙子。我们整天待在快艇上,那快艇很小,上面没有厕所。小伙子们需要解手时,可以隔着船舷,就解决问题了。可是我怎么办呢?有两次,我实在憋不住了,就一下越过船舷,跳进水里游了起来。小伙子们看见了,大叫大喊:'队长掉到水里了!'七手八脚拉我上来。当然,这是不值一提的小事,可是对我一个姑娘来说,这小事是多么紧要啊!我后来都病了……您能想象得到吗?您问武器本身的重量?对于女人来说,它可是太重了。刚入伍就发给我们步枪,可步枪比我们人还长。姑娘们走起路来,刺刀高出我们足有半米。

"男兵对一切都比较容易适应。我们女人面对这种苦行僧的生活,方方面面都很苦恼。我们特别想家,想念妈妈,想念舒适的日子。我们部队有个莫斯科姑娘叫娜达莎·日琳娜,她得了一枚勇敢奖章,上级还放了她几天假回家,以示鼓励。她探家结束返回部队时,我们都跑去嗅她身上的气味,真的,一个一个排好队轮流去闻,大家都说她带回了家乡的味道。当时我们就是这样痛苦地思乡……每一个有着爸爸笔迹的信封都能使我们乐得不行……只要能有片刻休息,我们就坐下来绣点东西,像头巾、手绢什么的。公家发给我们的包脚布,我们却把它改制成围巾,织上毛茸茸的花边。真想做点女人的事情啊!而在部队里女人的事情太少了,简直让人受不了。为了能拿拿针线缝点什么东西,哪怕只有一会儿工夫来显示我们的天性,我们是不惜找出任何借口的。当然,我们也笑过,也开心过,但谁都没有真正地能够像战前那样欢笑和快活过。"

录音机能够录下语言,能够保存语调,有间歇有哭泣也有慌乱。我明白,当一个人说话时,会有一些比留在纸面上更多的东西。总是让我感到遗憾的是,不能录下对方的眼神和手势,不能录下她们说话时的生活,她们自身的生活、独特的生活。那些才是她们真正的"原文"所在。

"没错,我们好像是两场战争,"萨乌尔·亨利霍维奇加入了我们的对话,"每当我们回忆往事时,我都感到她记得她的战争,我记得我的战争。她给您讲的那些事情我的部队也有,如何想家啦,如何排队去嗅探家回来的姑娘啦,等等。不过这些事我都忘掉了……从身边滑过去了……在那个时候,这样的事情真是微不足道……不值一提。她还没对您讲过海军帽的故事吧,奥莉娅,你怎么把这个给忘了?"

"当然没忘,刻骨铭心啊……我总是害怕回忆起这段故事,每次都害怕……事情是这样的,那天黎明,我军的快艇出海了,有几十艘快艇……我们很快就听到战斗打响了,我们侧耳倾听,等待结果……战斗持续了好几个小时,甚至一度打到距离城市很近的地方,最后炮声渐渐停止了。天黑之前,我走到岸边:看到在通往入海口的水道上漂浮着很多水兵无檐帽,一个接一个。海军帽和大片的红色血迹随波漂流……还有快艇的碎片……这是我们的人在什么地方被打落到海里去了。我在岸边站了好久,直到无檐帽在水里漂走为止。开始我还在数有多少顶水兵帽,后来不能数了。而我既不能离开,也不忍看下去。那个入海水道,就是我们战友的合葬墓……

"萨乌尔,我的手帕呢?我必须要一直拿着手帕才行……它在哪儿?"

"她讲的很多故事我都记得,但就像现在常说的,对后代就要'掐头去尾'了。我常常给孩子们说的,不是我的战争,而是她的。我发现,孩子对她的故事更加喜欢些。"萨乌尔·亨利霍维奇继续他自己的思路说,"我讲的故事,具体军事术语比较多,而她的故事里,更多的是人情味。人情味往往更加引人入胜,比实际事情更加感人。其实我们步兵里也有女兵,只要她们当中有一个来到我们中间,我们就把腰杆挺得笔直笔直。您是想象不出来的……这句话也是我向奥尔佳借用来的。不过,您确实不能想象出,女人的笑声、女人的声音在战场上是多么动人心魄!

"您问战场上是否能产生爱情?当然啦!我们在战场上遇见的

女人，个个都是美丽的妻子、忠实的伴侣。在战争中结婚的人，是最幸福的人，最幸福的一对儿。我们俩就是在前线相爱的，在烈火与死神中间。这是一种牢固的联系。当然我不否认还有些不太好的事，因为战争时间很长，在战场上有着各种各样的人。可是我记得最多的是美好、纯洁和高贵。

"是战争使我变得更好了……这是确定无疑的！战场上的煎熬，使我作为一个人更成熟了。我看到了太多的不幸，我自己也经受过很多苦难。在战场上，生命里不重要的东西随时要抛弃，因为都是多余的，只有在那里你才明白这一点。可是战争对我们进行报复……只是我们自己害怕承认这一点……战争追上了我们……不仅是我们所有人，连我们女儿的命运都定型了。这就是为什么她们的妈妈，前线的老兵们，总是按她们自己在前线所受的教育，按照战时的道德标准，来教育女儿们，爸爸们也是这样。就像我对您说过的，一个人在前线是一目了然的：他是怎样一个人，他的人品如何，都是掩饰不了的。他们的女儿们却根本不知道，社会生活中的人与她们的家人完全不同，也没有人告诫她们世上还有卑鄙行为。于是，这些姑娘在出嫁时就很容易落入骗子之手。他们善于欺骗她们，因为欺骗她们毫不费事。我们许多前线战友的孩子都遇到了这种事。我们的一个女儿也是……"

"不知为何，我们就是没有给孩子们讲过战争。可能是害怕，也可能是不忍心。这样到底对不对呢？"奥尔佳·瓦西里耶夫娜沉吟着，"我并没有把勋章绶带戴在身上回家。因为偶然一次我把它们弄断了，也没有再连上它们。战后我担任了一个食品厂的厂长，

144

有一次我去参加会议,有一家托拉斯的老总,也是一位女性,看到我挂在身上的勋章绶带,就当众大声嚷道:'你怎么像男人一样把战争勋章这样挂起来啊?'那个女人身上只有一枚劳动模范勋章,却总是挂在她的外套上,不知为何她却对我那么多的战争勋章不以为然。当只有我们两人留在房间里时,我给她讲述我在海军时的所有遭遇,她看来很不舒服,而我也从此失去了佩戴勋章的兴趣。现在我已经不佩戴勋章了,虽然我依旧为之骄傲。

"都过了几十年以后,那位著名的女记者维拉·特卡琴柯在党中央机关报《真理报》上才写到我们,提出我们仍然处于战争状态的问题。她说不少前线女兵现在还是独身一人,没能成家立业,甚至有许多人到现在连住房都没有,面对这些神圣的女性,我们是问心有愧的。从那时起,才多少引起了人们对前线女性的关注。长达四五十年之久,她们依然居住在集体宿舍里。终于,国家开始给她们分配单独的住房。我有一个女朋友,我不想提她的真实姓名,她却突然发火了……她曾经是助理军医……曾经三次负伤。战争结束后,她进了医学院读书。她没有找到任何一个家人,全都死掉了。她穷得身无分文,靠每天夜里到处给人擦洗地板维持生活。但她从来不向任何人承认自己是伤残军人并享有政府补贴,她把所有文件证明都撕掉了。我问她:'你为啥要撕掉荣军证明?'她大哭起来说:"那还有谁会娶我啊?"我对她说:"那又怎么样?你做了正义的事情。"不料她的哭声更大了:"也许这些纸张现在对我是很有益的,因为我病得很重。"您能想象她大哭的样子吗?

"为首次在俄罗斯海军光荣城市塞瓦斯托波尔庆祝战争胜利

三十五周年，当地政府邀请了来自各舰队的一百名卫国战争时期的海军老兵，包括三位女性。其中有两位就是我和我的闺密。海军元帅向我们每个人鞠了一躬，当众向我们表示感谢并亲吻我们的手。这怎么能忘记啊？！"

"你们想要忘记战争吗？"

"忘记？怎么忘记呢……"奥尔加又问道。

"我们没有能力忘记，也没有权利忘记。"萨乌尔·亨利霍维奇打破了沉默。"奥莉娅，您还记得吗？每次胜利纪念日，我们总会看到一个年迈的母亲，脖颈上挂着一块跟她本人一样衰老的招牌，上面写着：'我找库尔涅夫·托马斯·符拉季米洛维奇，他1942年在列宁格勒围困时失踪。'从面容可以猜出，她早已八十开外了，她还能寻找多少年？一定会寻找到她生命的最后一个小时。我们也是这样。"

"我倒是想忘记战争，很想忘掉……"奥尔佳·瓦西里耶夫娜缓缓地、喃喃地、仿佛自言自语地说，"我多想过上摆脱掉战争的日子，哪怕只有一天。不去回忆战争……哪怕只有一天也好……"

我牢牢记住了他们两人在前线相片上的模样，他们还赠送了一张照片给我。照片上的他们，是那么年轻，比现在的我小很多很多。这一切立即使我产生了新的思索，并渐渐清晰起来。我看着这些年轻的照片，似乎从我刚刚倾听和记录的采访中悟出了另一种含义。在我和他们之间，年龄的差别消失了。

"电话听筒可射不出子弹……"

采访和讲述是各种各样的……

有些是迫不及待地在电话里就立刻讲开了:"我记得……一切一切都深深印在我记忆中,就像是昨天发生的事情……"另一些则是久久地拖延见面和谈话:"还需要准备呢……我不想再次跌到那个地狱中去了……"瓦莲京娜·帕甫洛芙娜·丘达叶娃就是那种长期害怕,而不愿意让别人进入她自己敏感内心的女人。几个月来我一遍又一遍地打电话给她,有一次我们在电话里竟然聊了两个钟头,终于决定了见面时间,而且就在第二天。

于是,我就来到她家……

"我们今天要吃馅饼,我从一大早就忙活开了……"女主人在门口高兴地拥抱我。"我们来得及给你好好讲,不过我又得痛哭一回……我早就和忧伤相伴生活了……不过今天第一件事,就是做馅饼。樱桃馅儿的,和我们在西伯利亚时那样。来,进来吧。

"请原谅我毫不客气地就称呼'你'[1]了,这是我们在前线的叫

---

[1] 俄罗斯人对长辈或不熟的人一般都用尊称"您",对晚辈和自己亲近的人才称呼"你"。

法：'嗨，姑娘们！你开始吧，姑娘们！'我们全都是这样子，你已经知道……听说过了吧。你看，我们没有雕花玻璃器皿，我和丈夫积攒的东西，都保存在旧糖果盒子里：就是一对勋章和几枚奖章。平时它们都搁在小碗橱里，过一会儿我拿给你看。"她陪我走进里屋，"你瞧，我们的家具也都是老旧的，我们舍不得换新式的。如果物件和我们一起在家里待得久了，它们也会产生灵魂的。我相信。"

她又给我介绍了自己的女友亚历山德拉·费多洛夫娜·詹钦科，她在列宁格勒围困时期是共青团工作者。

我坐到饭菜丰盛的桌子旁：哈哈，真的是西伯利亚风味的樱桃馅饼，这是我从来没有尝过的。

三个女人和热腾腾的馅饼。谈话马上开始，当然是关于战争。

"你可不要用问题打断她，"亚历山德拉·费多洛夫娜预先就提醒我，"如果她停下来，就要开始哭了。流泪之后她就会沉默不语……所以请您不要打断她……"

我来自西伯利亚……是什么激励我这个远在西伯利亚的小姑娘千里迢迢奔赴前线？西伯利亚，可是所谓的天涯海角呀！说起天涯海角，这是一位法国记者在一次采访中对我提的问题。他在博物馆里不知怎的盯上了我，我起初还很不好意思。他到底想干什么？为什么这样看着我？最后他走了过来，通过译员请求丘达叶娃太太接受他的采访。不用说，我感到惶惶不安。我想，他到底要谈什么呢？他莫非是听到我在博物馆说的话了？而他显然对这些不感兴趣。我是从听他对我说恭维话开始的："您如今看上去还那么年轻……您怎样能经历过战争呢？"我对他说："这恰恰证明了，就像您正在了解的那样，我们是在非常小的年纪上前线的。"其实很使他好奇的是另一件事：我怎么会从西伯利亚赶去了前线，那可是天涯海角啊！"不，"我猜透了他的用意，"看来，最使您一直感兴趣的是，当时是否发出了全民强行征兵，为什么我，一个女中学生，也上了前线？"他点了点头，承认我说对了。"那好吧，"我说，"我这就来回答您这个问题。"我就向他讲了我全部的生活经历，就像我现在对你讲的一样……结果他听得哭了……那个法国人他竟然哭了……最后他承认："请不要责备我，丘达叶娃女士。对我们法国人来说，第一次世界大战比第二次世界大战的震撼要厉害得多。我们一直在纪念一次大战，到处都是坟墓和纪念碑。而关于你们，我们知道得太少了。很多法国人今天还以为只是美国人打败了希特勒，特别是年轻一代人。而关于苏联人为了胜利所付出的代价，四年间付出的两千万人的生命，却鲜有人知。还有你们所遭受的苦难，都是无法计量的。感谢您，因为您震撼了我的心。"

我母亲是什么样子，我一点都不记得。她早就死了。父亲当过新西伯利亚区委负责人，1925年，他被派往自己老家那个村子去征集粮食。当时国家很需要粮食，而富农们却把粮食藏起来，宁可让粮食烂掉。我那时才九个月。母亲想和父亲一起回老家，父亲就带她一块儿回来了。妈妈把我和姐姐带在身边，因为那时没地方寄养我们。爸爸曾经为当地一个富农家扛过长活儿，他在晚上召集农民开会，吓唬他从前的东家："我们知道粮食藏在什么地方，如果你们不自动交出来,被我们找出来的话,可就要全部没收。"这是以革命事业的名义没收富农的家产。

开完会之后,我家所有亲戚聚在一起。爸爸一共兄弟五个,后来他们全都和我爸爸一样,没有从卫国战争中活着回来。那天晚上,亲戚们坐在一起欢宴,吃西伯利亚的传统饺子。长凳是直着朝窗户摆放的……母亲正好坐在窗前,一边是窗户,另一边是父亲。父亲这次恰好没有坐在窗子边上。那时是四月份……可是在西伯利亚,这个时节还是很冷的。母亲大概觉得身上冷(我是到后来长大以后才明白的),她站起身,披上父亲的羊皮袄,解开胸襟给我喂奶。这时,传来"半截枪"[1]的枪声,开枪人瞄准的是我父亲的羊皮袄……母亲只来得及说了声"孩子她爸",就失手把我掉在滚烫的饺子上……那年她才二十四岁……

我爷爷后来当了本村的苏维埃主席。他是被敌人用毒药毒死,又扔到河里的。我保存了一张照片,是安葬爷爷时拍的。在灵柩上方有一个挽幛,上面写着:他死于阶级敌人之手。

父亲是国内战争的英雄,抗击捷克斯洛伐克军团叛乱的铁甲列车指挥员。1931年,他被授予红旗勋章,那时这种勋章是极少的,尤其是在我们西伯利亚,这是莫大的荣誉和尊贵。父亲的身上有十九处伤,简直没一块好肉了。母亲曾经说过(当然不是给我讲,是给亲戚们讲的),捷克白匪判处父亲二十年苦役时,母亲请求与父亲见一面,当时她正怀着我姐姐塔夏,还有一个月就要生了。监

---

[1] 半截枪:为便于携带而把枪筒截去一段的步枪。

狱里有一条很长的走廊，坏蛋们不让妈妈从这儿走着过去看父亲，喝令她："布尔什维克母狗！爬过去吧……"她再有几天就要分娩了，就这么在长长的水泥走廊上朝父亲爬去。他们就是这样安排我父母相会的。妈妈简直认不出父亲来，他的头发全白了，就像一个白发老人，而他那年只有三十岁……

既然我出生在这样一个家庭里，有这样一位父亲，当敌人又来糟蹋我们的国土时，我怎么可能无动于衷地在家安坐？我身上流动着父亲的血，血脉相传……父亲真是饱经风霜，1937年有人告他的黑状，诽谤陷害他，把他打成人民敌人。唉，这都是恐怖的斯大林肃反人员……叶若夫[1]之流干的……当时斯大林同志说是无风不起浪。宣布新的阶级斗争其实是让整个国家继续生活在恐惧中，使人人都委曲求全。可是父亲设法求见了加里宁，这才让他的名誉得到了恢复。我爸爸可是声名显赫，无人不知……

这些都是亲戚们后来讲给我听的……

就这样，到了1941年……我还记得最后一次中学下课的铃声。那时大家都有自己的计划和自己的理想，这就叫女孩子啊。开过毕业晚会，我们坐船去鄂毕河上的一座小岛，我们当时那么快乐而幸福……就像俗话所说的，还都是没被男人吻过的黄花少女呢，我身边甚至连个男孩子也没有。回程之前，我们在岛上观看了日出……可此时整个城市都已经沸腾了，人们都在一边哭着一边传着坏消

---

[1] 叶若夫：1936年9月至1938年11月担任苏联内务部人民委员，是斯大林肃反运动的执行者。

息:"战争!战争来了!"所有的无线电广播都开着。我们却一点也不明白:什么是战争?我们是那么幸福,酝酿着各自的打算:要么继续升学,要么挑选工作。可是突然冒出个战争来!成年人都在哭喊,可我们一点都不害怕,还彼此安慰鼓励说,要不了一个月,"我们就会敲碎法西斯的脑壳!"——这是战前大家都爱唱的一支歌。我们的军队当然就会越过国境去追歼敌人……没有一点怀疑……真的,我们丝毫都不怀疑……

一直到家家户户都收到阵亡通知书时,我们才开始明白这一切是怎么回事。我一下就病倒了:"这怎么回事啊,就是说,上面全都是胡说八道?"德国人已经准备在红场上阅兵了……

我父亲开始没有被批准上前线,但他一次又一次到兵役委员会去要求,终于如愿以偿。爸爸身体不好,满头白发,而且还患有慢性肺结核,刚刚好转一点点。可是对他来说,年龄又算得了什么?他还是走了,而且参加了钢铁师团,就是当时所说的斯大林师团[1],师团成员中很多都是西伯利亚人。我们当时也是这样想的,没有我们,战争就打不下去,我们必须参战。立刻发给我们武器吧!我们整个班级都跑到了兵役委员会。这样,我 2 月 10 日就上了前线。继母痛哭着说:"瓦丽娅,你不要走……你能做什么啊?你还这样小,这样瘦弱,你算哪门子武士呀?"我从小得过佝偻病,持续了好多年。那是在我亲妈被打死后得的,直到五岁我连路都不会走……可是我的勇气也正是由此而产生的。

---

[1] 斯大林师团:斯大林的名字原意为钢铁。

我们坐在闷罐车里行进了两个月。两千名姑娘，装了整整一趟军列，西伯利亚列车。到达前线后，我们都看到了什么？我记得有那么一刻，是永远不会忘记的：在一个被炸烂的火车站站台上，有一批水兵在用手臂撑着跳跃式地走路，他们没有腿脚也没有拐杖，就是用手臂在行走……整个站台上全都是……他们还在抽烟……看到我们这些姑娘，他们就笑起来，还和我们打趣开玩笑。看到这情景，我的心跳加快了，扑通扑通地跳……我们会去哪里？火车要开向何方？为了壮胆，我们就唱歌，唱很多很多歌。

每节车厢里都有指挥员，指导我们训练并且鼓舞我们士气。我们学习的是通信联络。列车开到乌克兰，我们在那儿第一次遇到了轰炸。当时大家正在进行卫生检疫和洗澡。我们洗澡时，那儿有位大叔在值班照管澡堂。在他面前洗澡真难为情，就是嘛，我们都是些姑娘，十分年轻的女孩子。可是轰炸开始后，我们全都奔到那位大叔跟前求救。我们赶紧穿上衣服就往外逃，我用一条毛巾包住头发，那条毛巾是红色的。一奔出澡堂，有一个简直还是个大男孩的上尉，冲着我就喊起来："姑娘，快到避弹所里去！把毛巾扔掉！注意伪装……"

而我却从他身边跑开了：

"我没什么好伪装的！妈妈不许我披着湿头发到处跑。"

轰炸过后，他找到了我：

"你为什么不听我的话？我是你的指挥员。"

我不相信他：

"就你？当我的指挥员，还不够格吧？……"

我跟他大吵起来，就像女孩和男孩吵嘴。我们年龄不相上下。

发给我们的军大衣又肥又大，我们穿上这种大衣，臃肿不堪，活像一捆一捆的庄稼，根本走不成路，动不动就摔倒。一开始，我们连穿的靴子都没有，倒也不是没有靴子，而是都只有男人的尺码。后来给我们换了一种靴子——靴头是红的，靴筒是黑色厚帆布的，穿这样的鞋子我们才能走路！因为我们身材都很瘦小，男兵的套头上装穿在我们身上，简直就像挂着大袍子。凡是会针线活儿的姑娘，就多少能让自己穿上合身一点的衣服。我们还有其他方面的需求呢，毕竟是姑娘家嘛！司务长来给我们量身材，被我们弄得哭笑不得。这时，营长过来问："怎么样，司务长把你们的女性必需品都发了吧？"司务长只好支吾着说："量过了，会发的。"

我在高炮部队当通信兵，天天在指挥所值班，搞通信联络。如果不是得到父亲阵亡的消息，也许一直到战争结束我还会当通信兵的。我最心爱的爸爸没有了，我失去了最亲的亲人，我唯一的亲人。于是我开始向上级申请："我要报仇，我要为爸爸的死去向敌人算账。"我想杀人……想开枪……虽然上级劝我，说炮兵部队的电话是非常重要的。但是，电话听筒可射不出子弹啊……我向团长写了申请报告，他拒绝了。我又不假思索地直接给师长写了信。师长克拉斯内赫上校来到我们团，集合起全体人员，问道："想当炮长的姑娘是哪一个呀？"我站了出来。我是什么模样啊！小小的个子，细溜溜的颈子，而且还挂着一支冲锋枪。枪很沉，有七十一发子弹……可以想见，当时我是怎样一副可怜相，都把师长逗笑了。他又问道："你想干什么？"我对他说："我想射击。"我不知道师长在想些什么。他久久没有说话，然后猛地转过身子，走了。"得，"我想，"没指望了，准得拒绝。"不料过了一会儿，团长跑过来对我说："上校同意了……"

这些你都理解吗？现在能够理解了吧？我希望你理解我的感情……没有仇恨你是不会想去开枪的。这是战争，而不是打猎。我记得在政治课上老师给我们读过一篇伊利亚·爱伦堡的文章《杀了他！》，其中写道：你见到德国人多少次，就杀他多少回。那时候所有人都读这篇著名文章，而且倒背如流。它对我的影响十分强烈，整个战争期间这本书和爸爸的阵亡通知书都一直在我的包里……开炮！射击！我一定要报仇……

我参加了一个速成训练，时间非常短，只有三个月。学会了射击，我很快就当上了炮长。确切地说，我被吸收进一三五七高炮团。最初那段时间，炮声震得我从鼻孔和耳朵往外出血，肠胃痉挛得厉害……喉咙干燥得要呕吐……夜里还不怎么可怕，最可怕的是白天……好像飞机就冲着你飞来，直对着你的高射炮飞来。而且紧跟着你不放松，顷刻之间，就要把你整个儿地化为乌有。这真不是姑娘们该干的事……对于女孩子的耳朵和眼睛都很不好……我们先是操纵八十五毫米高射炮，这种炮在莫斯科防空战中表现出色，后来把它们调去打坦克，又配给我们三十七毫米高射炮。我们当时在尔热夫一线，战斗相当激烈……春天，伏尔加河上的冰在破裂……你猜，我们都瞧见了些什么？我们看到河上漂浮着一大块黑红色的冰，冰块上有两三个德国鬼子和一个俄国士兵……他们死的时候还互相紧紧抱在一起，然后在这块冰上冻住了，这块冰整个儿地成了血红色。伏尔加母亲河遍体都被血染红了……

她突然停下了:"让我歇歇吧……不然我又要会哭出来,破坏我们这次会面……"她转身面向窗外抑制一下自己,过了一分钟又露出了笑容,"说实话,我不是个喜欢哭的女人。从小就学会了不要哭……"

"听瓦丽娅讲这些,我想起了被围困的列宁格勒。"一直默不作声的亚历山德拉·费多洛夫娜·詹钦科加入了我们的对话:

特别是其中一件事,让我们大家极为震惊。我们听说,有一位老年妇女,每天都打开窗户,用小勺子向马路上泼水,一次次地,越泼越远。起初人们以为:"哦,她大概精神不太正常。"在围困期间是无奇不有的。可是人们到她家去之后,才弄清是怎么回事。你们听听她是怎么说的:"如果法西斯进了列宁格勒,走在我们的大街上,我就用开水浇他们。我老了,再不能干些什么了,可我能这样,拿开水来烫死他们。"她这是在演习……日复一日……那时围困刚刚开始,城市里还有热水供应……这是个颇有书卷气的老妇人。我直到今天还记得她的模样。

她选择了她力所能及的抗争方式。想象一下当时的情形吧……敌人就在眼前,纳尔瓦凯旋门一带正在激战,基洛夫工厂的车间每天遭到扫射……每个人都在想自己可以为保护城市做些什么。死是很容易的,但必须要做点什么,有所行动。成千上万的人都是这么想的……

"我想找到一些词语……我们怎么才能表达呢?"瓦莲京娜·帕甫洛芙娜问我们,也是问自己。

我从战场上回来,成了残废人,一块弹片击中了我的脊背。伤口不大,可是我却一下子被掀到远处的一个雪堆里。我本来就一连几天没能烤干自己的毡靴,不是缺少柴火,就是轮不上我烤火。因为炉子太小,而围着炉子的人又很多。结果等我被人发现时,双腿已经冻坏了。幸亏我在被雪埋住时,还能呼吸,于是在雪堆上形成了小洞洞,被救生犬发现了。它们扒开雪层,把我的棉帽交给了卫生员。我的死亡通知书都填好了——每个人都有这样一份通知书,上面写着你的亲属名字,还有寄发通知书的地址。他们把我从雪里挖了出来,放到帆布担架上,我穿的一件短皮袄浸满了血……可谁也没有注意到我的腿……

我在医院里躺了六个月。医生想把我的一条腿截去,从膝盖以上锯掉,因为我已经开始出现坏疽。这时候我有些惊慌了,我可不想作为一个残废人活下来,那样活着还有什么意思?有谁还会娶我?我既没有爸爸也没有妈妈,在生活中纯粹是个包袱,谁会要我啊,废料一块!我就想上吊自杀……我请求卫生员把小毛巾换一条大的……在医院里,大家都爱逗我:"这里有个奶奶啊,老奶奶躺在这儿呢。"因为医院院长第一次见到我就问:"哟,你多大岁数啦?"我马上回答他:"十九岁……快满十九岁了……"他开玩笑说:"噢!不年轻,是不年轻了,已经这么大把年纪了……"卫生员玛莎大婶也常常这样逗我。听到我的要求,她就对我说:"我会给你一条大毛巾的,既然你快要上手术台了。不过我还得看住你。姑娘啊,你的眼神我可不太喜欢,你是不是在动什么坏脑筋呀?"我没话可说……可是,我看到这件事倒是真的:他们要把我送到手术台上去了。我不知道上手术台是怎么回事,因为我一次也没开过刀,可我却以为,我的身子将被割得支离破碎。于是我把大毛巾藏在枕头底下,想等没人的时候,等大家都睡熟的时候自杀。床架是铁的,我打算把毛巾系在铁床上上吊,只要我的力气够用……可是,玛莎大婶整夜寸步不离,守着我这个年轻姑娘。眼睛都不眨一下……严密守护我这个傻姑娘……

我的住院医生是个年轻中尉,他找到院长请求:"让我试试吧,请批准我试试看……"院长对他说:"你想试什么?她脚上的一个指头已经变黑了,小姑娘才十九岁,可不能因为你我而耽误她的性命啊。"原来我的住院医生反对手术,他主张用另一种方法,在当时是一种新方法。就是用一根特制的针把氧气注入皮下,用氧气供养肌肉组织……反正我也说不清这是怎么回事,我又不是学医的。反正是这位年轻中尉最终说服了院长,他们这才没有锯掉我的腿,而是开始用这个办法给我治疗。过了两个月,我竟然可以走路了,当然,得拄着拐杖,两条腿就像软绵绵的破布条,一点都撑不起身子。明明能看见两条好端端的腿,就是没有丝毫感觉。后来我又学会了不用拐杖走路。别人都祝贺我:你这是捡了一条命啊。从医院出来,按规定得休养。可是我怎么休养?到哪儿去休养?去找谁呢?我只好回到自己的部队,回到我的火炮旁。我在那儿入了党,当时只有十九岁……

我是在东普鲁士迎接胜利日的。已经连续安静了两天，谁都不开一枪。这天深夜，突然响起了空袭警报！我们全都跳了起来。紧接着便听到人们在欢呼："我们胜利了！敌人投降了！"其实，敌人投降不投降我们无所谓，拨动我们心弦的是胜利了："战争结束了！战争结束了！"大家都开始放枪，手上有什么枪就放什么枪：冲锋枪、手枪……后来连大炮也放起来了……有的人抹泪水，有的人手舞足蹈，大声叫喊："我活着，我还活着！"还有人卧倒在土地上，捧起泥沙，捧起石头。一片欣喜若狂……而我就呆呆地站在那儿，大脑中的念头是：战争总算结束了，可是我的爸爸再也不能回家了。战争结束了……指挥员却吓唬我们说："这怎么可以！你们不赔出这些弹药来，就不许复员回家。你们在胡闹些什么啊？给我放掉了多少炮弹啊？"可那时我们觉得，世界上将要有永久和平了，再也没有人要战争了，弹药应该统统都销毁，这些东西还有什么用啊？我们恨也恨累了，打也打累了。

多想回家去呀！虽然爸爸妈妈都不在了。家，这是一种感觉，它比居住在房子里的人重要，更比房子本身重要。就是那种感觉……每个人都应该有个家……我必须要向继母深深鞠一躬……她就像亲妈一样对待我。我后来就叫她妈妈了。她一直在等我回去，等得好苦。虽然院长已经写信给她，说我的一条腿被截掉了，我得残废地回到她身边，要她有思想准备。院长答应，我在她身边可以住上一段时间，然后再把我接走……然而她所盼的，只是我能活着回来，这就够了……

继母一直在等着我……因为我长得酷似我的爸爸……

我们在十八到二十岁间离家上了前线，在二十到二十五岁上才回来。起先我们还很高兴，后来却苦闷透了：我们当老百姓能干些什么？面对和平生活，我们倒是害怕了……女伴们连大学都毕业了，可我们干什么呢？干什么都不行，没有专长。我们懂的只是战争，我们所能做的就是打仗。我想尽快摆脱战争的影响，麻利地用军大衣改成一件外套，连纽扣也都换了。到市场上把帆布长靴卖掉，买了一双高跟皮鞋。我第一次穿上连衣裙时，泪水忍不住哗哗流。在镜子里都认不出自己了，要知道，我们穿了四年男人的长裤啊！我本来可以告诉别人，我受过伤，给震坏了。可是如果讲出来，谁还会给我工作？谁还会娶我？于是我们都像鱼儿一样沉默，谁都不承认自己在前线打过仗。我们只是在彼此间保持联系，书信往来。直到过了三十年后，才开始给我们搞隆重的荣誉活动……邀请我们去采访……起初我们都躲着藏着，甚至勋章也不敢佩戴。男人可以佩戴勋章、奖章，女人就不行。男人是胜利者，是英雄，是新郎官，他们上过战场是一份荣誉，但人们却用完全不同的眼光看待我们这些女兵。完全异样的目光……我要对您说，是他们把我们的胜利夺走了，悄悄地换成平凡妇女的幸福。他们不和我们分享胜利，这对我们是一种屈辱……我们不理解……因为在前线时，男人们对待我们非常温存，很爱护我们。而在和平日子里我从没见过他们这样好地对待过女人。那是我军撤退的时候，大家常常躺在地上休息，睡在光秃秃的泥地上。男人们自己穿着军便服躺着，却把军大衣送给我们盖："给姑娘们吧……姑娘们得盖好身体……"要是他们从什么地方弄来点棉花和绷带，也送给我们："喏，拿着吧，你们用最合适……"连最后一点砂糖也要分给我们。那时候，在男人身上除了善良和温暖，我们看不到还有别的什么，不知道还有别的什么。可是战后呢？我无语了……没话说了……究竟是什么妨碍了我们的记忆？回忆令人难以忍受……

我和我丈夫两人复员回到明斯克时，真是一无所有：铺的盖的喝水吃饭的东西都没有……只有两件军大衣和两件套头军装。我们找到一张大地图，把它完完整整地粘在厚帆布上，再把地图用水泡开，这样就成了一张帆布床单，我们家的第一张床单。后来，女儿出生时，我们又把这张地图做了她的襁褓……我现在还记得，那是一张世界政区地图……我们的女儿就睡在箱子里……是个胶合板的手提箱，是我丈夫从前线带回来的，代替了摇篮。我可以这样说，除了爱，那时候家里什么都没有。有一次，丈夫突然回到家里对我说："快去，孩子她妈，我发现了一个被人扔掉的旧沙发……"于是我们就摸黑出去抬那旧沙发——深夜去抬，免得被别人看见。这个沙发真使我们欣喜若狂！

我们仍然是幸福的。我有这样一个好伴侣！时光艰难，但是我们从未灰心沮丧。每次买到配给食品，都要互相打电话："快回家来，我搞到了糖，可以好好喝一次茶了……"那时我们一贫如洗，真可谓家徒四壁，哪有这些地毯和玻璃器皿什么的……啥都没有啊……但我们很幸福。我们之所以感到幸福，是因为我们到底活了下来。我们仍在说话、欢笑、逛街……我总是那么自恋，虽然也不知道为何那么孤芳自赏，周围都是断壁残垣，甚至树木都毁得面目全非。可是有爱情在温暖我们。人类总是互相需要的，彼此依存非常需要。虽然后来我们分道扬镳了，每个人都回到自我，有了自己的新家，自己的新住处，但那时还是亲密无间的。肩并肩，就像在前线的战壕里……

现在我经常应邀到军事博物馆做报告……人们请求我给他们做解说。现在这样看重我们了，可已经是四十年之后了，四十年啊！前不久我还向一些意大利姑娘讲过话。她们七嘴八舌问我很多问题：我是被哪个医生治好的？我受了什么伤？不知怎么，她们还发现我从来没有去看过心理医生。她们还关心我都做过哪些梦，是否梦到过战争。就是说，俄罗斯女人拿起武器去作战，对她们而言简直就是个谜。不仅救护伤员，包扎伤口，还亲自开枪开炮轰炸爆破……去杀死男人……这对于女人意味着什么？……她们还很有兴趣地问我是否结过婚。她们都确信我从未嫁过人，是个独身女人。我就笑着说："别人都从战场上带回战利品，而我带回来一个丈夫。我们有个女儿，现在几个外孙也长大了。"我没有给你讲过我的爱情……已经不能讲了，因为爱情抓不住我的心。另外一次……也是很热烈的爱！还是一样的！难道人没有爱情能过活吗？能活下去吗？在前线有一个营长深深爱上了我……整个战争期间他都护着我，不让别人靠近我，复员之后他到医院来找我，承认了对我的爱情……那，接下来就谈他如何爱我……你来吧，他说，一定要来啊，你会有第二个女儿的。当然，我的梦想就是生很多孩子，我爱孩子，可是我只有一个女儿……宝贝女儿……我的体力和精力都不允许了……再上学读书也不可能了，因为我经常生病。我的这双腿，全都因为我这双腿……可把我害苦了……我退休之前在综合技术学院里当实验员,从教授到学生们都喜欢我。因为在我身体内充满了爱,有很多快乐。我这么懂得生活,只想在战后好好生活。上帝创造人不是为了让他去射杀,祂创造人是为了爱。你怎样认为?

两年前,我们当年的参谋长伊万·米哈依洛维奇·格林科到我们家来做客,他已经退休了。他也坐在这个桌旁,我同样是烤馅饼招待他。他和我丈夫交谈、回忆……他还能叫出我们那些姑娘的名字……而我就突然大哭大叫出来:"您说什么荣誉啦、尊重啦。可是那时的姑娘们现在几乎都是孤独一人,单身未婚,居住在公共宿舍里。又有谁可怜过她们?你保护了她们吗?你们战后都跑到哪儿去了?都是叛徒!"就这一句话,我把高兴的气氛给破坏了……

参谋长就坐在你现在这个地方。"你可以告诉我,有谁伤害了你。"他用拳头敲打着桌子,"你只要把他给我指出来!"接着又请求我原谅,"瓦莉娅,除了和你一起流泪,我什么都不能对你说。"其实没有必要可怜我们,我们是自豪的人。就让他们一遍又一遍地改写历史吧。史书上有斯大林还是没有斯大林,都无所谓。但永远不变的是,我们是胜利者!还有我们经历过的痛苦也是不会改写的。这也不是垃圾和灰烬,这是我们的生活。

我没有别的可说了……

——瓦莲京娜·帕甫洛芙娜·丘达叶娃

(中士,高射机枪组长)

在我离开之前,女主人塞给我一包馅饼:"这是西伯利亚的特产啊。在商店里你买不到的……"我还得到了长长一串地址和电话号码:"她们一定会高兴你去看她们,她们一直都在等你。我清楚地告诉你:回忆是很痛苦的,但是不去回忆,就更加不能忍受。"

现在我理解了,为什么她们一直要喋喋不休地去说……

"我们只获得了小小的奖章……"

每天早上我都去打开自己的信箱……

我的私人信箱越来越像是兵役委员会或博物馆的信箱了:"来自玛林娜·拉斯柯娃航空团女飞行员的问候……""我受铁人旅全体女游击队员的委托给您写信……""明斯克的女地下工作者向您祝贺……祝您已经开始的工作取得成功……""野战洗衣队的战士们向您报告……"到现在为止,对于我的会见请求只有少数几位断然拒绝:"不,这像可怕的噩梦……我受不了!我说不出!"或者:"我不愿意回忆!我不想回忆!已经忘记很久了……"

我还记住了另一封信,上面没有寄信人地址:

"我的丈夫,光荣勋章的获得者,战后却被关了十年劳改营……祖国就是这样对待自己的英雄们,这样对待胜利者的吗?!就因为他写了一封信给他在大学里的同事,说他很难为我们的胜利感到骄傲:在本国或者异乡的土地上布满了俄罗斯人的尸体,浸透了我们的鲜血。他立即就被逮捕……摘下了军人肩章……

"斯大林去世后,他才从哈萨克斯坦回来……已经是满身病痛。我们没有孩子。我不需要记住战争,我毕生都在作战……"

不是所有的人都决心写自己的回忆录,也不是所有的人都能够做到把自己的思想感情诉诸文字。就像女报务员 A. 布拉克娃中士所说："泪水阻碍了我们……"结果往往事与愿违，回忆录只不过抄录了一些地址和新名字。

我体内的金属够多的了……我在威帖布斯克受的一次伤，弹片钻进了肺里，离心脏只有三厘米。第二块弹片打在右肺上，还有两块弹片在腹部……

这就是我的地址……请您来看我吧。我不能继续写了，眼泪使我什么都看不清楚……

——瓦莲京娜·德米特里耶夫娜·格罗莫娃

（卫生指导员）

我没有立过什么大功，只得了几枚奖章。我不知道对我的生平您是否感兴趣，可我总想把自己的经历对别人说说……

——B. 沃伦诺娃

（电话接线员）

我和丈夫早先住在马加丹地区的极北镇。丈夫当司机，我当检查员。战争刚一爆发，我们两人就申请上前线。有关部门答复我们说，你们应当干好本职工作。于是我们便给斯大林同志发电报，并捐献了五万卢布来建造坦克（当时可是一笔大钱，是我们家全部的积蓄），并表达了我们俩共同上前线的心愿。我们收到了政府的感谢信。1943年，我和丈夫被派到切里亚宾斯克坦克技术学校学习，我们作为旁听生在那里毕了业。

我们在那里领到一辆坦克。我们夫妻俩都是一级坦克驾驶员,可是一辆坦克里只能有一名驾驶员。于是指挥部决定任命我为"HC-122"坦克车长,任命我丈夫为正驾驶员。就这样,我们俩一直打到了德国。我们俩都受过伤,也都得过奖。

战争期间,有不少姑娘当上中型坦克手,而在重型坦克上的,只有我一个人。我有时想:要是能把自己的一生写给哪位作家就好了。我自己写不成书,应该找作家……

——A. 鲍依科

(少尉,坦克手)

1942年,我被任命为营长。团政委提前告诫我:

"大尉,请您注意,您将指挥的不是普通的营,而是个'少女营'。这个营里一半成员都是姑娘,是一些需要特殊对待、特别关注和照顾的人。"我虽然知道当时有许多姑娘在军中服役,但对眼前的情况可是一点都没料到。我们这些现役军官,对于"弱性别"担任军职始终持有保留态度,这行当历来都是男子干的。当然,比如说,医院里的护士,我们还是看得惯的。她们在第一次世界大战中,接着是在国内战争中,曾经表现得很英勇。可是,姑娘在高炮部队里能干些什么呀?在我们这种炮兵部队,得扛一普特[1]一颗的炮弹呀!再说,怎么把她们分配到各个炮连去呢?每个炮连只有一

---

[1] 普特:普特系俄制重量单位,一普特等于16.38公斤。

个掩蔽部，里面住着清一色男人的炮班成员。她们还得一连几个小时坐在火炮机械上，而这些设备全是铁的，就连火炮座位也是铁的，她们是姑娘啊，怎么能吃得消？最后的麻烦是，她们在哪儿洗头发，怎样吹干头发？问题一大堆，而且都不是一般的问题……

我经常到各个炮兵连走走看看。见到姑娘挎着步枪站岗，见到姑娘拿着望远镜守在瞭望哨上，说实话，我心里是很不舒服的——也许因为我是从前线、从前沿阵地上回来的。姑娘们的性格各个不同，有腼腆的，有胆小的，有娇气的，也有果断的，甚至火爆的。军事纪律不是人人都能服从的，女人的天性本来就与军事秩序格格不入。她们不是忘记了命令的内容，就是在收到家信后哭上整整半天。要是惩罚她们吧，第二天准得取消——心肠硬不下来。我老是忍不住想：唉，我可是被这帮姑娘坑了！可是没过多久，我就不得不消除了全部疑虑。姑娘们都变成了出色的军人。我和她们一起走过了残酷的历程。请您来吧。我们好好长谈一番……

——伊万·阿尔卡吉耶维奇·列维茨基

（原七八四高炮团第五营营长）

我手里有四面八方的通信人地址——莫斯科、基辅、克拉斯诺达尔州的阿普舍隆斯克市、威帖布斯科、伏尔加格勒、雅卢托罗夫斯克、苏兹达里、加利奇、斯摩棱斯克……怎么才能包圆儿呢？我们国家这么大。这时出现的一件事帮到了我，是个出乎意料的提醒。有一天，邮筒里来了一份请柬，是巴托夫将军的六十五集团军老战士协会发来的："我们每年五月十六日和十七日都在莫斯科红场聚会。这既是传统又是仪式，凡是能来的人都得来。有的来自摩尔曼斯克和卡拉甘达，有的来自阿尔泰和奥姆斯克，总之哪儿都有，来自我们广阔无际的祖国各地……一句话，我们很期待您……"

莫斯科宾馆。五月是胜利的月份。到处都有人在紧紧拥抱，抱头痛哭，拍照留影，分不清楚哪里是堆到胸前的鲜花，哪里是勋章和奖章。我进入了这个人流，大家把我举起来，不可遏止地一个接一个传递着，很快地，我就发现自己处于一个几乎陌生的世界中，好像在一个陌生的岛屿上，在一群我既熟悉又不相识的人中间，但有一点我知道：我爱他们。在我们这一代中间，他们通常是被遗忘而无人注意的，因为他们正在远去，他们的人数变得越来越少，而下一代越来越多。但每年一次，他们要聚集在一起，为的是哪怕十分短暂地回到自己的时间中——他们的时间，就是他们的回忆。

在七层五十二号房间，聚集着5257医院的老兵们，为首者是亚历山得拉·伊万诺芙娜·扎依采娃（大尉军医）。她见到我很高兴，自愿把我介绍给所有人，就好像我和她相识已久。其实我完全是偶然地撞进了这个房间，完全是误打误撞。

我把她介绍的所有人的名字都记了下来，外科医生加琳娜·伊万诺夫娜·萨佐诺娃，医生伊丽莎白·米哈依洛夫娜·艾杰什坦，外科护士瓦莲京娜·瓦西里耶夫娜·卢基娜，一级手术护士安娜·伊格纳吉耶夫娜·戈列丽克，护士娜杰日达·费陀罗夫娜·波图日娜亚、克拉弗季娅·普罗霍洛夫娜·鲍洛杜丽娜、叶莲娜·帕甫洛夫娜·雅柯夫廖娃、安格丽娜·尼古拉耶夫娜·季莫菲叶娃、索菲亚·卡玛尔金诺夫娜·莫特莲柯、塔玛拉·德米特里耶夫娜·莫洛卓娃、索菲亚·费利莫夫娜·谢苗纽克、拉丽莎·吉洪诺夫娜·捷伊昆。

布娃娃和步枪

哎哟哟，姑娘们，这场战争多么卑劣……用我们的眼睛好好看看吧。用女性的眼睛去看，简直没有比它更可怕的了。所以人们从来就不问我们……

姑娘们，你们还记得吗？那时我们坐在闷罐车里，男兵们嘲笑我们拿枪的姿势。我们简直不是在持枪，而是……如今都做不出来了……就像搂着布娃娃……

人们都在哭啊叫啊喊啊……我只听到一个词：战争！我却在想："如果我们大学明天要考试，战争算什么？考试才是非常重要的。战争又能怎么样呢？"

一个星期后轰炸开始，我们已经在救人了。就在医学院学习了三项课程，在这种非常时刻已经很不错了。但在战争初期的日子里，我看到了那么多血腥，就开始害怕它了。不过只有我算是半个医生，实习成绩又非常优秀，人们对我就总是另眼看待，这对我是很大的鼓舞。

姑娘们，我要给你们说一个故事……一次轰炸结束后，我睁开眼看去，面前的土地全都翻了一遍。我赶紧跑过去挖掘伤亡者。在泥土中我双手觉得摸到了一张脸，还有头发……这是个女人！……我把她挖出来，趴在她身上就哭了起来。不料她却睁开了眼睛，也不问自己身体怎么样，倒是担心地问：

"我的包包哪儿去了？"

"包包现在对你算什么啊？总会找到的。"

"包包里面可有我的证件啊。"

原来她想的不是自己身体是否受伤了，而是自己的党证和军人身份证是否还在。我赶紧去寻找她的包包，找到了。她把它放在自己胸前，这才闭上了眼睛。救护车很快赶到，我们把她送走了。我再次检查了一遍她的包包是否和她在一起。

到了晚上，我回到家把这些讲给妈妈听，并且对她说，我已经决定上前线去……

我军撤退时，男女老少都出来为部队送行。有个上了点岁数的老兵走过，在我家茅屋前停下来，站得笔直笔直，向我妈妈深深地鞠了一躬说："真对不起你，大妈……要靠你保护这姑娘！唉，只好靠你自己保护这姑娘了！"我那时才十六岁，有一条很长的辫子……就是这张照片！黑色的睫毛……

我还记得我们是怎么开往前线的……整车都是女孩子，防水帆布覆盖着大卡车。那是漆黑的夜晚，树枝敲在车棚帆布上，高压线的声音就好像是子弹，嗖嗖地射向我们……战争改变了我们的话语和声音……战争啊……唉,它现在还永远伴随着我们!连"妈妈"这个称呼都成了新的词语,"家"也成了完全不同的单词,都有新的含义添加其中了。是更多的爱和更多的恐惧,还有更多……

但是从战争第一天起,我就确信,敌人不会战胜我们。我们的国家这么大,无边无际……

我是妈妈的宝贝女儿,从来没有离开过自己的城市,从未在别人家里住过一夜,最后竟到一个迫击炮连当了见习医生。我的生活发生了多大的变化!迫击炮只要一开始射击,我的耳朵一下子就什么也听不见了。一时间好像整个人都被烧着了一样。我就坐在地上呻吟:"妈妈呀,我的好妈妈……我的亲妈妈……"我们部队驻扎在树林里,每天清晨我跑出去——只见四周静悄悄,草叶上挂着晶莹的露珠。难道战争就是这种样子吗?景色这么美,这么幽静……

上级命令我们必须要穿军装,而我只有一米五的个头。钻进男式长裤,姑娘们能从裤腰那儿把我整个人扎在裤子里。于是我索性就穿着自己从家带来的连衣裙到处跑,遇到领导我就躲起来。结果,因为破坏军纪,我被关了禁闭。

本来我说什么也不相信……更不知道自己也会在行军时睡觉。可在队伍里我竟然真能一边走一边睡,结果一头撞在前面人的身上才醒过来,然后又继续睡。战士在哪儿都会睡得很香甜。有一回,我在黑暗里打盹,没有往前走,而是走偏了。我还在野地里边走边睡,一直走到一条水沟里,栽倒了,这才醒过来。我赶紧跑去追赶自己人。

士兵们坐下休息时，就卷一支烟三个人轮流抽。可是当第一个人抽烟时，第二个人和第三个人就睡着了，甚至打起呼噜……

我忘不了有一次，运来了一个伤员，用担架把他抬来时，有人抓起他的手给我看，说："算了吧，他已经死了。"他们就走了。这时候伤员却出了声响，我跪在他前面，发现他还有点气，我惊叫了一声，连忙喊医生："大夫！大夫！"人们把躺着的医生扶起来，摇着他让他醒过来，可他又倒下去了，像一捆干草似的，睡得死死的，甚至用氨水也熏不醒他。原来，在这之前他已经三天三夜没睡觉了。

严冬时的重伤员就更惨了……军服都僵硬了，血水和雪水冻在一起，油布毡靴里灌满了血和冰，刀都切不开。他们都冻得跟死人一般。

从窗口向外望去，冬天的景色美丽得难以形容。神奇的白云杉耸立。那一瞬间你才会忘记一切……还有在梦中你才能忘却……

那是个滑雪营，里面清一色都是十年级的男学生。敌人的机枪朝他们密集扫射……一个受伤战士被送到我们这里，他一个劲儿地哭。我跟他是同样年龄，但自我感觉却比他大，就抱着他，哄着他："乖孩子……"他就对我说："要是你也去战场待待看，就不会在这里说什么乖孩子了！"他已经奄奄一息，可是整夜都在喊着："妈妈！妈妈！"我们医院里还住着两个库尔斯克小伙子，我们管他们叫"库尔斯克夜莺"。我每天来叫他们起床时,他们都睡得很香,嘴巴上还挂着口水。十足的招人疼爱的娃娃!……

我们常常一连几昼夜站在手术台旁……站在那儿两只手臂酸得抬不起来,脑袋时常会撞在手术病人的身上。就是想睡觉,睡觉,睡觉!我们的腿脚都浮肿了,连油布毡靴都穿不进去,眼睛累到极限,眼皮闭都闭不拢。

我的战争由三种气味组成:血、麻醉剂和碘酒……

唉!那么多的伤啊……全身上下四分五裂,里外都是伤……真叫人发疯……子弹片、手榴弹片、炮弹片,炸开头颅、炸进肚肠、切碎整个身体。我们把金属碎片连同士兵的纽扣、破烂的大衣衬衫还有皮带一起从他们身体上除下来。有个士兵整个胸腔都被炸开,心脏都暴露在外,怦怦跳动着,不用诊断就知道人已经不行了……我给他做了最后的包扎,硬是撑住不要哭出来。我希望快点结束,让我躲在某个角落里去大哭一场。他忽然对我说话了:"谢谢你,小护士……"并伸出手给我,手中有个小块金属似的东西。我猜想那可能是一枚刀枪交叉的徽章。"你为什么要给我?"我问他。"我妈说,这护身符会保佑我,但我已经不再需要了。也许你会比我幸运?"他这样说完就翻身面向墙壁了。

到了傍晚,头发已经被血染红,顺着工作服流向身体、帽子和口罩。黑色黏稠的血与人身上的屎尿混在一起了……

又有一次,有个伤员大声喊叫:"小护士,我的腿好疼啊。"其实他的腿已经没了……我最害怕的是抬死人，微风掀开床单，死者正瞪着眼直勾勾地看着。只要死者睁着眼睛，我就不敢抬，只好先把他的眼睛合上……

有一次运来了一位伤员……躺在担架上，全身上下都扎上了绷带，连脑袋也受了伤，脸几乎一点也没露出来。他活不了多久了。可是，也许我使他想起了谁，他对我叫着："拉莉莎……拉莉莎……亲爱的……"显然他是在呼唤他爱着的一个姑娘。可是我正好也叫这个名字，但我知道我从不认识他，可是他却在叫我的名字。我走近他，莫名其妙，呆呆地注视着他。"你来了？是你来了吗？"他喃喃地说。我抓住他一只手，俯下身子……"我知道，你准会来的……"他的嘴唇嚅动着，但我弄不懂他说的是什么。现在我只要一回想起当时的情形，眼泪就会禁不住涌出来，简直讲不下去。他又说："我离开你上前线时，都没能来得及亲你。现在，你亲我一下吧……"

我便对着他俯下头去，轻轻在他唇上吻了一下。他的眼睛里涌出了泪水，濡湿了绷带。我赶紧躲开了。经过就是这样，后来他死了……

血腥味和死亡前的惊异

人人都不愿意死……我们得对每一声呻吟、每一次尖叫做出回应。有一个伤员，感觉到自己快死了，紧紧抓着我的肩膀，紧紧抱着我不放手。他以为，只要有人在他身边，只要护士在他身边，生命就不会离开他。他会央求："让我多活五分钟吧，哪怕多两分钟……"一些人已经毫无声息地安静下去，另一些人还在叫喊："我不想死啊！"有人骂遍了脏话，有人突然唱起歌，唱着摩尔多瓦民歌……一个人直到临终都不去想死，仍不相信自己会死。你可以看到，一种黄黄的颜色从头发根下蔓延出来，像影子一样开始移动到脸上，然后到衣服下面……死后他躺在那儿，脸上还带有一种惊讶，似乎在那儿仰面思考：我怎么就这样死了呢？莫非我真的死了吗？

只要他们还能听到说话，我就要把这句话说到底：不会，不会的，你怎么会死呢？我亲吻他们，拥抱他们，劝他们说：瞧你，这是怎么啦？直到他们死去，眼睛直瞪着天花板，我还在和他们轻声耳语……继续安慰他们……现在他们的姓名我都遗忘了，从脑海中消失了，但面孔还清楚地保留着……

送来了一批伤员……他们放声大哭……不是因为伤痛而哭，而是为无力作战而哭。第一天打仗，他们刚刚到前线，一些战士甚至还从未打过一枪，因为还没有给他们发枪，在战争的头两年，武器比黄金还贵重。而德国人又有坦克又有大炮还有飞机。我们呢，只有战友倒下了，才能拿起他们的步枪手榴弹。许多人就是空手上阵……就好像打群架……就那样跳上敌人的坦克……

当他们死的时候……他们都在看什么，都在想什么……

我的第一个伤员……子弹击中了他的喉咙，他又活了几天，但什么也不能说……

截掉胳膊或大腿，开始根本不见血……只有白净净的肉，过一会儿才涌出血来。我直到现在还不能切鸡肉，特别是一看见白鸡肉，我的嘴里就会涌出一股咸津津的味儿来……

德国人是不把女兵留作战俘的……抓住立即枪毙。或者把她们拉到集合起来的德国士兵面前，展示说：瞧瞧，这些都不是女人，而是怪物。我们始终都要为自己准备两颗子弹，必须两颗，是为了防止第一颗是哑弹。

我们有一个护士被俘了……一天之后我们夺回了被敌人占领的村子，随处可见散落着死马、摩托车、装甲运兵车。在那里，我们找到了她：敌人剜掉了她的眼睛，割去了她的乳房……把她的身子残暴地竖插在木橛子上……寒冬腊月的天气，她身子雪白雪白的，头发也是灰白的。这姑娘才十九岁。

在她的背囊里，我们发现了她的亲人来信和一个绿色的橡胶小鸟，那是她儿时的玩具……

我们向后撤退，敌人追着轰炸。战争的第一年我们是一退再退。法西斯飞行员飞得很低很低，追撵着每一个人。总是感觉他好像就贴在你身后，我就拼命逃跑……我清楚地看到和听到敌机直冲着我俯冲而来……我都看到了飞行员的面孔，他也看见下面是姑娘们，是救护列车……还是狞笑着沿着车厢扫射，就像娱乐一样……

那么残暴可怖的笑容……但是面孔却很英俊……

我实在受不住了……大声尖叫着钻进了玉米地，而他就跟到玉米地，我再往树林里跑，他又逼得我趴倒在地上，那是一片灌木丛……我又跳起来拼命逃进树林，钻进一堆枯树叶里。我吓得直流鼻血，也不知道自己是不是还活着。动动手脚，哦，没有事，还活着。可是从此以后，我就得了飞机恐惧症。飞机还在很远地方时，我就吓得要命，脑子里什么念头都没有，只想着：飞机来了，我要赶紧躲藏起来，得跑到什么地方去，既看不见也听不到它。直到现在我还听不得飞机的声音，不能乘飞机……

唉唉，可怜的姑娘们……

战争之前我原本都准备嫁人了……嫁给我的音乐老师。那是一段疯狂的爱情故事。我很认真地恋爱……他也是深爱着我……但妈妈不同意，说："你还小呢！！"

可没过多久战争就开始了。我申请上前线，想离开家做一个成年人。家里人一边哭一边给我收拾出发行装。我还记得温暖的袜子和内衣……

上战场第一天，我就看到了第一个死人……事情发生在一所学校的校园，那里安置了临时医院，一块弹片飞进来，一位助理医生受到致命伤。我当时就想：对于结婚来说，妈妈坚持说我年纪太小，但是对于战争来说，可就不是了……我亲爱的妈妈……

我们刚刚停下脚步，立刻建起医院，伤员很快运送过来了。可就在这时我们突然又听到了疏散的命令。但只能运走一部分伤员，还有些不能运走，因为没有足够的车辆。上级催促我们："留下他们，你们自己快离开。"我们整理行装的时候，伤员们都在一旁望着，一双双眼睛注视着我们。他们的目光中包含了一切：有谦卑也有屈辱……他们哀求："兄弟们！姐妹们！不要把我们丢给德国人。你们向我们开枪吧。"那样悲哀！那样绝望！！只有能够站起来的，才能和我们一起走。不能站起来的伤员就只能躺在那里。我们都不敢抬起自己的眼睛，因为已经无力帮助他们中的任何一个人……我那时很年轻，一路哭着离开……

等到我们反攻的时候，就没有再丢下任何一个伤员，甚至还收容了德军伤员。我曾经在工作中和德军伤员打过交道，习惯了给他们包扎，好像没事似的。可我没有忘记1941年我们丢下自己的伤员时，德国人是怎样对待我们的伤员的……他们如何对待我们的人，我们看到过……想到这儿，我觉得很不愿意再去治疗德军伤员……可是到了第二天，我照常要去给他们包扎……

我们抢救人的生命……可是很多医务人员都非常后悔干了医生这行当，因为她们能干的只是包包扎扎，而不能拿武器，不能去射击。我记得……我记得这种感觉。我还记得在雪地中鲜血的味道特别强烈……那些死人……他们躺在田野上。鸟群啄着他们的眼睛，吃着他们的脸和手。唉，无可奈何的生命……

当战争临近结束时，我都不敢给家里写信了。我想，我不能再写信，万一我突然被打死，妈妈就会哭死的：战争结束了，我却在胜利前夕死掉。我们谁都不谈论这事，可是谁心里都在担忧这事。我们已经感觉到胜利就在眼前，春天已经到来。

我突然发现天空更加蓝了……

我能记得的是什么……有什么截留在我的记忆中？记忆最深的是寂静，病房里不寻常的寂静，躺着的都是重伤员……奄奄一息……他们彼此间不说话，谁都不打招呼，很多都不省人事。他们就那样寂静地躺在那儿。可是他们都在想事，他们总在望着什么方向思考着。就算你大声叫他们，他们也听不见。

他们到底在想什么呢？

马匹和鸟儿

我们坐在火车上走啊走啊……

有一次，我们运送伤员和运送马匹的列车同时停在车站上，这时轰炸开始了。两趟列车都着起了大火……我们赶紧打开车厢门往外救伤员，让他们逃离现场，可是他们却全都冲过去救那些被大火包围的马匹。人受伤时，喊叫是十分吓人的，但远不如马匹受伤时的嘶鸣那样可怕。要知道，马没有任何过错，它们不能对人类的行为负责。当时呢，所有的伤员全都冲过去抢救马匹，没有一个人往树林里躲。所有能行动的人都奔过去了！

我还能说些什么？我想说，法西斯的飞机飞得很低很低，几乎贴着地面。我后来在想：德国飞行员肯定都看在眼里，难道他们不感到羞耻吗？他们到底在想什么啊……

我还记得一件事情……我们来到一个村子，在村边的树林附近躺着一些被杀害的游击队员。他们是怎样一副惨状，我无法讲述，我的心脏承受不了。他们是被活活折磨死的……就像杀猪一样，他们的内脏都流出来了……就躺在那里……而不远的地方，一些马儿在徘徊。显然，这是游击队员的马，甚至马鞍还在马背上。也许它们从德国鬼子手中逃了出去，后来又回来了，也许是德寇没来得及把它们带走——怎么回事我不知道。马儿们迟迟不肯远去，地上是厚厚的草。这时我就想：人怎么能当着马的面干出这么残忍的事情来？当着动物的面，它们全都看到了……

田野和森林在燃烧……烟幕冲天。我发现了被烧死的母牛和狗……从未闻过的味道，难受死了。我又看见存放西红柿和白菜的木桶都烧焦了。甚至鸟儿也被烧死，还有马……很多很多的马匹全都烧得焦黑，散躺在道路上。到处都是这种气味，让人不得不接受……

那时我意识到，一切都是可以燃烧的……甚至血液也会燃烧起来……

有一次轰炸，只见一头山羊从村子里跑出来，跟我们躲避在一块儿，紧靠着我们卧着，咩咩地叫着。轰炸停止后，它又和我们一块往回走,紧紧偎依着人。瞧,连动物都害怕了。我们进村后,把这只羊交给了头一个遇到的妇女,说:"把它牵回去吧,多可怜哪。"我真想救救这些小动物……

在我的病房里躺着两个伤员……一个德国兵,一个是我们全身烧伤的坦克手。我走进病房去看他们:
"你们感觉怎么样?"
"我很好,"我们的坦克手回答我,"这位情况可不好。"
"这是个法西斯……"
"不,我没什么了,他情况不好。"
他们已经不是敌人,而只是普通人,是并排躺在一起的两个伤员。在他们之间出现了人情味。我不止一次地看到过,这种情形发生得那么快……

就是这样……嗯……您记得吗……深秋的一行行大雁……成群结队地飞在天空中。我军炮兵和德寇炮兵在对射,而大雁群继续飞它们的。怎么对它们呼喊?怎么向它们发出警告说:"不要飞过来!这里在打炮!"怎么叫停它们啊?!结果鸟儿们被击中,摔落在地面上……

我们被派去给党卫军包扎伤口,党卫军军官……有个小护士走过来对我说:
"我们怎么给他们包扎呢?弄痛他们还是正常包扎?"

"正常包扎。这是伤员……"

于是我们就给他们做正常包扎。有两个家伙后来逃走了。我军又把他们抓住了,为了不让他们再次逃跑,我剪断了他们裤子上的纽扣……

有人跑来报告,只说了这几个字:"战争结束了!……"听了这话,我一下就坐到消毒台上去了。我曾和医生约定,只要一听到战争结束的消息,我们就坐到消毒台上去。我们要做些反常的事!搁在平时,我可不许任何人走近消毒台,就像不许别人靠近射击时的大炮。那天,我已经戴上了橡皮手套,戴好了面罩,穿上了消过毒的手术服,拿出了一切必需的东西:棉塞子、手术器械……可一下子我浑身瘫软了,坐到消毒台上去了……

我们那时最渴望的是什么?第一,当然是战胜敌人;第二,是要活下来。一个姑娘说:"等战争结束,我要生一大堆孩子!"另一个姑娘说:"我要进大学读书。"还有一个说:"我走进美发厅就不出来了,要打扮得特别美丽,让所有的男人都盯着我瞧。"也有姑娘说:"我要去买漂亮香水,我要去买围巾和胸针。"

但是当这个时刻真的降临时,所有人却突然都沉默了……

我们夺回了一个村庄……寻找取水的地方。走进一所院子,我们看到了一个水井吊杆,木雕边围的水井……院子里躺着被射杀的主人……而他身旁蹲着他的狗。看到我们,狗儿开始呜呜地低吟。它没有立刻到我们跟前来,只是对着我们低声吠叫。然后狗儿带着我们进了茅草屋……我们跟着它走进去。在门槛旁躺着女主人和三个孩子……

狗儿就蹲在他们旁边哭泣。真正在哭泣，像人一样……

我们开进老家的村子，村里只竖着几根柱子，别的一无所剩！在乌克兰我们解放的一些地方，也是什么都不剩了，只留下一片西瓜地，人们只靠吃这点西瓜过活，别的什么都没了。我们进村时，他们就拿来西瓜给我们……代替欢迎的鲜花。

我回到家里，妈妈、三个孩子，还有我们家的一条小狗，都住在地窖里，正在吃煮滨藜。他们把草一样的滨藜熬熟，不仅自己吃，还给小狗吃。小狗也肯吃……战前我们家附近有好多夜莺，战后足足有两年，谁也没听到它们的声音。整片土地翻了个个儿，像俗话说的，连祖坟都给掘出来了，直到第三年，夜莺才重新出现。它们先前躲到哪儿去了？无人晓得。过了三年，它们总算回到自己的故乡来了。

原来是人们又盖起了房屋，夜莺这才肯飞回来。

每当我看到野花，就会回想起战争。那时候我们从来都不折断花朵。只有在给战友送葬的时候，才会采集大束大束的鲜花……送给永别的战友……

唉，唉，姑娘们……这可恶的战争，它是多么卑鄙啊……我们会永远记住那些女伴……

"那已经不是我了……"

什么是最难忘的？

最难忘的，是讲述者们那种轻轻的、充满惶惑的声音。人们面对自身感到惊奇，面对身边的事情感到困惑。往事如烟，早已被炽热的旋风所遮蔽，只有惊奇困惑依旧，保存于平凡的生命中。周围的一切都平淡无奇，唯有记忆非凡。而我也成了见证者，见证了人们回忆些什么，如何去回忆，愿意说些什么，企图忘却什么，或者想把什么抛弃到记忆中最遥远的角落中去；我见证了他们如何掩饰自己，又如何绞尽脑汁地搜索词语，想要重新恢复那些已然泯灭，但在远距离中仍然能够获得充分意义的希望，看清和明白他们在当时当地没能看清、没能明了的一切。他们反复审视自己，再次认识自己。他们往往已经变成了两个人：当时的人和现在的人，年轻人和老年人，战争时期的人和战争之后的人。战争已经结束很久了。我一直甩不掉那样一种感觉：从一个人身上，我同时在倾听两种声音……

也是在那里，在莫斯科，在胜利日，我见到了奥尔佳·雅柯夫列夫娜·奥梅尔琴科。女人们都穿着春天的裙服，围着色泽鲜艳的围巾，唯独她依旧穿着全套军装，身体高大而健壮。她既不说话也不哭泣,一直沉默不语,可这是一种异样的沉默,其中包含的语义比说话还要多。她仿佛一直在与自己说话,已经不需要与任何人交谈。

我上前去和她彼此做了介绍,后来我就到波洛茨克去拜访她。

在我面前又翻开了一页战争篇章,面对这一篇章,任何想象力都会相形见绌⋯⋯

这是妈妈的护身符⋯⋯妈妈想让我跟她一道撤退,她知道我会钻到前线去的,于是把我绑到一辆大车上,车上堆放着我们家的东西。可是我悄悄扯断绳子,逃走了,那绳子我至今还保留在身边⋯⋯

大家坐车的坐车⋯⋯跑路的跑路⋯⋯我往哪儿去?怎么才能到达前线?在路上我遇到了一群姑娘,其中一个人说:"我们家离这儿不远,去找我妈妈吧。"我们是在深夜摸到她家的,轻轻敲了敲门。她妈打开门,见了我们破衣烂衫、邋邋遢遢的样子,喝了一声:"站在门口别动!"我们只好站住。她拖过来几口大锅,把我们剥了个精光。我们最后用炉灰洗了头发(那时已经没有肥皂了),才爬到火炕上,美美地睡了一大觉。早上,这姑娘的母亲烧好了菜汤,用麸皮和马铃薯和在一起烤出了面包。在我们看来,这面包是多么可口,菜汤又是多么鲜美!我们就这样在她家住了四天,她母亲供我们吃喝。她给我们吃得并不多,说是怕我们吃多了会撑死的。第五天,她说:"你们走吧。"我们刚要出门,女邻居敲门进来了。我们又坐回到炕头上,她母亲伸出一个指头示意,要我们别作声。她甚至对邻居都不敢承认女儿回来了。她逢人就说女儿在前线。这是她的女儿,独生女儿,可她并没有舍不得自己的亲骨肉。她不能原谅女儿还没打过仗就跑回家来的耻辱。

这天深夜,她把我们叫起来,塞给我们几包吃的,拥抱了每个人一遍,挨个儿说:"你们走吧……"

那她连自己的女儿都不想要了?

不,她吻了女儿一下,说:"你爸爸在打仗,你也去打仗吧!"
在路上,这个姑娘告诉我,她是个护士,是从包围圈里逃出来的……

我在各地游荡了很久,最后到了唐波夫市,被安排在医院工作。医院的生活条件挺好,我在长期挨饿后,身体一旦恢复健康,便胖了起来。年满十六岁时,上级告诉我,可以像其他护士和医生一样,给伤员献血了。于是我开始每月献一次血。医院经常需要几百升的血量,总是不够。我一次就献血五百毫升,后来每月献血两次,每次半升。我得到了作为输血者的配给:一公斤糖、一公斤碎麦米,还有一公斤灌肠,让我恢复体力。我和护理员纽拉大婶很要好,她养了七个孩子,丈夫在战争初期就牺牲了。大儿子才七岁,常常由他跑去领食品,结果把食品卡弄丢了。于是我就把我的输血配给品送给他们一家人。一次,医生对我说:"让我们记下你的姓名地址,说不定你的输血对象会突然来找的。"我就把姓名地址写在一张小纸片上,装进一个大玻璃瓶。

这样过了一段时间，大约有两个月，有一天我值班回来，进到宿舍里刚刚躺下要睡觉，别人把我拽了起来：

"快起来！快起来！你哥哥来看你了。"

"什么哥哥？我没有哥哥呀！"

我们宿舍在顶楼，我赶紧跑下楼梯，只见一个年轻帅气的中尉正站在门口。我问：

"谁找奥梅尔琴科？"

他回答：

"是我。"说着还把一张小纸片递给我看，就是我和医生填的那张，"是这么回事……我是你的同血兄弟。"

他给我带来了两个苹果、一包糖块。那时什么地方都买不到糖果。天哪！糖果好吃极了！我跑去向院长报告："我哥哥来看我了……"于是院长准了我的假。中尉对我说："我们到剧院看戏去吧。"我有生以来从未进过剧院，何况还是跟一个小伙子去。那么英俊的小伙子，小军官！

过了几天，他要走了，被派到沃龙涅什前线。他来向我告别时，我只能打开窗户向他挥手，这次院长没准我假，因为正好进来了大批伤员。

我从未收到过任何人写来的信，甚至没有这种体会：收到来信，这是什么滋味？可是有一天我突然收到了一封盖有三角形军邮戳的信，我拆开一看，里面写道："您的朋友，机枪排长……英勇牺牲了。"就是他，我那位同血哥哥！他是在孤儿院长大的，从他身上能找出的唯一地址，看来就是我的地址了……他离开我的时候,叮嘱我务必留在这个医院里,以便战后他能够比较容易地找到我。他担心地说:"在战争中,很容易就失去联系的。"可是才过了一个月,我收到的竟是这封信,说他死了。这对我来说,真是太残酷了。我的心灵受到重创……我决心全力争取奔赴前线,为我的血报仇。我知道,我的血洒在战场上了……

可是,上前线也不是那么简单的。我先后给院长写了三次报告,到了第四次,我亲自跑去找他,当面威胁说:

"如果您不同意我去前线,我就逃走。"

"那么好吧,既然你这么固执,我就派你去前线……"

不用问,第一次战斗是非常可怕的,因为你之前一无所知……天空在轰鸣,大地在颤抖,心好像被撕裂了,身上的皮肉都要绽破了。轰隆隆的巨响不绝于耳,我觉得整个大地都在颠簸摇晃,天摇地动,天崩地裂……我简直不能忍受……我怎能忍受住这一切啊……我以为自己支撑不住了,实在恐怖极了。于是我决定,为了消除胆怯,拿出共青团团证来,蘸上伤员的鲜血,再装进自己的衣袋里,外面用纽扣扣好。我就用这种方式来发誓:坚持住,最重要的,是不能胆小。如果第一次战斗就胆小如鼠,那么再往后我就迈不开步子了。人们会把我从前沿赶回去,弄到卫生营去。我一心想着待在前沿阵地,一心想亲自看到一个德国鬼子的面孔……亲自看到敌人死亡……我跟着部队打冲锋,穿越茅草地,草丛深及腰部……那里已经几个夏天没种过庄稼了,走起路来很困难。这是在库尔斯克战线……

有一次战斗间隙,参谋长把我叫了去。司令部在一间破烂的小房子里，几乎什么摆设都没有。我走进去，屋里有一把椅子，参谋长站在那儿。他让我坐在那把椅子上，说：

"是这样，我每次看见你，就要想：是什么驱使你到激战中来的？要知道，这是打仗，人就像苍蝇似的随便被打死。这是战争！是生死血战！让我把你送走吧，哪怕是送到卫生部队去也好。真的，要是干脆被打死倒也好，可要是虽然活下来，却没了眼睛、没了胳膊呢？你想过这些吗？"

我回答说：

"上校同志，我什么都想过了。我只求您一点：请不要把我调出连队。"

"别啰唆了，走吧！"他冲我喊了一声，就转身面向窗外，吓了我一大跳。

仗打得很苦。我参加过肉搏战……真恐怖啊……这不像是人干的事……拳打脚踢，用刺刀捅肚子，挖眼睛，卡对方喉咙，折断骨头，又是狂吼，又是惨叫，又是呻吟，都能听到头骨爆裂……咯吱咯吱的响声！无法忘掉的声音，你听着颅骨迸裂，骨头折断，变成碎片……就是对于战争来说，这也是场噩梦，是完全没有人性的。如果有谁说，战争没有什么好恐怖的，那我决不饶他。当德国鬼子纷纷爬起来，把袖子卷到肘部准备行动，再有五分钟或十分钟，他们的强攻就要开始时，你会情不自禁地战栗发抖……打寒战……可这只是在没听到枪响之前的情形……是那样的……而当你听到出击命令时，便什么都忘了，你会和大家一道纵身跃起，向前冲击，你就根本不觉得害怕了。可是在第二天，你会失眠，又会恐惧，会记得所有的情景、所有的细节。一想到自己可能会被打死，又会变得极度害怕。出击过后，最好不要马上去瞧别人的脸，那完全是另一种脸色，而不像正常人的脸。他们自己也不会抬起眼睛来互相看，就连树木也不去看。你刚走近谁，他就会喊道："走开！你别过来……"我描绘不出究竟是什么样子，反正所有人都不对劲，甚至眼光中都露出野兽般的绿光，最好还是别去看大家的目光。我到现在还不相信，我居然活了下来。我还活着……虽然受过伤，耳朵震坏了，但身体还是完整的，简直不敢相信……

只要一闭上眼睛，所有的一切立即在面前重现……

我记得有一次，一发炮弹落到弹药库上，只见火光一闪。在我旁边，一个站岗的士兵就被烧坏了，烧得简直不成人样，像一块黑熏肉……但还在原地抖动着乱蹦乱跳，大家在战壕里都看傻了眼，没有一个人敢上去救他。只有我抓起一条被单，向他跑过去，盖到他身上，一下子把他按到地上。地面是冷的……就这样……他又抽搐了一阵，直到心脏迸裂，咽了气……

我浑身是血……一个老兵走过来，抱住我。我听见他对别人说："到战争结束时，就算她还活着，也再不会是个正常人了，她现在已经完了。"就是说，我遇到的事情太可怕了，而且是在这么小的年龄里。我那时浑身乱抖，就像癫痫发作似的。大家把我抱回了掩蔽部，我的双腿都支撑不住……全身像是过电似的痉挛……说不出的那种感觉……

战斗又开始了……在谢夫斯克城下，德国人每天要向我们攻击七八次。这一天我又救下了不少伤员，连同他们的武器。当我向最后一名伤员爬去时，他的一条胳膊完全被打烂了，像是几片肉挂在那里，静脉血管都断了……全身是血……必须赶紧截去胳膊并包扎好，否则就无法抢救了。可我既没有刀子也没有剪子，挎在腰上的急救包晃来晃去，里面的器械早已掉光了。怎么办？于是，我硬是用牙齿把伤员的烂胳膊啃了下来，然后马上包扎……我做着包扎，那伤员还在催促："护士，快点呀，我还要打仗呢……"他还是个急性子……

又过了几天，当敌人的坦克向我们进攻时，有两个人胆怯了。他们做了逃兵……结果整条散兵线被突破……好多战友被打死了，我背到弹坑里的伤员也被敌人抓住了。本应该有一辆救护车来救他们……主要是那两个人一害怕，大家都慌了。把伤员丢下不管了。后来我们回到伤员那儿，见有的人被剜去了眼睛，有的人被剖开了肚子。我耳闻目睹了这副惨景后，昏迷了一整夜。就是我把他们安置在这个地方的……我痛苦万分……

早晨，全营整队集合，两个胆小鬼被押了出来，站在队列前。大家都认为应该枪毙他们。得有七个人来处决他们……但只有三个人走出队列，其余的人仍然站着不动。我端着冲锋枪走出队列。看到我一个姑娘站出来……所有的人都跟着站了出来……决不能饶恕这两个孬种，就因为他们，那么多勇敢的好小伙子牺牲了……

我们执行了处决命令……但我放下冲锋枪后，顿时感到非常害怕。我走向那两个家伙……他们的尸体躺在地上……有一个人的脸上还挂着与活着时一样的微笑……

我不知道如果是现在的话，我会不会原谅他们？不好说……我从来都不说假话。要是再有一次，我就会哭起来，不能接受了……

我在战争中忘记了一切，忘记了我自己从前的生活，忘记了一切……连爱情也忘记了……

当时有个侦察连长爱上了我，他常常让他的士兵给我送纸条。我只同他谈过一次，对他说："不行，我爱着另一个人，虽然他早已不在人世了。"他走到我跟前，靠得非常近，直勾勾地盯着我的眼睛看了一会儿，转身走开了。迎面是枪林弹雨，可是他走路连腰也不弯……后来，我军已经打到了乌克兰，我们解放了一个集镇。我想："散散步去吧，看看风景。"天气晴朗，农舍都是雪白的颜色，村后面是一片新坟，散发着新土香味……那儿安葬着为解放集镇而牺牲的同志。我也不知道怎么搞的，身不由己地被吸引了过去。每座坟头上都有一块碑，上面有死者的相片和姓名……猛然间，我看到了一张熟悉的面孔，就是那位向我求过爱的侦察连长，上面有他的名字……我顿时难以控制自己。太残忍了……就好像他还活着，还在盯着我看……正好在这时，他的部下，连里的一群小伙子来给他上坟。他们都认识我，因为他们都给我送过纸条。可现在他们中间没有一个人理睬我，好像根本就没我这个人似的，把我当作透明人。后来，当我又遇到他们时，还依稀觉得，他们好像不能容忍我还活着，巴不得我死掉。当然，这是我的感觉……好像我在他们面前是个罪人……特别是在他的坟前……

我从战场上回来，大病了一场。时间很长，转了好多家医院，最后遇见一位老教授，治好了我的病……他更多的是用语言而不是药物治疗，解释病情给我听。他说，如果我是十八九岁上前线，体质可能还强一些。可我参军时只有十六岁，这么小的年龄，身子当然伤得厉害。"用药，这固然是一个方面，"他对我说，"能治一治病。但是，如果您想彻底恢复健康，想生活下去，那么我唯一的劝告是：应该嫁人，尽量多生孩子。只有这样才能拯救您。每生一次孩子，就会得到一次脱胎换骨……"

您那时多大年龄？

我从战场上回来时，刚二十岁。不过，当时我根本没考虑嫁人。

为什么？

我觉得自己非常疲劳。心理也比同龄人大得多，简直是个老太太了。女友们都在跳舞、开心，而我却做不到。我已经用老人的目光来看待生活了，好像是从另外一个世界来的老太太！不少年轻小伙子还来追求我，毛头小子们。可是他们看不到我的心灵，我的内心已经不一样了。我再给您讲一件事情，那是在谢夫斯克战役中，战斗整整打了一天……战斗过后的那个夜晚，我的耳朵流出血来。早上醒来，就好像大病了一场，枕头上都是血……

在医院又怎么样？在我们手术室的屏风后面有一个大洗衣盆，我们把截肢下来的胳膊和腿都扔在里面……有一位从前线回来的大尉，是来送自己的伤员战友的。我不知道他是怎么到了手术室，又看到了这个大洗衣盆，结果……他竟然晕了过去。

我能够一直不断地回忆下去。不停地回忆……可什么是最主要的？

我记得战争的声音。周围的一切都由于战火而降低了声音，变得窸窸窣窣……人的心灵在战争中老化了。战争之后我已经永远不再年轻……这就是主要的。我的想法老化了……

您后来嫁人了吗？

嫁人了。我还养育了五个儿子。上帝没有给我一个姑娘，只有五个光头小子。对我来说，最惊讶的就是，经过这样残忍的经历后我居然还能够生出那么漂亮的孩子们。我还成了一个蛮不错的母亲和蛮不错的奶奶。

如今每当想起这一切，我都觉得，那已经不是我了，而好像是另一个姑娘……

——奥尔佳·雅柯夫列夫娜·奥梅尔琴科

（步兵连卫生指导员）

我回家时，带着记录了整整两天对话的四盒录音带，上面的标签是"又一场战争"。我体会了不同的情感：震撼与恐怖、困惑与钦佩，还有好奇和失落、温柔和同情。回到家里，我把一些片段转述给朋友们听。出乎我意料的是，所有人都做出同样的反应："简直太残忍了。她怎么能够撑下来呢？她没有精神失常吗？"或者说："我们都习惯了阅读另一种战争，其中有着明确的界线：他们和我们、善良与丑恶。可是你这里呢？"可是，在所有人眼中，我都看到了泪水，大家都陷入了思考。看来，他们的感受和我是一样的。在这片土地上，已经有过数以千次的战争（不久前我读到，大大小小的战争总计超过三千次），而战争大概就是作为重要的人性奥秘之一而发生并保持下来的，从未改变过。我试图将大历史浓缩到小人物身上来理解一些道理，捕捉语言尤为重要。然而，这对审查机关而言不过是狭小而舒适的个人内心空间，却比大历史更加扑朔迷离、深不可测。我面对的是流淌的热泪、真挚的感情。一个个鲜活的面孔，话里话外无不透露着伤痛和惊恐。有时还流露出某种反叛不羁，为苦难的人生蒙上一层美的迷雾。一想到此，我不免觉得有些庸人自扰了……

　　总而言之：去爱，要用爱去理解人。

"我现在还记得这双眼睛……"

搜寻还在继续……不过这一次我不需要远行……

我在明斯克居住的那条大街,是用苏联英雄瓦西里·扎哈罗维奇·科尔日的名字命名的。他参加过国内战争,又是西班牙战争的英雄,后来是伟大卫国战争中的游击队领导人。每个白俄罗斯人都读过关于他的书,就是在中学课本上和电影中也有他。他是白俄罗斯的传奇。虽然我无数次地在信封和电报纸上写过这个名字,却从来没有把他作为一个现实的人去想过。神话早已取代了一个活生生的人,成了他的双胞胎。可是这一次,我是怀着崭新的感受走在这条大街上的:我乘了半个钟头电车赶到市区的另一边,专程去看望他的女儿和妻子,英雄的两个女儿也都曾经在前线作战。我眼中的传奇神话变活了,变成了凡人的日常生活,降落到了人间,宏大变成微小。不论我喜欢仰望天空还是眺望海洋,只要从显微镜中看,每一粒沙子都要比我大得多,一滴水中可见大千世界,我从战争中发现了深刻得难以估量的个人生活。当宇宙与个人的维度同样都是广阔无边的时候,又怎能把小称之为小,把大称之为大呢?我早已经区分不开它们。对于我来说,一个人是如此丰富而复杂,他可以包含一切,也可以失去一切。

我找到了正确的地址，这又是一幢庞大而笨拙的高层建筑，我走进第三个门洞，按了第七层电梯按钮……

他的小女儿给我开的门，她叫季娜依达·瓦西里耶夫娜，那宽宽的黑眉毛和直率坦诚的目光，一如照片上她的父亲。

"请进吧，我们正等着您呢……奥丽雅姐姐今天早晨才从莫斯科赶来，她常住那边，在卢蒙巴各民族友谊大学教书。我们的妈妈住在我这里。瞧，我倒要感谢您使我们家人相聚了。"

这两姐妹，奥尔佳·瓦西里耶夫娜和季娜依达·瓦西里耶夫娜，都曾经在骑兵连里当过卫生指导员。她们并排坐在一起，但眼光都望向她们的母亲，菲奥多西雅·阿列克赛耶夫娜。

母亲先开腔了：

"敌人轰炸我们这儿时，到处是一片火海……政府安排我们往后方疏散……我们跋涉了很长时间，才走到斯大林格勒。妇女儿童继续往后方撤，男人就迎头向前方赶。收割机司机和拖拉机司机们都上了前线，所有卡车司机也都开上了前线。我记得有一次，一个人在车上站了起来，冲着我们喊：'母亲们，姐妹们！你们到后方去吧，多打些粮食，支援我们打败敌人！'这时，全车的人都摘下自己的帽子，向我们致意。而我们出来时唯一来得及带着的，就是我们的孩子。我们就把孩子们举起来，有人捧在手上，有人抱在胳膊里。那人还在朝我们喊着：'母亲们，姐妹们！你们到后方去吧，多打粮食……'"

这以后，在我们谈话的整个过程中，菲奥多西雅·阿列克赛耶

198

夫娜再没有插一句话。女儿们时不时地轻轻抚摸她的双手，安抚妈妈。

我们那时住在明斯克……我只有十四岁半，奥丽雅十六岁，弟弟廖尼亚十三岁。那几天，我们刚好要送奥丽雅去少年儿童疗养院，父亲也想和我们一起去趟乡下，看看他的亲戚……可是这天夜里他实际上没在家过夜。他白天在州党委会办公，深夜人们把他叫走，到早晨才回家来。他跑进厨房，匆匆吃点东西，说："孩子们，战争爆发了，你们哪儿也别去，等着我……"

到了夜里，我们离开了家。父亲有一件他最珍贵的西班牙战争纪念品——一支猎枪，很名贵，带弹夹。这是对他勇敢作战的奖励。他把猎枪交给哥哥说：

"你是家里最大的孩子，已经是男子汉了，应该照看好妈妈和妹妹……"

在整个战争期间我们一直珍藏着这支猎枪。家里值钱的东西全都卖掉了，或者换了粮食。可是这杆猎枪却始终保存了下来。我们不能同它分开，它寄托着我们对爸爸的怀念。爸爸又把一件大羊皮袄扔到我们车上，这是他最保暖的一件衣服。

在车站上，我们换乘了火车，可是还没有到戈麦尔，就遭到敌机的激烈扫射。上面下令："统统下车，到树丛里去趴下！"扫射结束后……先是一阵寂静，接着就是一片哭声……大家都朝火车跑过去……妈妈和小弟弟及时钻进车厢，而我就落在了下面。我很害怕……真的好怕！我从来没有一个人留下过。突然就只剩下我一个人了，我觉得自己那段时间甚至突然失语了……哑巴了……有人问我什么，我却说不出话来……后来我就紧跟着一个女人，帮助她，她是个医生。大家叫她"大尉医生"。我就随着她的卫生部队一起出发了。他们给我吃给我喝，但很快就想起一件事，问我："你多大了？"

我知道，要是我说实话，他们就会把我送到哪个儿童收容院去。我马上就想到了。可是我再也不愿离开这些有能力的大人，我想和他们一样去打仗。那时我们总是不断地得到保证，父亲也常说，我们就要打到敌人老家去了，目前这一切都是暂时的，战争很快就会胜利结束。既然如此，我怎么能不参加呢？我那时的想法也太天真了。于是我回答他们，说我十六岁了，这样他们才正式收留了我，派我去受训。我在训练班学习了四个多月，除了学习，大部分时间是照料伤员。我习惯了战争……当然是需要逐渐习惯的……我不是科班出身，而是卫生营里训练出来的。我们撤退时，带了很多伤员。

我们不能走大路，因为大路常常遭到轰炸和扫射。我们只能走沼泽地，走羊肠小路，而且三五成群，分散前进。只要什么地方集合了许多人，就是说，那里要进行战斗了。就这样走啊，走啊，走啊。我们路过了大片田野，地里庄稼多好啊！我们走着看着，踩踏着无人收割的黑麦。那是前所未有的丰收年景，庄稼长得很高很高。绿油油的青草、明晃晃的阳光，可是地里却躺着死人，凝着血……死人当中也有活人。树木烧黑了……火车站被炸毁了……在熏黑的车厢上，挂着烧焦的尸体……我们就这样走到了罗斯托夫。

在那儿又遇上一场轰炸，我受了伤。当我恢复知觉时，已经在火车上了。这时迷迷糊糊听到一个乌克兰老兵在训一个年轻人："你老婆生孩子的时候，她没哭，你倒哭了。"他回过头，看到我已经睁开了眼睛，就对我说："你哭几声吧，孩子，哭几声吧。哭哭，心里好受些。你是可以哭的。"我想起了妈妈，于是哭了起来……

出院后，上级安排我休个什么长假。我就想方设法去找妈妈。妈妈也在四处找我，而奥丽雅也在找我们。真是奇迹！我们竟然通过莫斯科的一些熟人找到了彼此。我们都往熟人的地址写信询问，这样就找到了。真是神奇啊！妈妈住在斯大林格勒郊区的一个集体农庄里。我也到了那儿。

那是1941年年底……

他们怎么过活呢？弟弟廖尼亚已经开上了拖拉机，他还完全是个孩子，才十三岁。他起先是当耕播助手，拖拉机手全都上了前线后，他便当了拖拉机手。他白天黑夜不停地工作，妈妈担心他会困得睡着，一头从拖拉机上栽下去，便常常到拖拉机上去看他，或跟他并排坐在一起。妈妈和廖尼亚睡在别人家里的地板上……都是穿衣睡觉，因为没有任何可以盖的东西。这就是他们的生活……不久，奥丽雅也来了，她被安排当会计员。但她给兵役委员会写了信，申请上前线，可她的申请一直没被批准，于是我们决定（那时我已经是有战斗经验的人了）两人一起到斯大林格勒去，到那儿设法混进一支部队。我们哄骗妈妈，安慰她说，我们到库班去投靠爸爸的朋友，那儿是个富有的地方……

我有一件旧军大衣、一件军便服、两条长裤。我给了奥丽雅一条长裤,她什么都没有。一双长筒靴我们两人可以轮流穿。妈妈用纯羊毛线给我们织了一双既不像袜子,又不像鞋子的东西,但穿上很暖和。我们俩步行了六十公里,到了斯大林格勒。二月天,饥寒交迫,我们冒着严寒行走:一个人穿长筒靴,一个人穿妈妈做的那种便鞋,然后再调换。妈妈给我们路上准备的吃的东西是什么?是用骨头汤做的肉冻和一些干粮。我们一路真是饿坏了……只要一睡觉做起梦来,就都是梦见吃的东西。在梦里,一个个大面包就在我头顶上飞来飞去。

我们到了斯大林格勒,可是那里的部队都不理睬我们,根本没人愿意听我们讲话。于是我们决定,就像我们哄妈妈的那样,真的到库班去,按爸爸给的地址去找熟人。我们钻进了一辆货车:我穿着军大衣坐在车上,奥丽雅就钻到货架底下。然后我们换穿大衣,我再爬到货架底下去,让奥丽雅坐在外面,因为军人是没人管的,而我们手里连一分钱也没有……

我们到了库班……真是幸运……找到了爸爸的朋友。在那里我们得知,哥萨克志愿军,即第四哥萨克骑兵军成立了,后来又被命名为近卫军,全是由志愿者组成的。在这支部队里,年龄参差不齐:有曾经在布琼尼和伏罗希洛夫率领下冲锋陷阵的老哥萨克,也有年轻人。他们接收了我和奥丽雅。我至今都不知道为何那么顺利,大概因为我们反复地恳求吧。反正我们也无处可去,我们被编入一个骑兵连。每个人都发到了军装和马匹。自己的马必须自己喂、自己饮、自己照管,全部由自己负责。好在我们小时候家里就有马,对马很熟悉,也喜爱它们。马一发到我手里,我就骑了上去，一点都不害怕。虽说它没有立刻驯服，但我却不慌张。我得到的是一匹精干可爱的小马，尾巴拖到地上，跑得快，听使唤。我很快就学会了骑术，扬扬得意。后来……后来我连匈牙利和罗马尼亚的马都会骑了。我是那么爱马，我发现自己直到现在都不能够漠然地从马儿身边走过，我喜欢拥抱马儿。我们在马儿的腿下睡觉，它连移动腿都很轻，绝不碰到人。它永远不会去踩踏死者，而对于活人，如果主人只是受伤了，它就绝不会离开，不会抛弃你，真是非常聪明的动物。对于骑兵来说，马就是好朋友，永远忠诚的朋友。

第一次战斗洗礼……是我们军在库绍夫斯克参加的坦克大战，库绍夫斯克战役（很著名的库班哥萨克骑兵冲锋战）之后，我们军被授予"近卫军"称号。那次战斗十分残酷，对于我和奥丽雅来说尤为可怕，因为我们那时胆子还很小呢。我虽然打过仗，知道打仗是怎么回事……可是这种场面……骑兵们像怒涛一般冲向前去，骑兵的契尔克斯战袍腾空翻起，马刀出鞘，战马嘶鸣，简直飞到空中了，真的有这么大的力量……就是这股怒涛，扑向坦克，扑向大炮，扑向法西斯，这真是阴曹地府的梦境一般。绝不是人间的景象……法西斯人数很多，比我们多得多，他们挎着冲锋枪，跟着坦克并排前进，可是这下，他们顶不住了。德国鬼子知道自己无法抵抗这股怒涛，纷纷抛下武器，抱头鼠窜……就是那样一幅景象……

——季娜依达·瓦西里耶夫娜

我正在给伤员包扎，边上躺着一个法西斯。我以为他已死了，根本没去注意他。不料他只是受了伤,还想杀死我。我发觉有谁在后面动我,赶忙转过身一看,飞起一脚踢掉了他的冲锋枪。我没有打死他,也没给他包扎,就走开了。那家伙是腹部受伤……

——奥尔佳·瓦西里耶夫娜

我正在背伤员,突然发现有两个德国鬼子从一辆轻型坦克里爬出来。坦克被打坏了,而他们显然没及时跳出来。只差一秒钟!要是我没有及时射击,我和伤员就被他们开枪打死了。事情总是那么突然。战斗结束之后,我走过去看那两个家伙,他们死在地上,眼睛还睁着。我至今也忘不掉那两双眼睛……其中一个是很英俊的德国小伙子……虽然他们是法西斯,但我还是有些可怜他们,毕竟都是人……那么长时间,这样的感觉一直挥之不去:我真的不想杀人,您明白的。可是内心又如此憎恨:他们为什么要到我们的土地上来?然而如果亲手杀死他们,又真的很痛苦……没有其他的话可以说……就是非常痛苦。亲手杀过人……

战斗结束了,上百名哥萨克都从马鞍上跳下来,可是这时奥丽雅却不见了。我逢人便问,最后一个离开战场,到处都查看过了。天已经黑了,奥丽雅仍没找见……大伙儿都说,她和其他几个人留在战场上负责抬伤员了。于是我什么都不做,只是一个劲儿寻找她。我留在大队人马后面等姐姐,然后再去追赶大家。我哭了起来:难道第一次战斗就把姐姐弄丢了?她到哪儿去了?她出什么事了?也许她正在什么地方快死了,在呼唤我……

奥丽雅……原来奥丽雅也是哭成了泪人……她深夜才找到

我……见到我们姐妹俩重逢，连哥萨克们都哭了。我们吊在对方的脖子上，不肯分开。到这时我们才明白，我们不能在一个连队，双方都受不了。最好是分开，不见面。如果一个人在另一个人眼前死去，那么我们肯定经受不住这种打击。于是我们决定，我得申请到别的连队去。可是怎么分开……怎么能呢？

把您调走了吗？

是的，我们俩分开作战。起初是在不同的骑兵连，后来甚至不在同一个师了。但只要有机会，就互相转达问候，了解一下对方是否还活着……死神在每一步之外等候着，等待着你……我还记得在亚拉拉特山下的一件事……我们扎营在沙漠中。亚拉拉特还被德寇占据着。那天是圣诞节，德国人在休息过节。我们选出了一个骑兵连和一个四十毫米口径炮兵连。下午五点钟左右我们开始出发，彻夜行军。黎明时分见到了我们的侦察员，他们刚刚从那个镇子上出来。

城镇就在山下……一切如常……德国鬼子怎么也不会料到我们居然能够从这样的沙漠中走过来，他们防守很松散。我们神不知鬼不觉地绕到他们的身后。从山上冲下去，马上抓住了哨兵，摸进了镇子，好像从天上飞下来的。德国大兵们还在赤身裸体地唱啊跳啊，只是冲锋枪还抓在手里。他们在圣诞树边狂欢……酩酊大醉……每个院子里都停有至少两三辆坦克。有轻型坦克，还有装甲运兵车……所有的装备都在。我们就在原地把这些装备炸毁了，当时是枪声大作、炸弹横飞,德国人惊恐万状,四处流窜,一片混乱……当时的情况太可怕了,每个人都唯恐逃之不及。那真是火海一般……圣诞树燃成了火炬……

那次我救了八个伤员……把他们一个个背上山……但是我们却出现了一个很明显的疏漏:没有切断通信联络。结果德寇的炮火劈头盖脸地炸向我们,又是迫击炮又是榴弹炮,火力非常密集。我急忙把自己的伤员放到救护马车上运走……但是我又眼睁睁地看着一颗炮弹落到救护马车上,把它炸得粉碎。当我再过去看时,只见到有一个人还活着。这时候德国人已经上山来了……那个伤员求我:"护士,丢下我吧……别管我了……我就快死了……"他的肚子被炸烂了……肠子都流了出来……这样子……他又自己把肠子拢在一起,塞回肚子里……

我以为我的马是因为这个伤员而沾了满身的血,可是再一看,原来它的一侧也受了伤,我把全部的急救包都给马用上了。最后发现身上还有几块糖,就把糖也给它吃了。这时子弹从四面八方射过来,可我就是看不到德国人和自己人都在哪里。我骑着马走了十几米,不断遇上伤员……我想,还是得找到一驾马车,把所有伤员都带走。我走到了一个斜坡,看到下面有三条路:一条向左,一条向右,还有一条向前。我迷了路……到底要向哪儿走呢?只好牢牢地抓住缰绳,任由马儿走,往哪儿走都行。其实,当时我不知道怎么才好,就是一种本能暗示我,听说走到这种三岔口,马儿自己可以凭着嗅觉找方向,于是我就放松缰绳,让它朝着与我自己想走的完全不同的另一个方向走下去。走啊走啊,一直走了下去。

我浑身无力地坐在马背上，不在乎马儿往哪儿走，走哪儿算哪儿吧。它就这样走啊走啊，后来它似乎越来越高兴起来，开始摇头晃脑，我就提起缰绳抓在手中，又弯下身子，轻轻用手抚摸它的伤口。继续走着，马儿显得更加欢快，还嘶鸣起来，显然是听到了什么。我却担心了：可别突然出现德国人啊。我决定先跳下马再说，这时我自己也发现了新鲜踪迹：马匹踩出的蹄印，还有车轮的辙印，看来是有五十多人走过去了。又经过了二三百米，马儿就一头撞到前面一辆大车上了。大车上躺着我们的伤员，就是说找到了我们骑兵连的散落人员。

不久，援助人员也找到了我们，带来了马车、牛车……原来上级下了命令：要找回所有人员。哪怕冒着枪林弹雨，也要把自己人全部找到，一个人都不能丢下，伤员和死者都要带回去。我也上了一辆牛车。我在那里找到了所有人，就连那个肚子炸开的伤员也找到了，所有人都运了出来。只有被射杀的战马留在了那里。黎明那么美丽，一边走一边看，成群结队，那么漂亮而强壮的马群……晨风吹起了它们的鬃毛……

——季娜依达·瓦西里耶夫娜

在我们坐着的大房间里，整面墙壁挂满了姐妹俩在战前和前线的放大照片。有一张照片上，她们还是中学生，戴着太阳帽，捧着鲜花，这是在战争爆发前两周拍的一张照片。两张纯朴而又带孩子气的面孔，笑盈盈的，因为想显得成熟些，而稍稍有点一本正经。在旁边的照片上，她们已经穿起了哥萨克的袍子和骑兵的毡靴，是

1942年拍摄的，时间上虽然只隔了一年，但面孔却大变样了，简直是判若两人。这张照片是季娜依达·瓦西里耶夫娜从前线寄给母亲的：胸前已佩上了第一枚勇敢奖章。还有几张照片是两姐妹在胜利那天拍的……让我印象最深的，是她们神态的变化：从轻柔稚气的线条到成熟女性的目光，甚至还含有某些坚毅的严厉。很难相信这些神态的变化是在短短的几个月或几年时间里完成的。在和平的年代，这种变化会十分缓慢，而且不知不觉。人的面孔是靠长年累月塑造成型的，而在面孔上会慢慢显现出灵魂。

但战争却很快就能创造出自己的人物肖像，书写出自己的人物画廊。

我们攻占了一个大村庄，有三百多户人家。还留下了一所德国人的医院，就在当地医院的一幢大楼内。首先映入我眼帘的是：院内挖了一个大坑，里面有一些被枪毙的德国伤兵——在逃跑之前，德国人杀死了自己的伤员。显然他们认为我们也会杀掉他们，以为我们也会做出他们对我们的伤病员所做的那些事情。只有一个病房的伤员留了下来，看来是他们没来得及动手杀掉他们，也可能是存心抛弃他们，反正他们都没有腿脚。

我们走进病房时，德国伤兵都用仇视的眼光看着我们，大概以为我们是来要他们命的。翻译告诉他们，我们不杀害伤员，而且会给予治疗，这时有个伤员提出要求说，他们三天三夜滴水未进了，三天没有换药了……我过去一瞧，果然不错，真是太危险了。德军医生早就不管他们了，伤口化脓腐烂，绷带都长到肉里去了。

你们怜悯他们吗?

我不能说出当时的心情是怎样的,怜悯或者同情,这毕竟是一种情感。我还从来没有体验过这种情感。这是另一回事……我们还遇到过这么一件事……有个战士打了一个俘虏……这在我看来是不应该的,所以去保护了那个俘虏,虽然我很明白,那是他心灵的呐喊……他认识我,痛骂了我,当然他比我年长。但是他没有再打那个俘虏,而是对我大喊大叫:"你都忘记了吗……妈的!你难道都忘了他们怎么对待我们的……他妈的!"我当然什么都没忘记,我清楚地记得见过的那些靴子……当时德国人竟然在他们的战壕前摆上一排带着断腿的长筒靴。那是在严冬,那些穿着靴子的腿竖立在那里,就像一排木桩子……那些靴子……都是我们在自己同志身上看到过的……留下来的……

我还记得水兵们是如何赶来援救我们的……他们中的很多人都被地雷炸死,我们当时撞入了一片雷区。这些水兵,他们在地上躺了很久。在太阳底下躺着……尸体都肿胀起来,他们穿着海魂衫,肿胀得看上去就像西瓜,好像大片野地里一个个巨大的西瓜,很大很大。

我当然不会忘记,我绝不会忘记。但是我却不能去打俘虏,虽然因为他已经没有武器。不过,这是每个人自己的决定,为了自己,这是很重要的。

——奥尔佳·瓦西里耶夫娜

那次战斗在布达佩斯城下，是在冬季……我正在背着一个伤员，中士机枪班长。我自己身穿棉裤和棉袄，头戴遮耳棉帽。一边背着伤员，一边看到：前面的白雪中有一大块黑色……烧焦的黑色……我意识到那是一个深深的大坑，这正是我需要的。我滑到这个大坑中，发现里面还有活着的人，我觉得他还活着，还有咯吱咯吱的金属声音……我转过身，原来是个腿部受伤的德国军官，躺在那儿，用冲锋枪对着我。当时我的长发从棉帽中露出来，肩背着急救挎包，挎包上有红十字标记。当我转过身时，他看到了我的脸，意识到这是一个女孩，显然情绪就放松了！他本来紧张的神经平复下来，扔掉了枪，他也就没有什么特别的了……

此时在一个坑中有三个人：我们的伤员、我和这个德国人。坑很小，我们彼此的腿都搭在一起。我身上都是他们的血迹，我们的血都混合在一起。那德国人有一双大大的眼睛，他那双眼睛直勾勾地看着我，看我会对他做什么。该死的法西斯！但是他马上扔下了枪，你明白吗？这一幕……我们的伤员都没有去想这是怎么回事，就抓起了枪……挺起身子想掐死那个德国人……而德国人就看着我……现在我还记得他那双眼睛……我给自己人做了包扎，而德国人还在血泊中，他的血快流尽了，一条腿完全炸断了。再流一会儿血他就会死掉。我很明白这一点。于是，我还没有给我们的伤员包扎完，就转身去给这个德国人撕开军服做包扎，缠上止血带。然后我又转身回来给我们的伤员包扎。那德国人不住地说："好人，好人。"不停地重复这个词。而我们的伤员就对我大叫着发脾气，直到失去知觉……我抚摸着他，安慰他。这时候救护马车到了,把他们两个都装上车,运走了……德国人也救走了。您明白吗?

——季娜依达·瓦西里耶夫娜

当男人们在前线看到女人时,他们脸色都会起变化,就连女人的嗓音也会使他们的神态跟原来不同。有一天夜里,我坐在掩蔽部外面,小声唱着歌。我以为大家都睡着了,没有人听得见我在唱歌。可是第二天早上,连长对我说:"我们都没睡着。我们真渴望听听女人的声音……"

还有一次,我给一个坦克手包扎伤口……战斗还在继续,轰轰隆隆的。他却突然问起我:"姑娘,您叫什么名字?"口气中带着明显的暧昧。我说我叫奥丽雅,我对于在这隆隆的炮声中,在战火纷飞的险境里还要把名字告诉人家,自己都感到惊愕不解。我平时总是力图保持整洁端庄的外表,别人常常议论我:"天哪,难道她在战斗中还这么干干净净的吗?"我就是害怕自己万一被打死,躺在地上会很难看。我见过一些被打死的姑娘……在泥巴中、在污水中……那怎么行……我可不愿意死的时候像她们那样……有时我躲避扫射,不是考虑如何保住性命,而是把脸藏起来以免毁容,还有双手也不能难看。我觉得所有姑娘都是这样想的。而男人们总是嘲笑我们这一点。在他们看来,这简直滑稽可笑。他们说,姑娘们担心的不是死,鬼知道她们担心什么,傻不傻。都是女人的那些胡思乱想。

——奥尔佳·瓦西里耶夫娜

死神是无法驯服的……没有可能……必须习惯与它交往……有一次我们部队躲开德国鬼子，退到山里。留下了五个重伤员没法走，他们全都伤在腹部，而且是致命伤，过上一两天他们肯定是要死的。带他们走是不可能的，因为没有办法挪走他们。上级要我和另一个叫奥克萨诺奇卡的卫生指导员留在板棚里照料伤员，对我们说："过两天我们就回来接你们。"可他们过了三天才来接我们。我们和这些伤员们在一起等了三天三夜。他们本来都是些身强力壮的男子汉，他们不愿意死……而我们只有些消炎粉，别的什么都没有……他们不住地要水喝，可是不能给他们喝水啊。有些人理解，另一些人就骂人，什么粗野的话语都用了。有人摔杯子，有人扔靴子……这是我人生中最恐怖的三天。我们眼睁睁地看着他们一个接一个地死去，却完全没法帮他们……

您问我的第一次奖赏？上级决定授予我一枚勇敢奖章，可是我没去领它，因为我不服气。我的上帝，真好笑！您猜是怎么回事？因为我的一个女友被授予了战功奖章，而我只弄了个勇敢奖章。她总共只参加过一次战斗，而我在库绍夫斯克和其他地方参加过好多次战役。我可委屈了：她只参加过一次战斗，就得了战功奖章，那就是说有许多功勋，而我，到头来只有一枚勇敢奖章，好像我只有一次是勇敢的[1]。后来指挥员来了，当他知道是怎么一回事时，忍不住笑了。他告诉我：勇敢奖章是最高等级的奖章，只差一点就是勋章了。

---

[1] 战功奖章中的"战功"一词为复数，而"勇敢"是单数，所以才引起女主人公的委屈。

在顿巴斯的马克耶夫卡，我负了伤。伤在屁股上，一块石头子儿大小的弹片钻了进去，卡在里面。我发觉自己流血了，赶忙把急救药棉塞在伤口上，又继续跑起来，给伤员包扎。我不好意思向别人说及此事。一个姑娘家受了伤，再说又是伤在屁股上，这种事，一个十六岁的女孩子是羞于承认、不敢告诉别人的……这样，我带着伤继续奔忙，给别人包扎，直到流血过多昏死过去，长筒靴子灌满了血……

我们的人看到这情景，显然以为我已经死了。卫生员跑来，又走了。战斗继续进行。也许再过一会儿，我真要死了。可是，几个出来侦察火力的坦克手发现了我——看见一个姑娘躺在战场上。我没戴帽子躺在那里，帽子已经不知丢到哪儿去了。他们看到我下身还在流血，断定我还活着，马上把我送到了卫生营。此后卫生营把我转到野战医院，然后又从这个医院转到那个医院。啊呀呀……我的战争这么快就结束了……光是确定我的健康状况就花了半年时间。我才十八岁……可是身体垮了：三次负伤，一次严重的震伤。但我还是个姑娘啊，不用说，我把身体状况隐瞒了。我告诉别人我受过伤，但从不说震伤的事。可是震伤本身却把我出卖了，我又被送进了医院，还发给了我伤残证书。可是我能容忍吗？我把这证书撕得粉碎，扔掉了，连伤残抚恤金我也没去领。如果领了证书和伤残金，就得经常到会诊委员会去复查身体。要不断地述说：啥时候震伤，啥时候负伤。到哪儿去啊？

我住院时，骑兵连长和司务长到医院来探望。在战争时期我就很喜欢连长，可那时他从来不注意我。他是个美男子，军装特别合身。男人穿军装个个服帖。可女人的穿着又怎样呢？都要穿肥大的男式长裤，辫子也不许留，一律剪得简直像个男孩子。直到战争后期才批准我们留头发，梳辫子。在医院里，我的头发长了出来，梳成了长辫子，就变得漂亮了，结果呢，我的上帝，真好笑！他们两人竟然同时爱上了我……太突然了！整个战争我们都是在一起过来的，我从来都没引起过他们的兴趣，可是现在，他们两个人，骑兵连长和准尉司务长，同时爱上了我，都来向我求婚了。爱情啊！爱情……我们所有人都渴望爱情！渴望幸福！

这是在 1945 年年底的事情了……

战后人们都想尽快忘掉战争，父亲帮助了我和姐姐。爸爸是个聪明人，他把我们的奖章、勋章和奖状、证书全都收去，藏了起来，对我们说：

"战争过去了，仗也打完了。现在你们必须把它忘掉。战争是战争，现在是现在，该过日子了。你们应当穿上便鞋。你们俩都得给我打扮得漂漂亮亮才行，你们还应该去学习，应该出嫁……"

可是奥丽雅却老是不能适应新生活，她太傲气了，就是不肯脱掉军大衣。我记得，有一次听到爸爸对妈妈说："这是我的过错，让姑娘们这么小就去打仗。战争哪能会不伤害她们呀……那样的话，她们一辈子都在打仗了。"

因为我获得过勋章和奖章，收到一些优待券，可以到军人服务社去买些紧缺商品。我到那里去给自己买了一双当时最时髦的胶底女鞋，还买了外套、连衣裙和高筒套鞋。我决定把军大衣卖掉，就去了旧货市场……穿着一件时髦光鲜的连衣裙……漂亮的发夹……猜猜我在旧货市场看到了谁？一群失去腿脚和胳膊的年轻小伙子……全部都是战场上回来的……胸前挂着奖章和勋章……那些手臂完整的在出售自制的匙勺、女人的胸罩和内裤。另一些人……没有手没有脚的……就坐在那儿流泪,乞讨点小钱……他们没有残疾人的轮椅,是被还有手臂的弟兄们用板车推着来的。他们都喝得醉醺醺的,唱着《我被人遗忘,我被人抛弃》。看到这样一幅景象,我悄悄离开了,没有卖掉自己的军大衣。我在莫斯科住了几年,有五年多吧,再也没有去过旧货市场。我害怕这些伤残军人中有人认出我来,他们会对我怒吼:"为什么你那时候要把我从战火中救出来?为什么要救出我们?"我想起一位年轻的中尉……他本来有两条腿……一条被弹片削掉了,另一条悬挂着……我给他做了包扎……冒着轰炸……他对我大吼道:"别管我!对我开枪!打死我……我命令你……"您明白吗?所以我一直害怕见到这位中尉……

我住在医院时,那儿所有人都认识一个年轻漂亮的小伙子。他是坦克手,名叫米沙……但没人知道他姓什么,只是知道他的名字……他的两条腿都给截掉了,右胳膊也截掉了,只剩下左边一条手臂。截肢部位很高,腿是从盆骨那儿锯掉的,连假腿都不能装,只能坐轮椅。医院为他特别定制了一辆高轮椅,只要能做到,大家全都轮流推他。当时有很多老百姓到医院来帮助照料伤员,他们都特别照顾米沙这样的重伤员。有妇女也有中学生,甚至还有孩子们。人们把这位米沙抱上抱下,他也不感到沮丧。他真想活下去啊。他只有十九岁,简直还没好好生活过。我也不记得,他是否有亲属。但是他深知人们不会撇下他一个人受苦的,他相信人们不会忘记他……当然,战争是在我们国土上进行的,到处都留下了废墟。我们解放的一些村庄，已经全被烧毁了。人们只剩下了土地，唯有土地还存在。

我们姐妹俩战前的理想是当医生，可是后来我们谁都没当。我们不需要经过任何考核，就可以去学医，我们前线回来的人有这种权利。可是人们的苦难、人们的死亡，我们见得太多了，已经不能够再见到伤病员，哪怕连想象都受不了。甚至过了三十年，我还劝阻女儿不要报考医学院，虽然她很想报考……都几十年过去了……只要闭上眼睛，我又能看到那些景象……春天……我们在刚刚打过仗的野地里走着，寻找伤员。野地被打得一片惨象。我们意外发现两具死尸，一个是我们的年轻士兵，一个是德军的年轻士兵。他们都躺在麦苗中，眼睛直直地看着天空……他们就好像没有死去。就是那样望着天边……我至今还记得他们的眼睛……

——季娜依达·瓦西里耶夫娜

我对战争中最后那几天记得最清楚。那天，我们正骑马行军，忽然不知从哪儿传来了音乐的声音，是小提琴独奏……在我的感觉里，战争就是这天结束的……那真是神奇的时刻：突然间听到了音乐，久违的另一种声音……我就像大梦初醒似的……我们大家都觉得，经历过战争，经过如此人间浩劫和滔滔血泪，生活将变得格外美好，一切都是美丽的。胜利之后，这一天之后……我们都觉得，所有人都会变得非常善良，彼此相爱。大家都成为兄弟姐妹，情同手足！我们朝思暮想的就是这一天……

——奥尔佳·瓦西里耶夫娜

"我们没有打过枪……"

战争中有很多人……战争中有很多事……

不仅生死关头可以建功立业，普通生活也能够功绩卓著。战争中不仅有开枪射击、埋雷扫雷、轰炸爆破、冲锋肉搏，还有洗衣煮粥、烘烤面包、清洁炉灶、饲养马匹、修理汽车、制作棺材、传递邮件、钉制毡靴和输送烟草。甚至战争中的生活也多半是些平淡琐事，默默无闻。这种想法不太习惯是吗？"在战争中我们普通女人的活儿堆积如山啊。"卫生员亚历山德拉·约瑟芙娜·米舒金娜回忆说。军队向前进，紧跟在后面的是"第二战线"：洗衣女兵、炊事兵、汽车修理工、邮递员……

她们当中有人写信给我说："我们都不是英雄，我们是在幕后的。"那么，幕后又是怎样一种景象呢？

一双小皮鞋和该死的小村子

我们在沼泽地中行军，战马经常陷入沼泽而死掉。汽车也呼哧呼哧地开不动……士兵们就用身体拖拉大炮。用人力拉着装有粮食和服装的马车行进，还有马合烟草的大箱子。我看到过一个烟草箱子怎样飞落到沼泽地中，引起一片破口大骂……战士们很珍惜弹药，也很珍惜烟草……

我丈夫总是反复地对我说："睁大眼睛好好看看吧！这就是史诗！史诗啊！"

——达吉扬娜·阿尔卡迪耶夫娜·斯梅良斯卡娅

（随军记者）

战前我过得很幸福……待在爸爸妈妈身边。我爸爸是从苏芬战场上回来的，回家时右手已经少了一根手指头，我总问他："爸爸，为什么会有战争？"

战争这么快就来了，我还没怎么长大呢。明斯克居民开始疏散，我们被送到了萨拉托夫。我在那儿的集体农庄里干活。有一次，村苏维埃主席把我叫了去。

"小姑娘，我一直在考虑你的事。"

我很奇怪："您考虑我什么事呀，大叔？"

"还不是这该死的小村子！都得怪这该死的小村子……"

我站在那儿莫名其妙。他又说：

"上面来了一个文件，要我们出两个人上前线，可我没人可派。本来想自己去，可是又放不下这倒霉的小村子。又不能派你去：你是疏散来的。或许你还是能去的吧？我这儿有两个小姑娘：你和玛丽亚·乌特金娜。"

玛丽亚是个高个子姑娘，身体已经成熟，而我呢，又瘦又小……

"你能去吗？"主席又问。

"能发给我一副裹腿吗？"我反问。

那时我们浑身衣服都烂了，我们就是想领到一些日用品！

"你真是个好姑娘，到了部队会发给你一双皮鞋穿的。"

于是我同意了。

……

我们从军列上下来时，一个魁梧的大胡子叔叔来接我们，可是谁也不肯跟他一起走。我不知道这是怎么回事，但我也没问。我是这种人，不愿当积极分子，从来不干挑头的事。反正我们大家都不太喜欢这个大叔。后来又来了一个漂亮的军官，真是个美男子！他劝动了我们，我们就跟他走了。等我们到了部队，在那儿又遇上了这个大胡子叔叔。他笑着说："噢，调皮鬼们，怎么不肯跟我一块儿来呀？"

少校对我们点名，逐个询问："你会干什么呀？"

一个姑娘回答："我会挤牛奶。"另一个姑娘说："我在家帮妈妈煮过土豆。"

点到我的名了："你呢？"

"我会洗衣服！"

"我看，你是个好姑娘，要是你再会做饭的话。"

"我也会做饭。"

于是，整个白天我就做饭，到晚上再去给战士们洗洗衣服，还去站岗。当人家对我喊"哨兵！哨兵"时，我却怎么也回答不出来，因为一点力气也没有，甚至出声的力气都没有了……

——伊琳娜·尼古拉耶夫娜·季尼娜

（列兵，炊事员）

坐在卫生列车上……我记得，头一个星期我一直在哭：第一，因为离开了妈妈；第二，我睡的是上铺，那儿算是我的"小房间"，可后来堆满了行李。

您是什么年龄上前线的？

我那时正在读八年级，但没有读到年底。我是偷偷跑到前线去的，卫生专列上的姑娘们全都是我这个年龄。

你们都干些什么？

我们的工作就是照料伤员，喂水、喂饭、送便壶——这些活儿全是我们干。有一个比我大一些的姑娘和我一块儿值班，一开始她很照顾我："如果他们要便壶，你就招呼我。"伤员们伤势严重：有的没有手臂，有的没有腿。第一天我还叫那位姑娘递便壶，可是她也不可能整天整夜跟我在一起，后来就留下我一个人值班了。于是伤员也这样喊我："小护士，便壶！"

有一次，我把便壶递给一个伤员，可是他不接过去，我这才发现他没有手。我脑子里马上闪过一个念头，想象着该怎么办。我站了好几分钟，不知如何是好。您明白我的意思吗？我确实应该帮助他……可是我不知道男人那个是怎么回事，从来没有瞧见过，甚至在训练班上也没人跟我们讲过……

——斯维特兰娜·尼古拉耶夫娜·柳毕契

（义务卫生员）

我从来没有打过枪，我的任务是每天给战士们烧粥，为此我还得过一枚奖章呢。对于这枚奖章，我从来不当一回事：我又没有打过仗！我只管烧粥，烧大锅汤，搬锅灶和大桶，它们死沉死沉的……我记得，连长有一次很生气地说："我真想开枪把这些大桶都打穿……这样劳累下去，战后你还怎么生孩子呀？"后来有一次他果真把所有的大桶都开枪打穿了。结果不得不到村里又找来了一些小一点的桶。

有一天，从前沿阵地上回来了一群小战士，是让他们来休假的。可怜的小家伙们，浑身肮脏，累得不成样子，手脚都冻坏了。大家特别害怕乌兹别克和塔吉克地区的严冬。在他们老家那儿，常常有太阳，很暖和，而这儿往往冷到零下三四十摄氏度。他们身上暖和不起来，只能由我们来喂饭。他们自己都拿不住汤匙吃东西了……

——亚历山德拉·谢苗诺夫娜·玛莎柯夫斯卡雅

（列兵，炊事员）

我一直给士兵们洗衣服……整个战争期间就是跟洗衣盆打交道了。我们全都是手洗，棉袄啊、套头军装啊都洗……衣物送来了，磨损得那么厉害，肮脏不堪，爬满了虱子。还有医务人员的白大褂，几乎都认不出来了，上面溅满了血，大褂已经不是白色，而是红色的了。旧的血迹是黑色的。第一遍水是没法下手洗的，马上变成黑红色……军装没了袖子，胸口上全是窟窿眼儿，裤子没有了裤管。我们真是用泪水洗，用泪水漂啊。

要洗的军装堆积成山……还有棉袄、棉背心……我现在一想起来，胳膊还酸胀呢。冬天的棉衣很沉，上面的血迹都冻硬了。我常常在梦里见到这些情形……一座座黑色的大山在我面前……

——玛利亚·斯捷潘诺夫娜·杰特科

（列兵，洗衣员）

战争中有很多奇怪的事情……我告诉你一件……

我们的通信员阿尼娅·卡布洛娃躺在草地上……一颗子弹射中了她的心脏，她要死了。就在这个时候，天上飞过了一群排列成人字形的仙鹤。我们全都抬起头望向天空，阿尼娅也睁开眼睛，看着天空说了句："真可惜，姑娘们。"她停顿了一下，又对我们笑笑，"姑娘们，我是要死了吗？"就在这时，我们的邮差克拉瓦跑来了，一边跑一边高叫着："你不要死啊！你不能死啊！你家里来信啦……"阿尼娅并没有闭上眼睛，她一直在等待着……

我们的克拉瓦在阿尼娅身边坐下，打开了信封。这是阿尼娅的妈妈写来的一封信："我亲爱的，心爱的女儿……"我旁边站一个医生，他说："这真是个奇迹，奇迹啊！！她居然还活着，这是违反全部医学定律的……"一直到读完了她妈妈的信……阿尼娅方才闭上了眼睛……

——玛丽亚·尼古拉耶夫娜·瓦西里耶夫娜

（中士，通信兵）

我的专业嘛……我的专业就是给男人理发……

那天来了一个姑娘……我就不知道该怎么给她剪发了。她有一头秀发，天生自然卷的美丽长发。指挥员进入掩蔽部说：

"给她剪个男人头。"

"但她是个女人啊。"

"不,她现在是一名军人。战后她才会重新成为一个女人。"

反正……反正只要姑娘们的头发稍稍长出来,我就在夜晚偷偷给她们卷头发。没有卷发筒,我们就用松枝,用云杉球果……嗯,至少能卷起些波浪来……

——瓦希莉莎·尤日妮娜

(列兵,理发员)

我只读过很少的书……所以无法讲得很好听……我们的工作就是给士兵们换衣服、洗衣服、熨衣服,这就算是我们的英雄行为了吧。我们全是骑马,很少乘火车,马匹真是苦死了,也可以说,我们是一路步行到达柏林的。如果回忆我们做过的全部事业,就是这样的:我们帮助卫生员背过伤员,在德聂伯河畔搬运过炮弹,因为不能用大车运,只好捧在怀里硬是走了好多公里,我们挖过掩蔽部,我们铺设过桥梁……

我们也陷入过包围圈,我和大伙儿一样,边打边突围。我说不出自己到底杀过人还是没杀过人。反正就是一边开枪一边逃出重围,和大伙儿一样。

我觉得我记得的东西太少了。总共没有几件事情!我再想想吧……等你下次再来……

——安娜·扎哈洛夫娜·戈尔拉契

(列兵,洗衣员)

我的故事很不起眼……

司务长问我:"小姑娘,你多大啦?"

"十八岁了,干吗?"

"是这样,"他说,"我们不收不够年龄的人。"

"随便您派我干什么,就是烤面包也行。"

于是他们就接受我了……

——娜塔莉亚·穆哈梅金诺娃

(列兵,面包员)

我被列入文书编制……说定了我到司令部去做这项工作……上级对我说,我们知道您战前曾经在照相馆工作,那就在我们部队负责照相吧。

我记得最清楚的事情是我不想给死亡者拍照,死人的照片我不能拍。我总是在士兵们休息的时候、抽烟的时候和说说笑笑的时候给他们拍照,特别是在授予奖章、勋章的时候。可惜的是当时我没有彩色胶卷,只有黑白胶卷。要是有彩色胶卷的话,在授予战斗团旗帜的时候,我就可以拍得很美很美……

而今天……就常有记者到我这里来问:"您给牺牲者拍过照片吗?在战场上……"我就开始找……我很少有牺牲者的照片……如果有人死了,小伙子们都请求我:"你有他生前的照片吗?"我们去找他活着时的照片……为了看到他的微笑……

——叶莲娜·维伦斯卡雅

(中士,文书)

我们是工程兵……就是修建铁路、搭建浮桥、构筑掩体。前线就在旁边，我们只能在夜间挖战壕，以避免被敌人发现。

我们也做伐林工作。我那个班里基本上都是女孩子，都非常年轻。男人没有几个，因为这是非战斗部门。我们怎么伐树？所有人一起砍倒一棵树，然后把它拖走。整个班就围绕一棵树。我们手上都磨出了血淋淋的水泡……肩膀上也是血……

——卓雅·卢基亚诺夫娜·维尔什毕斯卡雅

（工兵营，班长）

我读完了师范学校……等拿到毕业文凭时，战争已经爆发了。既然开战了，我们也就没有毕业分配，被打发回各自老家。回到家里没过几天，就接到通知要到兵役委员会去。妈妈不放我走。不错，我那时还年轻，只有十八岁。妈说："我送你到哥哥家里去，对别人就说你不在家。"我说不行："我是个共青团员呀！"兵役委员会把我们集中起来，如此这般地动员了一番，要求我们妇女去为前线烤面包。

活儿很重。我们共有八个大烤炉，每到一个被破坏的村镇或城市，就要把烤炉架起来。架好烤炉，又需要柴火，二三十桶水，五大袋面粉。我们这些十七八岁的姑娘，搬的都是七十公斤的面粉袋，我们两个人一抓就扛起来了。或者是四十个战争面包放在担架上，像我这样的身子骨根本抬不起来。我们日日夜夜地烤面包，这几盆的面还在发酵，那几盆的面已经快做成面包了。敌人炸敌人的，我们做我们的……

——玛丽娅·谢苗诺夫娜·库拉柯娃

（列兵，面包员）

整整四年战争我都是在车轮上度过的……我们按照"绣锦农庄"或"科卢罗农庄"等指示牌四处奔波，在市场上征集烟草、香烟和打火石，如果没有这一切，士兵们是不能上前线的。在一个地方收购后，还要继续上路。有时我们乘汽车，有时我们坐马车，更多的就是步行，和一个或两个士兵一起。到前线战壕时，所有的东西都在自己身上扛着背着，因为不能赶着马匹，那样德国人会听到马蹄作响，所以全都压在自己身上，就像骆驼似的，而我的身材是非常瘦小的……

——叶莲娜·尼基甫洛芙娜·叶夫斯卡娅

（列兵，物资供应员）

战争开始时……我是十九岁……我住在弗拉基米尔州的穆罗姆市。1941年10月，我们一批共青团员被派去修建穆罗姆市——高尔基市——库列巴基的汽车公路。当我们从劳动第一线返回时，又被征集入伍了。

我被送到高尔基市的通信学校学习邮政信使课程。课程结束后就参加了作战部队，第六十步兵师，负责一个团的邮政信件。我亲眼看到前线的战士们收到家信后如何一边亲吻信封一边痛哭。很多官兵的亲人都被敌人杀死，或者是在敌占区度日，不能写信来。那个时候我们还以陌生的姑娘的名义写了很多信给战士们："亲爱的兵哥哥，我是一个与你素不相识的女孩，我写信给你，是想知道你是怎么打击敌人的？你什么时候能够带着胜利勋章回家？"我们整夜整夜地坐在那儿写信……为了战争，我写了数百封这样的信……

——玛利亚·阿列克赛耶夫娜·雷姆涅娃

(少尉,信使)

凯牌特殊肥皂和警卫室

我是五一节结的婚……6月22日战争就爆发了。第一批德国飞机进行了空袭。战前我在西班牙儿童保育院工作,孩子们都是1937年从西班牙送到我们基辅来的……那时是西班牙内战……德寇空袭时,我们都不知所措,而西班牙的孩子们已经开始在院内挖壕沟了。他们倒是全都懂……我们把他们送到后方,然后我到了平札州。上级交给我的任务,是组建一个护士训练班。1941年年底,由我主持了这个训练班的考试,因为所有的医生都上前线了。我给学员们发了证件后,自己也申请上前线。上级把我派到斯大林格勒,进了陆军野战医院。我在周围的姑娘们中间是最年长的,至今还和我保持友谊的索尼亚·乌特鲁戈瓦雅,那时才十六岁,刚刚读完九年级,就进了这个医务训练班。我们到了前线,都第四天了,索尼亚还坐在小树林里哭。我走到她身边:

"索涅奇卡,你怎么还在哭啊?"

"怎么你不懂,我已经三天没见到我妈妈了!"她回答我。

现在我一向她提起那件事,她就咯咯笑起来。

在库尔斯克会战时,上级把我从医院调到了野战洗衣队当政治指导员,洗衣员都是非军事人员,所以通常是这样:我们坐在大车上，车上堆放着大水桶、洗衣盆、保温桶，最上面坐着身穿五彩缤纷的裙子的姑娘们。这一下，谁见了都大笑着说："洗衣大军来了！"……人们把我叫作"洗衣政委"。过了好长时间，我的姑娘们才穿得不太刺眼了，就像俗话说的那样，马马虎虎过得去了。

　　工作很繁重。那时听都没有听过什么叫洗衣机，全是手洗……全靠女人们的双手……我们每到一地，上级就拨一间茅屋、木房或掩蔽部给我们，我们就在里面洗衣服。为了先灭虱子，必须先用一种专门的凯牌肥皂水浸泡，然后再洗净烘干。灭虱剂是有的，可是当时灭虱剂已经不顶用了，我们只能用凯牌肥皂。这种肥皂非常难闻，气味简直吓人。而在这间房子里，我们不但要洗衣、烘衣，还要在里面睡觉。上级规定每个战士洗衣服的肥皂定额是二十到二十五克，全都发到我们手中。这肥皂像土块一样，黑乎乎的。很多姑娘因为长期洗衣负担过重和紧张过度而得了疝气病，还有很多人双手都被凯牌肥皂腐蚀出了湿疹，指甲脱落，我们都以为指甲不会再长出来了。不过，只能歇上一两天，就又得去洗衣服了。

　　姑娘们都很听我的话……

　　有一次，我们到了一个营地，那里驻扎着空军飞行员，整整一个飞行大队。您想想吧，他们都在盯着我们看，而我们却穿得破破烂烂、邋邋遢遢。于是，这些花花公子轻蔑地说："真了不起，原来是洗衣大姐们啊……"我的姑娘们听了这些话差点气哭了："指导员，您瞧他们……"

　　"没关系，我们会报复他们的。"

　　于是我们商量了一个办法。这天晚上，我的姑娘们穿上了她们最好看的衣服来到小草坪上。一个姑娘对着飞行员那边拉起了手风琴，他们闻声赶来，跳起了舞。可是我们都说好了：绝不和任何一个飞行员跳舞。他们凑了过来，但没有姑娘理睬他们，整个晚上，姑娘们只和自己的女伴在一起跳舞。最后飞行员们求饶说："一个傻瓜出言不逊，你们却怪罪我们大家……"

一般说来，非军事人员是不得关禁闭的，但你跟前儿这一百多个姑娘，对她们怎么管理呢？比如，我们这儿空袭警报常常要到夜里十一点才解除，可是她们谁也不把它当一回事，总是千方百计地逃出去——姑娘家到底是姑娘家。我只得把几个姑娘关了禁闭。有一回，附近部队的首长到我们这儿来，恰好在我的房间里正关着两位。

"这是怎么搞的？你们把非军事人员关禁闭？"他们问我。

我不慌不忙地回答说：

"上校同志，您想给上级打报告就打好了，随您的便。可我还是得严明纪律。我的队伍要有良好的秩序。"

他们只好走开了。

纪律是不能动摇的。有一次我从房间里走出来，看到一个大尉正好从我屋子旁边走过。他看到我，停了下来。

"我的天哪！您怎么从这儿出来了，您知道这屋子里住的是谁吗？"大尉对我说。

"我知道。"

"这儿就是那个政治指导员的住处，您不知道她有多么厉害吗？"

我说，她厉害不厉害我从没听说过。

"我的天！她从来没笑过，总是一脸气势汹汹的。"

"莫非您想跟她认识认识吗？"

"谢天谢地，我可不敢！"

于是我对他说：

"让我们认识一下吧，我就是那个政治指导员！"

"不，这不可能！人家给我讲过她的事……"

但我也很爱护自己的姑娘们。我们洗衣队里有个很漂亮的姑娘，叫华丽娅。有一次，上级有事把我叫去司令部，十天没回来。回到洗衣队时，我听说华丽娅这些天常常回来很晚，在偷偷和一个什么大尉来往。好啊，好啊，原来在干这种事！两个月过去，我听说华丽娅怀孕了。我把她叫来："华丽娅，这是怎么搞的？你现在到哪儿去好呢？你后妈（她没有母亲，只有后妈）也还住在掩蔽部里呢。"她哭了，对我说："这都是您不好，要是您不离开，就什么都不会发生了。"——她们和我在一起，就像和母亲、和大姐姐在一起。

华丽娅还穿着单薄的衣服，天气已经挺冷了。我就把自己的军大衣送给了她。我的华丽娅就这样走了……

1945年3月8日这天，我们正在过妇女节。我们烧了热茶，还好不容易弄到一些糖果。我的姑娘们从屋里出来时，突然发现从树林里钻出两个德国兵，自动枪挂在身后……是两个伤兵……姑娘们立刻把他俩收拾了。我作为政治指导员，理所当然地向上级写了一份请功报告：今天，3月8日，洗衣女工俘虏了两个德国兵……

第二天，我们去参加干部会议，政治部主任头一件事就说：

"听着,同志们,我先要让大家高兴一下:战争很快就要结束了。还有,就在昨天,二十一野战洗衣队的洗衣女工们抓了两个德国俘虏……"

大家鼓起掌来。

战争进行当中我们没得过任何奖励。在战争结束时,上级对我说:"你们洗衣队可以嘉奖两个人。"我一听就火了,愤愤不平,据理力争说:

"我是洗衣队的政治指导员,我知道洗衣女工的劳动有多么繁重,她们当中有很多人都得了疝气,手上起了湿疹,姑娘们都很年轻,洗衣机也没有她们洗得多,她们就像牵引车一样负重。"上级问我:"您明天能再上报一些需嘉奖者的材料吗?我们再奖励一批……"于是我和队长又研究嘉奖人员名单,一夜未睡。结果,很多姑娘获得了勇敢奖章和战功勋章,还有一位洗衣女工被授予了红星勋章。这是一位最优秀的女工,她时刻不离洗衣盆,往往在大家都筋疲力尽、累得躺倒时,她仍在埋头洗。她是一位上了年纪的妇女,她全家人都死了。

我要送姑娘们回家了,真想送点东西给她们。她们全都是白俄罗斯和乌克兰人,而那里已经彻底毁于战火了。我怎么能让她们两手空空地回到家乡呢?我们那时正好驻扎在一个德国村庄里,村里有一个缝纫工场。我跑过去一瞧:缝纫机都在那儿,完好无缺。我真为此庆幸。就这样,我们送给了每个要走的姑娘一份礼物。我当时的高兴劲儿就甭提了,好幸福啊。这就是我力所能及为姑娘们所做的一切了。

其实，所有人都想回家，但又害怕回家。没有人知道在家乡等待我们的是什么……

——瓦莲金娜·库兹敏尼契娜·勃拉特契柯娃-鲍尔肖夫斯卡娅

（中尉，野战洗衣队政治指导员）

说说我爸爸……我亲爱的爸爸是一个共产党员、一个圣洁的人。我这一生从来没有见过比他更好的人，他总是教育我："要是没有苏维埃政权，我什么都不是，就是个穷光蛋，给富农扛长活儿的。是苏维埃政权给了我一切，让我受了教育，成为一名桥梁工程师。所以我把自己的一切都贡献给祖国政权。"

我自己也热爱苏维埃政权，热爱斯大林，热爱伏罗希洛夫，热爱所有的国家领导人。这些都是爸爸教我的。

战争在进行，我在成长。每到晚上，我都和爸爸一起唱《国际歌》，唱《神圣的战争》，爸爸还拉手风琴伴奏。到我一满十八周岁，爸爸就带我去了兵役委员会……

我从部队上写了一封信回家，告诉爸爸我在修建和保护桥梁。这是我们全家人的快乐！爸爸使我们家里人都爱上了桥梁，我们从小就喜欢桥梁。每当我看到那些因轰炸或爆破而毁掉的桥梁，我都会难过得哭出来，我对待桥梁就像对待一个宠物，而不是一个战略设施……我一路上亲眼看见大大小小几百座桥梁遭到破坏，战争中首先就是要摧毁桥梁，那是第一目标。每当我们通过了毁塌的桥梁时，我总是要想：要重新修复它们，又得需要多少年啊？战争也是在扼杀时间，扼杀人类的宝贵时间。我清楚地记得，每一座爸爸建立的大桥是花了多少年时间。他每天夜里都坐在那儿看图纸，即使是周末也不休息。战争中我感到最痛惜的就是时间。爸爸的时间……

爸爸早已不在了，可是我还继续爱着他。当有人说我爸爸这样一批人相信斯大林是愚蠢和盲从或者是因为惧怕斯大林的时候，我绝对不信。他们是真诚地相信列宁思想，真正是始终如一的。请相信我，他们都是善良而诚实的人，他们倒不是相信斯大林和列宁，而是相信共产主义思想，就像后来所说的那样，是相信有人情味的社会主义[1]，相信要为所有人谋幸福，要为每个人谋幸福。他们是一批梦想家，一批理想主义者，但绝不是盲从的人，我绝不认为他们是盲目追随者，绝不同意这样说！在战争中期，我们也有了优质的坦克和飞机，有了精良武器，但是如果没有信念，我们也不可能打败如此凶恶的敌人，希特勒的军队是强大而有纪律的军队，他们征服了整个欧洲。没有信仰，我们不可能打断他们的脊梁骨。我们的主要武器就是信念，而不是恐惧。我对您说的是一个诚实党员的心里话，我是战争期间入党的，至今也是共产党员。我不以为有党员证是耻辱的，我从来没有抛弃过党证。从1941年开始，我的信念就没有改变过……

——塔玛拉·卢基亚诺娃·托洛普.

（列兵，建筑工程师）

---

[1] 戈尔巴乔夫提出建设有人情味的社会主义。

我们在沃罗涅日城外阻止了德寇的侵犯……他们每天狂轰滥炸,但是久久攻不下这座城市。德国飞机每天飞过我们莫斯科夫卡村。我还从来没有见过敌人,只见到了他们的飞机。但我很快就意识到,战争就是这样的……

上级派人到我们医院传达说,沃罗涅日城下有一列火车遭到轰炸,命令我们立即赶赴现场。在那里我们放眼看去……看到了什么啊?到处是被炸碎的血肉……我都说不出话来!我记得主治医生是先来到的。他大声喊道:"担架!"那时我是最年轻的,刚满十六岁,他们全都看着我,怕我昏倒过去。我们沿着铁轨,一节一节地爬上车厢查看。已经没有人可以放上担架了:车厢烧毁了,已经听不到任何呻吟或哭喊声,已经找不到完整的人形。我的心跳简直要停止了,吓得闭上双眼。等我们回到了医院,所有人都倒下了,有人把头放在桌上,有人瘫在椅子上,就这样睡着了。

我值班后回到家。带着满脸泪痕倒在床上,只要一闭上眼睛,就又看到了那一切……妈妈下班回家了,米佳舅舅也回来了。我听到妈妈的声音:

"我不知道莲娜会怎么样。你瞧这段时间去医院之后她的脸色都成了什么样子。她都不像自己了,总是沉默不语,跟谁都不说话,只是在梦中大哭大喊。她以前那些笑容和开心都到哪儿去了?你知道她以前是多么快乐的姑娘。现在她再也不说笑了。"

听着妈妈的话,我的眼泪都流出来了。

……

1943年沃罗涅日解放的时候,我加入了战时警卫队。那里清一色都是姑娘，全都是十七到二十岁左右，年轻美丽，我从来都没有看到过这么多漂亮的女孩们集中在一起。我第一个认识的是玛露西亚·普罗霍洛娃，她还有个闺密叫塔尼亚·费多罗娃。她俩来自同一个村庄。塔尼亚不苟言笑，特爱整洁，井井有条，玛露西亚就喜欢唱歌跳舞，总爱说些淘气顽皮的歌谣。她最喜欢的是描眉化妆，在镜子前一坐就是几个小时。塔尼亚总是责骂她："美丽不是画出来的，你不如把自己的服装好好熨平，把床铺弄干净些。"我们警卫队里还有个女孩叫帕莎·利塔夫琳娜，是个毫无顾忌的女孩，但她的女友舒拉·巴蒂谢瓦雅，则是既腼腆又谦逊，在女兵中是最安静的。还有柳霞·利哈乔娃喜欢烫卷发，一边卷头发一边弹吉他，每天睡觉起床都抱着吉他。姑娘中年纪最大的是宝莉娜·涅维洛娃，她的丈夫在前线战死了，她总是一脸愁容。

我们所有人都是穿着军队制服。我妈妈第一次看到我穿军装时，脸色变得煞白："你决定参军了？"

我安慰她：

"不是的，妈妈。我都和你说过了，我们就是守护桥梁。"

妈妈却哭了起来：

"战争很快就结束。你要尽快脱掉你的大衣。"

我也是这样想的。

过了两天，听说战争结束了，我们都被集合在荣誉室开会。警卫队队长纳乌莫夫同志说了一番话。

"我亲爱的女兵们，"他说，"战争是已经结束了。不过昨天我接到命令说，西部道路还需要警卫队战士们去保卫安全。"

不知谁喊了一声：

"要知道在那边是有反革命匪帮的！……"

纳乌莫夫停顿了一下，接着说：

"是的，姑娘们，那里是有匪帮。他们在和红军作战。但是命令就是命令，应该去执行。有谁愿意去，请向警卫队领导提出申请，志愿参加。"

我们回到了宿舍，每个人都在自己床上躺下，大家非常安静。谁都不想再背井离乡到那么遥远的地方去了，谁都不想在战争结束后还要面临死亡。第二天，我们又集合起来开会。我坐在主席台桌子后面，桌上覆盖着红布。我想我是最后一次坐在这张桌子后面了。

警卫队长讲话："我知道，巴比纳同志，你是第一个参加的。而你们所有人，姑娘们，年轻人，也都很勇敢。战争是结束了，你们本可以回家的，但你们还要出发去保卫自己的祖国。"

两天后我们出发了。上级给我们派出一列货运火车，车厢里铺着干草，弥漫着草味。

我早前从来没有听说过斯特雷这个城市，现在就是我们要守护的一个地方。我不喜欢这个恐怖的小城，日日飘荡着哀乐，天天有人被埋葬：要么是警察，要么是共产党员和共青团员。我们再次看到了死亡。我和一个女孩佳丽雅·克洛波金娜交上了朋友，后来她就牺牲在那里。我还有另一个女伴……也被刺死在夜里……我自从到了那个地方后，就完全没有再说笑过……

——叶莲娜·伊万诺夫娜·巴比纳

（战时警卫队战士）

236

烧坏的轴承和骂娘的脏话

我长得很像我爸爸……一看就是他的女儿……

我的父亲米隆·帕夫洛维奇·连科夫,由一个没文化的小伙子成长为一名国内战争时期的红军排长,是一位真正的共产党员。他牺牲的时候,我和母亲正住在列宁格勒,我身上所有的优点都应归功于这座城市。我对读书着迷,被丽吉娅·察尔斯卡雅[1]的爱情小说感动得痛哭流涕,对屠格涅夫的作品爱不释手,还喜欢读诗歌……

那是1941年夏天……六月底我们家人一起去顿河的外婆家做客,走在半路上就遭遇了战争。携带军事委员部特急件的信差腾云驾雾般地策马飞驰。哥萨克女人们唱着歌,喝着酒,号啕大哭着,送哥萨克男人上战场。我赶到鲍柯夫斯克镇,到了区兵役委员会。那里的干部生硬而干脆地说:

"我们不要小孩子上前线。你还是共青团员?这非常好,就请你帮助集体农庄干活去。"

我们在贮粮窖里用铲子翻动粮食,以免霉烂,接着又是收蔬菜。手上磨出了很硬的老茧,嘴唇也裂开了,脸被草原的阳光晒得漆黑。如果我与村姑们还有什么不同的话,那就是,我知道很多诗歌,在从地里回家的长长道路上,我一口气能背出许多诗。

---

[1] 丽吉娅·阿列克赛耶夫娜·察尔斯卡雅(1875—1937):俄罗斯著名女作家。

战场在逼近。10月17日,法西斯占领了塔干罗格。人们纷纷离家疏散。外婆自己留下不走,把我和妹妹送走了,说:"你们都还年轻,要逃生去啊。"我们走了五天五夜,到达了奥勃利夫斯克。平底凉鞋扔掉了,我们是光着脚走进这个哥萨克镇的。火车站站长提醒所有人:"你们不要等客车了,就坐上露天车皮走得了。现在我给你们去张罗机车,把你们送到斯大林格勒去。"真走运,我们爬上了运燕麦的车皮。我们光着脚丫子踩进燕麦里,用头巾裹着脸,彼此紧紧偎着,打起盹儿来……粮食早吃光了,并且是身无分文。最后那几天,哥萨克女人就匀给我们一些东西吃,我们不好意思接受,因为没什么好报答的。她们就劝我们:"吃吧,可怜见的,现在大家都在受苦,应当互相帮助。"我暗暗发誓,永远不忘这些善良的好人。永远不能忘记!不管怎样,都不会忘记。

我们从斯大林格勒乘轮船,然后转乘火车,在一天深夜两点钟到了梅德韦吉茨车站。人潮把我们带到月台上,因为我们两个都要冻成冰棍了,动都动不了,只好站在那儿,抱在一起,免得倒下去被人踩断骨头。有一次我亲眼看到一只青蛙从燃烧的氧气中跳出来掉到地上,摔得粉身碎骨。幸亏有和我们一起来的什么人还记得我们。来了一辆装满人的四轮大车,他们就把我们拴在车子后面,给我们穿上棉袄说:"你们得走走路,不然会冻死的。身上没暖过来,不能让你们上车。"我们起初一迈步就倒下,但又爬起来走,后来干脆跑了起来,就这样跑了十六公里……

弗兰克村,又叫五一集体农庄。集体农庄主席听说我是从列宁格勒来的,而且念完了九年级,高兴得很:"这很好,你就留在这里助我一臂之力吧，顶替会计员。"

我起初很高兴，可是我马上就看到了，在农庄主席身后挂着一幅宣传画："姑娘们，握紧方向盘！"

"我不坐办公室，"我对主席说，"只要能教我，我一定会开拖拉机。"

拖拉机停在地里，落满了雪。我们把它们从雪里拖出来打扫干净。天冷得滴水成冰，手只要碰到金属，立刻就被粘去一层皮。紧紧拧住并且生锈的螺丝钉好像焊死了一样，逆时针方向拧不动，我们就试着往顺时针方向拧。在这节骨眼上，好像故意为难似的，生产队长伊万·伊万诺维奇·尼基金像是从地里突然钻出来一样。他是集体农庄唯一的正规拖拉机手，也就是我们的老师。他恨得抓耳搔腮，不住地乱骂脏话。"嘿，他妈的！"……他骂的声音倒是很轻，但是我还是一下子就哭了出来……

我是倒退着把拖拉机开进地里的：这台斯大林格勒出产的拖拉机，变速箱里的大部分齿轮都已经老掉了牙。原因也很简单，变速箱是从那些行驶了两万公里、在设备账上已报废的拖拉机上拆下来装成的。还发生过这么一件事，一位和我一般大的女拖拉机手萨罗契卡·戈占布克竟然没发现散热器漏水，结果把马达弄坏了。当然又是一顿臭骂："嘿，他妈的！"……

我在战前连骑自行车都没有学会，在这里却开上拖拉机了。马达长时间运转，违背操作规程，很容易起火。我知道超负荷运转是怎么回事，也知道按照这种程序如何驾驶拖拉机——不能转圈，也不能斜着往前开……润滑剂和燃料全都按照战时定额标准使用，得

239

对每一滴油尽心负责,对每一个哪怕已彻底磨损的轴承也得视若性命。嘿,他妈的!……每一滴油都跟命一样……

有一天……在下地工作之前,我打开齿轮箱盖子检查油质,发现了一些乳浆。我忙喊生产队长来,说应该注入新机油了。队长走过来,用指头蘸了点机油,捻了捻,闻了闻,说:"甭担心!可以再干一天活儿。"我急忙说:"不行呀,您自己说过的嘛……"他打断我的话:"我真是自作自受,倒叫你给咬住不放了。知识分子就是难弄。嘿,他妈的!……我命令你开,就这样开!去吧。"……我只好开着拖拉机下地了。拖拉机冒着烟,热极了,叫人喘不过气来。今天还真是有些奇怪:轴承怎么不对劲啊?我觉得拖拉机在不断跳动,赶忙停下来,好像又没什么了。等到再踩油门,它又跳动起来!又过了一会儿,我的坐垫下面突然间"突突突"地震动起来!

我赶紧熄了火,跑到检视孔那儿,打开盖板一看,上面黏糊糊的机油沾着一层金属细屑,两副轴承都已经磨得粉碎!我跳到地上,抱着轮胎大哭起来,这是我在战争中第二次哭鼻子。我真该死:刚才明明看出是什么油质了!助手玛塔也害怕起来。刚才我真该厉害地跟生产队长争辩一下的,可是却没有,迂腐的书生气啊!

我听到身后有人说话,转过身一看,糟了!集体农庄主席、拖拉机站经理、政治部主任都来了,当然,还有生产队长伊万·伊万诺维奇本人。都怪他不好!

他站在那儿,不敢过来。他心里有数,可是却一言不发。嘿,他妈的!……

拖拉机站长也心里有数,问道:"坏了几副轴承?"

"两副。"我回答。

按照战时法律,这就应该抓去送审了,罪名是:疏忽怠工和蓄意破坏。

政治部主任转过身去对生产队长说:"你为什么没有照看好自己的小姑娘?我怎么能把孩子们送交法院受审!"

他们经过了几次交涉,事情总算过去了。从这儿以后,队长在我面前再也没骂过娘。我倒是学会骂娘了……嘿,他妈的!……狠狠地骂人……

后来我们交好运了:找到了妈妈。妈妈也来到这个集体农庄,我们又有了家。有一天,妈妈突然对我说:"我想,你应该到学校去。"

我一时没有反应过来:"到哪儿去?"

"难道要别人去替你把十年级读完吗?"

在经历过这一切之后,重新坐到课桌边,解习题,做作文,背德语动词变位(而不是直接去打德国法西斯),这该有多么不习惯!而此时敌人已逼近了伏尔加河!

我本来完全应该稍微等一等:再过四个月我就满十七岁了。就算没有十八岁,至少有了十七岁,那就谁也不能把我赶回家了!在区委还算一切顺利,可是在兵役委员会就非得干上几架不可了。需要检查年龄和视力,而且优先考虑的是年龄……当他们指出我的年龄问题时,我就骂兵役委员是官僚……并且宣布绝食。我就坐在兵役委员的办公室里,两天两夜没动地方,他吩咐送来的面包和开水都被我拒绝了。我威胁说我马上就会饿死,但我要写下遗言,说明谁是造成我死亡的罪魁祸首。兵役委员大概既不害怕也不相信，但他真的把我送去体检了。所有项目的检查都在兵役委员旁边的一个房间里进行。大夫检查了我的视力后，遗憾地摊了摊手，这时兵役委员笑了，说我饿肚子白费劲了，他很同情我。可我回答说，我正是因为绝食才什么都看不到的。我走向窗户，凑近那张可恶的视力表大哭起来……哭啊哭啊……一直哭到背熟了最下面那几行图形为止。然后我擦干眼泪，说我准备再接受一次检查。就这样，我通过了。

1942年11月10日，我们按照指令，准备了十天的食品，共有二十五个姑娘，钻进了一辆破卡车的车厢。我们一路上高唱着《军令已下达》这首歌，不过把"投身到国内战争中去"的歌词改为"保卫自己的国家"了。我们在卡梅申宣过誓，然后出发沿着伏尔加河西岸步行走到了卡普斯金崖口。预备役团就在那里安顿下来。那儿有几千名男人，我们混在里面简直让人发现不了。但是从各部队到此补充兵源的"雇主"们，也是尽量不想看见我们，总是想法摆脱我们……

在路上，我同安努什卡·拉克申科和阿霞·巴茜娜交上了朋友。她俩没有什么专长，我也知道自己不具备军事专长。所以，不管人家要什么人，我们三个总是步调一致地向前迈出三步。我们认为自己在任何位置上都能很快掌握专业知识。可是，人家根本不理睬我们。

不过，当"司机、拖拉机手、机械员，向前三步走"的口令一发出，我们应声跨出了队列。这次的"雇主"是一个年轻上尉，他没能够摆脱我,因为我不是向前跨了三步,而是跨了五步。他怔住了,默默地盯住我,不开口。

"你们为什么只要男人?我也是个拖拉机手!"我说。

他听了我的话,挺奇怪:"不可能吧!那么,说说拖拉机的操作规程。"

"一、三、四、二。"

"你烧坏过轴承吗?"

我老实地承认我烧坏过两副轴承。

"好吧,我收下你。就为了你的说话诚实。"他点点头,走开继续问别人去了。

和我一起向前跨出来的还有身边两个女友呢,上尉只好做出一副无可奈何的样子。嘿,他妈的!……

部队首长在会见补充人员时,问上尉:"你怎么把这几个姑娘带来了?"

上尉表情窘迫,回答说是因为他看我们很可怜:"她们要是随随便便去了哪个单位,会像山鸡一样被打死的。"

首长沉默了一会儿,叹了口气说:"好吧,一个到厨房,一个到仓库,那个有点文化的,到司令部来当文书。"停了一会儿又补充说,"真是怜香惜玉。"

我们三个姑娘中,最"有文化"的就算我了,可是要我去当文书,那不行!这叫"怜香惜玉"?我忘记了军队的纪律,直接就怒吼起来:"我们都是志愿者!是来保卫祖国的!我们必须参加作战部队……"

大概因为我态度很坚决,上校居然马上让步了:"要去作战部队就去吧。那两个姑娘到流动组开机床,这个利嘴姑娘,去装配发动机。"

就这样,我们在第四十四自动装甲坦克野外检修场开始了工作。我们的工厂是建在汽车轮子上的。在称为流动服务队的汽车上安着几种设备:铣床、镗床、磨床、旋床,还有电站、浇注组和硫化组。每两人一组,操作全部车床,一个人要不歇气地连续干十二个小时。早、中、晚饭都由副手替换你。要是两人中一个去出公差勤务,那么,留下来的那个就得一气工作二十四小时。常常要浑身是雪、浑身是泥地干活,就是在敌人轰炸时,工作也不能停下。已经没有人说我们是美女了。当然在战争中大家还是都怜惜美女,比平时更加怜惜,这是事实。不忍心参加她们的葬礼……不忍心给她们的妈妈写阵亡通知书……嘿,他妈的!……

我现在还经常做战争梦……我知道做了些什么梦,但是却很少记得住细节,不过会留下感觉,那是在战争中的什么地方……我又回到了战场……在梦境中,一瞬间就可以完成在现实生活中需要很多年才能做到的事情。还有一次我把梦与现实混淆了……我梦见那是在季莫夫尼基,我刚下班回来躺了两个小时,轰炸就开始了。嘿,他妈的!……我心想,宁可被炸死,也不能让这两小时的甜蜜睡眠被破坏。附近发生了剧烈的爆炸,房子都摇动了,可我又沉入了酣睡之中……

告诉你吧,我当时毫不惧怕,根本没有这种感觉。只是一次最猛烈的空袭后,我的一颗蛀空了的牙齿松动了。即使这样,也没松动多久。战后的五年里,我身体的各部位常常出现莫名其妙而又难以忍受的疼痛,我不得不去找专家诊断,要不是因为这个,我迄今还会把自己看成是绝对勇敢的人。一位很有经验的神经病理学家在得知我的岁数后,惊愕了:"才二十四岁,全身植物性神经系统就遭到了彻底破坏!往后你到底打算怎样生活?"

我回答说,我打算好好过日子。最重要的是我还活着!战争中我是那么梦想活下来!不错,我是活了下来,可是战后的安生日子没有超过几个月,我就开始全身关节肿胀,右臂疼得要命,不听使唤,视力不断衰退,还有肾下垂、内脏转位,等等。就像后来弄清楚的那样,植物性神经系统全乱了。我在整个战争中的梦想就是继续学习。但对我来说,大学却成了第二次斯大林格勒保卫战。我提前了一年大学毕业,否则真没精力读下去了。战争的四年中,我就穿着一件军大衣度过冬天、春天和秋天,还有一件发白的褪色军便服……嘿,他妈的!……

——安东尼娜·米隆诺夫娜·连科娃
(野站装甲车车间钳工)

"当然是需要军人……可我也还想做美女"

几年来已经记录下几百个故事……汇成在我的小书架上分类摆放着的几百盒录音带和几千页打印纸。我全副身心都沉浸于倾听,着迷于阅读……

战争世界中让人难以想象的一面,越来越多地向我打开。我以前从来没有问过自己这些问题:怎么能够在脏乱不堪的战壕里睡了那么多年,或者长年累月穿着毡靴和军大衣,围着篝火睡在裸露冰冷的地上。在夏天她们既不穿连衣裙,也忘记了高跟鞋和鲜花,不但从不唱歌跳舞,甚至连笑也不会了……那时候她们只不过是十八到二十岁的姑娘!我曾经习惯性地以为,女性生活方式在战争中是没有立足之地的,那是儿女情长的禁区,绝不可能出现。但是我错了……很快地,我在最初几次采访中就发现了:不管女人们讲述的是什么故事,哪怕是说到死,她们也绝不会漏掉美的话题(是的!),这是她们之所以存在的根深蒂固的一部分:"她躺在棺材里这么漂亮……就像一个新娘……"(A. 斯特洛采娃,步兵)"上级要授予我一枚奖牌,但我的军服实在太旧了。我就用纱布给自己缝制了一个小领子,看上去白白的……让自己感觉到在那一刻我是多么漂亮。可是当时根本都没有镜子,我连自己是什么样子也看不到。所有的一切都被炸烂了……"（H.叶尔马科娃，通信兵）她们既开心又很愿意讲述自己还是天真女孩时的小心眼、小秘密，还有些不被外人所知的特征，因为在男人化的战场生活中和男性化的战争事业中，她们依旧想保持住自己的本色，不改变自己的自然属性。虽然已经过去了四十多年，她们的记忆中还是令人惊讶地保存着大量战时生活的琐事、细节、口吻、颜色和声音。在她们的世界中，生活习惯与生存条件是紧密相连的，生存过程本身就具有自我价值，她们回忆战争就像回忆一段生命时间。和生活本身一样，没有什么惊人之举，但我却不止一次从她们的对话中发现渺小如何击败了庞大，甚至击败了历史。"好可怜，我只有在战争中才是美的……我在战场上度过了最好的年华，当时我真是光彩照人呢。战后，我很快就老了……"（安娜·加莱伊，自动枪手）

随着岁月长河的流逝，有些东西突然强化起来，另一些则不断减弱下去。强化出来的是隐秘的人性，对我而言，人性的力量越来越强大，最令人好奇，甚至对于人们本身而言，人性也成为更加有趣味的、与生活更加密切的东西。人性能够击败非人性，仅仅就因为它是人性。"你不要害怕我流泪。不要可怜我。就让我难过吧，但我很感激你，让我记起了自己的年轻时代……"（K.C.吉洪诺维奇，中士，高射机枪手）

我还是不了解这场战争，甚至没法去猜测它……

男人的靴子和女人的帽子

我们就像鼹鼠一样住在地底下……但姑娘家的一些小摆设、小玩意儿却一直保存着。春天到了，折下几根柳枝插起来，心情就愉快不少。因为明天你就可能不在人间，看到这些婀娜的柳枝就会想起我们自己，提醒自己，记着自己……一个姑娘收到了家里寄来的毛料衣裙，我们大家都很羡慕，虽然军队里是不允许穿个人衣服的。我们的司务长，他还是个男人呢，却喜欢唠唠叨叨："要是给你寄来一张小床单也好啊，那倒是更有用处呢。"确实，我们连床单和枕头都没有，都是睡在树枝和稻草上面。但我自己也偷偷藏着一副耳环，每到夜里我就戴上耳环睡觉……

当我第一次被震伤后，耳朵听不到声音，嘴巴也不能说话了。我对自己发誓：如果我的嗓音不能够复原，我就一头扎到火车轮下算了。我是那么喜欢唱歌，突然却失声了怎么行。幸好，后来我的声音又回来了。

这下我可高兴了，还把耳环也戴上了。上岗的时候，我高兴得大声喊起来：

"上尉同志，哨兵某某向您报告……"

"这是什么？"

"什么什么？"

"你给我离开！"

"怎么了？"

"立即脱掉耳环！这算是什么军人？"

上尉长得非常英俊，我们所有的女孩都有点为他痴迷。他常对我们说，战争期间需要的是军人，只是军人。当然是需要军人……可是我也还想做美女嘛……整个战争期间我都很害怕，生怕腿受伤,我有一双美丽的长腿。对于男人来说,这又算什么啊?他们就不那么害怕,就算丧失了双腿,反正他们都是英雄,照样可以做新郎!而一个女人如果瘸了腿,那她一生的命运就算是定了。女人的命运啊……

——玛丽亚·尼古拉耶夫娜·谢洛克娃

(中士通信班长)

整个战争期间我都很乐观……我觉得必须尽可能多地开口去笑,因为女人就应该有光彩。在上前线之前,一位老教授这样教我们:"你们应该对每一个伤员说你爱他,最有效的灵丹妙药就是爱。爱能救人,给人活下去的力量。"伤员躺在那里,他疼痛得忍不住哭出来,而你对他说一句:"我亲爱的,我的宝贝……"要是对方问你:"你爱我吗,小妹?"(他们对我们这些年轻女孩都叫小妹。)我们就回答:"当然,我爱你。但你要快点好起来哦。"伤员们可能因为太痛苦而开口骂人,但是我们绝不能。一句不礼貌的话语都会使我们受处罚被关禁闭。

很困难……当然很困难……比如当身边清一色都是男人,你还要穿裙子爬上车的时候。专用救护车是高高的大卡车,你必须要爬到最上面去!你试试看……

——维拉·弗拉季米洛夫娜·谢瓦尔德舍娃

(上尉,外科医生)

上级让我们上了火车,是货车车厢……我们只有十二个女生,其余全部都是男人。火车行进了十到十五公里就停下了。但就是这十到十五公里,让我们陷入尴尬的僵局。既没有水又没有厕所……你明白吗?

男人们在停车附近燃起了篝火,脱下衣服,一边抓虱子,一边烤火。我们能去哪里呢?我们得跑到一些背静的地方去换衣服。我穿的是一件针织毛衣,虱子钻在每一个缝隙中、每一毫米的毛衣小孔里。看一下就感到恶心:头虱、体虱和阴虱,我身上全都有了……但我不能和男人们待在一起……怎么能和男人一起烤火除虱子呢……丢死人了。我干脆就扔掉了毛衣,只穿着一件裙服。不知道在哪个车站,有个不认识的女人脱下一件上衣给我,还有一双旧鞋子。

又乘了很长时间的火车,接下来还步行了很长一段时间。冰天雪地啊。我一边走一边不住地照镜子:我没有被冻伤吧?可是到了晚上,我就发现脸颊冻伤了。在这之前我啥都不懂……我听说脸颊冻伤时,都是白色的。可是我的脸却是通红通红的,很好看。我就想,既然还挺漂亮,不如就这样冻一冻吧。可是第二天就变成黑色了……

——娜杰日达纳·瓦西里耶夫娜·阿列克谢耶娃

(列兵报务员)

我们当中有很多漂亮的女孩子……有一次我们去洗澡,澡堂附近有一个理发馆。于是我们就走了进去,互相看着,给眉毛和嘴唇化了一番妆。结果军官训斥了我们一顿:"你们是打仗还是跳舞来了?"我们大家都哭了整整一夜,把妆都涂抹掉了。第二天早上起来，军官又走来走去对每一个女兵重复说："我需要的是战士，而不是淑女名媛。美女在战争中是活不下去的。"真是位非常严格的指挥官。而在战争之前，他是一个数学老师……

——阿纳斯塔西娅·彼得罗夫娜·谢列格

（下士，航空气球员）

我觉得我走过了两个人生，男人和女人的不同人生……

我一进学校就开始讲军事纪律：除了上课就是走队列，在宿舍里一切也都按章行事，对我们女孩子没有任何宽容。一天到晚就是听到："别说话！""谁在偷偷说话？"可是每到晚上，我们就急着要坐下来缝衣绣花……女人嘛，反正就是这点记性……任何时候都放不下。我们已经背井离乡，没有家务事可做，某种程度上就不是女人了。上级只给我们一小时休息：还只能坐在列宁主义学习室里写信，也可以自由地站着交谈一会儿，但是不许笑出声来，更不许大喊大叫——这些统统都是纪律。

能唱歌吗？

不，不能。

为什么不能唱歌？

有规定的。必须是集合列队时上级下令唱歌，才可以唱。要听命令："开始，唱歌！"

其他时候就不能唱歌？

不行。这不符合规定。

这很难习惯吧？

我觉得我根本就不可能习惯。你仅仅来得及睡觉，而且还常有紧急集合："马上起床！"就像风一样把我们吹下床来。你开始穿衣服，可是女人的衣物总比男人要多，手忙脚乱的。最后就把腰带拿在手里急忙跑到存衣室去，再边跑边穿大衣冲进武器库，在那里把挖掩体的铁铲套上套，固定在皮带上，再挂上子弹盒，扣紧腰带。然后背起步枪，一边跑一边扣上枪栓，沿着楼梯从四楼跑下去，简直可以说是滑下去的。最后急急忙忙站到队列里。一切都必须在几分钟内完成。

在前线就是这样子……我的靴子大了三个尺码，像两只弯曲的船，灌满了灰尘。女主人送给我两个鸡蛋说："带着路上吃吧，这么单薄的身子，一会儿就倒下了。"这两个鸡蛋很小，我悄悄地打碎它们，不让她看到，用这两个鸡蛋洗干净了我的大靴子。当然我也想吃，但是女人爱美的天性占了上风。您都想不到那件大衣多么粗糙，那身行头多么沉重，从皮带到其他，全都是男式的。我特别不喜欢大衣摩擦我的脖子，还有这双靴子，走路都歪了，一切都改变了……

我清楚地记得我们当时是多么悲惨，而行军是最惨的时候……

——斯坦尼斯拉娃·彼得罗夫娜·沃尔科娃

（少尉，工兵排长）

把我们变成战士可是没那么容易哦……真的没那么简单……

上级下发制服时，司务长召集我们列队，说："鞋尖要对齐！"

我们赶紧对齐鞋尖。鞋尖倒是对齐了，但是我们人又靠后了，因为靴子是四十到四十一码。司务长还在不住地叫着："鞋尖，鞋尖！"

接着又下令："学员们，看齐第四位的前胸！"

我们当然做不到，他就厉声大叫："你们在上衣口袋里都装了什么东西？"

我们都笑了起来。

"不许笑！"司务长大叫。

为了准时而正确地办好欢迎仪式，从椅子到标语，一切都必须做好。哈哈，司务长对付我们这些姑娘，也算是吃足苦头了。

有一次进城，我们列队去澡堂洗澡。男兵在男澡堂那边，我们在女的这边。可是一走进女澡堂，就听见里面的女人们尖叫起来，还有的女人赶紧遮住自己的身体，喊道："大兵进来了！"原来她们已经分不清我们到底是女孩还是男孩了，我们头发都剪得很短，又是清一色不分男女的军装。还有一次我们进厕所，结果里面女人都跑去把警察叫来了。我们就问警察："那么请问我们应该去哪里解决呢?"

警察就转身大吼那些女人:"这些都是女孩子啊!"

"什么女孩子啊,都是大兵嘛……"

——玛丽亚·尼古拉耶夫娜·斯捷潘诺娃

(少校,火炮营通信连长)

我只记得一条道路,那条我们来来回回走了无数遍的道路……当我们到达白俄罗斯第二方面军时,上级本来想把我们留在师部。他们说:"你们都是女人,为什么一定要上前线?"我们回答说:"不,我们都是狙击手,请把我们派到需要的地方去。"于是上级又对我们说:"那就把你们派到一位很爱惜姑娘的上校那个团去吧。"指挥官的性格脾气是很不相同的,他们这样告诉我们。

这位上校是用这番话迎接我们的:"姑娘们你们瞧,你们来到战场,是要打仗的吧,那就打仗吧,可是别的事情你们可不能做。周围都是男人,根本没有女人。鬼晓得该怎么才能向你们解释清楚这件事。战争,女孩子……"他很清楚,我们还完全是孩子。第一次有敌机来空袭时,我就坐在那儿用双手抱住脑袋,后来我才想到,手也舍不得啊。就是还没有准备好去死。

我还记得进入德国以后……哦,太好笑了!在一个德国小镇,我们被安排在一个城堡过夜,城堡里有很多房间,好大的前厅。好美丽的大厅啊!衣橱里挂满了漂亮衣服,都是女孩子的衣服,每一件都适合自己。我很喜欢一件鹅黄色的裙子,还有一件长裙,美得没法形容,长长的、轻飘飘的……觉得只有在普希金的诗歌中才会有的！已经到时间躺下睡觉了，所有人都累坏了。我们就穿上这些衣服躺下睡觉，穿着自己喜欢的衣服马上就睡着了。我就穿着那件黄色裙子，外面再套上长裙……

还有一次，我们在一个主人逃走了的帽子店里，一顶一顶地试戴帽子，为了哪怕多一点点时间戴帽子，我们整整一夜都是坐着睡觉的。早上醒来……我们对着镜子再照一次……然后把帽子全都脱下来，依旧穿回我们自己的军上装和军裤。我们什么都不能拿，行军路上就是多一根针都嫌沉重。但最后还是偷偷把一个小匙勺塞到自己的靴筒里，这就是全部了……

——贝拉·伊萨科夫娜·爱波斯坦

（中士，狙击手）

男人……他们是另一类人……不是都能理解我们……

但我们大家很喜欢普季钦上校，都叫他"老爸"。他和其他人不一样，很了解我们女人的心思。在莫斯科城外撤退时，是最艰难的时候，他告诉我们：

姑娘们，莫斯科就在我们身旁。我会为你找来一个美发师，你们可以画画眉毛，卷卷睫毛，烫烫头发。按规定这是不允许的，可是我希望你们个个都保持美丽。战争是持久的……不会很快结束……

上校还真的不知从哪儿找来了一个理发师，我们都烫了头发，自我美容一番。那天我们真是好幸福、好开心……

——季娜伊达·普罗科菲耶夫娜·霍马列娃

（报务员）

那次我们越过拉多加湖的冰面向敌人进攻，遭遇了猛烈的炮火。到处都是冰水，人一受伤倒下，就会马上沉入水底。我爬来爬去地给伤员包扎。当我爬到一个双腿都被炸断的战士身边时，他的腿已经失去了知觉，却推开我，扑向自己的小"精品袋"，就是一个口袋。他是在找自己的应急口粮袋。人都快死了，还在找吃的呢……我们在冰雪中行军时，都是自己携带食物。当时我想给他做包扎，他却只知道把手伸进自己的口粮袋中，不管里面有什么。一些男人好像是很难忍受饥饿的，饥饿在他们看来比死还要痛苦……

关于我自己我也就是记住这些……开始是怕死……然后在内心里是担忧和好奇相伴而生，再后来，就是既无害怕也无好奇了，就是因为疲劳过度了。无时无刻不是到达了力量的极限，或超越了能力的极限。到最后只剩下一种担心：死后会不会样子很难看。这就是女人的恐惧：只要不被炮弹炸得支离破碎就行……我知道那是怎样的样子，我自己就收集过炸碎的残肢……

——索菲亚·康斯坦丁诺夫娜·杜布尼亚科娃

（卫生指导员）

大雨没完没了地下着……我们在沼泽地急行军，不断有人倒在泥淖中。有的是受伤了，有的是死掉了。没有谁愿意死在这片沼泽地里，黑色沼泽地。哎，一个年轻姑娘怎么能那样躺在沼泽地里呢……还有一次，我们已经打到白俄罗斯了……在奥尔沙大森林中，到处是小灌木樱桃，花是蓝色的，整片草地都是蓝色的。要是死在这样的花丛中也值了！安静地躺在这里……那时候真是傻啊，只有十七岁……我想象自己就应该那个样子去死……

那时候,我以为死后就像飞到什么地方去了。有一次我们彻夜在谈论死亡,但只有那一次。我们后来再也不敢说出这个字眼了……

——柳波芙·伊万诺夫娜·奥斯莫洛夫斯卡雅

(列兵,侦察员)

我们整个飞行团全都是女性……1942年5月,我们飞往前线……

上级分给我们的是"波-2"型飞机。这种飞机体积小、速度慢,只能低空飞行,往往还是超低空飞行,贴着地面飞!战前都是年轻人在飞行俱乐部学习驾驶这种飞机,没有人想到它也会被用作军事目的。这种飞机是木质结构,完全是由胶合板制成的,外面再覆盖一层高密度帆布,其实也就是纱布。这种飞机只要一被命中就会燃烧,像一团火球在空气中燃烧,直到坠落,就像划一根火柴那样,瞬间就会熄灭。机内唯一的固体金属零件就是M-II型发动机。后来,都到了战争快结束时,才发给我们降落伞,并在驾驶舱内配备了一挺机关枪,在那之前是没有任何武器的,只有在起落架下面挂了四个炸弹,这就是全部装备。现在人们把我们的飞机称为"神风",是啊,我们那时就是"神风敢死队"。是的,我们就是敢死队!而胜利的价值远高于我们的生命。一切为了胜利!

您问我们是如何挺下来的?我来回答您……

退休之前,我一直为这样的想法而苦恼:我不工作会怎么样?为什么在五十岁之后我还要读完第二个大学?我成了历史学家,其实我应该毕生都是地质工作者，但是一个优秀地质学家应该一直在野外工作，而我已经没有力量了。医生来给做了心电图之后问我："您何时发作过心肌梗死？"

"梗死是什么？"

"您的心脏中有些疤痕。"

这些疤痕显然就是战争留下来的。当我在目标上空盘旋时，整个身体都发抖，全身打哆嗦，因为身下是一片火光：战斗机向你射击，高射炮对你开火……有些女孩被迫离开飞行团，因为实在忍受不了。我们飞行大多是在夜里。有段时间上级试着派我们白天去轰炸建筑物，但马上就放弃了这想法。因为我们的"波-2"连冲锋枪都能打中……

我们都是每天午夜十二点之前起飞。我看到过著名的王牌飞行员波科雷什金，那天他正好打完空战飞回来。他是一个坚强的男人，也就是二十岁到二十三岁之间，和我们年龄相仿：飞机加油时，技术员只来得及把他的衬衫脱下来拧一拧，汗水就像下雨一样流出来。现在不难想象当时我们是怎样做事情了吧？我们完成任务飞回基地时，连爬出驾驶舱的力气都没有了，得要别人把我们拖出来。我们也无力背着飞行图囊，只好在地面上拖着走。

我们女机械师的工作就更甭提了！她们要徒手把四个炸弹，一共有四百公斤重，一次都挂上飞机。就这样，整个夜晚，一架飞机起飞，又一架飞机降落。我们身体机能全都变了，整个战争的几年中我们都不是女人了，失去了女性的那事情……每个月来的那事……咹，您是明白的……战争结束后，有些人就失去了生育能力。

那时候我们大家都抽烟,只有在抽烟时我才能感觉一点点安慰。上天飞行时全身都会颤抖,只有点燃一根烟才能冷静下来。我们穿着皮夹克、长裤和套头军装,冬天还要穿男式皮上装,行为举止不由自主就变得男人气了。战争结束后,上级给我们缝制了卡其套裙,我们才突然觉得我们还是女孩子……

——亚历山德拉·谢苗诺夫娜·波波娃

(近卫军中尉,飞机领航员)

不久前我得到了一枚奖章……是红十字会发的南丁格尔国际金质奖章。所有向我表示祝贺的人都惊讶地问:"你怎么能够把一百四十七个伤员背出来啊?在军报照片上的你是一个很娇嫩的小丫头呢。"其实还有人计算我当时可能救出了两百多人呢。我从来都没把这些记在脑袋里,我们那时还不明白数字的重要性。战斗在进行,人们在流血,我怎么可能坐下来记录我救了多少人?我从来没有预计过冲锋何时结束,只是在战火中爬啊爬啊,来来回回地救伤员。如果他身上中了一个弹片,我却要过一两小时才爬到他身边,那人家早就流尽了血,我等于什么都没做。

我身上三次受伤,还有大脑三次震伤。在战争中,有人梦想早日返乡,有人梦想打到柏林,而我只是在想,我能不能活到生日那一天,活到满十八岁。不知怎的,我很害怕自己会早早死掉,甚至不能够活到十八岁。我穿着男人的裤子,戴着男人的帽子。因为总是要用膝盖跪着爬行,身上还要背着沉重的伤员,我总是破衣烂衫。简直从来都没有想过自己会有一天,还有可能站起来在土地上直立行走,而不再爬行。这在当时只是个梦想!有一天师长不知为何来了,看到我,就问:"你们怎么还招这样的少年当兵啊?你们怎么把她留下来的?这样的孩子本来应该送去上学的。"

我记得有一次绷带不够了……那种机枪扫射的伤口非常严重,用尽了所有的急救包也不够。我就把自己的内衣撕了下来,又转身向小伙子们请求:"脱掉你们的内裤和背心吧,我的伤员都要死了。"他们都脱掉内衣内裤,撕成碎条。我看着他们也不觉得难为情,就像和哥哥们在一起,我就像个小男孩生活在他们中间。我们行军时,都是三个人手臂挽在一起,中间的一个就可以睡一两小时。然后我们再换一个人到中间。

我一直打到了柏林,在德国国会大厦上写下几个大字:"我,索菲娅·孔采维奇,来到此地,是为了消灭战争。"

我看到无名烈士墓,都会在墓前下跪。在每一个无名烈士墓前……都只是下跪,不说一句话……

——索菲娅·阿达莫夫娜·孔采维奇

(步兵连卫生指导员)

姑娘的尖叫和水手的迷信

我听人说过……语言,就像毒药……语言,就像石头……还说,男人的愿望就是为国家去战斗。可要是女人也去杀人呢?!那就不是正常的女人,不是真正的女人了吗?……

不对!一千个不对!不,其实这也符合人性的心愿。战争已经爆发，我依旧过着正常的生活，女孩子的生活……但女邻居收到了一封信，她的丈夫受伤，躺在医院里。我就在想了："他受伤了，谁会顶替他？"还有，下来了一个失去双臂的士兵，谁去顶替他？回来了一个失去双腿的士兵，又有谁去顶替他呢？于是我写信恳求接收我入伍。我们从来都受到这样的教育，说我们的国家如果没有了，我们就会什么都没有了。我们自小就学习热爱国家，赞美国家。一旦战争爆发，我们必须做些什么去帮助国家。需要护士，我们就去做护士；需要高射机枪手，我们就去开高射机枪。

我们在前线是不是真的想和男人一样？起初我们真是非常想：我们把头发剪得短短的，甚至故意去改变走路的姿态，但后来就不行了，受不了！再往后，就好想化妆美容，宁可不吃白糖，也要节省下来，用它去浆白衣领。每次我们得到一锅热水可以洗头发时，那就是我们的幸福时光。经过长时间行军，如果发现了一片柔软的草地，我们就采集一些嫩草搓在腿上……您知道吗？用草可以洗身体……我们是女孩子，一定会有自己的特点……部队领导不会去想这是怎么回事，为什么我们把腿脚都涂成绿色……当然，如果司务长是一位有年纪的男人，他就懂得这些，就不会从我们的背囊中拿走多余的内衣；但如果是个年轻司务长，他就一定会要求我们扔掉多余的衣服。其实对于姑娘们来说，有什么是多余的呢？我们每天总要换两次衣服嘛。我们就从被迫丢下的内衣上剪下两只袖子，实际上也只有两件内衣，也就是总共四只袖子……

——克拉拉·谢苗诺夫娜·吉洪诺维奇

（上士，高射机枪手）

战争之前我对一切和军人相关的事都喜欢……喜欢男人的事……我跑到航空学校去了解录取规则，对我来说，那就是全部的军人范儿。我还喜欢列队操练，喜欢一丝不苟的动作和简洁有力的口令。不过航校的答复是："先读完十年级再说。"

战争爆发了，以我的性格和激动程度，当然是不能坐在家里的。但是人家不让我上前线，怎么都不让去，因为我才十六岁。兵役委员这样说，如果战争才刚开始，我们就把这样小的孩子送上前线，把未成年的女孩子送到前线，敌人会怎么想我们啊。

"我必须上阵杀敌。"

"没有你们，敌人照样会被粉碎。"

我企图说动兵役委员，说我的个子很高，没人会以为我十六岁，一定以为我挺大的啦。我还赖在兵役委员的办公室不肯离开："您就写我是十八岁，不是十六嘛。""你现在是这么说，以后你会怎么想我啊？"

确实，战争结束后我就不愿意了，这时候仅凭着一种军事专业是到哪儿都行不通的，最好是除去自己身上的全部军人味道……至今我都还是很讨厌军裤，就算是到森林里去采蘑菇、采野果，我也不愿意穿长裤，我就是想穿戴正常女人的衣物……

——克拉拉·瓦西里耶夫娜·冈察洛夫

（列兵，高射机枪手）

我们立即感受到了什么是战争……在大学毕业的那一天，就有"买家"出现在我们校园，我们把那些从重新整编部队来招兵的人称为"买家"。这些"买家"都是男人,完全能够感觉到他们很同情我们。我们的一双双眼睛直盯着他们,但他们却用另一种眼光看我们。我们从队伍里冲出来,以为越早显示自己,就越能被发现和招收,可是他们都看腻了,只要扫我们一眼,就知道该把我们往哪儿发送。他们心里全都有数。

……

我们团是个男人团,第八百七十远程轰炸机团,只有二十二个女的。我们回家拿了两三套衣服,不许拿很多。我们在路上遭到敌机轰炸时,只能在原地找地方躲避,或者逃到来得及跑去的地方。男人们都到了中转站,他们在那里换上军装。而我们什么都没有,只发给了我们裹脚布,我们就用这些布缝制了内裤和胸罩。领导知道之后还大骂了我们一通。

半年过后……由于超负荷压力,我们已不再是女人了……我们停止了月经……生理周期受到破坏……明白吗?我们很害怕!担心自己永远不再是女人了……

——玛丽亚·涅斯特尔洛夫娜·库兹敏科

(上士,枪械员)

我们是有追求的……我们不愿意人家这样说我们:"哈,瞧这些妇女!"我们比男人更加努力,还必须证明自己并不比男性差。但是很长一段时间,人们还是傲慢而居高临下地对待我们:"这些小娘们儿也去打仗了……"

如何去做一个男人?成为男人是不可能的。我们的想法是一回

263

事，我们的自然属性又是一回事。我们有生理特点……

那次我们行军……一共二百多个姑娘，后面跟着二百多个男兵。天气酷热，急行军三十公里，三十公里啊！我们在前面走，就在身后沙土上留下红色斑点……红色的痕迹……哎，这些事情……是我们的那个……怎么能藏得住呢？后面那些男兵们就跟着这些印记，却装作什么都没注意到，不朝脚底下看……我们的裤子晒得就好像破裂的玻璃筒子，出现裂痕的玻璃那样。有伤口的那里，一直散发出血腥味。那时候不发给我们任何女性用品……男兵们在灌木丛晾晒他们的衬衫时，我们就在一旁悄悄看着，抽空就去拿走两件……他们后来猜到是我们干的，就笑道："司务长，再发给我们一件衬衫吧，女孩子把我们的偷走了。"包扎伤员的棉花和绷带不够了……但那不是因为伤员……女人的衣物两三年之后才有的，我们就一直穿着男子的裤子和衬衫。行军时都是穿着大靴子！脚很受折磨。有一次行军……前往一个渡口，那里有渡轮在等待。可是我们到了渡口，突然遭到敌人轰炸。轰炸很厉害，男兵们纷纷跑去藏身，又喊着叫我们过去……可是我们没有听到炸弹，没有遭遇过轰炸，我们反倒纷纷向河边跑，跑到水里……下水！下水！我们只能坐在河里，全身都湿透了……冒着横飞的弹片……但是这样又不敢起身，羞怯简直比死还要可怕。一些女孩就被炸死在水里了……

也许那是第一次，我想成为一个男人……第一次……

终于，我们胜利了。头几天我走在大街上还不相信已经胜利了，坐在桌子旁也不相信已经胜利了。后来才相信真的胜利了，我们胜利了……

——玛丽亚·谢苗诺夫娜·卡利贝尔达

（中士，通信兵）

当时我们已经解放了拉脱维亚……部队驻扎在陶格夫匹尔斯城外。这天夜里，我刚刚准备躺下睡觉，听到哨兵在对什么人大声喝道："站住！谁在那里？！"过了正好十分钟后，有人把我叫起来去见指挥员。我去了指挥员的掩蔽部，里面坐着几位我们的同志，还有一个穿便服的男人。我清楚地记住了这个人，因为那些年间我看到的男人都是只穿军装和军大衣，这位却是穿着毛绒领子的黑大衣。

"我需要您的帮助，"这个男人对我说，"我的妻子在距离这里两公里之外，她正在待产，现在孤身一人，那个房子里再没有人了。"

指挥员对我说："那是在中间地带。您自己知道，那并不是安全区。"

"有妇女在分娩。我一定要帮她。"我答道。

上级给我派了五名冲锋枪手。我在背包里装满了包扎材料，还随身带上一团最近才发给我的新法兰绒绑腿布。我们出发了，周围一直有炮击，弹着点忽近忽远。森林里漆黑一片，连月亮都看不见，最后终于看到一个房子的轮廓。这是一个小木屋，我们走进去，只见一名女子趴在地上，浑身衣衫褴褛。她丈夫马上去放下窗帘，两个冲锋枪手留在院子里，两名守在门口，还有一个为我举着手电筒照亮。女人勉强克制自己的呻吟，她病得很重。

我不断地劝她："坚持一下，亲爱的。你不能叫出声。坚持。"

这是两军对峙的中间地带，如果敌人发现了什么，马上就会对我们发射炮弹。但是当士兵们听说孩子生下来后，也不由得轻轻喊出："乌拉！乌拉！"声音非常低，几乎像是在耳语。这是个在前线出生的婴儿！

士兵们带来了水。但是无处可以烧热，只好用冷水给孩子抹了身体。用我的绑腿布把孩子包起来。房子里真是空空如也，只有几件破衣服垫在母亲身体下。

就这样，我又连续几个夜晚都赶到这个小木屋里忙活。直到进攻之前，我最后一次来到小木屋，向他们告别："我不能再来看您了，因为我要开拔了。"

那女人用拉脱维亚语和她的丈夫说了什么。男人转过身对我说："我妻子问您叫什么名字？"

"安娜。"

女子又说了些什么。丈夫翻译给我："她说，这是很美丽的名字。承蒙您的恩德，我们要给女儿取名安娜。"

那女子还不能够起来，就欠起一点身子，递给我一个非常美丽的、镶嵌有珍珠的香粉匣。可以看出来，它非常昂贵。我打开这个小匣子，在夜晚，香气是那么沁人心脾，尽管周围枪声不断，炮弹不停……这是多么诱人的香味……我现在想起来还想哭……香粉的气味，镶着珍珠的盒盖……小小的婴孩……可爱的小姑娘……多么有家庭气息啊，这才是真正属于我们女人的生活……

——安娜·尼古拉耶夫娜·赫洛罗维奇

（近卫军中尉，军医助理）

女人登上舰船，这向来是一种禁忌，甚至是违反自然性的。人们都认为，女人上船会带来不祥的结果。我本人是出生在法斯蒂夫，在母亲活着的时候，她一直被村里的女人们逗乐追问：你生了一个姑娘还是小伙子啊？我甚至给伏罗希洛夫本人写过信，请求接收我去列宁格勒的炮兵技校。正是由于伏罗希洛夫亲自下令，我才真的被炮校录取了。我是被炮校招收的唯一女性。

炮校毕业后，他们还是想把我留在陆地上。那时起，我就不再承认自己是女性了，乌克兰的姓氏"鲁坚科"[1]掩护了我，可是有一次我还是把自己出卖了。那天我正在擦洗甲板，突然听到一阵骚动，转过身一看：原来水手们在驱赶一只猫，不知道它是怎么上了船，大概是古代航海者流传下来的迷信，说猫和女人都会给出海带来霉运。那只猫不想离开船，还使出各种机灵精彩的假动作，简直会令世界级的足球健将嫉妒，在船上引起一片笑声。就在这时，猫儿差点跌落到海里，我不禁惊吓得大叫起来。这显然是一个姑娘的尖叫声，男人们的笑声顿时消失，甲板上一片安静。

我听到舰长的声音在问："值班水手，是有女人上舰吗？"

"绝对没有，舰长同志。"

于是再次出现了恐慌：竟然有女人在舰艇上。

……

我是第一个成为职业海军军官的女人，战争期间我在军舰和海军陆战队都打过仗。那时候英国媒体有过报道，说在俄罗斯海军有

---

[1] 鲁坚科：这个姓氏看不出男女。

某种性别不明的造物在作战，既不是男人也不是女人。而且他们说，这种"佩剑小姐"是谁都不会娶的。没有人会娶吗？！不，大错特错了，恰恰有位优雅的绅士，最英俊的军官娶了我……

我是一个幸福的妻子、快乐的母亲和祖母。我的丈夫在战争中牺牲了，这不是我的罪过。我很喜欢海军，毕生热爱海军……

——泰西亚·彼得罗夫娜·鲁坚科-舍维廖娃

（大尉，莫斯科海军编队连长，现为退役中校）

我那时在工厂工作……是在高尔基州克斯托夫斯克区，就在我们米哈依尼克沃村的链条工厂。一开始征召男人上前线，马上就把我安排到车间去完成男人的工作，后来又把我调到锻造车间做锻工，制造舰船上用的各种链条。

我要求上前线，但工厂领导以各种理由把我留在工厂。后来我就写信给共青团区委会，终于，我在1942年3月收到了入伍通知书。我们是好几个女孩子一起离开家乡的，全村男女老少都出来送行。我们徒步三十公里走到高尔基城，然后被分配到不同的部队。我被分到第七百八十四中口径高炮团。

没过多久，我就被任命为一号瞄准手。但这对我来说是不够的，我想做一个填弹手。没错，这项工作被认为纯粹是男人干的：必须要抱起六十公斤的炮弹，并跟上五秒钟一次的密集火力排射节奏。幸亏我曾经做过锻工。一年后，我被提拔为下士，并被任命为第二班班长，下属有两个女兵和四个男兵。由于激烈发射，炮筒热得发红，继续发射十分危险，就得违反了所有规则，用湿毛毯给炮筒降温。炮不能坚持发射，但人必须坚持忙碌。我是个身强力壮又有耐力的姑娘，但我也知道，在战争中必须比和平生活中有更大的能量，甚至体力也必须更强……也不知道从哪儿发出来的一股从未有过的力量……

在从无线电广播中听到胜利的消息后，我拉起警报集合炮手班，下达了我的最后命令："方位1500，炮筒高度100，引爆点120，速度10！"

为纪念经过四年战争取得的胜利，我亲自拉动了炮栓发射了四发炮弹作为礼炮。

炮台战位上的所有人听到炮声都跑了过来，就连斯拉特文斯基营长也来了。因为我的任意妄为，营长当场下令把我逮捕，但随后又推翻了自己的决定。这下我们都聚集在一起，扔掉了自己的武器大肆庆祝，我们互相拥抱和亲吻，喝着伏特加唱歌。然后，我们又哭了一整夜一整天……

——克拉夫迪娅·瓦西里耶夫娜·科诺瓦洛娃

（下士，高射炮班长）

我肩膀上扛着一挺机枪……我从来不承认它很沉重，那时候能让谁把我甩在第二名吗？不称职的战士就必须更换，会被派到厨房去，这是很丢人的。上帝保佑可不能在厨房里打完战争，那我可就哭鼻子都来不及了……

会派妇女去做与男人完全相同的任务吗？

上级会尽量照顾我们,所以我们不得不去请求作战或类似的任务,要主动表现自己。做这样的事情需要勇气和打拼性格,这不是每一个女孩都能行的。瓦丽亚就一直在厨房里工作。她身体柔弱,待人随和,你无法想象把她和枪支武器放在一起。当然,在极端情况下她也会开枪,但她并不渴望冲上去打仗。我呢?我就很渴望打仗。梦寐以求!

其实,我在学校读书时是一个很文静的女孩……很低调的女孩。

——加林娜·雅罗斯拉沃夫娜·杜波维克

(斯大林第十二骑兵游击旅游击队员)

命令下达:二十四小时后必须到位……方向:第七百一十三野战机动医院……

我记得我是穿着黑色长裙和凉鞋到达医院的,上身套了一件丈夫的外衣。医院当即发给了我全套军装,但是我拒绝穿:这套军装全都比我通常的尺码大出三四个号。他们向医院院长报告说我不服从军纪,院长却没有对我采取任何措施,说是过几天之后我自己就会换上军装的。

几天之后,我们转移到另一个地方,遭遇了激烈的轰炸。我们躲进了马铃薯田地,之前地里刚刚下过雨。这可好,您能想象我的长裙和凉鞋会变成啥样子吗?到了第二天我就穿得像个士兵了,全套军装都穿上了。

就这样我开始了军事生涯……一直打到德国……

1942 年 1 月的最初几天,我们进入了库尔斯克州的阿方涅夫卡村，那正好是酷寒天气。两栋教学楼都挤满了伤员：躺在担架上的、地板上的，还有稻草上的。没有足够的汽车和汽油把所有伤员都运到后方。院长就做出了一项决定，从阿方涅夫卡和邻近村庄组织一队马车。第二天早晨马车队到了，完全由妇女们管理马匹。在雪橇上铺上土布垫子、被子和枕头，有的马车上甚至还有棉被。一想起这些事情，到今天为止我还不能不落泪，多么感人的场面啊……每个女人都为自己选择了一个伤员，准备上路，她们都轻声地呵护他们："我亲爱的宝贝！""好了，我亲爱的！""嗯，我的好孩子！"每个女人都随身带来了一些家里的食物，还有热乎乎的土豆。她们用自己家里的东西把伤员包裹起来，小心翼翼地把他们放到雪橇上。直到现在我的耳边还能听到这样的祷告，这种轻轻的女人的叹声："哦，我的小宝贝……""唉，我的好孩子……"我真感到后悔，甚至感到良心在受折磨，因为那时候我们都没有问过这些女人的姓名。

我还记得如何在解放了的白俄罗斯土地上推进的，我们在村庄里从来就没有看到过一个男人。遇到的只有妇女，只有妇女留下来了……

——叶莲娜·伊万诺夫娜·瓦留欣娜

（护士）

沉默的恐怖和臆想的美丽

难道我真要找出这样的话说说吗？我可以告诉您我是怎么开枪

的,但我是怎么哭的,就没有什么好说,那是没法说清楚的。我只知道一件事:在战争中,人都变得十分可怕,又不可理喻。怎么可能理解透呢?

您是一位作家,您自己去想吧,想些美丽的东西。没有虱子和污垢,没有令人作呕的东西,也没有伏特加和血腥的味道……不要这么可怕的人生……

——阿纳斯塔西娅·伊万诺夫娜·梅德韦特金娜

(列兵,机枪手)

我不知道……不,我很明白您在问什么,但是我的语言不够用……我的语言……怎么形容呢?必须的……是为了……每当深夜躺在寂静中突然想起来的时候,我的心都抽搐得厉害,好像要闷死我。窒息得浑身发抖,就是这样子……

能用什么语言去表达呢?或者需要一位诗人,一位像但丁那样的诗人……

——安娜·彼得罗夫娜·卡里亚金娜

(中士,卫生指导员)

我常常想听音乐或歌曲……想听女人的歌声……从中可以找得到我那时候的感觉。某种似曾相识的东西……

我去看战争影片,觉得太虚假了,我去读写战争的书,也太虚假了。根本就不是真的……不是那么回事。当然,就算是我自己现在说,也已经不是那么回事了。其实,既没有那么恐怖,也没有那么美好。您知道吗，在战场上经常会出现多么美丽的早晨？就在战斗打响之前……看到那个早晨你马上就会想到这有可能是你人生的最后一个早晨。大地是如此美丽，空气是如此清新……朝阳是如此可爱……

——奥尔加·尼基契什娜·扎贝利娜

（战地军医）

在犹太人隔离区，我们被围困在铁丝网里面……我甚至还记得那是在一个星期二发生的事情，不知为什么我很清楚那天是星期二，却记不得是几月几日，就记得那天是星期二。我偶然走到窗前，在我们房子的对面，一个男孩和女孩坐在一个长椅上接吻。四周枪炮声不断，他们却在接吻！我一时间被眼前这和平的景象惊呆了……

我们这条街道很短，这时就在街道另一端出现了德军巡逻队。他们一定也都看见了，当时视野很好。我还没来得及反应过来，当然是来不及……就听见了惊叫声和枪声，德国人开枪了……我当时大脑一片空白……第一感觉就是恐惧。我正好看到那个男孩和女孩，他们刚刚站起来，就倒了下去。他们是一同倒下去的。

然后……这一天过去了，第二天、第三天也过去了……我依然在回想着那个情景。我想弄明白：他们为何不在家里，而要在街上接吻？到底为什么？他们应该就是想好了要这样死去……他们知道，在犹太隔离区里，反正迟早也会死去，不如以另一种方式死去。当然，这就是爱情。还有其他原因吗？哪里还会有其他原因？只有爱……

我和您说过了……真的，这就是在我眼前发生的，这就是美。但是在现实生活中呢？我经历的全都是悲惨……是的……还能有什么？我现在仍然认为……他们是在抗争……他们是想优美地死去。我确信，这就是他们的抉择。

——柳鲍芙·埃杜阿尔多夫娜·克雷索娃

（地下工作者）

我？我可不想谈……尽管没什么……总之……关于这些我不能说……

——伊琳娜·莫伊赛耶芙娜·列彼茨卡娅

（列兵，步兵）

有一个疯女人在满城游走……她从来都不洗澡、不梳头。她的五个孩子都被杀死了，那是她所有的孩子。孩子们被杀死的方式各有不同，一个是头部被枪打中，另一个是被子弹射进了耳朵……

她在街上逢人就讲……见到每一个人都这样说："我给你讲啊，我的孩子们是怎么死掉的。先讲谁呢？先说瓦辛卡吧……他们打中了他的耳朵。还有托利卡，是被子弹打进脑袋了……是啊，从谁开始讲好啊？"

所有的人看到她就远远地逃离。因为她疯了，所以她还能够喋喋不休地说啊说啊……

——安东尼娜·阿尔贝托夫娜·维鲁托维奇

（游击队护士）

我只记得一件事：人们都在高喊胜利了！整整一天欢呼声不绝于耳……胜利了！兄弟们！我们胜利了！起初我不敢相信，因为我们已经习惯了战争，这已经成了我们的生活常态。胜利了！我们打胜了……我们多么幸福！多么快乐！！

——安娜·米哈伊洛夫娜·彼列别尔卡

（中士，护士）

"小姐们！你们知道吗？工兵排长平均只能活两个月……"

其实，我一直在说的只是一件事……翻来覆去就是一个主题……

我说得最多的就是死亡，是关于她们与死亡的关系，死亡是常常伴随她们左右的。如同对生活一样，她们对死亡也是如此亲近，而且十分熟悉。我一直想弄明白，在这无休无止地体验死亡的常态中，怎么才能安然无恙？日复一日地观察，孜孜不倦地思索，情不自禁地尝试。

我们可以谈谈这个话题吗？这会受到语言和我们感情的影响吗？什么是不能解释的谜题？我的问题越来越多，答案却越来越少。

我有时在采访后回到家，内心有一种想法挥之不去：痛苦就是一种孤独，像聋子一般地与世隔绝。有时我又感觉到，痛苦是一种特殊的知识类别，是人生中无法以另一种方式表达和保存的东西，我们尤其如此。我们的世界就是这样建立的，我们也是这样成长的。

我是在白俄罗斯国立大学的大讲堂里见到本章一位女主人公的，当时刚下课，学生们在喧哗着，愉快地收拾自己的笔记。"我们当时是什么样子?"她回复了我的第一个问题,"就和我的这些学生们一样啊。只有衣着不同,还有女孩子的打扮更简单些。金属的指环、玻璃的项链、橡胶底便鞋。哪有现在这些又是牛仔裤又是录音机的。"

我一边看着学生们匆匆离开教室,一边开始了采访……

我和闺密在战争之前就大学毕业了,战争期间我们又进了工兵学校。我们是以军官身份上前线的,军衔是少尉……上级是这样欢迎我们的:"好样的姑娘!女孩能上前线,真的很棒。但是我们不能把你们派到任何地方去,你们就留在司令部吧。"工兵司令部就是这样迎接我们的。听到这话,我们转身就去找方面军司令马林诺夫斯基。我们还走在路上呢,营地里已经到处传开了,说有两个女孩子在寻找司令员。有一个军官向我们走来说:"请拿出你们的证件。"

他一边看着一边说:"你们为什么要找司令员,你们不是在工兵司令部吗?"

我们回答他:"我们是作为工兵少尉被派到这里的,可是他们要把我们留在司令部。我们的要求就是,作为工兵排长这样的级别,必须是上前线的。"

这位军官当即把我们送回了工兵司令部。他们在挤满了人的小房间里聊啊聊地说了很久,每个人都发表意见,然后又有谁大笑起来。我们坚持自己的立场,说我们是有介绍信的,必须担任工兵排长的职务。这时,那个把我们送回司令部的军官发火了:"小姐们！你们可知道一个工兵排长能活多久吗？工兵排长平均只能活两个月……"

"我们知道，所以我们才要求上前线。"

他们没有办法，只好给我们写了介绍信："那么好吧，我们就派你们去第五突击军。你们大概也知道什么叫作突击军吧，顾名思义，就是在第一线的军队。"

他们没有再对我们多说什么吓人的话，但我们很高兴："完全同意！"

于是我们来到了第五突击军的司令部，那里坐着一位温文尔雅的大尉，彬彬有礼地接待了我们，但是当听说我们要当工兵排长时，他就挠了挠头说："不行不行！你们以为自己是谁？我们给你们安排的工作，就是在司令部这里。开什么玩笑啊，前方只有男人，突然间来了一个女工兵排长，还不叫人家疯掉了。你们以为自己是谁啊？"

一连两天，他们就在那里做我们的工作，一个劲儿地劝说。我们也不退让，就是要当工兵排长，寸步不让。而且这还不是全部。终于……他们总算接受了我们的职务，把我带到我的排里去了……士兵们看着我：有的是嘲笑的目光，还有的甚至带着恶意，再就是耸耸肩膀，意思是很明白的。当营长宣布说这就是你们的新排长时，他们异口同声地发出"呜呜呜……"的声音表达不满，其中一人甚至还"噗"的一声吐出口水。

可是过了一年，当我被授予了红星勋章时，同样是这些小伙子（活下来的家伙），他们一起把我抬了起来，高举着把我送进了掩蔽部。他们为我感到骄傲了。

如果你问我战争是什么颜色的,我会告诉你,是土地的颜色。对于工兵来说,战争就是土地的黑色和黄色,就是黏土的颜色……

不管我们到什么地方去……都露宿在树林里。燃起篝火,围着篝火取暖,大家都安静地坐着,有人就睡着了。我即使睡着也会盯着篝火,我睡觉总是睁着双眼:看着那些飞蛾,有的是小蠓虫,一整夜一片一片飞来,扑向篝火,没有任何声响,没有任何动静,就这样默默地消失在熊熊的火焰中。前仆后继地扑火……直说吧……我们不也就是这样吗?前仆后继,后浪推前浪。

两个月过去了,我并没有死,又过了两个月,我负了伤,第一次受的是轻伤。后来我就不再去想死的问题了……

——斯坦尼斯拉娃·彼得罗夫娜·沃尔科娃

(少尉,工兵排长)

在我小时候……我就从我的童年开始说吧……其实在战争中我最害怕的就是回忆童年,就是想小时候的事情。那最温柔的童年,在战争中可不能去回想……战争没有柔情,那里是禁区。

是这样的……打从很小开始,父亲就给我剪短短的寸头。当兵后,部队里给我们剪头发,我们突然就从姑娘变成了小兵蛋子,当时我就想起了自己小时候。有些女孩被吓坏了……但是我很容易就习惯了。那是我的自然天性,难怪连我爸都无可奈何地叹气说:"我养的不是个丫头,是个小子。"我的这种刚烈性格惹了不少祸,因此不止一次被父母打骂。冬天我经常会从陡峭的山崖跳到被大雪覆盖的峡鄂毕河上,放学之后我就穿上父亲的老棉裤,把裤脚和毡靴扎在一起,用棉花塞进裤子,再用皮带拉紧,头上戴一顶遮耳棉帽,在下巴上紧紧扎牢,看上去就像一头熊似的蹒跚地挪着脚步去到河上的山崖边。先要使尽全身力气助跑,然后从一个悬崖破口跳下去……

啊哈!在你飞身跳入深渊,一头扎入大雪中时,那是一种什么样的感觉啊!

呼吸都屏住了!也有别的一些女孩和我一起尝试,但她们都不顺手:要么是脚崴了,要么是鼻子被冰雪碰破了,各种事故都有发生。只有我,比男孩子还要敏捷。

我先来回顾童年的事情……是因为不想马上说到流血……当然我知道,这才是重要,非常重要的。我喜欢读书,我懂的……

1942年9月,我们抵达了莫斯科……整整一个星期,我们都乘坐在铁路环线的列车上,沿途停留各站:孔采沃、彼洛夫、奥恰科沃,每到一站就从车上下去一批姑娘。人们俗称的"买家"来到姑娘当中,他们是不同军兵种的干部,在我们中间挑选狙击手、卫生指导员,或者无线电员……所有这些都没有让我动心。最后整列火车上只剩下了十三个人,都被转到一辆闷罐车,拉到了路轨的尽头,在那儿停着两节车厢:我们这节和指挥部的一节。连续两天两夜,没有一个人来找我们,我们只管又说又笑又唱俄罗斯民歌《被遗忘和被遗弃的》。到第二天晚上,我们终于看到有三个军官和列车长一起朝车厢这边走来。

"买家"来了!他们身材高大魁梧,扎着武装带,军大衣上的军扣锃亮，带有马刺的皮靴擦得发光。好帅啊！我们从来没有见过这样的军官。他们走进了指挥部的车厢，我们就把耳朵紧贴在车厢外墙上，偷听他们在说什么。车长在念我们的名单，并且对每个人的特点简要说明：谁谁本来是做什么工作的，老家是哪儿的，受过什么教育，等等。最后我们听到一声命令："让她们全都过来。"

于是，车长走出指挥部车厢，命令我们列队集合。上级问我们大家："你们想学习作战技能吗？"我们怎么会不想呢？当然求之不得，可以说是梦寐以求！以至于我们居然没有一个人想到要问一句：去哪里学习，和谁学习？只听到长官命令道："米特罗波尔斯基上尉，把这些姑娘带到学校去。"于是我们每个人都挎上自己的精品袋，两人一行，军官把我们带上了莫斯科大街。亲爱的莫斯科，祖国的首都！即使在这种艰难的时刻也是那么美丽，那么亲切……那军官在前面大步流星地疾走，我们都有些跟不上他。直到以后，在卫国战争胜利三十周年纪念日那天，当我们与谢尔盖·费奥多罗维奇·米特罗波尔斯基在莫斯科重逢时，他才向我们这批莫斯科军事工程学院的学员坦承，当年他带领我们走在莫斯科街头时，他感到相当尴尬，是想离我们越远越好，免得被民众注意到是他在带领这批羊群一样的女孩子……我们当时可不知道他心里想的什么，就是一路小跑地跟住他。大概，我们那个时候看上去也是很棒的吧！

就是这样子……在开始学习的头几天，我就被罚了两次额外勤务，一次是因为教室里太冷，我冻得受不了，还有一次是因为什么来着，您也知道，学校的规矩是很多的。反正我是罪有应得：一而再、再而三地违反纪律……屡教不改。大家分手之后，学员们在街上看到我时，还都忍不住笑我：这就是那个专职的勤务员！在他们看来当然可笑，我白天不能上课，夜晚又不能睡觉。白天我要一整天在靠近门边的衣柜边担任勤务，晚上要在宿舍里擦洗树脂地板。那个时候怎么洗刷地板？现在我可以一五一十地讲给你听……那时可不像现在这样，有各种刷子和打蜡工具等。那时候……为了不弄脏树脂地板，要脱下毡靴，用旧大衣的布条把脚包上，就好像是绳子卷起来的树皮一样。你要先在地板上洒开树脂，然后用刷子去磨刷，当然不是纤维的，而是鬃毛的刷子，鬃毛刷子容易落下，我们就要赶紧用脚整理干净，地板要擦到镜子一样亮。这些活儿还都要在熄灯之后做，所以你要一整夜在那里，像跳舞一样团团转！两腿酸到麻木，腰背直不起来，眼睛都被汗水蒙住。到了早晨筋疲力尽，甚至没有力气朝大家喊："起——床！"白天也不能坐下去，因为是要站在门边的衣柜周围值勤。有一次我碰上一件怪事……好笑极了……那天我在衣柜周围整理宿舍，因为困得不行，立刻就倒了下去，倚着柜子睡着了。突然我听到有人打开门进到房间，我就一跃而起，在我面前站着营值班员。我赶紧举手报告："上尉同志，本连正在休息。"他睁大眼睛看着我，忍不住就笑起来。后来我才明白，因为我是左撇子，匆匆忙忙地就举起左手到帽檐边报告了。马上又想改为右手，但为时已晚，一错再错。

都好长时间了，我还意识不到这里既不是游玩的地方，也不是在中学，而是准备打仗的军事院校，长官的命令就是下属的法律。

我还清楚地记得毕业考试中的一个问题：

"工兵一生中可以犯几次错误？"

"工兵的一生只能犯一次错误。"

"没错，姑娘……"

接下来就是军校的行话：

"你通过了，巴拉克学员。"

这就是战争，真正的战争……

上级把我带到我要掌管的工兵排，下令道："全排集合！"

但是全排士兵都不站起来。有人躺着，有人坐着，有人在抽烟，还有人在打哈欠伸懒腰，浑身骨骼咯咯作响。他们都假装没注意到我的存在。这帮久经沙场的男侦察兵居然要服从一个二十岁上下的女孩子指挥，他们感到很丢人。我当然明白他们的心思，只好就地下令说："解散！"

就在这时，敌人突然开始炮轰……我要跳进战壕，因为大衣是新的，我没有一下子卧倒在泥土上，只是大衣侧面粘了一些薄薄的白雪。年轻时候常常是这样，把一件军大衣看得比性命还珍贵。女孩子嘛，就是这么傻！得，当然是遭到我的士兵们一阵讪笑。

就是这样子……我们的工兵侦察是怎么进行的？就是战士们在深夜悄悄潜入中间地带，挖一个双人掩蔽沟。有一天黎明之前，我和一个班长悄悄爬到双人掩蔽沟里，其他战士给我们打掩护。担心换人会惊动敌人，我们就在沟里埋伏了一整天。一两小时后，手脚就都冻僵了，就算穿着毡靴和皮袄也不顶用。四小时后，人都成了冰柱。要是再下雪……我就变成一个雪姑娘……到了夏天，又不得不在酷暑或雨水中趴着，一整天趴在那里仔细观察所有动向，并且画出前线观察图：查看哪些地方的地表层出现变化。如果发现地面有凸出或者土堆，雪地有污痕，草地被踩踏过或者露水没有了，这些都是我们必须留意的，目的就是要探明：是否有德国工兵在野地中布过雷；如果他们设置了铁丝网隔离带，就必须找出隔离带的长度和宽度；还有他们使用哪一类地雷，是反步兵地雷还是反坦克地雷，或者是更加厉害的地雷？还要精确找出敌人的火力点……

在我军进攻之前，我们在头一天夜里就要做好侦察工作，一寸一寸地探测区域地形，在雷区中确定一条走廊出来……我们总是紧贴地面匍匐移动，肚皮就像滑行的船底，而我自己就像穿梭一样急速地从一个班爬到另一个班。"我的"雷区比别人更多。

我遭遇过各种各样的情况……那些故事足够演一部电影……一部多集的电影。

有一天，军官们邀请我去吃饭，我同意了。工兵们并不总是能吃到热食，因为大多数时间我们都在野外度过。可是，当一切都摆在食堂桌面上时，我却盯住了一个炉门关闭的俄罗斯烤炉，走过去想看看里面是什么。那些军官看到我这个样子都笑了，说这女人都神经兮兮了，大概以为砂锅里都会有地雷吧哈哈。我正要回答他们的笑话，却立即注意到在烤炉左侧的底部，有一个小孔。我仔细地朝里面看去，只见有一根细细的导线通向烤炉里。我急忙转身对坐在屋里的人说："房子里有雷，请马上离开房间！"军官们顿时安静下来，却难以置信地瞪着我，没有人想从桌旁站起来。烧肉和烤土豆的香味在房间里飘着呢……我又大声说了一遍："马上清空房间！"随后我带领工兵开始工作。先卸下烤炉门，再用剪刀剪断导线……这下就看到了：就在烤炉内，有几个用麻线捆在一起的一升大小的搪瓷缸子。我们把那种缸子叫"士兵之梦"，比用铁锅更实惠。但是在烤炉深处，隐藏有两大卷东西，用黑纸包着的，那是二十公斤炸药。嘿，这就是你们说的砂锅啊？

我们反攻到乌克兰境内，已经到了斯坦尼斯拉夫，现在叫作伊万-弗兰克夫州。我们排接到一项任务：立刻到一座制糖厂去排雷。我们争分夺秒地赶路：也不知道是用何种方式在工厂布下的地雷，要是安装了定时装置，随时都可能发生爆炸。我们一路急行军前往任务地点，当时天气已经转暖，我们是轻装上路的。我们经过一个远程榴弹炮阵地时，突然看到有个人跳出战壕冲着我们大喊："空袭啊！拉玛[1]来了！"我抬起头看看，空中没有拉玛啊，任何飞机都没有发现。四周寂静无声，拉玛在哪儿啊？这时我的一个工兵请求批准他从队伍里出去一下，只见他跑过去找到那个叫喊"空袭"的炮手，扇了他一耳光。我还没来得及弄明白发生了什么事情，就听到那炮手在喊："弟兄们，他们打人啦！"于是从战壕里跳出来好几个炮手，包围住我的工兵。我们工兵排的士兵们也不由分说，扔掉了挖地钻头、探雷器和身上的背包，赶上前去救自己的弟兄。一场打斗爆发了。一时间我还没明白到底发生了什么事，为什么我的士兵们突然打起架来？现在是分秒必争要去排雷，这里却乱成一团了。我马上下令："工兵排集合！"没有人理睬我。于是我掏出手枪，朝天开了一枪。这时从防空洞跑出来几个军官，他们平息了

---

[1] 拉玛："二战"时期德国的一种双引擎轰炸机。

大家，紧张的时刻过去了。这时，一个大尉走向我的队伍问："谁是领导？"我报告说是我。他睁大了眼睛，显得很是困惑，又问："到底发生了什么事？"我答不上来了，因为实际上我也不知道为什么发生这样的事情。这时我的政治副排长走出来讲述了事情的原委，我也才知道了拉玛还有其他的意思，是个对女人羞辱的词，类似于妓女什么的，这是前线一句骂人的脏话……

您知道……我们实话实说……我在战争中尽量不去想爱情和童年的事情，死亡也不去想。嗯嗯……我们实话实说……是这样的，我已经说过：为了活下来，我自己定下了很多禁区，比如我决不让自己去触碰任何暧昧和温情，连想都不能去想，回忆过去也不行。我还记得在解放利沃夫之初，上级批准我们有几个夜晚可以自由活动。那是整个战争期间的第一次……我们全营都到城市剧院看了一场电影。起初我们已经不习惯坐进软圈椅，不习惯看到这样美丽雅静、舒适安宁的环境。电影开始之前有一个乐队演奏和艺术家演出，大家可以在大厅里跳舞。跳波尔卡，跳勇士舞，跳西班牙舞，最后以永远不变的"俄罗斯女人"结束。音乐对我是特别有感染力的……甚至让我一时间忘掉了有些地方还在作战，忘记了我们马上还要开赴前线，忘记了不远之处仍然有死神守候着。

只过了一天，我们排就奉命去清理通往铁路那段崎岖不平的地区，在那里炸飞了几辆汽车，又是地雷造成的……我们侦察兵带着扫雷器沿着公路前行。天上下着冰冷的细雨，寒气很重，所有人都被雨水淋得透湿。我的靴子泡胀了，越来越沉重，仿佛脚底是两块铁板一样。我把军大衣的衣襟塞到皮带里面以免踩在脚下绊倒自己,走在前面的是我的军犬涅尔卡,我用皮带拴着它,它负责寻找炮弹和地雷,然后就坐在旁边等待我们排雷。它是我忠实的朋友……瞧,这张照片就是涅尔卡,它坐在那儿等待的时候还不时地叫几声……这时候,有人依次传达口令给我:"中尉,请到将军那儿去。"我回头一看,乡村公路上停着一辆吉普车,我跳过路边水沟跑过去,边跑边拉出大衣的下摆,调整好皮带和军帽。尽管如此,我看上去还是有些邋遢寒酸。

我跑到车前,打开车门就开始报告:"将军同志,按照您的命令……"

这时我听到一声:"稍息……"

我依旧保持立正姿势。将军甚至根本没有朝我转身,只是通过车窗向外凝视着公路。他神情紧张,不时地看一下手表。我就一直立正站着。一会儿,他转头问自己的勤务兵:"工兵指挥官到底在哪儿?"

我试图再次报告:"将军同志……"

他终于转过头来,对我发怒道:"我下了地狱才会需要你!"

我顿时都明白了,差点笑起来。倒是他的勤务兵先猜到了:"将军同志,也许她就是工兵指挥官?"

将军瞪了我一眼:"你是谁?"

"我是工兵排长,将军同志。"

"你就是工兵排长?"他怒气冲冲地问。

"完全正确,将军同志!"

"这儿是你的工兵在工作?"

"完全正确,将军同志!"

"别一口一个'将军,将军'……"

他跳下汽车,向前走了几步,来到我身边停了一会儿,用眼睛仔细打量我一番,又转身问他的勤务兵:"你确信是她吗?"

又转过来问我:"你到底多大了,中尉?"

"二十岁了,将军同志。"

"是哪里人啊?"

"西伯利亚姑娘。"

他又问了我很多问题,还提出要我转到他的坦克部队去。我居然如此破衣烂衫的样子,将军很恼火,说我要是在他的手下,这是决不被允许的,还说他们的部队也迫切需要工兵。然后他把我拉到一边,指一片小树林说:

"那边是我的一批箱子,我想通过这条铁路运送它们,可是铁轨和枕木都被拆掉了,而公路上可能布满了地雷。所以请帮帮坦克手们,去检查一下公路吧。从这里能够更方便并更近距离地运送到前线。你知道什么是出其不意的突然袭击吧?"

"我知道,将军同志。"

"哦,好好保重自己,中尉。一定要活着看到胜利,我们很快就会胜利,你知道的!"

我们检查出来,铁路真的被布雷了。

到了此时,每个人都想活着看到胜利……

1944年10月,包括二一○特别扫雷支队在内的我们这个营,与第四乌克兰方面军的部队一起踏上捷克斯洛伐克的土地。所到之处,人们都喜庆地迎接我们,鲜花、水果、香烟向我们抛来,街道都铺上了地毯……一个女孩子指挥了一个由男人组成的排,而且自己也是工兵的事迹成了一件轰动的大事。我本来就剪着男孩的头发,又是穿着男人的裤子和夹克,行为举止也都很男性化,身材又矮,就像个少年男孩。有时候我骑着马进入村庄,人们很难确定这个骑手的身份,只有女人们本能地会猜测到并且敬佩地望着我,女人的直觉很厉害……有一件有趣的事情,真好玩!那天我来到一幢应该下榻的居民楼,那里的主人们只是得知他们的房客是个军官,却没有说是男人还是女人。结果很多人都惊讶得嘴都合不上……就跟无声电影一样!但是对于我来说,就是觉得很好玩,我就喜欢以这种方式让人们惊奇。在波兰也是这样,我记得在一个小村里,有个老太太拍拍我的头。我猜到她是什么意思了:"您看我是个小伙子吗?"她不好意思地说:"哦,不不。"可她就是挺可怜我的,说"这样年轻的小伙子"。

那时候,每迈出一步都可能踩雷,多得不得了。有一次我们走进一座房屋,有人一眼就看到一双长筒靴立在衣柜旁边。他已经伸出手要去拿了,我大叫一声:"不要去碰!"然后走过去查看,果然那双靴子是连着地雷的。什么东西里都有可能安置炸弹,有的是椅子,有的是抽屉柜,有的是梳妆台,还有布娃娃和吊灯……农民还恳求我们到菜地里去排雷,那里种植了西红柿、土豆和白菜。还有一次为了换一顿饺子尝尝,工兵排不得不先到一个村的麦田里去帮助他们探雷,甚至连脱粒机的滑轮也要检查一番……

就是这样的……我们一路上到过捷克斯洛伐克、波兰、匈牙利、罗马尼亚和德国……但是对沿途景色留下的印象很少,基本上都是地形地貌的侦察照片。各种巨石……茂盛的草丛……不知草丛是真的长得高,还是我们感觉它很高,因为要从那些草丛中使用探雷器穿过去,真是艰苦得难以置信。草都枯了……灌木丛上面是牛蒡草……我还记得更多的溪流和沟壑、森林灌木、密密层层的铁丝网和腐朽的木桩、杂草丛生的雷区。德国人很喜欢花坛,他们留下了一座座荒废的花坛,但那里总是埋下了地雷。有时,人们在附近的地里用铁铲挖土豆,我们就在一旁排雷……

有一次,在罗马尼亚的德治城,我住在一个年轻的罗马尼亚女子的家里,她俄语说得很好,原来她的祖母就是俄罗斯人。这个女人有三个孩子,丈夫在前线阵亡了,他在罗马尼亚志愿师里作过战。可是她还是很爱笑,总是很愉快。有一次她邀请我一起去参加舞会,她建议我穿上她的衣服,这对我诱惑很大。于是我先穿上我的军裤、套头军便服和长筒靴,外面再套上罗马尼亚民族服装:长长的亚麻布缝制的衬衫和羊毛方格紧身裙,腰上扎了一条她的黑色宽腰带,头上包着一块带穗的大头巾。由于当时是夏天,我总在山上爬行,晒得黑黝黝的,只是鬓角上有一些白色,鼻子都晒得掉皮了,看上去我和真正的罗马尼亚人没有什么区别,就是个罗马尼亚姑娘。

那里没有俱乐部,所以年轻人都是在住家房子里欢聚。我们到达时,音乐已经播放,正在跳舞。我看到我们营几乎所有人都来了,起初我怕他们认出我来,就远远地坐在一边,免得引起别人的注意,甚至用头巾遮住脸,偷偷地看着所有人……就是从远处看着他们跳舞……没想到我有好几次被邀请跳舞,居然没有一个军官认出涂抹了嘴唇和画过眉毛的我,我觉得真有趣、真好玩,就放心地玩乐起来……听到人们说我是个漂亮姑娘时,我真开心啊,我喜欢听恭维话……那天晚上我跳舞跳了个够……

战争结束后,我们还有整整一年时间要排雷,从田野到湖泊和河流。在战争中,所有人都会毫不犹豫地跳进水里,主要任务是渡过去,准时到达目的地。而现在,我们开始想别的事情了……想活下去的事情了……对于工兵来说,战争的结束是在战后又过了好几年才实现的,他们比任何人作战时间都要长。胜利之后还要继续等着炸弹爆炸,这是怎样的感觉?仍旧不能摆脱提心吊胆的那一刻……我们不愿意!胜利后的死亡,才是最可怕的死亡,那是第二次死亡。

就是这样……作为1946年的新年礼物,上级奖励我一块十米长的红缎子。我笑了:"我要它有什么用呢?难道复员之后我要缝制一件红色连衣裙,胜利的红裙子?"我望着河水发呆……不久,就下达了我的复员命令……和通常一样,我所在的全营战友举行了隆重欢送式。在晚会上,军官们给我献上一份厚礼——一块大大的刺绣蓝头巾。这块蓝头巾让我不得不献上一首歌曲《蓝色小方巾》[1]。那次,我为战友们唱了一整夜。

在回家的火车上,我发烧了。脸肿得嘴都张不开,原来是长出了智齿……我从战争中回来了……

——阿波琳娜·尼科诺夫娜·里茨凯维奇-巴拉克

(中尉,工兵扫雷排排长)

---

[1]《蓝色小方巾》:"二战"时期流行的苏联民歌。

"哪怕让我只看他一眼……"

现在要说关于爱情的故事了……

爱,是战争中唯一的个人隐私。其他一切都是共同问题,连死亡也不例外。

对于我来说,什么是出乎意料的?就是她们谈论死亡比谈论爱情更直白。她们总是不把有些话说到底,好像在防止什么,每次都在某个界限处停住,警惕地守着底线。在她们之间似乎有个默契:不能再说,帷幕落下。她们到底要防止什么?我明白,是要防止战后的怨气和诽谤。这就是她们战后的遭际!战争结束后,她们自己还有另一场战争,可怕的程度并不比她们刚刚走出的那场战争轻。如果有谁敢于把实话说到底,或者脱口而出、大胆地表白,她总会在采访结束时坚决恳求"请给我改一下姓氏吧",或者"目前还是不要公开说出这些故事吧,太不中听了"……但我听到了更多的浪漫和悲剧。

当然,这些都不是全部的生活,也不是全部的真相,但是她们自己的真实。就如同一位战地作家所坦承的:"那是一场该诅咒的战争,它夺去了我们最好的时光!"这就是他们之间的密语,这就是他们生命的同一箴言。

但不管怎样，战场上的爱，与死神毗邻的爱，它到底是什么样子？……

魔鬼女人和五月玫瑰

这场战争夺走了我的爱……我唯一的爱……

德寇轰炸城市时，尼娜姐姐跑来和我道别。我们都已经想到，彼此不会再见面了。她对我说："我想去当卫生员，但是我在哪里会找到他们呢？"我现在还记得那情景：我望着她，当时是夏天，她穿着一件薄薄的短裙，我看到她左肩的脖子附近有一块胎记。她是我的孪生姐姐，但我却第一次看到她有胎记。我一边看着她一边想："我对你是无所不知的。"

感觉就是这样敏锐……爱情也是这么敏感……心都会跳出来……

所有人都撤离了明斯克。大路遭到轰炸，我们只好从森林里走。不知哪儿有女孩子在喊叫："妈妈，战争来了！"我们的部队已经撤退了。我们走在宽阔的田地间，黑麦正在抽穗，路边上是低矮的小农舍。已经到了斯摩棱斯克……在路边站着一个女人，看上去她比自己的小房子还要高，她穿着一身亚麻衣服，上面绣着俄罗斯民族的图案。我们的士兵走过时，她就把双臂在胸前交叉并深深鞠躬，一边鞠躬一边说："让上帝保佑你们返回家乡。"您知道，她向每个人都鞠躬，并说着同样的话。听到她的话，所有的战士都流出了眼泪……

我在整个战争期间都记着这个女人……而另一件事情发生在德国，那时我们已经在追击德国人。到了一个小村庄……有两个戴着便帽的德国女人坐在院子里喝咖啡，仿佛根本没有发生过战争……我当时就想："我的上帝啊，我们都被炸成了碎片，我们的人在地底下求生，我们的人在吃草根，而你们却坐在这里悠闲地喝咖啡。"附近就是我们的汽车，我们的战士在赶往前线，她们却在喝咖啡……

后来我回到了我们的国土上……我看到了什么？看到一个村子只剩下一个烤面包炉，一个老人坐在那里，身后是他的三个孙子，看得出来他的儿子和儿媳都失去了，还有一个老妇在低头生炉子。墙上挂着一件羊皮袄，看来他们是刚从森林里回来的，在那个烤炉内其实什么都没有。

感觉就是这样敏锐……爱情是这么强烈……

我们的列车停了下来。我不记得因为什么，要么是在修复道路，要么是在更换机车头。我和一个护士坐在一起，附近有两个我军的士兵在煮粥。这时候不知从哪里出来了两个德军俘虏，朝我们走过来，向我们讨吃的。我们有面包，就拿出一个面包，掰开给他们。那两个煮粥的俄军士兵看到了，就在议论：

"瞧瞧啊，还有这样的医生，把面包送给我们的敌人呢！"接下来他们越发起劲地说，她们哪里知道真正的战争啊，都是待在医院里，她们没有打过仗……

可是过了一会儿，又有另外一些德国俘虏来到熬粥的战士旁边。那个刚刚指责过我们的士兵对一个德国大兵说："什么，想吃东西?"

德国俘虏兵就站在那儿,一言不发地等着。另一个我们的士兵就递给自己同志一个整个儿的面包:"好吧,你切给他吧。"

那个士兵就把面包切成片。几个德国兵都拿到了面包,还站在那儿不动,眼睛直看着锅里熬的粥。

"好吧,"我们的士兵又说,"给他们一碗粥吧。"

"可以,但是粥还没有熬好呢。"

您听听,他们说的什么啊?

那些德国大兵好像也明白俄语似的,还站在那儿等待。我们的士兵在热粥里加了一些黄油,然后就给德国兵倒满了他们的铁罐。

您这就看到俄罗斯士兵的心肠了吧。他们虽然指责我们,但自己也把面包给了俘虏兵,还有粥,而且还给加了些黄油。这都是我记得的……

感觉就是这样敏感……也是这么强烈……

战争结束多年后,那一次我要去疗养,那时正巧发生了加勒比海危机,世界又变得不安定了。已经准备好出发,手提箱装满了,衣裙和衬衫都折叠得整整齐齐。还有什么不能忘记的?对,我又找出一个文件袋,从里面拿出自己的军人身份证。我心想:"不管发生什么情况,我都可以随时找到当地的兵役委员会。"

已经航行在海上,我悠闲地休息,在甲板散散步,在餐厅吃饭时和同桌旅客聊聊天,告诉人家我为什么来乘船,而且还随身携带了军人身份证。我这样对人说,并没有任何想法或炫耀的意思。餐桌上有个男人得知我的身份,兴致勃勃地说:"再没有别人了,只有我们的俄罗斯女人,在外出疗养时还随身带着军人身份证,认为如果发生情况,她立即就可以去兵役委员会。"

我还记得他那个热情劲儿和喋喋不休的夸奖。他看着我的那种目光,就像我丈夫那样子……

不好意思,我说了太长时间……我无法说得有条有理。我的想法一直很跳跃,感情用事……

我是和丈夫一起上的前线,两人同行。

很多事情都忘记了,但我还记得和他在一起的每一天……

那次战斗结束了……安静得难以置信。他用双手抚摸着青草,草很柔软……就那样看着我,看着我……用那样的眼光……

还有一次,他们分成小组出去侦察。我们等了他们两天……两天两夜没有睡觉。后来禁不住打了瞌睡,醒来时他正坐在身边看着我。他对我说:"躺下睡吧。"我说:"舍不得睡。"

感觉就是这样敏锐……爱情也是这么敏感……心都会跳出来……

很多事情我都忘记了,几乎全都忘记了。但我认为不会忘记,永远不会忘记。我们已经在通过东普鲁士,大家都在谈胜利。可是他却牺牲了……瞬间就死了……因为一个弹片……当场死亡,只有一秒钟时间。听说他们把他带回来了,我跑了过去……紧紧地抱住他,不让别人把他带走埋葬。战争中下葬很快:当天牺牲,如果仗打得快,就立即把死者收集起来,从四处归到一起,挖一个大坑就掩埋了,战友们长眠在一起。还有一次就是掩埋在沙中,如果长时间看着那个沙丘,会感觉它正在移动,正在颤抖。为什么沙丘在动?我的感觉是因为在那里面还有活着的人,他们不久前还是活生生的啊……现在我依旧能看到他们,能跟他们交谈……我不相信他们死了……我们大家朝夕相处,怎么相信他们突然间已经长眠在那儿了……他们去哪儿了?

我不许他们马上掩埋我的丈夫,我想和他再过一个夜晚。我就坐在他身旁,看着他……抚摸着他……

第二天早上我拿定了主意,要亲自把他带回老家。这是在白俄罗斯,家乡在几千公里以外,而且一路上都在打仗……兵荒马乱……大家都以为我是悲伤过度精神失常了:"你需要冷静下来,你一定要睡一会儿。"不行!我不能丢下他!我从一个将军找到另一个将军,一直找到了方面军司令罗科索夫斯基。起初他拒绝了……这个女人太不正常了吧!我们有多少战友都被掩埋在无名烈士墓中,都长眠在他乡异地了……

我又一次去向他请求:"您想要我给您跪下吗?"

"我很理解您……可是他已经死了……"

"我没有为他生过孩子,我们的房子被烧毁了,甚至连照片都没有了,什么都没有了。如果我把他带回老家,至少还能留下一座坟墓。我在战后也好知道应该返回哪里啊。"

司令沉默不语了。他在办公室来回踱步。

"您也曾经爱过吧,元帅同志?我不是埋葬我的丈夫,我是在埋葬爱情。"

他继续沉默。

"那么我也想死在这里。没有了他,我为什么还要活着?"

他沉默了很久,然后走过来,吻了吻我的手。

就这样,上级专门为我派出一架专机。我上了飞机……抱着他的棺木,我失去了知觉……

——叶芙罗西尼亚·格里戈里耶夫娜·博列尤斯

(大尉,医生)

战争把我们夫妻分开……我丈夫上了前线,我自己先疏散到哈尔科夫,然后又到了鞑靼,在那里得到一份工作。有一天有人在找我,那时我用的是娘家姓氏"利索夫斯卡娅"。听到所有人都在喊叫:"利索夫斯卡娅!利索夫斯卡娅!"我立刻回答:"我就是!"他们对我说:"快去内务部,领取通行证,马上去莫斯科!"为什么?没有任何人向我解释,我什么都不知道。那是战争时期……我去莫斯科的路上就想,也许是丈夫受伤了,所以他们叫我去看他?我已经四个月没有他的任何音讯了。我打定了主意,如果我看到他失去手脚成了残废,就立即带他回老家去。我们就相依为命地活下去。

到了莫斯科,我按照地址找过去。那里的牌子上写的是"白俄罗斯共产党中央委员会",就是说,到了我们白俄罗斯政府。在那里像我这样的人很多,我们都很好奇:"什么事?为什么?为啥把我们都召集来这里?"工作人员回答说:"你们会知道一切的。"然后我们被集中在一个大厅里:白俄罗斯党中央书记波诺马连科同志和其他领导人接见了我们。领导同志问我:"你想不想回到自己的家乡去?"是的,我从哪里来的?来自白俄罗斯啊!我当然想回去。于是上级把我派到一所特殊学校学习,准备派到敌人后方去。

头一天完成学业,第二天就把我们装上汽车送往前方,下车后我们又步行。我都不知道前线是什么样子,其实就是一个中间地带。上面下令:"准备就绪!一号行动!"这时"啪"的一声,几颗信号弹升上天空。亮光下只见一片白白的雪,还有我们排成一线,一个挨着一个地趴在那儿,有很多人。信号弹熄灭了,再也没有发射。新的命令下达:"跑!"我们就开跑,就这样通过了中间地带……

在游击队里,鬼使神差的是我居然收到了丈夫的信。这真让我喜不自胜,完全没有想到,两年来他杳无音讯。那是难得的一次,有飞机来空投食物、弹药,还有邮件……就在这包邮件中,在这个帆布包裹中,有给我的一封信。当时我就以书面形式向党中央提出了求诉。我写道:只要能和丈夫在一起,我愿意做任何工作。我偷偷避开游击队长,把这封信交给了飞行员。不久我就得到消息,是通过无线电传达的:完成任务后,上级在莫斯科接见我们小组,我们特别小组全体成员,上级要把我们派到一个新地方……所有人都必须乘飞机离开,费多先科更是必须离开。

我们等待飞机,这是在夜晚,天空黑得让我们觉得自己待在桶里。一架飞机在我们头顶盘旋,可这时敌机却来向我们这儿投弹,原来是德国人发现了我们的隐蔽处,一架"梅塞施密特"轰炸机掉头转了回来。此时我们的波-2飞机正在降落,就在我附近的云杉树下。我们的飞行员刚刚降落,马上又准备起飞,因为他看到了德国飞机,于是掉头回来,并且开始扫射。我死死抓住了机翼,大声喊叫:"我要去莫斯科,我有上级命令!"他甚至有些粗暴地吼道:"你给我坐下!"就这样我跟他两人一道起飞了。两个人都毫发无损。

莫斯科是五月的天气,我却还是穿着冬天的毡靴走来走去,进剧院也是穿着毡靴,但是感觉好极了。我写信给丈夫:"我们怎么见面?"我仍然在等待当中,上级答应过我的……因为我到处请求:送我到我丈夫所在的部队吧,哪怕只有两天,哪怕让我只看他一眼,然后我就返回,上级可以派我到任何地方去。所有人都对我耸耸肩膀。但我反正是从邮箱号码中知道了丈夫是在哪里打仗,我就自己搭车去了。我先找到州党委,给他们看我丈夫的地址,以及证明我是他老婆的文件,告诉他们我想见到丈夫。他们回答说这是不可能的:他是在最前线,您还是回去吧。我已经筋疲力尽,又饿又乏,叫我这样子怎么办?怎么后退回去?我又去找军事卫戍司令。他一看到我,就下令让人给我送些衣服来。我拿到一件套头军便服,扎上一条军皮带,然后他开始对我进行劝阻:

"您这是怎么了,您丈夫那里是非常危险的啊……"

我坐下来就放声痛哭,最后他心软了,给了我通行证。

"您去吧,"卫戍司令说,"沿着公路走,在那儿你会看到一个调度员,他会指引你如何去。"

找到了公路,找到了那位调度员,他把我安置在一辆汽车上,我就上路了。

我来到部队,那里的人们看到我都十分惊讶,因为周围全都是军人。他们纷纷问我:"你是谁?"我不能说我是一位妻子。是啊,怎么能这么说呢，那是四面都有炸弹爆炸的地方……我就回答说我是他妹妹。我都不知道为什么我会这样说，是他妹妹。他们就对我说："等等吧，你到那边去还有六公里要走呢。"我这么老远地来到，怎么还能够继续等呢。正好有辆汽车从那边开过来领取午饭，车上是一位棕色头发、脸上有雀斑的准尉。他说："哦，我认识费多先科，但他是在战壕里啊。"

于是我就百般恳求他。他们总算让我上了车，一路上我看不到任何地点、任何东西……只有一片黑暗的森林……森林间只有一条路……对于我来说，这很新鲜：虽然说是前线，但没有见到任何人，只是不时地听见枪声。我们到达了目的地，准尉问："费多先科在哪儿？"

有人回答说："昨天他们出发去侦察了，现在已经天亮，他们得在那里等待了。"

他们有无线电联络，这边通知他说你的妹妹来了。什么妹妹？这边说："是个棕色头发的姑娘。"他的妹妹是黑头发，一听说是棕色头发，他立刻猜到是个什么妹妹了。我不知道他从那边是怎样爬回来的，反正费多先科很快就出现了，我们终于在前线见了面，别提多高兴了……

我和他只待了一天，第二天我就做出了决定："你去向司令部报告，我要留下来和你在一起。"

他去找领导了，我屏住呼吸等消息：嗯，他们会怎么说呢？才二十四小时，她就迈不动腿啦？这是在前线，可以理解。忽然，我看到领导进入了掩蔽部：一位少校和一位上校。他们都和我握了握手,然后,我们当然就在掩蔽部坐了下来,喝着茶,他们都说了一番赞扬我的话,说一个妻子到战壕里来寻找丈夫,还是真正的妻子,有证明文件的,这是多么伟大的女人啊!大家都学学这样的女人吧!他们一边说着这些话,一边全都哭了。这个夜晚,我是一辈子都不能忘记的……我还有什么舍不得呢?

部队接收了我当护士,但我常常和他一起出去侦察。有一次敌人炮击,我眼睁睁看着他倒了下去。我马上想:他是被打死还是打伤了?就不顾一切要奔过去,当时迫击炮弹还在不断落下来,指挥官大声喊道:"你乱跑什么啊?见鬼的女人!"

我还是匍匐着过去了,他活着……还活着!

在第聂伯河畔的一个晚上,月光之下,我被授予了红旗勋章。第二天我的丈夫就负了重伤,那天我们是在一起奔跑,一起陷在泥泞的沼泽地里,一起爬着出来。敌人的机枪不停地扫射,我们就一步一步地爬着,他的伤是在大腿上,被一颗爆炸子弹击中,我用尽了绷带给他包扎,但是他臀部全都炸烂了,污垢泥土都在里面。我们正在进行突围,无法安置伤员,我也没有什么医药用品。只有一个希望,就是冲出去。突围之后,我护送丈夫到了医院。可是把他送到医院时,他已经血液感染。这是新年,1944年到来的第一天,他却要死了……我已经感觉到他不行了……他被授予过很多次奖,我把他得到的奖章、勋章全都汇集起来,放在他身边。就好像经过了长途跋涉一样,他睡着了。医生走过来说:"你离开这里吧,他已经死了。"

我回答:"轻些,他还活着呢。"

丈夫正好睁开了眼睛,他说:"天花板在变蓝。"

我看了看说:"不,那不是蓝的。瓦夏,天花板是白色的。"

可是在他看来就是蓝的。

一位邻床伤员对他说:"好吧,费多先科,如果你能活下来,那你就应该把妻子永远抱在怀里。"

"我会永远抱着她。"他同意。

我不知道他是不是也感觉自己快死了,因为他抓住了我的手,拉到自己嘴边亲着。这是我一生最后一次被人吻:"小柳芭,很对不起,所有人都在过新年,但是我和你却在这里……但你不会后悔的,我们还有很多新年……"

他只能活几个小时了……这时他很难受,需要给他的床整理一下……我给他的床换上干净被单,重新包扎了他的腿,又把他扶上枕头,可他是个男人,很重很重,我抱起他的时候,腰弯得很低很低。现在我觉得一切都到尽头了,每分每秒他都可能离开,这是在夜晚。到了十点十五分,我还记得那最后时刻……宁可是我自己去死……但是我肚子里已经有了我们的孩子,这是我唯一的支撑,为此我度过了那些日子。在1月1日我埋葬了他。过了三十八天之后,我们的儿子降生了,他是1944年出生的,现在也已经有了孩子。我丈夫名字叫瓦西里,儿子也叫瓦西里,我的孙子叫瓦夏,这是瓦西里的爱称……

——柳鲍芙·弗米尼奇娜·费多先科

(列兵,卫生员)

我看得太多了……每天都在看……但还是不能够习惯。那么年轻英俊的男人一个一个地死去……我只想能来得及去……亲他们一下。既然没有办法像大夫那样帮到他们,那么女人的一些做法对他们还是有用的。关键时候,哪怕是一个微笑、一个抚摸,或者拉住他们的手……

战争过后很多年,有一个男人向我承认说,他一直记着我年轻时的微笑。而对我来说呢,他就是一个普普通通的伤员,我甚至都不记得他。可是他说,就是这个微笑把他从另一个世界拽了回来,活了下来。这应该叫作……女人的微笑……

——薇拉·弗拉基米罗夫娜·谢瓦尔德舍娃

(上尉,外科医生)

我们到了白俄罗斯的一方面军……一共是二十七个女孩子。男人们欣赏又敬佩地看着我们说:"你们不是洗衣女工,也不是电话接线员,而是女狙击手!我们可是第一次见到这样的姑娘呢,多么棒的姑娘们!"司务长还为我们写了诗,大意是这样的:姑娘们是如此动人,就像五月里的玫瑰,战争也无法毁坏她们的灵魂。

我们每个人上前线的时候都发过誓:在战场上绝不能出现情感瓜葛。只要我们能完整无损地从战场上回来,一切都会有的。在战争之前我们甚至连亲吻都没有过。我们看待这些事情可要比现代人严格得多。对我们来说,接吻就代表了毕生的爱情。在前线,恋爱是禁止的,如果被领导知道,通常就会把恋爱中的一个人调到另一个部队,以这样简单的方式棒打鸳鸯。我们都是小心翼翼地维护着隐秘的爱情。实际上，我们都无法坚持自己那些幼稚的誓言……我们都在恋爱……

我想，如果在战场上我没有坠入爱河的话，那我就根本活不下来。爱能救人，我就是被爱情拯救的……

——索菲亚·克利盖尔

（上士，狙击手）

您是问爱情那些事？我不怕和你讲真话……

我曾经是一个ППЖ[1]，意思就是野战妻子、战场老婆、二奶、不合法的女人。

我的第一个男人是营长……

其实我不爱他。虽然他是个很好的人，但我并不爱他。我是过了好几个月才去了他的掩蔽部。走投无路啊！周围全是男人，跟一个人过，总比担心所有人要好。在战斗中还不如战斗结束后那么糟糕，特别是休整过来，重新镇定之后。在枪林弹雨中，他们都叫我"护士小妹、卫生员妹妹"，可是打完仗以后，每个人都追逐着，不怀好意地围着你……夜晚根本不敢走出自己的猫耳洞。已经有别的姑娘们告诉过你这些吧？或者是她们都不敢承认？我想她们一定都羞于启齿，所以沉默不语。其实应该骄傲才对！事实摆在那儿，谁都不想白白死去。那么年轻就死去，太可惜了……而对于男人来说，他们整整四年都没有碰过女人，也是太难过了……在我们

---

[1] ППЖ：苏德战争时期的前线流行语。

军中没有妓院，也不提供任何药品。有些军队可能比较照顾到这方面，但我军没有。整整四年……只有军官可以允许自己做那些事，而大头兵是不行的，有纪律。大家都心照不宣……其实没有人能守住纪律，没有的……比如我吧，是全营唯一的女性，我住在公共掩蔽部，和男人们在一起。他们给我划出一个单独的地方，可那算什么单独啊，整个掩蔽部只有六米宽。我一觉醒来张开双臂，一只手就会摸到别人脸上，另一只手又放到另一人脸上。后来我受伤了住进医院，睡觉时还是习惯性地张开手臂去摸，夜班护士推醒我问："你怎么啦？"这个秘密，你可以告诉谁呢？

第一个营长被地雷炸死了，又来了第二个营长……

对这个营长，我是真的爱上了。我和他一起出生入死，我总想和他寸步不离，我爱他。但他还有一个心爱的妻子和两个孩子，他给我看了他们的照片。我知道，战争之后，如果他能够活下来，就得回到他妻子和孩子那里去，他的老家在卡卢加。可那又怎么样？反正我和他有过如此相爱的一段时光！我们体验过这样的幸福！更重要的是，我们都从那场可怕的战争中回来了……我们都活下来了，他再不会和任何人发生这种恋情了，绝不会了！我知道……我知道他没有我将不会再有幸福。他和任何人都不会再发生和我在战场上那样的感情……不可能了……永远不可能！

在战争后期我怀孕了，这正是我想要的……但我们的女儿是我一个人养大的，他没有帮我，一根手指都没碰过，任何礼物或信函都没有过……哪怕是一张明信片。结束了战争，也结束了爱情，就像唱了一首浪漫曲……他离开我，回到了他的合法妻子和子女身边，只留下一张小照片给我做纪念。我真不希望战争结束……这样说很可怕吧……却是敞开自己的心扉……我是疯了，为爱疯狂！我知道这段爱情随着战争一起结束了。他把爱带走了……但无论如何，我都为他给了我的那些感情而感激！那是只有我和他知道的感情。我就是这样用一生去爱他，多年来都背负着这份感情。我没有理由撒谎，我已经老了。是的，我毕生承受着这一情感！无怨无悔。

女儿责备我说："妈妈，你干吗还要这样爱他？"我就是爱……不久前得知他死了，我哭了很多次，甚至因此和女儿吵起架来，女儿说我："你哭什么啊？对你来说他早就死了。"可我至今都还爱着他。在记忆中，战争是我一生中最好的时光，那是我最幸福的时候……

只是，请不要公开我的姓氏。为了我的女儿……

——索菲亚·凯＊＊＊维奇

（卫生指导员）

在战争期间……

上级把我派到一个最前沿的部队……指挥官见了我，第一句话就说："先请您脱帽，谢谢。"我很奇怪……就摘下了军帽……在兵役委员会的时候，他们已经给我们剃成了男孩头，可是在军营训练时，还没有上前线的那段时间里，我的头发慢慢长了出来，卷曲着蓬上去，就像一只小羊羔……你猜不到我那时的样子，现在我已经老了……

307

那位指挥官就这样上下打量着我说:"我已经有两年没见过女人了,我就是想看看女人啦。"

战争结束后……

我住在一个集体公寓。邻居们都用自己的丈夫来伤害我。她们嘲笑道:"呵呵……给我们说说你在战场上是怎么和男人们在一起混的吧……"她们往我熬土豆的锅里倒醋,或者撒上一勺盐……然后哈哈大笑……

我刚才说的那位指挥官,他复员之后就来找我,我们结婚了。到登记处去了一趟就搞定,没有婚礼什么的。一年后,他离开我跟另一个女人走了,她是我们工厂食堂的负责人。他说:"从她身上飘出的是香水味儿,而你身上是毡靴和绑腿布的味儿。"

后来我就一直独居,在这个世界上我再没有和任何人来往。谢谢你这次来了……

——叶卡捷琳娜·尼基蒂奇娜·桑尼科娃

(中士,步兵)

我那位丈夫啊……幸好他不在家,上班去了。他一直严格看管着我……他知道我喜欢跟人说我们的爱情故事……喜欢讲如何在一个晚上就用绷带缝制成婚纱礼服,我一个人做的。绷带是我们前线女兵们用一个月时间收集到的,都是战利品……这样我就有了一件真正的婚纱!那时的照片还保存着呢:我身穿婚纱,脚下穿的是一双毡靴,不过鞋子是看不到的,我清楚地记得当时穿的是毡靴。结婚礼帽是我用一顶旧船型军帽改制的……很棒的礼帽哦。但是我为自己做的这些事不能说……关于爱情往事，丈夫命令我不许吐露一个字，只可以讲述打仗的故事。他对我非常严厉，按照地图教我说话……足足两天他教我看地图，前线在哪个位置啦，哪里是我们的部队啦……我还马上就得掌握，要跟着他做记录，要全都背熟……

你笑什么？呵呵，你笑得多可爱，连我都要笑了……好吧，我就这样成了战争史学家！但我最好还是给你看看我用绷带缝制的婚纱礼服的照片吧。

我当时是那么欣赏自己……身穿白色的礼服……

——阿纳斯塔西娅·列昂尼多夫娜·沙尔杰茨卡娅

（上等兵，医疗指导员）

面向天空的特别沉静和一枚失去的戒指

我从喀山上前线的时候，只是一个十九岁的女孩……

半年之后我写信告诉妈妈说，上级还以为我是二十五到二十七岁呢。每天都在害怕和惊恐中度过。弹片横飞，就好像在剥你的皮。身边的人不断死去，每天每小时，甚至感觉每分钟都在死人。裹尸的被单都不够用了，只好用内衣。病房里总是出奇地寂静，这种寂静我不记得在别的地方有过。一个人在临死之前，他总是仰视上方，从来不看别处，甚至对就在他旁边的我也不理睬。只是看着上面……望着天花板……那样子就仿佛是在仰望天堂……

我一直告诫自己，在这种地狱般的地方绝不谈情说爱，我不可以相信爱情。就在那几年战争中，我都不记得听到过任何歌曲。其至那首著名歌曲《掩蔽部》我都不记得了，一首歌都没听过……我只记得自己离开家乡上前线时，家里的花园正是樱花盛开，我一边走一边回头看……后来，我在去前方的路边大概也见过不少花园，鲜花在战争中也照样开放，但我都不记得了……在学校里我很喜欢笑，但是上战场后就从来没有笑过。看到有女孩子在前线描眉涂唇，我就会很生气，对这些我是断然抗拒的：怎么能这样呢？在这个时候她怎么还想去取悦男人？

身边和周围都是伤员，耳旁是一片呻吟的声音……死者的脸都是黄绿色的。在这种环境中你怎么可能去想开心的事？怎么去想自己的幸福？我是不想把爱情和这些情景一起联想的。可它们有时就偏偏是连在一起的……我觉得在这里，在这种环境下，爱情瞬间就会消亡。没有快乐，没有美丽，怎么可能有爱情？只有战争结束后，才会有美好生活，才会有爱。而在当时，在战场上，是不应该有的。要是我突然死了，那个爱我的人不是会很痛苦吗？我又怎么能受得了呢？那时就是这样的感觉……

我现在的丈夫，我们是在前线相识的，他是在战场上追我的。可是我当时不想听他的甜言蜜语，我说："不要不要，要等到战争结束，那时我们才能谈恋爱。"

我不会忘记，有一次他打完仗回来，问我："你连一件女式衬衫都没有吗？穿一件吧。让我看看你穿女装是什么样子嘛。"而我确实什么都没有，除了套头军便服。

我的女朋友是在前线嫁人的，我对她说："花儿也不送，婚也没求过，他突然之间就要娶你了。这叫爱情吗？"我就不支持她的恋爱。

战争结束了……我们面面相觑,不敢相信战争已经结束,而我们真的活了下来。现在我们可以生活了,可以谈恋爱了……可是我们都已经忘了,已经不会了。我刚回到家,就和妈妈一起到店里去定做结婚礼服,那是我战后的第一条裙子。

轮到我了,店员问我:"您想要什么样式?"

"我不知道。"

"您怎么来到礼服店却不知道想要哪种样式的裙子呢?"

"我不懂……"

五年来我真是没有见过一条裙子,甚至都忘了裙子是什么样子。有些常识必须现场补习,比如裙子是怎样剪裁的,低腰啦,高腰啦……这些我都是糊里糊涂的。买回来一双高跟鞋,我在房间里走了几步就脱掉了,扔在角落里,心里就想:"我可能永远也学不会穿高跟鞋走路了……"

——玛丽亚·赛利维斯托弗娜·波若克

(护士)

我想回忆……我想说说我从战争中得到的那种非同寻常的美好感情。当时那些男人对我们女兵是那么喜欢和夸奖,不是用三言两语能说清楚的。我和他们同住一个掩蔽部,同睡一条通铺,同去完成一样的任务。而在我冻得都能够听到自己脾脏的声音、舌头僵硬了、大脑失去意识时,就向身边的男兵请求:"米莎,解开你的外套,暖暖我吧。"他就解开大衣把我拥在里面:"怎么样,好些了吗？""好些了。"

我一生中再也没有遇到过这样的情景。但那是在祖国处于危亡之际，个人私事是不能去想的。

可是，当时你们有过性爱吗？

是的，有过性爱，我就遇见过……不过对不起，也许是我错了，也许那不算是完全自觉自愿的，而且我在内心里还谴责这种人。我认为我没有时间去真正恋爱，周围只有邪恶和仇恨。我觉得，身边的很多人也都是这样想的……

那战争之前您是什么样子呢？

我那时候喜欢唱歌、喜欢笑。我想成为一名飞行员。那时候我们的爱情观可不一样呢！认为爱情在我的一生中并不是主要的，最主要的是祖国。今天我才知道，我们那时候太幼稚了……

——叶连娜·维克多罗夫娜·克列诺夫斯卡娅

（游击队员）

在医院里……伤员们都很高兴，为自己活了下来而感到幸福。一个二十多岁的中尉，虽然失去了一条腿，但是他活下来了啊。在全民大苦难中，他还活着，这就是幸运者了。想想看，他只少了一条腿，重要的是他还活着，他还能恋爱，他还能娶妻，他还能拥有一切。虽然他现在只剩下一条腿,确实很惨,可是他们都能用一条腿蹦着去,他们还能吸烟,他们还能说笑,他们更是被视为英雄!而我们又算什么呢?!

您在战场上爱过吗?

当然,我们都是那么年轻的女孩。每当有新伤员送达,就一定会有人坠入爱河。我的女友爱上了一个上尉,他全身伤痕累累。女友指给我看:喏,就是那个人。我当然知道他,那也是我爱上的人。在被转送到别的医院之前,他问我要一张小照片。那是我仅有的一张照片,是我们一群姑娘在一个火车站上拍的合影。我找出这张照片,正要送给他,但转念一想:如果这并不是爱情,干吗我要送他照片做礼物呢?这时他正在被抬出去,我向他伸出一只手,手中攥着那张小照片,还是没有决定是否松开手把照片送给他。这就是全部的爱了……

后来的帕夫利克是个中尉。他也是伤得很重,我悄悄把巧克力放在他枕头下。可是战争结束二十多年后,当我们再次见面时,他却向我的女伴莉丽娅·德罗兹多娃不住地道谢,就因为那块巧克力。莉丽娅莫名其妙:"什么巧克力呀?"这时我才承认,当时偷偷送他巧克力的是我……他亲吻了我……迟到二十年的一吻……

——斯韦特兰娜·尼古拉耶夫娜·卢比契

(医院志愿者)

有一次，在一个很大的后方医院，我的音乐演唱会结束后，主任医生来找我请求道："我们这里的一个单独病房，有个受重伤的坦克兵。几乎对什么都没有反应，也许你的歌声会帮到他的。"我去到那间病房。啊！我是永远都不会忘记这个人的，他奇迹般地跳出了燃烧的坦克，但是从头到脚都烧坏了。他就那样四肢摊开，一动不动地躺在床上，双眼失明，面色紫黑，只有喉咙在痉挛。见此情景，我有好几分钟都不能自制。过了一会儿，才轻声吟唱起来……我看到，那伤员的面孔在微微颤动，好像低声在说着什么。我弯下腰，听到他喃喃道："再唱一首吧……"我为他唱了一首又一首，把音乐会上的歌曲都唱过了，直到主任医生说："看来他睡着了……"

——莉丽娅·亚历山大洛夫斯卡娅

（女演员）

我们的营长和护士柳芭·赛琳娜，他们彼此深爱着对方，大家都看在眼里……每当他去打仗，她都很不安……说如果他牺牲时她不在场，她是不会原谅自己的，因为她没有在他活着的最后一分钟看到他。她说："我宁愿两人一起被打死，被同一颗炮弹埋葬。"他们就是打算要么同死要么共生的。战场上的爱情，没有今天和明天之说，它只发生在今天。谁都知道只能爱在此刻，因为一分钟之后，要么是你，要么是那个人，都可能不在了。在战争中一切都发生得飞快：无论是生存，还是死去。虽然在战场上就那么几年，但我们已经走过了全部人生。无论多久，无论对谁，我从来都无法解释那种体验。战场，那是另一个时空……

有一次战斗中，营长受了重伤，柳芭受了轻伤，只是弹片擦伤了肩部。营长被送到后方，她仍然留在了前线。那时她已经怀孕了，他给她写信说："去我父母家吧。无论发生什么，你都是我的妻子。我们就要有自己的儿子或女儿了。"

而后来柳芭写信告诉我，营长牺牲了，但他的父母不接受她，也不承认孩子。

多年来，我一直打算去探望她，但总没有实现。我们曾是最好的女伴。她走得太远，去了阿尔泰。前不久收到一封信，说她已经死了。现在是她的儿子来找我，去为她扫墓……

我很想去再看她一眼……

——尼娜·列昂尼多夫娜·米哈伊

（上士，护士）

胜利日那天……我们准备去参加传统的老兵聚会。我刚刚走出宾馆，就有几个当年的女兵问我："你当时是在哪个部队，莉丽娅？我们刚刚眼睛都哭肿了呢。"

原来，是有一个哈萨克男子找到她们问："姑娘们，你们从哪个部队来？在哪家医院？"

"您是要找谁呢？"

"每年我都来到这里，要寻找一个护士小妹。她救了我的命，而我爱上了她。我要找到她。"

女兵们都笑了："还到哪儿去找护士妹妹啊？早都成老奶奶啦！"

"不……"

"您已经有妻子了吧?也有孩子了吧?"

"孙子都有了,孩子也有,妻子也有。但灵魂失去了……灵魂没有了……"

女兵们一边给我讲这个故事,我就一边在回想:他会不会就是我的那个哈萨克小伙子?

……

医院送进来一个哈萨克男孩。唉,完全还是个男孩子。我们为他做了手术,他的肠子被炸成七八截,已经没有活的希望了。他孤零零地躺在那里,我立刻就注意到了。趁着一分钟空隙,我跑过去问:"喂,你怎么样?"我亲自给他做了静脉穿刺,测量体温,他总算捡回了一条命,并且继续好转。我们不会把伤员留在这里很长时间,因为我们是在第一线,只提供急救,把伤员从死亡线上救回来,然后就送他们去后方。不久,他就要按照程序一起被送走了。

那天他躺在一个担架上,有人告诉我,他在叫我。

"护士妹妹,请到我这里来一下。"

"什么事?你需要什么吗?你各方面都很好,现在要把你送到后方去。一切都会正常起来。请相信,你已经活下来了。"

他恳求说:"我真的有事求你。我是父母亲的独生子,幸亏你救了我的性命。"

说着就给了我一个礼物:一枚小指环,很精致的小戒指。

我是不戴戒指的,不知为何从来不喜欢那玩意儿。于是我拒绝了他:"我不能接受,不行。"

他坚持求我收下,别的伤员也都帮助他。

"拿着吧,他的心是纯洁的。"

"这是我的责任,你们明白吗?"

但他们还是说服了我。不过后来,我实际上却把那枚戒指弄丢了。那戒指对我的手指来说太松了,有一回坐车的时候,我睡着了,车翻了,戒指就失落了。我那时非常难过。

您找到过这个男人吗?

我们一直未曾谋面。我不知道他是不是那个人,那天我和姑娘们一整天都在寻找他。

……

1946年,我复员回到家。人家都问我:"你外出是穿军装还是穿便服?"当然是穿军装,甚至没有想过脱下来。有一天晚上我到军官之家去跳舞,您听听这里的人们是怎样对待女兵的吧。

我换上了一双高跟鞋和一条连衣裙,把军大衣和毡靴存放在衣帽间。

一位军人走了过来,邀请我跳舞。

"您大概不是本地人吧?"他说,"您是个很有修养的姑娘。"

整场舞会他都和我在一起,寸步不离。舞会结束后,他对我说:"请把您的电话号码给我吧。"真是得寸进尺。

在衣帽部,人家把靴子给他,大衣也给他。

他说:"这不是我的……"

我走上前说:"不,这是我的。"

"您怎么没有告诉我您上过前线?"他说。

"那您问过我吗?"

他竟然有些不知所措,都不敢抬头看我。其实他自己也刚刚从战场回来……

"您干吗这么惊讶?"

"我不能想象您曾经当过兵。您知道,前线的姑娘……"

"您奇怪的是我还在单身是吗?是我没有丈夫,也没怀孕是吗?是我既不穿军棉袄,也不抽卡姿别克烟叶,还不骂粗口是吗?"

我没有给他送我回家的机会。

我永远感到自豪的就是:我上过前线,我保卫过祖国……

——莉丽娅·布特科

(外科护士)

我的初吻是……

给了尼古拉斯·贝洛赫沃斯蒂克少尉……哦,您瞧,虽然都已经是老太婆了,说起这事我还脸红呢。那时还是青葱岁月,都是年轻人。当时我以为……我确信那事……反正我对谁都没有承认过,甚至对女伴也没说过我爱上了他。但是我真的陷入情网了,那是我的初恋……或许还是唯一的一次?谁知道……我以为连里的战友中没有谁会猜得到。我以前从来没有这样喜欢过一个人!就算喜欢过,也没有这样强烈过。只有对他……我走到哪里都想着他,每分每秒都想着他。这是什么？这就是真正的爱！我深深地感觉到了。各种表现都是那样……您瞧，说到他我还脸红呢……

有一天，我们安葬了他……他躺在帆布担架上，刚刚被打死。德国人还在对我们进行炮轰，必须要尽快埋葬，就地埋葬……我们找到了一片老桦树林，选择了一棵老橡树旁的白桦树，是林中最高的一棵白桦树。我站在这棵树旁，力图记住它，为的是今后返回来还能找到这个地方。这里是个村庄的边缘，有个岔路口……但记得住吗？如果一棵白桦树在我们眼前燃烧，你又怎么能记得住……怎么记住？大家开始和他告别……同志们对我说："你先告别吧！"我的心怦怦直跳，我明白了，原来每个人都知道我的爱情，大家全都知道的……这时有一个念头击中了我：莫非他自己也是知道的？可是太晚了，他已经长眠……大家把他安放在泥土中准备掩埋……但当我想到他或许也知道我爱他的时候，却不禁狂喜起来。但突然又想到，他是否喜欢我呢？仿佛他还活着，现在就能回答我似的……我还记得新年的时候，他送给过我一块德国巧克力做礼物，我有一个月都舍不得吃，一直在口袋里装着。

我一生都会记得这一刻：炮弹在乱飞，而他就躺在担架上……那个时刻，我居然感到高兴，站在那里为自己而微笑。当时我人都不正常了，就为了他可能知道我对他的爱，我感到高兴……

就这样，我走上前去，当众亲吻了他。在此之前我还从未吻过一个男人……这是我的初吻……

——柳博芙·米哈伊洛夫娜·格罗兹比

（卫生指导员）

孤独的子弹和人

我的故事是独特的……只有祈祷能够安慰我。我也为自己的女儿祈祷……

我牢记着母亲的口头禅。妈妈喜欢说:"子弹是个傻瓜,命运才是凶手。"她遇到任何坏事都要唠叨这句话。子弹是单独的,人也是单独的,子弹飞往它想去的地方,命运却任意捉弄人,来来去去,反复无常。一个人就像羽毛,就像麻雀的羽毛,你永远不知道自己未来会飘向何处。我们没有天赋……没有能力参透人生的奥秘。战争之后我回到家乡时,一个吉卜赛女人给我算过命。她在车站上走过来,把我叫到一旁……发誓说我会有一场轰轰烈烈的爱情……我当时有一块德国手表,为了感谢她向我预言了伟大的爱情,就当场摘下来送给了她。我就是相信命运。

要是在今天,我才不会为所谓的爱情去哭泣呢……

我是高高兴兴上战场的,和女伴们一起,满怀着共青团员的理想。我们乘的是运货的列车,车身外面用黑色重油写着:"容量:四十人和八匹马。"但车厢内实际上挤了一百多人。

我成了一名狙击手。本来我可以当通信兵,那是个有用的专业:既是军人,又不用打仗,适合女人。可是人们都说,当兵就应该去开枪,我就干了射击这一行。我的枪法是很准的,在三年战争中,我获得过两枚光荣勋章和四个奖章。

我还记得,从听到人们欢呼"胜利了",到听到广播中正式宣布胜利的时候,我的第一感觉是快乐,但同时又立刻产生了害怕的感觉!紧张,甚至是恐慌!因为不知道怎样继续生活下去。我的爸爸牺牲在斯大林格勒城下,两个哥哥在战争初期就失踪了,家里只剩下妈妈和我,两个女人。我们怎么生活呢?这是我们所有姑娘都在思考的……我们晚上聚集在防炮洞里议论,我们的生活现在刚刚开始,真是既喜悦又慌张。在此之前我们害怕的是死,现在害怕的却是生……同样的可怕。真的!我们说啊说啊,最后都坐着沉默不语了。

我们是嫁人还是不嫁人?要为爱而嫁,还是不爱也要嫁?……我们撕菊花瓣占卜,花儿被扔进河里,随波逐流……我还记得在一个村庄,当地人指给我们看一个女巫住的地方,大家就都跑去算命,甚至还有几个军官。姑娘们全都去了。那个女巫是用一盆水算命的。还有一次,我们在一个街头拉手风琴的那儿抽签算命,我抽到的几张全都是幸运纸签……可是我的幸福在哪里呢?

那么,祖国又是如何欢迎我们的?我真是忍不住要哭出来……四十年过去了,说起来还是面孔发热。男人都沉默不语,而女人们,就都冲着我们大喊大叫:"我们知道你们在前方干的那些事!用你们年轻的身体去勾引我们的男人,前线的婊子!穿军装的母狗……"侮辱的话语五花八门……俄国的语言词汇很丰富……

有一次舞会后,一个小伙子送我回家,我突然感觉很不好,心脏突突急跳。走着走着,一屁股坐在雪地里。"你怎么了?""哦,没什么,跳舞跳累了。"其实是因为我负过两次伤,是因为战争……现在我们要学做小鸟依人的女人了,要表现得弱不禁风的样

321

子，可是我们的脚都因为穿靴子而变大了，有四十码呢。也不习惯被人抱住自己，只习惯于自己解决。希望听到恭维的客气话，但又不很明白，对我来说就像是儿童用语。在前线时，混在男人当中，通行的只有粗鲁的俄罗斯国骂，都已经习惯了。在图书馆工作的女伴就重新教我："读读诗歌吧，读读叶赛宁。"

我很快就结婚了，战争结束一年后就嫁给了我们工厂的工程师。我幻想爱情，想有家庭和家人，希望家里有小孩子的气息。我捧着第一个孩子的尿布，闻啊闻啊，就是闻不够。那是幸福的气味，女性喜欢的气味……在战争中没有任何女性气味，所有女人都男性化了。战争就是男子汉的味道。

我有了两个孩子……一个男孩，一个女孩。老大是儿子，善良聪明的男孩。他大学毕业后做建筑师。但是女孩，我的女儿呢，她五岁才会走路，七岁才会叫妈妈，可是直到现在还把妈妈说成"姆嫫"，把爸爸叫"布波"。她是怎么了？我觉得不对劲，肯定有什么地方错了。她进了一家精神病院……在那里住了四十年。我退休后就每天去看她。这是我的罪孽……

这么多年来，每逢9月1日，我都要给她买本新的识字课本。整天整天地和她一起看图识字，有时我离开她回来，感觉连我自己都忘记了如何阅读和写字，忘记了如何交谈。我感觉什么都不需要了，这是怎么了？

我在遭受惩罚……为了什么？也许是因为我杀过人？我是这样想的。我花了很长时间思考过去……左思右想。每天早上我都跪在窗前向外张望，向上帝祈祷，为所有的事情而祈祷……我不抱怨丈夫，早就原谅了他。当年我生下女儿时……他来看我们，只待了一会儿就离开了，还责备我："难道正常的女人会去打仗吗？会去学习开枪吗？所以你都没有能力生下一个正常的孩子。"我也为他祈祷……

或许他是对的？我也这样想……大概是因为我的罪孽吧……

我曾经爱祖国胜过世界上的一切。我是真心地爱……现在我能够向谁讲述这些呢？只能给我的女儿讲，她是唯一的倾听者……我对着她回忆战争，她以为我是给她讲故事，讲童话故事。多么可怕的童话故事啊……

请您不要写我的姓名。不要……

——*克拉夫季娅·谢***娃*

（狙击手）

"最后一点点土豆仔……"

还有另一种战争……

在这种战争里,没有人能在地图上指出哪里是中间地带,哪里是战斗前沿,也没有人能数得清战士和武器的数目。人们用高射炮、用机关枪,甚至用猎枪,还有沙俄时期的老套筒枪作战。这里没有战斗间隙,也没有大规模的进攻,许多人都在孤独地战斗,孤独地牺牲。和敌人殊死搏斗的不是正规军,不是整师整营或步兵连,而是人民,是游击队员和地下工作者,是男人、老人、妇女和儿童。托尔斯泰把这种多面孔的抗战称为"人民战争的大棒"和"潜在的爱国主义热能",而步拿破仑后尘的希特勒,则向他的将军们抱怨说:"俄国人打仗太不讲章法。"

在这种战争中,单纯的死亡,并不是最痛苦的——有太多的事情要比死亡痛苦得多。我们想象一下吧:你是一个前线的士兵,却被自己的家人所包围:孩子、妻子和年迈的父母。每时每刻你都要准备着,有亲人替自己献身,是你使他们做了牺牲品。在这种时候,勇气就和背叛一样,从来没有目击证人。

胜利日那天,在我们许许多多的村落里,人们并不是欢天喜地,而是放声哭号。在痛哭中,很多人仍然受着煎熬:"那实在是

太可怕了……我埋葬了所有的家人，同时把自己的灵魂也一起埋葬在了战争中。"（安德罗西克，女地下工作者）

刚开始的时候，她们都是悄声细语地说话，但是到了最后，几乎都大声喊出来。

"我就是见证人……

"我给你讲讲我们游击队长的故事……不要说出他的名字，因为他还有亲人活着。他们读到这些会很痛苦……

"联络员向游击队报告说：队长的家人被盖世太保抓到了——包括他的妻子、两个年幼的女儿和老母亲。每条街道上都贴满了通告，还有人在街市派发传单，说如果游击队长不投降，就会吊死他的家人。只给他两天时间考虑。伪警察一个村又一个村地在民众中煽动说：红军政委们都是毫无人性的怪物，他们甚至连自己的孩子都不心疼，对于他们来说没有什么是珍贵的。敌人从飞机上往森林里撒传单……我们游击队长也想过放弃，甚至想过自杀。在那段时间，大家从来不敢让队长单独待着，我们寸步不离地跟着他，生怕他自杀……

"我们跟莫斯科取得联系，向上级反映了这种情况。在收到上级指示的那一天，我们召开了游击队党员会议，对游击队长宣布了上级的决定：决不屈从于德寇的挑衅。作为一名共产党员，他服从了党纪……

"两天之后，我们派到城里去的侦察员，带回了一个可怕的消息：队长全家人都被吊死了。就在紧接着这件事之后打响的那场战斗中，我们队长也牺牲了……没人清楚他是怎么死的，很出人意料。但我觉得，他是自己想去死……

"我只能用眼泪代替语言……我怎么能让自己确定，什么话该说什么话不该说？又怎么能让别人相信我的话呢？人人都想安静地、好好地生活，都不想听我说话，都不想难过……"（克罗塔耶娃，女游击队员）

至于我自己，就唯有更加坚信，必须继续采访下去……

装炸药的篮子和毛绒玩具

那次，我完成了一项任务，不能继续留在村里，就投奔了游击队。几天后，盖世太保进村抓捕我的家人。虽然弟弟侥幸逃脱，但母亲被他们抓住了。敌人残酷地折磨我的母亲，向她拷问我的行踪。母亲被关押了两年，在这两年里，每次搜索行动，法西斯都把她和其他妇女一起押在最前面。他们害怕踩到游击队的地雷，所以总是逼着当地居民走在自己前面，如果遇上地雷，群众就会被炸死，德国兵们就得以保全性命。整整两年，他们就这样押着我母亲……

不止一次了，我们正要打伏击开火，突然发现妇女们走在前面，德国人走在后面。等她们走近了，又看见自己的亲人都在里头。这时大家最提心吊胆的，就是游击队长下令开枪，大家都在痛苦的煎熬中等待指令。一个人小声嘟哝："那是我妈。"另一个人也说："那是我小妹。"还有人发现了自己的孩子……我母亲总是围着一条白头巾。她个子高,所以大家常常最先认出她。往往我自己还没有看见她,别人就告诉我:"你妈妈在那儿……"

射击命令一旦下达,你就必须开枪。在那个关头我自己都不知道是朝哪儿开枪了,脑子里只有一个想法:紧紧盯住那条白头巾——看看妈妈是活着,还是倒下了?那条白头巾很显眼……只要枪声一响,乡亲们和敌人都向四处跑开,也就会有人被击中倒下。如果我没有弄清楚妈妈是否还活着,就会一连数天心神不定,坐立不安,直到联络员从村里回来,告诉我妈妈还在,我才又恢复正常。就是这样,直到下一次伏击,再经历一回。这种事要是搁在今天,我是怎么也受不了这种刺激的。可当时我非常仇恨法西斯,就是这种仇恨,支撑我挺了下来……

直到现在,我的耳边还时常出现一个小孩子的惨叫声,一个被扔到井里的孩子的叫声。您哪里听到过那种声音啊?那孩子被扔进井里时,尖声凄厉,简直像是从地狱里,像是从阴曹地府传出来的声音。那已经不是孩子的喊叫声,甚至不是人的声音了……还有,谁看到过一个年轻小伙子被钢锯活活锯成几段?……那是我们的游击队战友……从那以后,我每次执行任务,心里就只有一个念头:杀敌报仇,有多少杀多少,用最无情的方法消灭他们!我一看到法西斯俘虏,就想活活掐死他几个。用我的双手掐死他们,用我的牙齿咬死他们。我都不想开枪击毙他们,这种死法对他们太便宜了。我不想用武器,不想用枪去杀死他们……

在法西斯逃跑之前,这时已经是1943年,他们枪杀了我母亲……我妈妈就是这样的人,在临死前还在为我们祝福:

"坚持下去，孩子们，你们应该活下去。就是死，也不能随随便便地死……"

妈妈并没有说什么豪言壮语，她说的只是普通女人说的话。就是想我们能活下去，并且要读书学习，特别是学习。

跟她一起关在囚牢里的妇女后来告诉我，每次母亲被押出去时，都请求她们："噢，姐妹们，我只有一件事挂在心上，如果我死了，请照顾我的孩子们！"

所以，待战争过后，当我回到老家时，母亲的一位难友便把我带到她家去生活——虽然她也还要养活两个小孩子。法西斯把我们家的茅屋烧掉了，我弟弟牺牲在游击队里，妈妈被枪杀，爸爸还在前线打仗。爸爸从前线回来时，满身的伤、满身的病，没有活多久也去世了。就这么一大家子人，到头来只剩下我孤零零的一个。母亲这位难友自己也很穷，再加上两个很小的孩子。因此我决定离开她，随便到什么地方去。她哭着，不肯放我走。

我得知母亲被敌人枪杀后，变得神志不清，心智恍惚，常常不知自己身在何处。我一定要找到她的尸体……敌人枪杀她们后，把尸体埋在一个很深的防坦克壕里，又用推土机在上面碾过。人们在现场指给我看，妈妈当时站在什么地方，我就跑过去用双手挖了起来，找出了好几具尸体，我凭着妈妈手上的一枚戒指认出了她。看到这枚戒指，我大叫一声，就不省人事了。几个女人把母亲的尸体抬回来，用罐头盒舀水洗净她的身子，安葬了。我现在还保存着那个罐头盒。

一连几夜，我在床上辗转反侧，不能摆脱愧疚：妈妈都是因为我才死的啊。可是，也不全是因为我……如果我因为担心自己的亲人而不去抗敌，如果另一个人也这样想，如果第三个、第四个人也都这样，那就不会有今天的一切。我决意让自己忘记，忘记妈妈向我们走来时的情景，忘记听到命令的那个瞬间……可是我确实朝她那个方向开过枪，我忘不掉她的白色头巾……您绝不能想到，这种感受是怎样让人痛不欲生。时间愈久，愈是苦不堪言。

有时在深夜里，窗外突然有年轻人的笑声和说话声传来，我都会吓得乱打哆嗦，刹那间以为这是孩子的哭喊声、孩子的惨叫声。有时我突然从梦中惊醒，觉得喘不过气来，一团焦煳味堵住心口……您不知道人肉烧焦是什么气味，特别是在夏天，那是一种叫人毛骨悚然的甜丝丝的味道。我如今在区政府的工作就是，如果哪儿着了火，就必须赶到现场搬走文件。可是如果听说是农场失火，有牲畜烧死了，那我是说什么也不会去的。我不能够去，因为那会使我回忆起过去……那种味道，就像被烧焦的人肉的味道……有时深夜醒来，也会跑去取香水，因为我觉得空气中也有这种气味，到处都是……

我很长时间不敢结婚，不敢要孩子。因为我害怕如果突然又爆发战争，我还是要上前线，那我的孩子怎么办？现在我喜欢阅读有关人死之后的书籍，死后的世界是怎样的？我在那边会与谁相遇？我是多么希望，但又如此害怕见到我的母亲。年轻的时候是不怕，但是现在年龄大了……

——安东尼娜·阿列克谢耶夫娜·康德拉绍娃

（贝托施地区游击旅侦察员）

我最强烈的体会是，一看到德国鬼子，就好像在被人殴打，整个身体都难以忍受地疼，每一个细胞都感到痛苦：他们凭什么到我的家乡来？那种仇恨十分强烈，超过对自己亲人的担忧，甚至比对死亡的恐惧都要强烈得多。我们当然每时每刻都在担忧亲人们，但我们却别无选择。敌人穷凶极恶地侵犯了我们的土地，用火和剑杀了进来……

那一次，我在得知敌人要来抓我时，就逃进森林参加了游击队。我一个人走了，把七十五岁的老母亲留在了家里，而且她是孤身一人。我们商量好，让妈妈装作又聋又瞎，以为这样，敌人就不会把她怎么样了。其实，这都是在自我安慰。

在我逃离的第二天，法西斯就破门而入。按照我们说好的，妈妈假装她是既看不到又听不到。但敌人还是残酷地毒打她，逼问她女儿在哪里。母亲也因此生了一场大病，长期卧床不起……

——雅德维佳·米哈伊洛夫娜·萨维茨卡雅

（地下工作者）

我会一直保持我们当年的样子，直到生命结束……是的，那时我们多么天真，多么浪漫。虽然现在我们已白发苍苍了……但是我依然不变！

我有一个女友叫卡佳·西玛柯娃，是游击队的联络员，她有两个女儿，都不大，也就是六七岁吧。她常常牵着两个女儿的手，走遍全城，记下哪儿有敌人的军事设施。敌人岗哨喊住质问她，她就张着嘴巴，装出痴呆的样子。就这样极度危险地工作了好几年……

作为母亲，她是把自己的女儿奉献了出去……

我们还有个叫扎查尔斯卡雅的女战友，她有个女儿叫瓦列丽亚，小姑娘才七岁。有一次，需要炸掉敌人的一座饭堂，我们决定把炸药包放到敌人的烤炉里去，可是得有人先把炸药带进敌营。这位母亲说，她的女儿可以把炸药带进去。她把炸药放在篮子里，上面铺了两条儿童裙、一个毛绒玩具、二十个鸡蛋，还有一些黄油。就这样，硬是让一个小姑娘把炸药包带到敌人饭厅里去了。人们都说，最强大的力量是母亲保护子女的母性本能，但我认为不是！理想更有力量！信念更有力量！我在想……甚至我可以相信，如果没有这样的母亲，没有这样的女儿，如果她们不敢这样带炸弹进入敌营，我们根本就不会胜利。是的，生命诚然宝贵！但还有更加贵重的东西……

——亚历山得拉·伊万诺夫娜·赫罗莫娃
（安托波尔地下党区委书记）

我们游击队里有一对姓契木克的兄弟。有一次，他们在自己家的村子里中了埋伏，被堵在一个谷仓里，敌人从四面向他们开枪，又放火围攻，他们一直坚持到打完最后一颗子弹，然后浑身大火冲了出来……敌人把他们放到大车上示众，让人们辨认他们是谁家的人。希望有人会出卖他们……

全村男女老少都站在那里，他们的父母也在人群里，但谁也不吐露一个字。做母亲的要有一颗多么坚强的心，才不至于喊出声来呀……但没有任何应声。她知道，如果她哭喊出来，整个村子都会给烧光。敌人不仅会杀死她一个人,全村乡亲都会被杀害。为了一个被打死的德国兵,德寇是会烧掉整个村子来报仇的!她知道这一点。任何功绩都能受勋,但这位母亲呢?就是用"金星英雄"这种最高勋章去表彰她,也不算什么啊……就是为了她的沉默……

——波琳娜·卡斯贝洛维奇

(游击队员)

我和母亲一同参加了游击队……妈妈在游击队里给大伙儿洗衣服、做饭。需要的时候,她还站岗。有一次我外出去执行任务,我妈听人说我被绞死了。过几天我回到了营地,她看到我时,连话也说不出来了。一连几个钟头,好像口舌麻木了。当时这所有的一切都得忍受……所有这些都是当时必须忍受的痛苦……

曾经,我们在路上救起过一位妇女,当时她已经神志恍惚,路都不能走,只能在地上爬,她说自己已经死了。尽管感觉血还在身上流动,但她断定自己是在阴间,已经不是在人间了。我们使劲摇晃她,她才多少恢复了神志,对我们讲述敌人是怎样把她和她的五个孩子一道拉出去枪毙的。敌人把她和孩子们拉到板棚前,先把几个孩子枪毙了,一边开枪,还一边狞笑着……最后只剩下一个吃奶的孩子。一个法西斯比画着说,放下你的孩子,我要开枪了。这位母亲使劲地把孩子摔在了地上,她宁可把自己唯一的孩子摔死,也不愿意让德国鬼子开枪打死……她说她不想活了,在经历了这一切后,她再也无法在人间活下去了,只有活在阴间。她不想留在这个世界上……

我不想杀人,我不是天生就要杀人的。我的理想是成为一名教师。但是，当我看到法西斯怎样烧毁我们的村庄，我既不能尖叫，又不能哭出声来：我们那次是被派出执行侦察任务，恰好到了这个村子。我能做的，只有用力咬住自己的手，我的双手至今还留有那时候的伤疤，咬到手都出血，咬到肉里了。我还清楚地记得当时人们是怎样尖叫，牲畜是怎样尖叫，家禽是怎样尖叫……我觉得连牛羊鸡鸭都发出了人的尖叫声。所有生命都在尖叫，痛苦地号叫。

这不是我在说话，而是我的悲伤在说话……

——瓦莲京娜·米哈依洛夫娜·伊尔凯维奇

（游击队联络员）

我们知道……所有人都知道我们必定胜利……

后来，人们都以为是上级把父亲留下来执行区党委的任务。其实，没有任何人要求他留下，也没有什么任务。是我们自己决定留下来战斗的。我记得，当时我们家人完全没有害怕和惊慌，有的只是愤怒与痛苦。是的，绝没有惊慌，大家都相信胜利是属于我们的。就在德国人入侵我们村庄的那天傍晚，父亲用小提琴奏起了《国际歌》。他悲愤地拉着小提琴，表达自己抗争的意志……

两三个月过去了……或者，更多时间过去了……

我还记得，看到一个犹太男孩……一个德国人把他拴在自行车上，他就像狗一样跟在德国人的车后面紧跑。"快跑！快跑！"德国人一边骑车一边大笑着。是个年轻的德国人……等他玩累了，就从自行车上下来，比画着叫男孩跪在地上，四肢着地，就像狗一样跳着走……他在一旁大叫："狗崽子！狗崽子！"又扔出一根木棒，喝令孩子：捡回来！犹太男孩站起身，跑过去把棍子拿在手里跑回来。德国人大怒，气势汹汹地打他骂他，比画着要男孩四肢着地，像狗一样跳着跑过去，用牙齿衔起木棒。最后，男孩是用牙齿咬着木棒回来的……

那个德国青年这样耍弄了犹太男孩两个多小时后，又把他拴到自行车后面，转身回去。男孩就像狗一样跑着……朝犹太人隔离区那边……

听到这个故事，您还会问为什么我们要去作战，为什么要学会射击吗？……

——瓦莲京娜·帕甫洛芙娜·柯热米亚金娜

（游击队员）

我怎么忘得掉伤员们用汤匙只能吃盐的情景啊……还有集合列队点名时，士兵刚应声出来，就和步枪一起倒在地上——饿得站都站不住了。

是人民在支援我们。要是没有人民的支援，游击运动就无法存在下去，是人民在和我们并肩作战。虽然有时他们会流泪，但毕竟还是把自己的东西全都贡献了出来："孩子们，我们一起吃苦吧，也一起盼望胜利。"

他们把粮食都给了我们，连最后一点点土豆仔也拿出来，一口袋一口袋送到森林里交给我们。这个说："我有多少，交多少。"那个说："我也是。""那么你呢，伊万？""你呢，玛丽亚？""我跟大家一样，可我还有孩子……"

要是没有老百姓,我们怎么办?游击队全都驻扎在森林里,没有老百姓我们就活不成。他们耕地、播种,养活自己和孩子,也供我们吃、供我们穿,整个战争期间都是这样。夜里只要不打枪,他们就出来耕地。我记得有一次我们到了一个村子,那儿正在安葬一位老人,他是夜晚耕地播种粮食时被打死的,死的时候种子还紧紧攥在手里,掰都掰不开。他们对粮食永远不放手⋯⋯

我们有武器,我们可以自卫,可他们呢?因为把粮食送给游击队,他们会被敌人杀死。我在村里过上一夜就走,可是如果有人告密,说我在哪家待过,那家家人都会被枪毙。一个村里有个单身妇女,没有男人,却带着三个小孩。她有孩子要养活,但我们到她家去时,她从不赶我们走,还给我们生炉子烤火,洗衣服⋯⋯她把最后一点糊口的东西都送给了我们:"你们吃吧,年轻人!"春天的土豆很小很小,就像豌豆一般。我们吃着,孩子却在炉边坐着、哭着。这是最后一点豌豆大小的土豆仔⋯⋯

——亚历山得拉·尼基伏洛夫娜·扎哈洛娃

(戈麦尔州二二五团游击队政委)

我的第一个任务是⋯⋯我收到一批传单,把它们缝到了枕头里。妈妈铺床的时候摸出来了,她把枕头拆开,发现了里头的传单,哭了:"你这是害你自己,也害我呀。"可是后来她也帮我干起了工作。

那时游击队的联络员常常到我家来,虽然从马匹上卸完东西就走,但您想,别人会看不见吗?谁都能看到,也猜得出来。我总是对人说,他们是打我哥哥那儿来,是从乡下老家来的。可是邻居们都一清二楚，我在乡下根本没有什么哥哥。我永远感激他们，我应该向我们那条街上的所有邻居致敬。只要走漏一丝风声，就足以使我们全家人遭到杀身之祸……甚至只须用手指头朝我们家这边指一下，我们就完了。可是没有，没有一个人干出那种事……战争期间，我真的太喜欢那些邻居了，对他们的爱永远不会减少……

解放以后，我走在大街上总要习惯性地环顾四周：已经不能不害怕了，已经不能心情平静地通过街道了。走路必须注意汽车，在火车站要注意火车……好久都不能放弃这种心态……

——薇拉·格里戈利耶夫娜·谢多娃

（地下工作者）

我当时忍不住哭了……泪水夺眶而出……

我们走进一间小茅屋，里面几乎什么都没有，只有两条磨得光光的长凳和一张桌子。连喝水杯子也没有，老百姓的一切都给敌人抢走了，但是屋角摆着一尊圣像，圣像上罩着一条手巾。

屋里坐着一位老公公和一位老婆婆。我们一个游击队员脱下长筒靴，解开包脚布，包脚布已经破得不能再破了，哪里还能裹住脚呢。野外又是下雨，又是泥泞，靴子也是破的。老婆婆看在眼里，起身蹒跚着走到圣像跟前，慢慢取下罩在圣像上的手巾，递给了游击队员："包上吧，孩子，不然往后你怎么走路呢？"

这个茅屋里再也不剩什么了……

——维拉·萨弗伦诺夫娜·达维多娃

（游击队员）

在最初几天,我在村外找到两个伤员……一个是头部受伤,另一个士兵是腿上中了弹片。我自己把那个弹片拔了出来,再往伤口里倒煤油冲洗,那时候找不到其他用品,而我知道煤油可以消毒……

处理好这两个伤员,我扶着他们站起来。先扶着一个走进树林,然后是第二个。这个伤员离开时,突然跪在我的脚下,想亲吻我的脚:"亲爱的小妹妹,是你救了我的命啊!"

那个时候,既不知道名字,也没有任何事情。只有妹妹和哥哥。

一到晚间,村里的女人们就聚集在我家茅屋里议论时局:"德国人说他们拿下了莫斯科。"

"他们永远别想!"

解放之后,同样是这些妇女,我们一起建立了集体农庄,她们选我做农庄主席。我们农庄里还有四个老爷爷和五个十到十三岁的小男孩。这就是我农庄的全体成员。我们有二十匹马,但它们已经浑身生疮,必须治疗,这些就是我们的全部家当。既没有车子,也没有马匹,妇女们就自己一铲一铲地翻地,赶着牛耙地,拽着牛尾巴一步一步地走,公牛一尥蹶子,她们就起不来了。几个男孩子白天拉犁耙地,晚上才能把绳子从身上解开。所有的食物都是一样的:野菜饼。您不知道那是什么东西吧?是用酸模草的种子碾碎揉成面后烤成的……没有听说过吧?这是一种草,三叶草挤压磨碎,再完全捣成粉,就能做成烤饼。这种饼很苦很苦……

秋天政府发来了派工单:要上交木材五百八十立方米。谁能做到啊?我就带上自己十二岁的儿子和十岁的女儿干。其他妇女也学着我干,我们就这样砍倒了一片森林……

——薇拉·米特罗凡诺夫娜·托尔卡切娃

(游击队联络员)

下面是约瑟夫·格奥尔基耶维奇·雅修凯维奇和他的女儿,原罗科索夫斯基旅彼特拉科夫游击队联络员玛丽亚讲的故事。

为了胜利,我把全部家人都贡献出去了……最亲的家人。我的儿子们都在前线打仗,我有两个外甥,因为跟游击队有联系而被敌人枪毙了,我的姐姐,也就是他俩的母亲,被法西斯活活烧死在家里的茅屋中……当时在场的人们说,她一直抱着一尊圣像,直直地立着,像一根蜡烛,直到被火焰吞噬。战后,每当我看到夕阳,总会感觉那是一团烈火在熊熊燃烧……

——约瑟夫·格奥尔基耶维奇

那时我还是个小女孩,只有十三岁。我知道父亲在帮助游击队,我全都懂……经常有人深更半夜到我家里来,留下一些东西,又取走一些东西。父亲外出时常常把我也带上,他把我放在大车上,对我说:"好好坐着,不许站起来。"我们坐着大车到约定的地点去,他从那儿运回武器和传单。

后来爸爸开始派我一个人去联络站,他教我必须记住哪些要点。我总是悄悄地藏在灌木丛里,一直蹲到深夜,暗暗记下敌人列车通过的数目,还要记下车上是运送什么东西。我知道得很清楚:

他们在运武器，有时运的是坦克，有时运的是士兵。树丛就在铁路旁边，德国人每天都要朝这里扫射两三次。

你当时不害怕吗？

我那时长得很小，偷偷钻进树丛去，谁也发现不了我。有一天我印象很深，爸爸两次试图走出我们住的村子，游击队在树林里等他。可是他两次出村，都被敌人的巡逻兵赶了回来。天色暗下来了，他终于喊起我来："玛琳娜……"这时妈妈说话了："我不放孩子去！"要把我从爸爸身边拽走……

可我还是去了，按照爸爸的吩咐悄悄地穿过林子。虽然我熟悉那里的每条小路，但说实话，我很怕黑。最后，我总算找到了游击队，他们正在等着呢。我把爸爸说的话告诉了他们。在回家的路上，天已经开始黎明。怎样才能避开德国人的巡逻队？我在树林里绕啊绕啊，结果掉进了湖里，爸爸的上衣、皮靴，全都沉到水底了。我从冰窟窿里钻出来……在雪地上光着脚丫跑啊跑……回到家我就病了，我一躺下就再也没爬起来，双腿麻木。那时候没有医生也没有药品，妈妈只能煎些草药汤给我喝，并用黏土敷在我头上……

战后才把我送去看医生，可是已经太晚了，我全身瘫痪了，只能躺在床上……现在我可以坐起身来，但是时间不能久，只能躺着看电影……这就是我记忆里的战争……

——玛丽亚

339

我把她抱在怀里，过了四十年，还是像小孩子那样……我妻子两年前去世，临终前，她原谅了我的一切。年轻时的罪孽，全都怨我……但玛丽亚仍不肯原谅我，从她的目光中我能看出来……我现在很怕死去，因为那样就把女儿一个人留在世上了。谁还能这样把她抱在怀里？谁还会在夜间为她祈祷？还有谁能为她祈求上帝呢……

——约瑟夫·格奥尔基耶维奇

阿妈和阿爸

明斯克州沃洛任斯克区拉坦茨村，距离首都一个小时的车程，是个典型的白俄罗斯村庄：木结构房屋，开满鲜花的院落，鸡和鹅在街道上行走。孩子们在沙土中玩耍，老年妇女们坐在长凳上聊天。当我走近其中的一个，整条街的女人都聚集过来，七嘴八舌，但异口同声。

她们每个人都有自己的故事，但是又都在讲述同一个故事。都是关于如何犁地，如何播种，如何给游击队烤面包，如何保护孩子们，如何去找巫师和吉卜赛人算命解梦，如何请求上帝宽恕，如何期待丈夫早早打完仗回家。

我只记下了头三个女人的名字：叶莲娜·阿达莫夫娜·维利奇科、尤斯金娜·卢基亚诺夫娜·格里戈罗维奇，还有玛丽亚·费多罗夫娜·玛祖罗。接下去，就由于一片哭声而分不清谁是谁了……

啊，可爱的姑娘！告诉你吧，我的宝贝，其实我并不喜欢胜利日，因为我总会在那天痛哭不止！号啕大哭！我的脑子里撇不开那些念头，一切都旧景重现。虽然说是苦尽甘来，但接着还是痛苦啊……

德国人把我家抢得一干二净，又一把火烧毁了我们的茅屋，只剩下一块灰色岩石。我们从树林里回来后，什么都没有了，只有野猫偶尔出现一下。吃什么？夏季就是去采集浆果和蘑菇。我还有一窝孩子要养活呢。

战争结束后，我们都参加了集体农庄，耕种、收割、打谷，用自己代替马匹拉犁。没有马匹，它们都被杀掉了，连狗也都被射杀了。我妈妈就说：等我死的那天，有什么能和灵魂做伴啊，只有两手空空。我的女儿才十岁，就跟我一起耕作。生产组长过来看到了，心疼地说，这么小的姑娘，从早到晚当作成年人用！我们就这么干啊干啊，从太阳落到树林后面，做到它再次升起。我们白天时间都不够用，因为上面把我们母女俩当作两个整劳力。其实我们得不到任何报酬，只是记劳动工分。从初夏开始下田地耕作，秋天还分不到一袋面粉。我们就用这点可怜的食物抚养孩子……

战争结束时，只剩下我孤身一人。我既做牛马，又做女人，还做男人。唉……

战争真是一场灾难啊……我的小茅屋里除了孩子什么都没有，既没有椅子，也没有柜子，家徒四壁。只能吃橡树果，春天就吃草……我的小女儿该上学了，只有那时我才给她买了第一双鞋子。她连睡觉都穿着，不想脱下来。这是人过的日子吗？我这辈子都快到头了，但我什么都不记得，只记得那场战争……

有消息说，我军的一批被俘士兵被押送到村里，要是谁家发现里面有自己的亲人，就可以领走。各家妇女们听说了，马上都跳起来跑了过去！晚上，有人在战俘中找到了亲人，也有人把生人带回家去。她们都说没有能力去辨认：被俘士兵都被折磨得不成人形，饿得奄奄一息，一直在吃树叶、吃草茎，从地里挖草根……我第二天才跑去，没有找到我自己的儿子，但是我想我也应该去救别人的孩子。有个皮肤黝黑的孩子看着我，他叫萨什卡，和我现在的孙子同名。他十八岁……我给看押的德国人送了熏肉鸡蛋，按照教会方式，一边称他"兄弟"，一边在胸前画十字，他们才让我把萨什卡带回家。这孩子已经衰弱得很，连一个鸡蛋都吃不下。可是，这些被俘士兵在我们村连一个月都没住满——因为村里出了一个畜生，他和所有人一样过日子，已经结婚，有两个孩子……但就是他，跑到德军指挥部举报，说我们领回家的是外人。第二天，德国人开着摩托车来了。我们下跪，趴在地下求情，但是德国人欺骗说会把他们送回家乡。分手时，我把爷爷的衣服给了萨什卡，我以为他会活下去……

谁知道他们到了村外，就被自动步枪打死了。所有的人，一个都不剩……都是年纪轻轻的好孩子啊！我们收留过这些士兵的九个人，商量决定要安葬他们。五个人挖坑，四个人放哨，提防德国飞机飞来。天气酷热，他们已经在地上躺了四天……我们不能动手去碰他们，也不敢用铁锹，只有找来一张桌布铺平拉开，再打来水给他们洗身体。为了不让自己倒下去，我们都得把鼻子捏住……就这样，我们在树林里挖了一个墓坑，把他们摆成一排……用床单把头都包盖住，腿就只能露在外面……

整整一年，我们都没有安静下来，为他们哭泣。每个女人都在想，我自己的丈夫或儿子又在哪里啊？他们还活着吗？因为从战争一开始，我们就等啊等啊，又总是要埋葬死人……唉，唉……

我有一个善良的好丈夫，我和他一起过日子只有一年半时间。他离开家时，我正怀着孩子。但他从来没有见到过女儿，没有等到女儿出生就上前线了。他是夏天走的，我是秋天生下的女儿。

那一天，我正坐在床上，怀里抱着不到一岁的女儿，给她喂奶。忽然有人从外面敲着窗户说："莲娜，通知书来了，是你男人的……"（邻居女人们没有放那个邮差进来，而是亲自进来告诉我。）我大吃一惊，抱着正在吃奶的女儿站起来，又跌倒在地，女儿也惊吓得不再衔着我的奶头，放声大哭。我得到这一噩耗正好是在棕榈星期六[1]，那是四月，阳光很明亮温暖……从那封通知书中，我得知我的伊万在波兰牺牲了，是1945年3月17日牺牲的，被葬在格但斯克城下。我们好不容易熬到了胜利，花园里的花儿都开放了，我以为我的男人就要回家了，可是我只得到这张薄薄的阵亡通知函……

女儿遭到那次惊吓后，病了很长一段时间，一直到上小学的年龄，只要有人大声敲门或者大声喊叫，她就会病倒，夜间睡梦中还常常哭闹。我很久很久一直和她一起受苦受难，大概有七年没有见

---

[1] 棕榈星期六：东正教信众民间庆祝春天的节日。

过太阳，它不会照在我身上。我的眼前总是一片黑暗。

等到人们欢呼"胜利啦"的时候，男人们也陆续回到自己的家乡，可是，回来的男人远远少于我们送走的，甚至还不到一半。我的哥哥尤西科是第一个回来的，但是他已经成了残废。和我一样，他也有一个女孩，四岁多，快满五岁了，我女儿常常去他家里玩。有一次，女儿大哭着回家说："我再也不要去她家了。"我问她："你为什么要哭？"女儿回答："奥尔加（哥哥的女儿叫奥尔加）的阿爸跪着抱她，疼爱她。我就没有阿爸。我只有阿妈。"我们母女两个相拥而泣……

就这样又过了两三年。有一天，女儿从街上跑回家对我说："我可以就在家里玩吗？因为我在街上和其他孩子一起玩，那个阿爸走过来了，可是他认不出我来，看都没有看我一眼。"我又不能把女儿从茅屋里赶出去和孩子们一起玩，她就整天在家里坐着，苦苦地等待自己的阿爸。但是我们家的阿爸永远不会回来了。

我男人出发上前线的时候，哭得好厉害，他把一堆幼小的孩子留在家里，怎么能舍得呢？孩子们真的是太小了，甚至都不知道他们有个爸爸。主要是他们全都是男孩子，最小的一个还在我怀里吃奶呢。我男人紧紧抱着小儿子，贴在自己胸前。那边的人大声喊叫："所有人马上列队！"他还是不放开儿子，我在他后面紧跟着，他就抱着孩子站到队伍中……一个带兵的军人对他大声呵斥，可是他像小孩子一样，哭得泪水淋淋，孩子的襁褓都湿了。我和孩子们跟着他的队伍跑出了村子，追了五公里后还舍不得停下。和我们一起的还有村里别的妇女们。后来我的孩子们都累倒了，我也快抱不动小儿子了。而我男人沃洛佳还在不断地回头张望，我就继续跑啊跑啊。最后只剩下我一人，我把孩子们都扔在了路上，只抱着最小的儿子，继续追赶我的男人……

过了一年之后，来了一张通知书，上面写着：您的丈夫弗拉基米尔·格里戈洛维奇牺牲在德国柏林城下。我从来没有见过他的坟墓。一个邻居完好无缺地回来了，另一个邻居失去双腿回来了。唯有我是这么可怜：只要我的男人回来，没有腿脚又怎么样？只要他还活着，我会用双臂抱着他生活……

我只有三个小儿子在身边……我把一捆一捆的庄稼背在自己身上，从森林里背出木材，还有土豆和柴火，全部活儿都自己干……把犁耙套在自己身上拖耕土地。有什么办法呢？！在我们的小茅屋里只有两种人：寡妇或者小男孩。谁家都没有男人，也没有马匹，马也在战争中给抢走了。我就是这样……我还总是先进工作者。上级发给过我两张奖状，有一次还奖励了十米印花布。我真是高兴啊！用这些布给我的三个小子缝了三件衬衫。

战争之后……那些牺牲者的儿子们刚刚发育成长。虽然只有十三四岁，但是男孩子已经自认为是成年人，想到娶妻生子了。因为没有男人，女人们也都是处女……

所以，如果有人告诉我，交出自己的牛就能够不打仗，我会立刻交出去！只要能够让我的孩子们不再遭遇我那时候的苦难就好。一天一天，一夜一夜，我都在倾听自己的痛苦……

我总是呆呆地看着窗外，就好像他坐在院子里，晚间我常常有这种幻觉……我已经老了，可是我看到的他永远是年轻的，还是我

345

送他上前线时的样子。如果是在梦中相见的话,就不仅仅是他年轻,连我也是年轻貌美的……

其他妇女都收到了阵亡通知书,只有我那张纸上面写的是"失踪",用蓝色墨水写的。第一个十年里,我每一天都还盼望着他回来,直到现在我也在等待。只要人活着,就可以继续抱有希望……

一个孤独的女人怎么生活?不管别人是否来帮助我,或者不帮助我。苦难才是唯一的伴侣。什么样的话都听过了,人们说得太多,狗儿也叫得太多……不过,我在自己的五个孙子身上都能够看见我的伊万。我一次又一次地守着他的照片,给孙子们看他的照片。心里有话总还是要和他说说……

唉唉唉……我们的上帝……仁慈的主啊……

战争刚刚结束那会儿,我总会做同一个梦:我走到院子里,就看到我的那位正在院子里散步……他穿着军装,还在一直不断地叫我的名字。每到此时,我就掀开毯子,跳下床,打开窗户朝外看……可是院子里静静的,就连鸟叫都听不到,一切都在睡梦中。只有风吹得树叶沙沙作响……只有风在轻轻呼啸……

终于有一天,我早上起床后就带着一打鸡蛋去找茨冈人算卦。那个女人摆出扑克牌,占卜了一番后对我说:"他已经走了,不要白白等待了。那只是他的魂灵在家里飘游。"我和他是因为爱情而走到一起的,火热的爱情……

一个女巫教我说:"当深夜里所有人都睡着时,你戴上一条黑色围巾,坐在大镜子前。那时候他就会从镜子里出来……但是你既不能碰他的人,也不能碰他的衣服,只能和他说话……"我按照女巫说的那样，整夜整夜坐在镜子前面。就在大清早时，他真的来了……他一言不发，只是默默地流着眼泪。他这样子出现过三次，我只要叫他，他就会出现，总是哭着来看我。后来我就不再叫他了，因为我不忍心看着他流泪……

我一直在等待和我的男人会面……我想白天黑夜都和他说话。我什么都不需要他做，只要他听我说话。他在阴间可能也在变老，就像我一样。

你是我的小老乡……我每天就是挖挖小土豆，挖挖甜菜……总感觉他还在什么地方，我马上就会去找他……姐姐告诉我："你不要往地下看，要往天上看。抬头看看天空吧，他们都在那里啊。"可我总感觉他就在我的小草屋里，就在我身边……请在我们家住一夜吧，过夜之后，你会知道得更多。血毕竟不是水，舍不得洒出去，它是在身体里流动的。我看电视……每天都看……

你还是不要写我们吧，心里能记住更好……所以我对你什么都说，也和你一起哭。等你和我们告别时，再看一下我们，再看看我们的小屋。不要像陌生人那样只看一次，多看两次吧，就像自己的家一样。别的也都不需要，就好好看一下吧……

渺小的生命和伟大的思想

那个时候，我就是确信无疑……我相信斯大林，我相信共产党员，我自己也曾经是共产党员。我信仰共产主义，我为实现共产主义而生存，也正因为这个信念，我才幸存下来。赫鲁晓夫在苏共二十大做了秘密报告后，我听他谈到斯大林的错误，一下子就生了大病，卧床不起了。我简直不敢相信这是真的。在战争期间，我也高喊过："为了祖国！为了斯大林！"不是有人强迫我……我真的是相信……信仰，是我生命的支撑……

这就是我的故事……

我在游击队打了两年仗……在最后一次战斗中，我的两条腿都受伤了，整个人失去了知觉。可那是在天寒地冻的地方啊——待我醒过来时，两只手也冻伤了。别看现在我的两只手很灵活、很健康，可当时都发黑了……两条腿当然也冻伤了。如果不是严寒，两条腿兴许还可以保住，因为它们当时还在流血呢。我在雪地上躺了很久，他们找到我时，把我与其他伤员一起集中到了一个地方。伤员有很多，又正在被德军包围，游击队要撤退突围出去，我们就像柴火一样给扔到雪橇上，不管三七二十一，全部都拉到森林深处，隐藏起来。就这样运来运去，后来游击队才向莫斯科报告了我的伤情，毕竟我是最高苏维埃的代表，算是个大人物，人们都为我感到骄傲。我是从最基层，一个普通的农妇，从一个农民家庭成长进步的。我很早就加入了共产党……

我的腿就这样没有了，被截肢了……为了救我的性命，就在树林里动了手术，条件是最原始的。他们把我放在桌子上，连碘酒都没有，使用简单的钢锯，把我的双腿锯了下来……就在桌子上啊，碘酒都没有。同志们又跑到六公里外的另一支游击队去找碘酒，我就躺在桌子上等待。那时什么都没有，更不要说麻药了，代替麻药的是一瓶家酿白酒。什么手术器械都没有，只有一把普通的钢锯，木匠用的锯子……

　　游击队一直同莫斯科联系，要求派飞机来。一架飞机飞来了三次，但只能在高空盘旋，周围的敌人拼命向它射击，无法下降。第四次，飞机总算降落了，可我的两条腿已经截掉了。后来，我在伊万诺夫和塔什干又做了四次修补截肢，因为发生了四次坏疽病，每次都切下一段，截位越来越高。第一次我还哭呢，因为想到今后我只能在地上爬，不能走路，只能爬行，所以哭得很伤心。我自己也不知道后来是什么帮助了我，支撑了我，更不知道我是怎样说服自己的。当然，我遇见了很多善良的人，很多的好人。有位外科医生，他自己也没有腿，他有一次谈到我的时候，这样说道（这是别的医生转告我的）："我对她真是佩服得五体投地。我给那么多男人做过手术，却从未见过像她这样的人。没有叫喊一声。"我确实是有毅力……我已经习惯于在别人面前表现得坚强有力……

　　后来我回到了后方，回到迪斯纳，我的家乡小城。我是拄着拐杖回去的。

　　我现在走路不行了，因为我老了。可当初那会儿，我跑遍了全城，全都靠步行，装了假肢到处都可以去。我常常到集体农庄去，因为我那时是区执委副主席，承担了很繁重的工作。我从来不坐在办公室里，总是往农村跑，往农田里跑。要是别人想照顾我，我反而会发火。当时那会儿，还没有像现在这么有文化的集体农庄主席，每逢有什么重要活动，区里就得派人下乡。每逢星期一，我们都要被召到区委，上级分配任务后，就派我们到各农庄去。有一回，我一大清早就起来，望着窗外，看见别人不断地到区委去，偏偏就没叫我，伤心极了。我也想和他们一样去开会啊。

终于，电话铃响了，是第一书记打来的："费克拉·费多洛夫娜，请您来一下。"我那时多么满足啊，虽然我到各个村庄去是非常非常困难的。我被派往的地方都有二三十公里远。有的地方可以乘车去，有的地方只能靠步行。我有时在森林里走着走着就跌倒了，好半天爬不起来，只好把手提包放在地下，挣扎着撑起身子，扶住树干站起来，继续赶路。我已经领取了退休金，本来可以自由自在地过日子，可是我想做一个对别人有用的人。我是一个共产党员嘛……

我没有任何私人财产，只有一些勋章、奖章和证书。房子是国家造的，又高大又宽敞。因为里面没有孩子，就显得格外空旷……在这么高的天花板下面，这么大的房子里面，只有我和妹妹两个人住。她既是我的妹妹，又是我的妈妈，还是我的保姆。我现在老了……早上都不能自己起床……

我们姐妹二人相依为命，都是活在过去的时代。我们有一个美好的过去，生活虽然艰苦，但是既美好又诚实。我问心无愧，一辈子都问心无愧……我这一生从没有过污点……

——费克拉·费多洛夫娜·斯特卢亚

（女游击队员）

是时代把我们变成当时那样的人，我们也展现了自己。以后不会再有这样的时机了，历史不会重复。那时候，我们的想法是年轻的，我们的人也是年轻的。列宁刚去世不久，斯大林还活着……当我戴上少先队的红领巾时,在我戴上共青团徽章时,是那样自豪和骄傲……

战争就在这时爆发了,而我们正是最有理想的一代人……当然,在我们的日托米尔,马上出现了地下抵抗组织。我立即参加了地下组织,甚至不用商量:参加还是不参加?害怕或不害怕?这根本不用说……

过了几个月,我们的地下组织被出卖,遭到敌人追踪。盖世太保抓住了我……当然,这是很痛苦的,对我来说比死更痛苦。因为我害怕受刑,害怕受折磨……要是万一我忍受不了酷刑呢?我们每个人都这样想过,如何面对酷刑……比如我吧,从小时候开始,就很难忍受任何疼痛。其实,我们当时都不了解自己,不知道我们会有多么坚强……

在盖世太保的最后一次审讯中(这次审讯后我第三次被列入枪毙名单),这已经是第三个审讯我的人了,这是个自称教育历史学家的家伙。在他审讯我的时候,发生了这样一件事……这个法西斯想要弄明白,为什么我们是这样的人,为什么思想观点对我们是如此重要。"生活高于思想。"他对我说。我当然不同意他的话。他就狂叫着毒打我,边打边问:"是什么使你们成了这样的人?是什么使你们连死都不怕?为什么共产党人认为共产主义必定在全世界获胜?"他说着一口流利的俄语。于是我决定把一切都讲给他听,反正我知道他们要杀死我的,我不能这么白白死掉,要让他知道我们是有力量的。大约在四个小时里,他提出问题,我就尽我所知,尽我在中学和大学所能学到的马克思列宁主义去回答他。哈,他当时是多么狼狈啊！抱着脑袋，在刑讯室里走来走去，然后又像钉在地板上似的站住，呆呆地看着我，盯着我，却第一次没有动手打我……

我挺立在他面前……以前我还有两条大辫子，如今头发却被揪掉了一半。一个连饭也吃不饱的女囚……起初，我想吃一块哪怕是很小的面包；后来，连面包皮也行；再后来，哪怕有些面包渣也可以。但我就是这样，挺直身子，站在他面前，两眼放光。他久久地听我说话，认真地听着，居然不再毒打我……不，他那时并不是感到害怕，因为当时才是1943年。但他已经感觉到了某种危机。他是想弄清楚，这种危机感到底来自何处。我正是回答了他的疑问。可是当我走出刑讯室时，他把我列入了枪毙名单……

在被执行枪决前的那一夜，我回忆了自己全部的一生，短促的一生……

我记得，我一生中最幸福的一天，是父母要返回老家的时候。他们是为了躲避轰炸而背井离乡几十公里外的，只有我留在家中哪儿都没去。我知道我们必须继续斗争，我们也感觉胜利就在眼前，一定的！我们所做的头一件事，就是寻找和救护伤员。他们遍布在田野、街市和沟壑里，我们甚至爬到牲畜棚里去找人。有一天早上，我出去挖土豆，在我们菜园里发现了一个伤员。他是一个年轻军官，快死了，气若游丝，连告诉我他名字的力气都没有，只是喃喃地吐出了几个字，我都听不清楚。我记得自己当时曾经很绝望，可我也觉得从来没有像那些日子那么幸福过。我第二次得到了双亲。在这以前我以为爸爸是远离政治的人，实际上他却是个党外布尔什维克。妈妈是个没文化的农家妇女，她笃信上帝，整个战争中她都在祈祷。想知道她是怎么祈祷的吗？她跪在圣像前祷告："求主保佑人民吧！保佑斯大林吧！保佑共产党不受希特勒恶魔的糟害吧。"在盖世太保刑讯室里，我天天巴望着大门会突然打开，亲人们会走进来，爸爸拉着妈妈走进来看我……我知道我已经落入怎样的境地，但我感到幸福，因为我没有出卖任何人。我们也怕死，但是更怕当叛徒。当我被他们抓走时，我马上就明白痛苦的折磨要开始了。我虽然相信自己的精神是坚强的，但是肉体呢？

我已经记不清第一次审讯的情景了……尽管我那时并没有失去知觉。只有一次我昏了过去，那是他们用一个什么铁轮子绞我的双手。好像我没有叫喊过，虽然在这之前敌人常拉着我去看别人受刑时的惨状，听别人的惨叫声。在后来的审讯中已经失去了疼痛感，身体麻木得就像木头一样。我只有一个念头：不能说！在敌人的眼中我不能死，绝不能！只是在拷打结束后，他们把我扔回监牢里，我才能感到遍体鳞伤的疼痛。体无完肤……但是要挺住！一定要挺住！要让妈妈知道，我宁死不屈，没有出卖任何人。妈妈！

敌人还剥光我的衣服，把我吊起来拷打我，还给我拍照。我光知道用两只手紧紧遮护着胸脯……我看到敌人疯狂得丧失了人性。我曾经看到一个叫柯连卡的小男孩，还不到一岁，大人还在教他学说"妈妈"呢。就是这么幼小的婴孩，当敌人把他从母亲怀里夺走时，他似乎是超自然地知道要失掉母亲了，于是平生第一次喊出了："妈——妈！"其实这还不是语言，或者说，这不仅仅是语言。我想好好地讲给你听，全都讲给你听……唉，我在牢房里见过的，都是多么好的难友啊!她们在盖世太保的地下室里默默死去,她们的英勇行为只有牢狱的四壁知道。如今,四十年过去了,我仍然在心中向她们表示深切的敬意。她们常说:"死比什么都简单!"可是,活着呢?……人们又是多么想活着!我们坚决相信:我们必定会战胜敌人。我们怀疑的只有一点,就是:我们能否活到那个伟大的日子?

我们牢房里有个很小的窗子,上面有铁栅栏,得让人托着你,才能看到外面,而且看到的不是一抹天空,仅仅是一小片屋顶。我们大家都虚弱得厉害,根本做不到互相托一把去看看外面。有位难友叫安尼娅,是个女伞兵。她是在一次从飞机上跳伞到敌后,一落地就被敌人抓住了,伞兵小队全都中了敌人的埋伏。就是她,已经被打得皮开肉绽,却突然请求我们:"托我一把吧,我想看看自由,我只要能上去看一眼,就想看一眼。"

看一眼,这就是全部了。我们大家一齐用力把她托了起来。她叫了起来:"姑娘们,那儿有一朵小花……"于是,每个姑娘都开始要求:"托我一下……""托我一下吧……"那是一朵蒲公英,它怎么会长到屋顶上的,又是怎样在那儿生根的,我想不出原因。每个姑娘都在想这朵小花的来由。我现在知道了,当时大家都是同一个疑问:这朵小花能活着离开这座地狱吗?

我曾经那么喜欢春天,喜欢看樱桃花开,喜欢闻丁香树周围飘溢着的丁香花芳香……您不会对我的情调感到惊讶吧?我还喜欢写诗呢。可是现在我不喜欢春天了,那是因为战争横在了我们之间——在我和大自然之间。就是在那年的樱桃花盛开时节,我看到法西斯践踏在我的故乡日托米尔的土地上……

我奇迹般地活了下来,一些尊重我父亲的老百姓把我救了。我父亲是个大夫,在那个年代,医生是个很崇高的职业。在敌人把我们送上刑场枪决的路上,有人把我推下了火车,推到黑暗中。我完全不记得伤痛,就是跑啊走啊,像是在梦境中,一直朝着人们都跑去的那个方向……后来人们找到了我,把我送回了家。我全身都是伤,而且马上长满了神经性湿疹。我甚至连人说话的声音都不能听,一听到声音就会疼痛,爸爸妈妈只能小声交谈。我难受得整天喊叫,只有泡在热水里才会停止。我不许妈妈离开我一会儿,她只好求我:"好女儿,妈妈要去生炉子,侍弄菜园子……"可我还是不放她走,因为只要我一松开她的手,往事就要向我袭来,我经历过的一切都会浮现出来。为了转移我的注意力,妈妈给我找来一束花,是我最喜欢的风铃草和栗子叶,她想用花草的味道吸引我的注意力。我被盖世太保抓去时穿过的连衣裙,妈妈都给藏了起来。直到妈妈去世,那条连衣裙都一直压在她的枕头下面。她活着时一直藏着它……

我第一次起床下地,是在我看到我军战士的时候。当时我已经躺了一年多,却突然从床上一跃而起,跑到大街上高喊:"我的亲人们!最亲爱的人……你们回来了……"是战士们把我抬回家的。我十分兴奋,第二天、第三天接连跑到兵役委员会去:"给我分配工作吧!"有人告诉了我爸爸,他赶紧跑来领我:"孩子,你怎么到这儿来啦?谁能要你去工作啊?"就这样折腾了几天之后,我又不行了……又开始犯病,浑身痛得不行……我整天整天地叫着喊着,人们从房屋外边走过,都祈祷着:"上帝啊,要不您就收走她的灵魂,要不就救救她,别让她这么痛苦了……"

最后,还是茨卡尔图博[1]的医疗泥浆救了我,也是求生欲望挽救了我。活下去,活下去,别无他求。我终于活了下来,能和大家一样生活了。我在图书馆工作了十四年,那真是快活的岁月,的的确确。现在呢,生活又成了与疾病没完没了的斗争。无论怎么说,衰老是件可恨的事情。还有疾病和孤独,我完全是一个人过活,那些辗转难眠的漫漫长夜啊……这么多年过去了,我还是总做噩梦,每次醒来都吓出一身冷汗。我不记得安妮娅姓什么了,也不记得她老家是勃良斯克还是斯摩棱斯克,我只记得她是多么不愿意死啊!她常常把白白胖胖的手臂弯在脑后,透过窗棂向外面大喊:"我想活!"

我没有找到她的父母,也不知道可以向谁述说她的故事……

——索菲亚·米伦诺夫娜·维列夏克

(女地下工作者)

战争之后,我们才知道了奥斯威辛,知道了达豪……看到了这些,我还怎么敢生孩子啊?当时我已经怀孕了……

战后我马上被派到乡下去征订公债。国家需要钱,需要重新建立工厂,恢复生产。

---

[1] 茨卡尔图博:现在格鲁吉亚境内,海拔高度137米,那里的放射性泉水和泥浆对风湿病和其他关节疾病有疗效。

我到了一个村庄，村子早就不存在了，人们都在地底下住着，生活在地窖里……有一个妇女钻了出来，她身上穿的是什么啊，简直不忍目睹。我钻进地窖，看到里面有三个孩子，全都饿得不成人样了。那女人把孩子们撵到一个铺着干草的大石槽里。

她问我："你是来征订公债的吗？"

我说是的。

她说："我根本没有钱，只剩下一只母鸡。让我去问问邻居大婶要不要买走，昨天她还问我来着。要是她买了，我就把钱给你。"

我现在说起这件事，还像有什么东西哽在喉咙里。这些都是怎样的人啊，多么好的人啊！那位妇女的丈夫在前线牺牲了，丢下三个孩子，家里一无所有，只剩下这只母鸡，她还要把它卖掉，好向我交钱，我们那时征的是现金。她宁愿贡献出一切，只要能换来和平，只要能让她的孩子活下去。我一直记得她的面孔，还有她那几个孩子……

他们会怎样长大？我很想知道……很想再去找他们，看看他们……

——克拉拉·瓦西里耶夫娜·冈察洛娃

（列兵，高射机枪手）

"妈妈,爸爸是什么样子的?"

我看不到这条路的终点,苦难似乎永无尽头。我已经不能仅仅把它作为历史来看待。又有谁能够回答我这个问题:我到底是在与谁纠结?是与时间还是与人?时间在变化中,而人呢?莫非我所思考的,只不过是生命过程的呆板重复?

而她们,既是作为士兵在讲述,又是作为女人在倾诉。她们中的许多人,自己本身就是母亲……

洗澡的宝宝和像爸爸一样的妈妈

我在逃跑……我们几个人在一起逃跑。敌人一边对我们紧追,一边朝我们开枪。我妈妈也在跟着跑,当她看到我们跑掉了,就停了下来,她是在德寇冲锋枪手的看押之下。我隐约听见了她的声音,她是在喊叫什么。后来别人告诉我,她喊的是:"好啊,我的好女儿……你穿上了白裙子……往后再不会有人替你换衣服了……"妈妈以为我肯定会被敌人打死,但她高兴的是,我将穿着一身白衣服倒下。在事情发生之前,我们正准备去邻村做客。那天是复活节,我们要去走亲戚……

周围十分寂静,敌人停止了朝我们开枪。只有我妈妈还在叫喊……也许敌人后来开枪杀死了她?我没听见……

在整场战争中,我全家人都死了。战争结束后我已经没有什么人可以等待了……

——柳鲍芙·伊戈列夫娜·鲁德柯夫斯卡雅

(游击队员)

敌人开始轰炸明斯克……

我赶紧跑到幼儿园去接儿子。我的小女儿已经在城郊,她刚满两岁,在托儿所里,托儿所那时已经迁去了城郊。我决定先把儿子接出来领回家,然后再跑去接女儿。我想尽快把两个孩子都接到我身边。

我跑到幼儿园,敌机已飞到城市上空在扔炸弹了。我还在幼儿园墙外,就听见我那不满四岁的小儿子的说话声:"你们都不要害怕,我妈妈说了,敌人会被打垮的……"

我从栅栏门看进去,院内有好几个孩子,我儿子正在安慰别的孩子。可是他一看到我,便哆嗦起来,大声哭了。原来他自己也害怕极了。

我把儿子接回家,请婆婆帮助照看一下,又跑出城去接女儿。我一路紧跑赶到郊外的托儿所,可是那儿已经一个人都没有了。几位乡下女人示意我,孩子们都给带走了。我问:到哪儿去了?谁带走的?她们说也许是进城了。原来,托儿所里只有两位保育员,她们不等到汽车来,就带着孩子们步行离开了。从这儿到市区有十来公里，可那都是小娃娃啊，有的才一两岁。我亲爱的，为了找他们，我到处转了两个星期，走遍了所有村落……终于有一天，当我走进一幢房子时，别人告诉我这就是托儿所，孩子们就在这里，我都不敢相信了。上帝啊，孩子们全都躺在地上，真要命，满身的屎尿，有的还发着高烧，像死了一样。托儿所所长是个少妇，都已经急出了白头发。原来，他们从头至尾全是走路到市里来的，还迷了路，几个孩子都奄奄一息了……

我在孩子中间跨着走着，就是没找到自己的女儿。所长安慰我说："不要绝望，再找找看。她应该在这儿的，我记得她……"

我终于凭着一只小皮鞋认出了我的艾洛契卡，否则我根本就认不出是她……

后来，我们的房屋都被烧毁了，我们只身逃出，流落街头。这时德国军队已经进城，我们连藏身之地都没有。我一连几天带着孩子们在大马路上到处流浪。在街上，我遇到了塔玛拉·谢尔盖耶夫娜·西妮查，战前我和她并不太熟悉。她听说了我的情况后，就对我说："你们到我家来吧。"

"我的孩子们正患百日咳，怎么能去您家呢？"我说。

她也有两个小娃娃，弄不好会被传染的。那个时候真没法子，没有药，医院早已关门了。但是她坚持道："别说了，快走吧。"

我亲爱的，这样的事情难道我能忘记吗？塔玛拉和她的孩子与我们一起分吃土豆皮。为了给儿子送点生日礼物，我只好用自己的旧裙子缝制了一条小裤子……

但是我们仍然渴望去参加斗争。碌碌无为是苦恼的，只要有机会参加地下工作，我就感到痛快，不能两手空空地坐在家里等待。儿子毕竟大了一点，我就常常把他送到婆婆家。而婆婆提出的条件是："我可以照顾孙子，但你再也不许到家里来。我们会因为你而全都被杀死的……"结果，我在三年中都不能去看自己的儿子，甚至不敢走近那座房子。而女儿呢，当盖世太保盯上我时，我就带着她逃到了游击队。我抱着她走了五十公里。这五十公里路，我们走了两个多星期……

她跟我在游击队待了一年多……今天我还时常在思考：当时我是怎么带着她活下来的？您要是问我，我也答不上来。我亲爱的，那简直是不可能挺下来的！如今要有谁提到"围困游击队"这句话，我的牙齿还会打战。

那是1943年5月的一天，上级派我把一部打字机送到另一个游击区去，在鲍里索夫地区。他们那儿有一部俄文打字机，配有俄文铅字，可是他们需要德文字型，而这种打字机只有我们支队才有。这部德文打字机还是我受地下委员会的派遣从沦陷区明斯克带来的呢。可是当我沿途经过帕利克湖地区时，没过几天围困就开始了，于是我就耽搁在那儿了……

我不是只身一人来到这儿的，还带着我的女儿。过去我每次外出执行一两天的任务时，都会把女儿托付给别的同志，可是长时间执行任务就没人可托付，只好把孩子带上。这一回，连女儿也落入了敌人的包围圈，德寇把这个游击区团团围住了。如果说男人们行军只带一支步枪就行，我却不仅要背着步枪，而且要带着一部打字机，还有艾洛契卡。我抱着女儿走路时，常常会突然绊一跤，女儿便越过我的肩膀,跌进沼泽地。我们爬起来继续赶路,走不了几步就会再摔一次……就这样走了两个月!我那时暗暗发誓,要是我能活下来,一定要远离沼泽地,永远也不想再看到它。

"我知道敌人开枪时你干吗不卧倒,你就是想让子弹把我俩一起打死。"这就是我女儿,一个只有四岁的孩子对我说的话。其实我是没有力气卧倒了:如果我趴下去,就再也爬不起来了。

游击队员们有一次也同情地说:"你够受的了,还是把小女儿交给我们来领吧……"

可我谁也信不过。要是突然遇到敌机扫射,要是她被击中,我不在身边可怎么办?要是小女儿丢了怎么办?

游击队政委洛帕京接见了我。

"真是个好女人!"他很感动地说,"在这种情况下还带着孩子,打字机也不丢掉。这种事连男人也不是个个都能做到的。"

他把艾洛契卡抱在手臂上,抱着她、吻着她,翻遍了他自己所有的衣袋,把零星食物都搜出来给她,那正是有一次她差点被沼泽地的脏水淹死之后。别的游击队员也都学政委的样子,把衣袋都翻开,倒尽里面的东西给她。

等游击队突围之后,我彻底病倒了。全身生了疖子,皮都蜕了下来。而我怀里还抱着孩子。我们等待从大后方派来的飞机。据说如果飞机能飞来,就要把伤势最重的伤员运走,还可以把我的艾洛契卡带走。我清楚地记得,把女儿送走的那一刻,那些伤员们都向艾洛契卡伸出手招呼:"艾洛契卡,到我这儿来。""到我这儿来,我这儿有地方……"他们全都认识艾洛契卡,她会在医院里给他们唱歌:"哎——真是想啊,真想活到结婚那一天……"

一个飞行员问她:"在这儿你是跟谁过啊,小姑娘?"

"跟我妈妈,她在机舱外边站着呢。"

"叫上你妈妈,让她和你一起飞吧。"

"不行,妈妈不能飞走,她还要打法西斯呢。"

这就是他们,我们的孩子们。我望着她的小脸,不由得打了个寒战——往后我还能见到她吗?……

我再给您讲讲我跟儿子是怎样见面的吧……那是在家乡解放之后,我朝婆婆的房子走去,两条腿软绵绵的。游击队里年纪大一些的妇女事先教我说:

"你要是看见他,决不要马上承认你是他妈妈。你知道没有你的时候他是怎样熬过来的吗?"

邻家的小姑娘跑来告诉我:"喂!廖尼亚妈妈,廖尼亚还活着……"

听到这话,我的两条腿再也迈不动了:儿子还活着!小姑娘又告诉我,我婆婆已经死于伤寒,是女邻居收留了廖尼亚。

我走进他们的院子。您知道我当时穿的是什么?一件德国军便服、一条补丁摞补丁的黑裙子、一双破旧的高筒皮靴。女邻居马上认出了我,但她没吭声。儿子坐在那儿,光着小脚丫,破衣烂衫。

"你叫什么名字,孩子?"我问他。

"廖尼亚……"

"你和谁住在一起?"

"我早先和奶奶住在一起。后来她死了,我把她埋了。我每天都去看她,求她把我也带到坟里去。我一个人睡觉害怕……"

"你爸爸和妈妈呢？"

"爸爸活着，他在前线。妈妈被法西斯打死了，是奶奶告诉我的……"

和我一起回来的，还有两个游击队员。他们是来安葬牺牲的同志的。听到儿子这么回答，他们都流下了眼泪。

这时我再也忍不住了："你怎么连妈妈都不认识了？"

他一下子跳起来，大叫了一声扑向我："爸爸——！"因为我穿的是男人服装，戴着男人帽子。过了一会儿，他才又抱着我大喊了一声："妈妈！！！"

这是怎样的一声喊叫啊，歇斯底里般的喊叫……整整一个月，儿子哪儿也不让我去，连上班也不放我走。我到哪儿都带着他，因为他过去很少看到我在他身边，所以理所当然地缠着我。就连和我一起坐着吃饭，他也用一只手抓牢我，用另一只手吃饭。嘴里一个劲儿地重复着"妈咪"。一直到现在他还这样叫我：妈咪，我的妈咪……

在我和丈夫重逢时，一连几个星期都是说啊说啊，没个够。我白天黑夜没完没了地对他讲……

——拉依莎·格利戈里耶夫娜·霍谢涅维契

（游击队员）

战争，就是每时每刻地埋葬死人……那时我们常常要埋葬游击队员，有时整个小分队遭到伏击，有时所有人都战死。我要给您讲一个关于葬礼的故事……

那一次，发生了一场激烈的战斗。战斗中我们损失了很多人，我也负了伤。每次战斗之后都要举行死者安葬仪式，人们通常要在坟墓前简短地致辞。首先是指挥员讲话，然后是战友讲话。这次，牺牲者中间有一位本地小伙子，他的母亲来参加了葬礼。这位母亲号啕大哭："我的儿啊！我们已经为你准备了新房啊！你还保证说要把你年轻的未婚妻带来给我们看啊！你这是要到地下去娶亲了啊……"

队伍肃立，没人说话，也没有人去打扰她。过了一会儿，她抬起头来，发现牺牲的不只是她儿子一个人，还有很多年轻人躺在地上。于是，她又为别人家的儿子放声痛哭起来："你们这些孩子，我的亲儿子们啊！亲人啊！你们的亲娘都不能来看望你们，她们都不知道你们要入土了！这土地这么冰冷，真是太冷了啊。只好由我来代替她们来哭了，我心疼你们所有人啊。你们都是我的亲人啊，我亲爱的孩子们……"

当她说到"我心疼你们所有人"和"你们都是我的亲人"时，在场的男人们也都开始哭出声来。谁都忍不住泪水，控制不住自己了。整个队伍一片哭声。这时指挥员大声发令："鸣枪致意！"哭声这才被枪声压倒。

这件事深深打动了我，直到今天我还常常想起来，慈母心真是伟大：在安葬自己儿子、痛不欲生的时候，她那颗心同时也在为其他母亲的儿子恸哭，就像为自己的亲人那样恸哭……

——拉丽莎·列昂季耶夫娜·柯罗卡雅

（游击队员）

我回到老家的村里……

在我家房子旁边,有一群孩子在玩耍。我一边看一边就想:"哪一个是我的孩子呢?"他们全都一个样,头发剪得短短的,就像以前我们给绵羊剪毛那样,齐刷刷的。我认不出哪个是我女儿,就问他们中间谁叫柳霞。只见一个穿长褂子的小孩应了一声,转身就朝屋里跑去。当时我很难分清谁是女孩,谁是男孩,因为他们全都穿得一模一样。我又问:"你们当中到底谁叫柳霞啊?"

孩子们用手指了指,说跑掉的那个就是。我这才明白,那就是我的女儿。

过了一会儿,一位老太太牵着她的手出来了。这老太太就是我的外祖母。她领着柳霞朝我走来:

"我们去,我们去……我们这就去问问这位妈妈,她为什么把我们丢下不管了……"

我当时穿着男式军服,戴着船形帽,骑着马。我女儿一定是把她的妈妈想象得跟太外婆和别的女人一样,而今天站在她眼前的却是一个大兵。

女儿害怕,好长时间不敢走到我怀里来。我再委屈也是白搭,因为我毕竟没有抚养她,她是跟着老奶奶们长大的。

我带回一块肥皂送给孩子做礼物,这在那时候可是相当讲究的礼物了。可是在给女儿洗澡时,她竟用牙齿啃起肥皂来,想尝一尝肥皂的味道,以为是一种可以吃的东西。她们过的是什么日子啊!在我的记忆里,母亲是个年轻妇女,但她来接我时,已经是个老太婆了。有人说她女儿回来了,她从菜园子里一蹦就跳到大街上来,看到我，张开双臂就跑过来。我也认出了她，朝她跑去。她还差几步才跑到我身边时，突然虚弱地瘫倒在地上，我也瘫倒在她旁边。我又亲吻妈妈，又亲吻土地，心中充满了爱和恨。

我记得，有一次我看到一个德国伤兵趴在地上，他很疼，两只手死命地抠着土地。这时我们的一个战士走到他跟前说："别动，这是我的土地！你的土地在那边，你是打那边来的……"

——玛丽亚·瓦西里耶夫娜·帕甫洛维茨

（游击队医生）

我是追随丈夫上战场的……

我把女儿留给了婆婆，可婆婆不久就去世了。我丈夫有个姐姐，是她收养了我女儿。但战后我复员回家时，她说什么也不肯把女儿还给我，还数落了我一番，说是"既然你能抛弃这么小的女儿去打仗，那就不应该有女儿"。母亲怎么会抛弃自己的孩子呢，况且又是这么小的、无依无靠的孩子？我从战场上回来时，女儿已经七岁了，我离开时她才三岁。我见到的是一个看上去像个小大人似的女孩。不过她长得很瘦小，因为常年吃不饱、睡不好。附近有一家医院，她常常到那家医院去，为伤员表演节目，唱歌跳舞，医院的人就给她点面包吃，这是她后来告诉我的。起初她是等待爸爸和妈妈，后来她就只等妈妈一个人了。因为爸爸牺牲了，她都知道，她心里都明白……

我在前线常常想念女儿，一刻都忘不掉她，做梦都会看到她，想她想得好苦啊。一想到不是我在夜里给她读童话故事，一想到她睡觉和醒来时身边没有我,就不由得哭起来。也不知道是谁在给她编辫子……但我并不埋怨孩子她姑姑,我理解她,她很爱自己的弟弟。我丈夫是个强壮、英俊的男人,真不相信他这样的人会被打死。他是当场就牺牲的,是在战争的头几个月,敌人飞机一大清早突然轰炸地面。在战争刚爆发的那几个月,甚至大概是战争爆发后整整一年里,空中优势完全是被德国飞行员所掌控,他就是这样被炸死的……他的姐姐不愿意把弟弟留下的骨肉交出来,这是他唯一的骨肉。她是那样一种女人,在她心目中,家庭和孩子,这些都是生活中最重要的。不论是遇到轰炸还是扫射,她只有一个念头:今天怎么没给孩子洗澡呢?我不能责备她……

她说我是个狠心的女人,没有女人的良心。可是要知道,在战争中我们吃了那么多苦头,失去家庭、房屋和自己的孩子。很多人都把孩子留在了家里,又不只是我一个人这样做。我们背着降落伞,坐着等待上级随时下达任务。男人在抽烟、在玩牌,可我们呢,在起飞信号弹升起前,还在坐着缝头巾。我们终究还是女人啊。您瞧这张相片,这是我们的领航员。她想寄照片回家,于是我们有人找出一条头巾替她扎上,为的是不让肩章露出来,我们还用被单遮住她的军上装,好像她穿的是连衣裙……就这样拍出的照片。这是她最珍爱的照片……

当然,后来我和女儿相处得非常好,一辈子都非常好……

——安东尼娜·格利戈里耶夫娜·邦达列娃

(近卫军中尉,一级飞行员)

小红帽和在战场上看到一只小猫的高兴劲儿

我是过了好久才习惯战争状态的……

有一次,我们向敌人发起进攻,有个伤员动脉出血不止,我以前哪里见过这般情景啊:血就像喷泉一样涌出来!我正要跑去喊医生,可是那伤员却对我大喝了一声:"你要到哪儿去?哪儿去啊?还不快帮我用皮带扎上!"这时我才回过神来……

还有一件让我想起来就心疼的事情。有一个男孩,一个七岁的男孩,没有了妈妈,他妈妈被打死了。这孩子就坐在大路边上,守在死去的妈妈身边。他还不知道妈妈已经没有了,他还在等妈妈醒过来,他想跟妈妈要吃的……

我们的团长没有丢下这个孩子。他把男孩拉到自己身边说:"好儿子,你的妈妈没有了,但你会有很多爸爸的。"从此这个男孩就和我们在一起,在军队里长大,就像是全团战友的儿子。他当时七岁,负责给我们的转盘自动枪装填子弹。

等您离开我家之后,我丈夫一定会骂我一通。他不喜欢我谈论这些,不喜欢我谈论战争。他没上过战场,是个年轻人,年龄比我小,我俩没有孩子。我心里一直记着那个男孩,他本来可以做我的儿子……

战争过去之后呀,我瞧着什么都觉得怜悯……不但怜悯人,还怜悯公鸡,怜悯狗狗,现在我完全受不了看到别人吃苦。我在医院工作时,病人们都很喜欢我,说我心肠好。我有一个很大的花园,我从来连一个苹果都不会卖,连一个野果都不会卖,我把它们全都分掉了,分给别人,从战争到今天,我只剩下了这个,就是一颗怜悯的心……

——柳鲍芙·扎哈洛夫娜·诺维克

(战地护士)

那时我已经不会哭了……

我最害怕的一件事,就是我们有同志被捕。一连几天我们都会提心吊胆地等着:他们能不能忍受住严刑拷打?如果他们受不住酷刑,那么新的一批逮捕就会开始。过了一段时间后,听说敌人要处死他们。上级给我的任务是:到现场去,看看今天敌人要绞死哪些同志。我在大街上走着,看着敌人在准备绞索。我们不能哭,也不能有一秒钟的迟疑,因为到处都是密探。有好多词能够表达当时的心情,只有一个词是不恰当的,就是勇敢。需要有多强大的心灵力量,才能够保持住沉默,不流泪水地从旁边经过啊。

那时我已经不会哭了……

当盖世太保把我抓走时,我知道自己面临的是什么,我早已明白和预感到了一切。敌人把我投入监牢,用皮靴、鞭子拷打我。我算是见识了什么叫法西斯的"修指甲术"。他们把我的两只手卡在桌子上,用一种刑具把针插进我的指甲里,同时把所有指甲都插进钢针……这简直比下地狱还痛苦!我立刻昏了过去。我甚至都记不住当时的情景,只知道那痛苦实在太可怕,后来我怎么也无法回想起来。他们还用圆木来撕扯我的身子,可能我记得不确切,说得不对荏口了。我只记得一点：这边和那边各摆一根圆木，把我放在中间……这是个什么刑具呀，我都能听到自己骨头断裂的嘎嘎声……这样折磨了我多长时间？我也记不得了。他们还把我放在电椅上拷问，这是在我吐口水到一个刽子手脸上的时候，那个坏蛋是年轻还是年老我不记得了。他们把我全身剥得一丝不挂，这家伙还上前来抓住我的乳房，我只能往他脸上吐口水，没有别的能力了。我吐在他的脸上，他们就把我按在电椅上……

从那时起我就一点都碰不得电器。我一直记得他们是怎样把我按到电椅上去的……我现在连电熨斗都不敢用，一辈子都落下了这块病。要是熨衣服，我就觉得全身都仿佛通了电。凡是与电有关的事，我一件也干不得。也许战后应该建立一种心理治疗科吧？我不知道。反正我一辈子就是这么过来的……

我不知道我今天怎么会这样大哭。那时我已经不会哭了……

最后，敌人判处我绞刑，我被押解到死牢里，里面还关着另外两名妇女。知道吗？我们一滴眼泪都没有流，毫不慌张，因为我们早就知道，既然干地下工作，必然会有这样的命运在等待我们，所以我们十分镇定从容。我们在一块儿谈论诗歌，回忆自己喜爱的歌剧。我们谈得最多的是安娜·卡列尼娜……我们谈论爱情，故意不去想我们的孩子，那是不敢想。我们微笑着，互相鼓励，就这样过了两天半……第三天早晨，我被叫了出去。我们互相道别、亲吻，但没流眼泪，也不觉得恐惧。显然，我多少已经习惯了死的念头，连恐惧感都没有了，也没有眼泪。只不过还有些空虚感，已经什么人都不去想了……

我们被关在囚车里走了很久,也记不清车走了几个小时,反正我是与人生永别了……汽车停下来,我们一共是二十个人,因为被折磨得太厉害,连下车的气力都没有了。敌人把我们扔下车,就像扔口袋一样。德军指挥官命令我们爬到板棚去,他还用皮鞭抽打我们……在一个板棚跟前,站着一个女人,她还在抱着孩子喂奶。唉,您是知道的,旁边就是军犬和警备队,他们立在那儿一动不动,像柱子似的。但那个德国军官看到这个情景,就跳了过去,一把从母亲手中抢走了孩子……您知道,当时人们正在排队打水,他就把孩子摔在铁制的水龙头上。孩子的脑浆当场就流了出来,是像牛奶一样的颜色……我看到那位妈妈顿时昏倒了,我是医生,我明白,她的心碎了……

我们每天被押着去干活,都要在城里走过,穿过熟悉的街道。有一次下囚车,正好是在一个聚集了很多人的地方,我突然听到一个声音在叫:"妈妈,妈咪!"我抬起头:只见达莎大婶站在那边,我的小女儿从人行道上跑了过来。她们是偶然到马路上来看见我的。女儿飞快地跑着,一下子扑到我怀里来。您想想,边上就是狼狗,它们是受过专门训练、专往人身上扑的。可是这回,连一条狼狗都没有动。平时要是有谁过来,它们早就扑上来撕你的衣服了,它们就是为此而受训的。可是这回,它们全都一动不动。女儿扑到我身上来,我没有哭,只是说:"好女儿,娜塔申卡,我很快就会回家的,别哭。我明天就回家。"警备队和狼狗都站在旁边,可是谁也没碰她一下……

那时我已经不会哭了……

我女儿五岁就开始读祈祷文,而不是读诗歌。达莎大婶教她必须祈祷,她就成天为爸爸妈妈祷告,保佑我们活下来。

1944年2月13日,我被送去服法西斯的苦役,被投入英吉利海峡边上的克罗泽集中营。

那年春天,正好是巴黎公社纪念日那天,法国人组织了越狱。我也逃了出去,参加了马基[1]。

我还获得过一枚法国"战斗十字勋章"……

战后我返回了家乡。我还记得踏上祖国土地第一站的情景……我们当时全都跳出了车厢,亲吻土地,把泥土捧在怀里。我记得我当时穿着一件白色长衫,我趴倒在地上亲吻着,捧起一把土贴在胸前……我当时想的是,我怎么还能和祖国分开呢?怎么还能和亲爱的土地分开呢?……

回到了明斯克,丈夫不在家里,女儿在达莎大婶家。得知丈夫被内务部逮捕了,关在监狱里,我马上就赶过去,到了那儿才听说是怎么回事……他们对我说:"你丈夫是个叛徒。"实际上我是和丈夫一起做地下工作的,一直是两人相伴,他是个勇敢而诚实的人。我知道一定有人诬告他、诽谤他、中伤他。我回答说:"不,我丈夫不可能叛变。我相信他,他是个真正的共产党员。"调查人员就像神经错乱似的对我说:"闭嘴,你这个法国妓女!给我闭嘴!"那时候对所有人都会产生怀疑:只要你在占领区生活过、被俘过,或者曾经被送往德国,被关过法西斯集中营。他们就只有一个问

---

[1] 马基:第二次世界大战期间法国的抵抗运动游击队。

题：为什么你活了下来？为什么没有死？甚至连死者也会被怀疑，连牺牲者都会被怀疑。他们从来没有关注过我们曾经进行的艰苦斗争，为了胜利我们牺牲了一切。现在我们胜利了，人民胜利了！但是斯大林还是不相信人民。祖国就是这样感谢我们的，就是这样回报我们的爱心、我们的热血……

我四处奔波申诉，写信给所有部门。半年后丈夫总算获释，但他的一根肋骨被打断了，一个肾脏被打坏了……他在纳粹的监狱里曾经被打坏了脑袋，打断了手臂，他在法西斯监狱里白了头，1945年他又在内务部的监狱里被打成了残废。我护理他好多年，把他从疾病中拉扯出来。可是我什么反对意见都不能说，他就是不愿意听……他反复说的只有一句话："这不过是一个错误。"他还说：最重要的是我们胜利了，这就是根本的一点。当然，我对丈夫总是坚信不疑的。

我没有哭。那时我已经不会哭了……

——柳德米拉·米哈依洛夫娜·卡希契金娜

（地下工作者）

该怎样对孩子解释啊？如何给孩子解释死亡是什么呢？……

我带着儿子在街上走，到处都是死人——躺在马路这边和那边。我一边走一边给儿子讲童话小红帽的故事，而周围全是死人。当时我们是离开逃亡的难民群回到我母亲那儿去，因为我拿儿子没办法：他老是爬到床底下去，在那儿一坐就是好几天。那年他才五岁，又不能放他到街上去……

我跟他在一块儿,吃了一年多苦头。我怎么也弄不明白,他到底是怎么了?我们住在地下室里,每当有人从街上走过,我们会看到一双双大皮靴。有一次,儿子不知为什么,从床底下爬了出来,但一看到窗外有一双大皮靴,就失声尖叫起来……后来我才明白,原来法西斯们曾用皮靴踢过他……

不过,这反应很快就在他身上消失了。有一次他在院子里和孩子们玩,晚上回到家里,突然抬头问我:"妈妈,爸爸是什么样子啊?"

我就给他解释说:"爸爸啊,他是面孔白净的美男子,他在军队里打仗。"

明斯克解放那天,坦克最先浩浩荡荡开进城来。我儿子哭着跑回家来说:"那里没有我爸爸!那些人全是黑面孔,没有白面孔的……"

那正是七月,坦克手们全是年轻小伙子,面孔晒得黑黝黝的。

我丈夫从战场上回来时已成了残废,而且也不再是年轻人了,他变成了一个老头。我真是有苦说不出:儿子已经认定他的父亲是个白面孔的美男子,可是回来的却是个老头,一个病人。儿子好长时间不承认他是爸爸,也不知道怎样称呼他。我只好想法让他们父子俩彼此亲近起来。

丈夫下班回家经常很晚,我就问他:"你怎么回来这么晚?"季玛急坏了,说:"我的好爸爸到哪儿去了?"

丈夫打过六年仗(还参加过对日战争),确实是跟儿子生疏了,跟这个家生疏了。

每次我给儿子买了东西,总要对他说:"这是爸爸给你买的,他惦记着你……"

后来他们就相处好了……

——娜杰日达·维肯吉耶夫娜,哈特琴科

(地下工作者)

那就说说我的故事吧……

我从1929年起就在铁路上工作,当火车副司机。当时在苏联各地还没有一个女司机,这正是我的梦想。机务段领导很无奈:"一个姑娘家,却一定要干男人的活儿。"我还真就梦想成真了。1931年,我开创了咱们国家的先例,成了第一个火车女司机。您大概不信,当年我开火车时,每到一个车站都有许多人围上来看热闹:"呵,姑娘家开火车了。"

当时我们机务段的火车头正好在放气,就是在修理,我就和丈夫轮流开一个车头。因为我们已经有了个孩子,就做了这样的安排:如果他出车,我就带孩子,要是我出车,他就待在家里。那一天丈夫正好回家来,轮到我去出车。早晨醒来时,我听到大街上有些反常,人声鼎沸。我打开收音机一听:"战争爆发了!"

我赶忙叫醒丈夫:"廖尼亚,快起来!战争爆发了……快起来,打仗了!"

他跑到机务段去,回来时已经是泪流满面:"战争!战争爆发了!你知道战争是怎么回事吗?"

我们怎么办啊?该把孩子送到哪儿去呢?

上面把我和孩子撤到了后方,撤到了乌里扬诺夫斯克。我们分到一套两间的住房。房子很好，到今天我都没有那样的住宅。儿子也上了幼儿园，一切安适，人们对我都非常好。还用说吗，我是女火车司机，又是全国第一个⋯⋯可是您大概不相信，我在那儿没住多久，不到半年我就住不下去了：这怎么行？人人都在保卫祖国，而我却蹲在家里？！

有一天我丈夫来了，他问我："怎么，玛露霞，你还打算待在后方吗？"

"不，"我说："我们一起走吧。"

当时，上面组织了一支为前线服务的特别预备纵队。我和丈夫都申请加入了这支队伍。丈夫是司机长，我是司机。一连四年我们都住在闷罐子车里，儿子也和我们在一起，他在我身边度过了整个战争，甚至连一只猫也没见过。有一次他在基辅郊外弄到一只小猫，那时我们的机车正好遭到猛烈轰炸。有五架敌机向我们袭击，他却还抱着那只小猫："基萨尼卡，小乖乖，我看到你真高兴，我在这里谁都看不到，你就和我坐在一起吧，让我亲亲你。"真是个孩子，只有孩子才这么天真⋯⋯他在睡觉时还说梦话："妈咪啊，我们现在有了一只小猫咪，我们现在有真正的家了。"你不会想到这些，也不会写这个吧？⋯⋯可别放弃这段，一定要写一写这只小猫⋯⋯

我们常常遭到轰炸和机枪扫射，敌机专门瞄准车头打，他们的首要目的就是打死司机，毁掉机车头。飞机进行低空俯冲，向机车和闷罐子车厢扫射，而我的儿子就待在车厢里。每次敌机轰炸扫射，我最担心的就是儿子。没法形容⋯⋯轰炸时我只好把他从车厢转到机车里,放在身边。我紧紧抱着他,贴在心口上:"让同一块弹片把我们娘儿俩都打死好了。"难道想死就死得了吗?您瞧,我们偏偏活下来了。你一定要写这些……

火车头就是我的生命,就是我的青春,是我一生中最美好的所在。我现在还想开火车呢,可是人家不让我开了,嫌我老了……

在战争中带个孩子是多么可怕,又是多么愚蠢啊……瞧瞧我们现在的生活,我住在儿子家里,他是医生,而且是主任医生。我们的住房不大,但我哪儿也不想去,从来不领旅游证……没法描述……我就是不能离开儿子,不能离开孙子,哪怕离开一天我都会害怕。我儿子也是哪儿都不去,他工作快二十五年了,从来都没有外出旅游过。工作单位的所有人都奇怪得很:他怎么一次都没申请过旅游证呢?"妈咪,和你在一起我最舒服。"他就是这么说的。我的儿媳妇也是这样。没法描述……我们甚至连别墅也没有,就因为我们连分开几天都做不到。我是一刻也不能没有他们的。

如果谁参加过战争,他就会明白,分开一天,这是怎么回事。哪怕只是一天……

——玛利亚·亚历山德洛夫娜·阿列斯托娃

(火车女司机)

那些已经可以说话的人的沉默

我现在说话都是轻声轻气,不管说到什么都很小声。四十多年过去了……

我总算忘掉了战争……因为战后我一直都生活在恐惧中，就如同活在地狱里一般。

已经胜利了，已经高兴了。我们开始收拾破砖碎瓦、废铜烂铁，开始清理我们的城市。我们没日没夜地工作，不记得什么时候睡过一个安稳觉，吃过一次安稳饭，只是干活啊干活。

到了九月，天气暖洋洋的，我还记得那时的充足阳光，我记得各种各样的水果，许许多多的水果，在集市上，苹果都是一桶一桶卖的。就是在这一天，我在阳台上晾衣服……我还记得所有的细节，因为从那天起，我的生活完全改变了，全部颠覆了，天翻地覆了。

当时我正在晾衣服，是白色的内衣，我总是穿白色的衣服。我母亲教过我怎样用沙子代替肥皂洗衣服，我们都到河边找沙子，我知道哪里有沙子。就是那个时候，晾衣服的时候……有邻居从下面喊我，声音都不像是她了："瓦丽亚！瓦丽亚！"我赶紧跑下楼，首先想到的：我儿子到哪儿去了？您知道，那时候男孩子们总是在废墟之中跑来跑去，玩战争游戏，寻找真正的手榴弹、真正的地雷。可是，一旦发生爆炸，人们不是丢了胳膊，就是没了腿脚……我还记得，家长们无论如何都不放孩子们离开自己，但他们都是男孩子啊，就对这些玩意儿感兴趣。哪怕你大声吼叫："要好好在家里待着！"五分钟后，他还是会不见人影。武器总是很吸引男孩子，战争结束后特别如此……

我赶紧跑下楼冲到院子里，不料院子里站着的竟然是我丈夫，我的伊万！……我最爱的老公万尼亚回来了！从前线回来了！活着回来了！我扑上去亲吻他，浑身上下乱摸他，抚摸他的军装和他的双手。啊，他终于回来了！我的双腿发软，而他却呆呆地站在那儿，就像一块石头，像一个纸板人似的站着，板着的面孔上没有一丝笑容。他也不拥抱我，好像冻僵了一样。我可吓坏了：我想他大概被炮弹震伤了吧，也可能是耳朵聋了？那都没有关系，重要的是人回来了。我可以护理他，我可以照看他！我已经看到过不少别的女人和这样的丈夫过日子，但是她们仍然会被所有人嫉妒，会被所有人羡慕。所有这些都一瞬间在我脑海里闪过，仅仅一秒钟，我的双腿又因为幸福而发抖了，浑身激动不已。重要的是人还活着！唉，我亲爱的，这就是我们女人的命运啊……

邻居们听说，马上都跑了过来。大家都很激动和高兴，互相热烈拥抱。而他还是像石头一样沉默不语。所有人都注意到了。

我说："万尼亚……万尼奇卡……"

"我们回家吧。"

好了，我们一起回到了家。我恨不得就挂在他的肩膀上，好幸福啊！整个人都沉浸在快乐和喜悦中。我又是多么骄傲啊！但是，回到家后，他在凳子上坐下来，依旧沉默不语。

"万尼亚……万尼奇卡……"

"你懂的……"他还是欲言又止，而且哭了起来。

"万尼亚……"

我们在一起只过了一夜，总共只相拥了一个夜晚。

第二天，有人来找他了，大清早就来敲大门。他已经知道他们会来，一边抽烟一边等待着。他对我说得很少很少，来不及说了……他到过罗马尼亚,到过捷克,带回来了很多奖章,但他是在恐惧中回家的。他已经受到过调查,受到过两次内务部甄别。因为他曾经被俘,他们就给他打上了烙印。那是在战争的头几个星期,他在斯摩棱斯克城下被俘虏,本来他是要自杀的,我知道他一定想过自杀……但他们的弹药打完了,既不能打仗,也不能自杀。他的一条腿受了伤,他是受伤后被俘的。他亲眼看到政委用石头砸烂了自己的脑袋,因为他最后一颗子弹是哑弹,他是亲眼看到的。苏联军官绝不能做俘虏,我们的军人不能被俘虏,谁被俘谁就是叛徒,斯大林同志就是这样说的,他连自己的亲生儿子都不认,因为儿子被俘虏了。可是我的丈夫,我的老公被俘了……调查人员对他大声喝道:"你为什么要活着,为什么还活着?"他是从战俘营逃脱出来的,逃进森林参加了乌克兰游击队。乌克兰解放时,他又申请上前线。他在捷克迎接了胜利日,上级给他颁发了奖章……

我们只待了一个夜晚……如果我知道的话,我还是想给他生孩子,想给他生个女儿……

早上他就被带走了,他们把他从床上抓走了……我坐在厨房的桌子边,等待我们的儿子睡醒。儿子刚满十一岁,我知道他醒来第一句话就会问:"我的爸爸在哪儿啊?"我该怎么回答他?该如何向邻居们解释?该如何告诉妈妈?

又过了七年,我的丈夫才回来……我和儿子等了四年才把他从战场上等回来,但是胜利过后又经过七年,他才从科雷马回来,从劳改营回来。我们一共等待了十一年,儿子都长大成人了……

我学会了沉默……在任何调查问卷中都有这样的问题:您的丈

夫在哪儿？谁是你的父亲？亲属中是否有人曾经被俘？我如实写出之后，他们甚至不接受我到学校去做清洁工，连我去拖地板都不被信任。我成了人民的敌人，成了人民敌人的妻子、叛徒的老婆。我这一辈子都完了……战前我是一名教师，从师范学院毕业，战后我却为建筑工地拉砖头。唉，我这一辈子……对不起，我说话总是这样前后矛盾，充满困惑，匆匆忙忙……那个时候，我经常夜间独自一人，躺在那里自言自语，好像在对什么人讲述我的生活遭遇，多少个夜晚，讲了又讲。可是一到白天，我就沉默不语了。

现在我总算可以讲出一切了。我想质问：在战争爆发的头几个月中，我们数以百万计的士兵和军官被俘，到底是谁之罪？我想知道：到底是谁，在战争爆发前让我们的军队没有了头领？又是谁，污蔑我们的红军将领是德国间谍和日本间谍，因此枪毙了他们？我还想知道：当希特勒以坦克和飞机武装到牙齿时，是谁仍然只相信布琼尼的骑兵？又是谁曾经向我们保证："我们的边境固若金汤……"可实际上，在战争的头几天，我军的弹药就已经屈指可数了……

我早就想问……现在是可以问了：我的生活到底是在哪里？我们的生活到底在哪里？但是我依旧沉默不语，我丈夫依旧沉默不语。哪怕是在今天，我们仍然恐惧，我们依旧害怕……我们必将在这种恐惧中死去，痛苦而屈辱地离开……

——瓦莲京娜·叶甫杜金莫夫娜·马＊＊＊娃

（游击队联络员）

"她把手放在自己的心口上"

终于胜利了……

但是,如果说她们的生活早前被分裂为和平与战争两部分的话,现在又被分裂为战争与胜利两部分。

她们再次被划分到两个不同的世界和两种不同的生活中。在学会了仇恨之后,她们需要重新学习爱,她们需要找回已经忘却的感情,还需要找回已经忘却的话语。

战争的人应该成为非战争的人……

战争的最后几天,杀人已经令人厌恶

我们都感到很幸福……

家乡和祖国解放后,我们打出了国界……我简直都认不出我们的战士了,他们完全变成了另外一种人:个个脸上都笑呵呵的,身上穿着干净的衬衫,还不知打哪儿弄来了许多花儿在手中,我再也没见到过那么幸福的人了。我原来以为,等我们打到德国去,我绝不怜惜敌人,绝不饶恕那里的任何人。我们胸中郁积了多少仇恨啊,还有屈辱!如果一个人从来不怜悯我的孩子,我干吗要怜悯他

的孩子？如果他杀死了我的母亲，我干吗要怜悯他的母亲？如果他烧了我的家园，我干吗不能烧他的房屋？我为什么不能？为什么？我真想见见他们的妻子，和生养了他们这群儿子的母亲。她们敢正视我们的眼睛吗？我真想盯着她们的眼睛看看……

我常常想：我会干出什么事情呢？我们的士兵会干出什么事情呢？我们都很清楚地记得往事，我们能够克制吗？那得需要有多么大的力量才能够克制啊？部队开进了一个小镇，那里流落着很多孩子，都是些饥饿的、不幸的孩子。他们看到我们很害怕，纷纷躲藏起来……可我呢？尽管发过誓要仇恨他们所有的人，可我还是从战士们手里搜走了他们所有的食物，连一块糖都不放过，然后统统给了德国孩子。当然，我什么都没忘记，我还记得所有的往事……可是要我平心静气地望着孩子们饥饿的眼睛，这个我做不到。一大清早，已经有一队队德国孩子站在我们的行军灶旁。我们按次序发给他们食物。每个孩子的肩上都背着一个装面包的袋子，腰上拴着一个盛菜汤的小铁桶，里面是菜汤，或者也有粥和豌豆汤。我们给他们食物，给他们治病。甚至还抚摸他们……第一次抚摸德国孩子时，我都有些害怕……我怎么能够去抚摸德国人的孩子呢……我起初由于紧张而觉得口中干涩涩的，可是后来很快就习惯了。他们也习惯了……

——索菲亚·阿达莫夫娜·孔采维契

（卫生指导员）

我一路打到了德国，从莫斯科一路走来……

我是一个坦克团的高级助理军医。我们团的坦克是T-34型，很快就都被烧毁了，那场景非常可怕。我战前听都没有听到过，后来我居然能够使用步枪射击了。我们上前线的时候，有一次遭到敌机轰炸，轰炸发生在挺远的地方，但是我感觉整个大地都在震动。那年我只有十七岁，刚从中等技校毕业。事情就是这样巧，我一到前线，立即就投入了战斗。

还有一次，我从燃烧的坦克里钻出来，四处都是熊熊大火。天空在燃烧，大地也在燃烧，铁甲都烧红了，到处是死人，那边还有人在呼喊："请救救我……请帮帮我。"……我陷入了如此恐怖的场景！我都不知道我当时为什么没有想逃走，我为什么没有逃离战场呢？那情景是如此可怕，没有字眼可以形容，只有感觉。我早些时候还不能，现在已经可以去看战争电影了，但还是会忍不住哭出来。

我打到了德国……

在德国土地上我看到的第一件东西，就是路边上竖着一块自制标语牌，上面写着："这里就是该死的德国！"我们进了一个小镇，百叶窗全部都紧紧关闭着。那里的居民扔下所有东西，踩着自行车逃跑了。戈培尔蛊惑他们说，俄国人到来后就会乱砍乱杀。我们打开一扇扇门，发现里面要么是空无一人，要么就是全家人都躺在床上，已经服毒自尽，连孩子们也都死了。他们用枪自杀或者服毒而死……我们当时有什么感觉？当时高兴的是我们已经战胜了敌人，让他们现在也尝到了痛苦，就像我们以前遭受的那样。我们有一种复仇的感觉，可同时又很可怜那些孩子……

我们找到了一个德国老妇人。

我对她说:"我们战胜了。"

她大哭起来:"我有两个儿子死在了俄罗斯。"

"那又是谁的罪过啊?我们又有多少人被杀死了啊!"

她回答说:"都是因为希特勒……"

"不是希特勒亲自做的,而是你们的孩子和丈夫杀的人……"

她马上沉默了。

我打到了德国……

我多么想告诉我的母亲啊……可是我的母亲已经在战争中饿死了,家里既没有粮食,也没有盐巴,一无所有。我的一个哥哥负了重伤在医院里,一个妹妹在家里等着我。她写信告诉我,当我们的军队开进奥廖尔的时候,她跑去找遍了所有穿军大衣的女兵。她以为我一定会在女兵当中,以为我应该回家了……

——尼娜·彼得罗夫娜·萨克娃

(中尉,助理军医)

这是一条胜利的大道……

您根本无法想象胜利大道是个什么样子!在路上走的全是被解放的囚犯,他们乘着人力车和马车,背着大大小小的包袱,车上插着各式各样的国旗。他们有俄罗斯人、波兰人、法国人、捷克人……所有民族的人都混在一起,每个人都朝着自己家乡的方向走。所有人都来拥抱我们,亲吻我们。

我们遇见了几个俄罗斯女孩,我和她们搭话聊天,她们对我讲了一个故事……她们几个都曾为一个德国人干活,而她们中最漂亮的一个姑娘,被迫和主人住在一起,被主人强奸后怀孕了。那个姑娘一路走来时,一边哭一边不断捶击自己的肚子,嘴里说着:"不行,我不能带一个德国孩子回家!不能带回去!"女伴们都不住地劝说她,但她最后还是上吊自杀了,和自己肚子里的德国娃娃一起死了……

在那个时候是应该听听这种事情,不但要听,还应该记下来。可惜的是,当时已经没有谁的脑子里能进去这些事情,没有人会听我们说,所有人都在重复两个字眼:"胜利!"其余的似乎都不重要了。

我和女伴有一次在街上骑自行车,走过来一位德国女人,带着三个孩子——两个坐在童车里,一个紧抓着她的裙子跟着她走。那女人面容十分憔悴。唉,您知道吗?当她走到我们跟前时,竟然一下子跪了下来,趴在地上向我们道歉。就是这样子,趴在了地上……我们听不懂她在说什么,只见她把手放在自己的心口上,又指指她的孩子们。我们总算弄明白了,她一边哭,一边向我们致意,表示感谢,因为她的孩子们活了下来……

这也是为人妻子啊……她的丈夫可能就在东线打过仗,在俄罗斯打过仗……

——阿纳斯塔西亚·瓦西里耶夫娜·沃罗帕叶娃

(上等兵,探照灯手)

我们有一名军官爱上了一个德国女孩……

这件事被领导发现了,他被降职并送回了后方。如果他是强奸的话……这种事情当然是有的，只是我们很少有人去写，这是战争的规矩。男人们这么多年没有女人，有的只有仇恨。我们开入一些城镇或村庄，头三天确实是大肆抢劫……这些当然都不能公开说，心里有数……不过三天之后就有可能受到军法追究了。怀里的热乎劲儿还没有散去，三天的酒意还未消，结果却产生了爱意。那个军官在特别部门坦白说，他确实是产生了爱情。这样一来，可就是叛变行为了……爱上了一个德国女人，爱上了敌人的女儿或者老婆？这事就严重了，等于是投敌……总之，他手上那个女人的照片和地址都被没收了。当然不会留给他……

我还记得一件事……我看到了一个被强奸过的德国女人，她赤身裸体地躺在那里，一颗手榴弹插在她的两腿之间……现在说起来，真是丢人的事，但我当时并没有觉得这是丢人的。当然了，感觉是在变化的，在头几天我们是一种感觉，过几天又是另外的一种感觉……几个月之后的一天，有五个德国姑娘来到我们营，找到了我们营长。她们哭诉自己的遭遇……妇科医生给她们做了检查：她们的那个部位都受了伤，撕裂性伤口，内裤里全都是血……原来她们被轮奸了整整一夜。听了之后，营长要求士兵们都出来列队……

请您不要录音，请关掉录音机。真的，我说的全部都是真的！我们全营士兵都集合起来了，上级对这几个德国姑娘说，你们去找找看，如果你们认出是谁干的，当场就把他枪毙，不必看他们的军衔。这种事情真是叫我们很羞愧啊！可是，那几个德国女孩却坐在地上哭了起来。她们不想去指证，她们不想让更多的人流血了，她们就是这样说的……后来，上级给她们每个人发了一个面包，就当这事结束了。当然,这都是在战争时期……

您以为原谅是很轻松的吗?看看那一片片完整的白色瓷砖屋顶的小房子,看看那些玫瑰花园,我真的好希望也让他们吃些苦头啊……我当然也想看看他们流眼泪……马上变成好人是不可能的,也不会立刻变得公正与善良,就像您现在这么好。可怜她们也不容易做到,要做到这一点,我需要几十年时间……

——A. 拉特金

(下士,电话接线员)

祖国的土地终于解放了……人们开始不能接受司空见惯的死亡,也不能够忍受埋葬死者的悲哀。但还是有人不断地死在别国土地上,被掩埋在异国他乡。上级对我们反复说,敌人必须要彻底打垮,敌人仍然非常危险……其实每个人都明白这些,但是大家已变得十分珍惜生命,没有人愿意在胜利前死去……

我记得当时的道路两旁有很多海报,就像一个个十字架:"这里,就是该死的德国!"我想所有人都会记得这种海报……

大家全都久久地等待这一刻,现在我们终于踏上了这片土地……我们真想看看那些德国鬼子到底是从什么地方出来的?他们的家乡是什么样子?他们的房子是什么样子?他们难道不是普普通通的人吗?他们不是也过着平凡的生活吗?在前线作战时,我无法想象自己还能再去读海涅的诗歌,还有我心爱的歌德。我已经不能听瓦格纳了……战前我是在一个音乐世家长大的,我很喜爱德国的音乐:巴赫、贝多芬。多么伟大的巴赫啊!但是所有这一切,我都从自己的世界中驱除了。后来我们又看到了他们的罪行，看到了火葬场，看到了奥斯威辛集中营，看到了堆积成山的女人衣服和童鞋，还有灰色的骨灰……骨灰被撒到田间地头，撒到白菜和莴笋的根下，所以我更加不能再听德国音乐了……等到我重新听巴赫和演奏莫扎特的时候，已经流过了很多时光。

我们终于踏上了他们的土地……最让我们感到吃惊的，是那些良好的公路，是那些宽敞的农舍，是一盆盆的鲜花，甚至他们的谷仓都挂着优雅的窗帘。房间里的桌子上都铺着白色的桌布，摆着昂贵的器皿，还有精美的花瓷。我是在那里第一次见到洗衣机的……我们实在无法理解，既然他们生活得这么好，为什么还要打仗？为什么？我们的人蜷缩在防空洞里，他们还有白色的桌布。咖啡都倒在精致小巧的杯中，我只在博物馆里才看到过这种杯子。我还忘了说一件叫人惊讶的事情呢，简直让我们全都呆住了……那是在反攻时，我们第一次夺取了德国人的战壕。我们跳进他们的战壕，看到那里的暖水瓶里，居然还有热咖啡！咖啡的味道，好香啊……还有饼干！战壕里又有白色床单、干净毛巾，甚至还有卫生纸……我们这边却是什么都没有的。他们有这么舒服的床单，我们却是睡在稻草里，睡在树枝上，两三天没有热水是经常的。我们的士兵举起枪就朝着这些暖水瓶扫射过去……打得热咖啡溅满了战壕……

在德国人的房子里，我也看到了一个被枪打烂的咖啡机，还有栽着鲜花的花盆，还有枕头、婴儿车……不管怎样吧，他们对我们做过的那些事情，我们对他们是无法做出来的，我们无法迫使他们像我们一样遭受煎熬。

我们的恨是可以理解的，但我们很难理解他们的恨是从哪儿而来？他们为什么要仇恨我们啊？

上级允许我们寄些包裹回家。包裹里有肥皂，有砂糖，也有人寄鞋子回家。德国人制造的鞋子、手表和皮具都很结实。大家都在四处搜寻德国手表，但我不能。我心里有一种厌恶感，他们的东西我什么都不想拿，虽然我知道妈妈和几个妹妹还住在别人的房子里，我们的家被烧毁了。当我回到家后，把这些讲给妈妈听，妈妈抱住我说："我们也不要拿他们的任何东西，是他们杀害了你们的爸爸。"

我是在战后几十年才重新拿起《海涅诗集》的，还有我在战前就喜欢的德国作曲家唱片……

——阿格拉雅·鲍里索夫娜·涅斯特鲁克

（中士，通信兵）

到了柏林之后，我碰到过这样一件事：有一天我正走在大街上，忽然迎面跳出来一个手持冲锋枪的男孩，一看就是冲锋队[1]队员，那已经是战争的最后几天，马上就要停战了。当时，我的手上也有枪，随时可以开枪。可是，那个男孩子看着我，眨了眨眼睛，却哭了起来。我简直不能相信自己：我竟然也流下了眼泪。我其实很可怜他，这样一个孩子，呆呆地站在那里，背着一支笨重的冲锋枪。我赶紧把他推到旁边一座楼房废墟的大门洞里，对他说："快

---

[1] 冲锋队："二战"后期纳粹德国的民兵组织。

去躲起来！"他十分恐慌，以为我要枪毙他，因为我头上戴着军帽，看不出我是个姑娘还是小伙子。他紧紧抓住我的手，大声狂喊。我就轻轻摸摸他的脑袋，让他逐渐安静下来。战争，把人都变成了这样子……我自己也说不出话来了！在整场战争中我都在痛恨他们！但是不管公正不公正，杀人总是叫人恶心的，特别是在战争的最后几天……

——阿尔宾娜·亚历山大洛夫娜·汉图姆洛娃

（上士，侦察兵）

我没能履行一个请求……想起来就很难过……

有一个德国伤兵被送到我们医院，我觉得他是个飞行员。他的大腿被打烂了，已经开始感染坏疽病。这引起了我的同情。他成天就躺着那里，沉默不语。

我可以说一些德语，就过去问他："要喝水吗？"

"不要。"

其他伤员都听说了医院里有个德国伤兵，躺在单独病房里。在我打水的时候，他们就愤怒地质问我："您难道去给敌人送水吗？"

"他快死了……我要帮他……"

德国伤兵的一条腿都发青了，已经无法挽救。他连续几天几夜发高烧——感染能够很快吞噬掉整个人。

我每次给他喂水时，他都呆呆地看着我。有一次他突然说出一句话："希特勒完蛋！"

这是在1942年。我们还处于哈尔科夫的大围困中。

我问他:"为什么?"

"希特勒完蛋!"他又说了一句。

我就回答他:"这是你现在这样想,现在这样说的,因为你现在是躺在这儿。要是在别处,你还是要杀人的……"

他马上说:"我没有开枪,我没有杀人。是他们逼我来打仗的,但我没射击过……"

"反正所有人被俘都是有原因、有道理的。"

忽然他恳求我说:"我很想很想……求求小姐……"他给了我一包照片,指给我看哪个是他的妈妈,哪个是他自己,哪个是他的兄弟姐妹……这是很好看的照片。在照片背面,他写下一个地址:"您一定会去我家乡的,一定会的!"这个德国人说这番话的时候,是在1942年的哈尔科夫,"等到那时候,请您把它投入邮箱。"

他在一张照片上写了地址,还有一个完整的信封。后来我就随身带上这些照片,经过了很多年。就是遭遇猛烈轰炸的时候,我都没有丢掉它们。可是当我们终于进入德国时,这些照片却丢失了……

——莉丽娅·米哈伊洛夫娜·布特科

(外科护士)

我记得一场战斗……

在那场战斗中,我们捉到了很多俘虏,在他们中间有些是伤员。我们给他们包扎,他们也像孩子一样呻吟。天气很热……热极了!我们还找来水壶,喂他们喝水。我们那片地方光秃秃的,没有遮蔽，敌机不断来进行扫射。上级下令：立即挖掩蔽壕，进行伪装。

我们开始挖壕沟，德军俘虏待在一旁看着。我们向他们解释：帮忙挖一挖吧，我们一起干。当他们听懂我们要他们干什么时，却恐惧地望着我们，以为挖好坑就会把他们推下去枪毙。他们预计到自己的下场……您真该看看他们挖坑时的那副恐惧相，他们的面孔啊……

可是后来，他们看到我们不仅给他们包扎，给他们喂水，还让他们躲到他们自己挖出的掩蔽壕里时，十分迷茫，奇怪得不知所措……一个德国兵大哭起来，这是个年轻人。看到他哭，别的人也都止不住自己的泪水了……

——尼娜·瓦西里耶夫娜·伊琳斯卡娅

（战地护士）

写作文的幼稚错误和喜剧

战争结束了……

有一天，政委把我叫去："维拉·约瑟夫娜，要派您去护理德国伤兵。"

不久前我刚刚失去了两个哥哥。

"我不去。"

"可是，您要明白，您必须去。"

"我咽不下这口气，我两个哥哥都被他们打死了。我不能看到这些坏蛋,我想杀他们,而不是给他们治病。请您理解我的心情吧……"

"这是命令。"

"既然是命令,那我服从。谁让我是军人呢……"

我给这些德军伤兵治疗,例行公事地处理各种事情。要我每天照顾他们,给他们减轻疼痛,可是却使我非常痛苦,结果就是在那个时候,我发现自己第一次长出了白发。我为他们做了一切:动手术、喂饭、镇痛——完成任务,公事公办。但有一点我办不到,就是晚间查病房。白天给伤兵包扎、诊脉,我是作为医生,一句话,干就是了。可是晚间查房时必须同病人交谈,问他们感觉怎样,这些我可做不到。包扎、换药、动手术,我都行,但要同他们谈话,没门儿。我也预先对政委这样说过:

"不能到他们那儿去做夜间查房……"

——维拉·约瑟夫娜·霍列娃

(战地外科医生)

那是在德国……我们医院里已经有了很多德国伤兵……

我还记得我处理的第一个德军伤员。他开始生坏疽病,一条腿已经截肢了,就躺在我管的病房里。

有天晚上,有人对我说:"卡佳,快去看看你那个德国佬吧。"

我赶紧往病房跑,心想也许是他又出血了,或者是出了别的什么问题。可是进去一看,他醒着,躺在那儿,不发烧,啥事儿都没有。

他盯着我看了一会儿，突然掏出一支小手枪来："呐……"

他说的是德语，我已经学不上来了，可我听得懂。中学里教的那点德语也够用了。

"呐……"他说，"我过去想杀你们，现在你们杀我吧。"

那意思，似乎是他的命已经被保住了。他杀过我们的人，我们却救了他的命。我不能告诉他，真实情况是他已经不行了……

我从病房里走出来，发现自己流下了眼泪，真想不到……

——叶卡捷琳娜·彼得罗夫娜·沙雷金娜

（护士）

我本来可以和他见面……但我很害怕见面……

那是我在中学读书的时候，学校与德国关系很好，经常有德国中学生来我校参观。他们到莫斯科时，我们带他们一起去剧院，一起唱歌。我还认识了一个德国男孩……他歌唱得太好了。我和他交了朋友，甚至爱上了他……在整场战争中我一直在想：如果我这时见到他并且认出来，该怎么办？莫非他也在这些侵略者当中？我是很重感情的，从小就非常敏感。想到这些，真让我害怕！

有一次，我在田野上走，一场战斗刚刚结束……我们在给自己的牺牲者收尸，不理会德国人的尸体……但我似乎感觉他也躺在那里……是的，有个十分相像的年轻小伙子，躺在我们的土地上……我在他的尸体旁站了很长一段时间……

——玛丽亚·阿纳托利耶夫娜·弗列罗夫斯卡雅

（政工干部）

您想知道真相吗？我自己却很害怕真相……

我们有一个士兵……怎么对您解释呢？他的家人全都被杀死了。他自己的神经出了问题……或许只是喝醉了？反正越是快要胜利了，他喝得越多。在屋里和地下室里总是可以发现酒，杜松子酒。他喝啊喝啊，突然就拿着枪冲到德国房东的屋子里去……打空了子弹夹……谁都没有来得及追上他。我们跑到那里时，屋子里已经全是尸体了，还有孩子的……我们缴下他的枪，把他捆起来。他声嘶力竭地叫骂："让我自己杀死自己吧。"

他被逮捕并接受了审判，最后遭到枪决。我为他惋惜，大家都为他惋惜。他全部战争都打过来了，都打到了柏林……

这件事情能够写出来吗？以前是不可能的……

——A. 斯＊＊＊娃

（高射机枪手）

我遇上了战争……

那年，我才刚满十八岁，收到一份通知书：到区执行委员会去，带上三天的食物，两件衬衣，还有喝水杯子和吃饭勺子。这叫作：劳动前线大征召。

我们被带到奥伦堡州的新特罗伊茨克城，开始在工厂工作。天气冷到了这种程度，连房间里的大衣都被冻结了，你拿起大衣，它沉重得就像一块劈柴。我们四年没有休过一天假，每周都工作七天。

我们盼啊盼啊，盼望战争结束那天，盼望最后的那一刻。那是凌晨三点钟，宿舍里突然喧闹嘈杂起来，工厂经理和其他领导突然进来大声叫喊："我们胜利啦！"那时候我都没有力气起床了，是别人把我扶起来的，我自己又倒了下去，他们一整天都不能把我弄起来。由于喜悦，由于强烈的情感，我居然瘫痪了。直到第二天早上我才爬起来……冲到大街上，我想拥抱每一个人，我想亲吻每一个人……

——克塞尼亚·克里门特耶夫娜·贝尔科

（劳动前线战士）

　　胜利，是多么美丽的字眼啊……

　　我在德国国会大厦的墙上写下了我的名字……我是用随手捡到的一块煤渣写的："我，一个从萨拉托夫来的俄罗斯姑娘，打败了你们！"所有人都在国会大厦的墙壁上留下了字迹，留下了话语，有欢呼，也有诅咒……

　　胜利了！女伴们问我："你以后会做什么？"我们在战争中实在是饿坏了，忍无可忍了，我们首先是都想吃个够，哪怕是吃上一次饱饭呢。我有一个梦想，就是获得战后第一次薪水后，买它一盒饼干。那战后我到底会做什么？当然要做厨师啦！所以到现在为止，我一直在大众饮食业工作。

　　第二个问题是："何时嫁人？"越快越好！我常常都梦见我怎么接吻，非常渴望亲吻……我还渴望唱歌，要唱个够！就是这些了……

——叶莲娜·巴甫洛夫娜·沙洛娃

（步兵营团支书）

我学会了开枪，投掷手榴弹，布设地雷，还有战场急救……

但在那四年间，为了打仗，我却忘记了所有的语法规则，学校里学习的科目全都忘掉了。我可以闭着眼睛拆卸枪支，但是在进入大学的写作考试里，却净犯些小孩子的幼稚错误，而且几乎没有标点符号。幸亏军功章救了我，总算被大学录取了。我开始了学习，但我读书不明白，读诗歌也不明白，我把单词都忘记了……

每天夜里都要做噩梦：党卫军的面孔、狼狗的嘶叫、人的最后哭声……垂死的人们常常会喃喃自语，那是比哭叫更可怕的声音。一切都回到了我身边……他们把人送去枪杀……临死前的人眼中都有一种可怕的光线，显然他们不愿意相信，直到最后一刻也不想相信。他们也有好奇和不解，即使在最后一分钟，他们面对着冲锋枪枪口，还用手遮住自己的面孔……每天早上醒来时，我的脑袋里全是一阵阵哭叫的声音……

在战争期间我从来没想过这些，现在却想起来了，翻来覆去地想，不断地重复……我患了失眠症，医生禁止我继续学习。但周围的女孩子们，宿舍楼里各房间的姑娘们，都劝我不要理会医生的话。她们纷纷支持我，每天晚上轮流拖着我去看电影，看喜剧片。"你应该学会笑。要多多地笑才行啊！"不管我愿不愿意，女友们都要拉着我去看喜剧片。当时喜剧片很少，但是每一部我都去看过上百次，至少一百次。我在第一次笑的时候，就像哭一样……

噩梦终于退去了。我终于可以好好学习了……

——塔玛拉·乌斯季诺夫娜·沃洛贝科娃

（地下工作者）

祖国、斯大林和红色印花布

那是一个春天……

我们的一批年轻士兵牺牲了,他们死在了春天,在三月和四月间……我永远忘不了那个春天,已经是鲜花盛开了,每个人都在盼望胜利,这时候埋葬死者比任何时候都难过和沉重。也许别人已经对您说过这些吧,那也请再记录一次吧。我的记忆太强烈了……

我在前线一共两年半的时间。我这双手做过成千上万次包扎,清洗过成千上万的伤口,包扎了一个又一个……有一次我去换围巾,头一靠在窗框上,就不省人事了,醒来之后才感觉好些。医生看到我这样,就破口大骂,可我什么都听不明白……他离开之前,命令我做两次额外勤务,我的助手向我解释怎么回事:因为我离开岗位超过了一个小时,医生发现我睡着了。

现在我的身体也很不好,神经衰弱。每当有记者问我:"你得过什么奖章啊?"我都不好意思承认我没有得过奖励,上级从没发过我奖章。也许有很多人都没能获得奖章,但是每个人都做了力所能及的事情,大家都全力以赴了……难道能够奖励所有人吗?其实,对我们所有人来说,都有一个最大的奖赏,那就是5月9日,胜利的日子!

我还记得一个不寻常的死亡,当时没有人想得通,也找不出原因,但我一直都记得……就在我们踏上德国土地的第一天,有一个大尉死去了。我们知道,在占领期间他的全部家人都死了。他是一个勇敢的人，他一直在等待胜利……他生怕死得早了不能活着看到这一天，他要踩上敌人的国土，看到敌人的痛苦、敌人的悲伤，要看到敌人怎样哭泣，敌人怎样受难，要看到敌人的家园变成废墟瓦砾……可是他突然就死了，并没有受过伤，什么都没有。原来，他是达到目的了，他看到了一切，然后就死去了。

即使是现在，我也常常会想起这个问题："他为什么就死了呢？"

——塔玛拉·伊万诺夫娜·库拉耶娃

（护士）

我请求离开火车赶往前线，马上就去。我的部队已经开拔了，我要追上部队。同时我心里有数，要是从前线回家，哪怕是花上一天时间，也比从后方走要早到家。我把妈妈一个人留在了家里。我们的姑娘现在也都还记得说："她当时不想在狙击连呢。"实际情况是，我到了狙击连，把自己洗得干干净净，又找到了一些穿的，就回到了自己的战壕，那是前沿阵地。我从来不为自己着想，摸爬滚打，急速奔跑我都行……只是血腥味太重，我一直不习惯血腥味……

战争结束后，上级把我分配到产房当助产士，可是我在那儿待的时间不长，可以说是很短……因为我对血腥味过敏，身体碰不得血。我在战争中看到过那么多血，已经不能再继续看下去，身体不能再碰更多的血了。于是我离开了产房，转到急救室。我浑身都生了皮疹，喘气都困难。

我曾经用红布给自己缝制了一件上衣，但是只穿了一天时间，双手就长满了斑点，并发成了水泡。原来，无论是红色的棉布或红色的花朵，不管是玫瑰还是康乃馨，我的身体都不能接受。任何红色，任何血的颜色都不行。现在我的家里就没有任何红色，绝不能有红色。人的血液是非常鲜艳的，不管在大自然中还是在画家的作品中，我都没有见过这样鲜艳的颜色。只有石榴汁有些相似，但也不尽相同。像那种成熟的石榴……

——玛丽亚·雅可夫列夫娜·叶若娃

（近卫军中尉，狙击排排长）

呵呵呵……哈哈哈……所有人看到我身上的色彩都会大笑起来，因为我总是穿得五彩缤纷，就是在战争中我也是如此。我并不是军人，身上就戴着各种各样的小挂件……还好我们的长官思想开明，用现在的话说，就是很民主。他不是军人出身，是从大学来的。您想想看，他还是一位副教授呢，举止优雅，彬彬有礼。在那个时候他可真算是异类了，一只珍禽异鸟飞到了我们这里……

我喜欢戒指，虽然都是便宜货，但是我有很多，两只手上全戴着戒指。我喜欢良好的心灵状态，我追求时尚，收藏各种小饰物，琳琅满目，多不胜数。我们家里人都嘲笑我："我们这位狂热的小莲娜，她过生日还有什么礼物好送呢？当然戒指是不嫌多啦！"战争结束后，我的第一枚戒指是哥哥用旧罐头盒子给我做的，还有一个是用酒瓶底的玻璃，磨啊磨啊，磨成了一个吊坠，那是一块绿色碎玻璃，还有一个是浅咖啡色的玻璃吊坠。

我身上挂了一大串，就像喜鹊一样，全都闪闪亮亮。没有人相信我是在战争中，连我自己都不相信。就是在此刻，我和你坐在这儿谈话时，我也不相信呢。不过在我的首饰盒里，还有一枚红星勋章，最美丽的勋章……真的，好看吧？那是上级特别颁发给我的。哈哈哈，严肃些说的话，算是历史证明，对吧？你的这个玩意儿，录音机，还在记录吧？就是说，为了记录历史……我还想说的是：如果我不是个女人，在战争中根本就无法活下来。我从来不羡慕男人，无论是儿童时期、少年时期，还是在战争时期，我一直很高兴做一个女人。有人说，武器，冲锋枪啦、机关枪啦，都是美丽的东西，里面有许多人的思想和激情，而对于我来说，武器从来都不是美丽的。我看到过男人如何对一支漂亮的手枪大为歌颂赞叹，但我确实无法理解。我就是一个女人。

为什么我一直孑然一身？我从来没有过未婚夫。追求者倒是很多……但我还是一个人，自得其乐。我的女伴全都很年轻，我热爱青春，我害怕战争，但更加害怕衰老。你来得太晚了……我现在所想的都是关于衰老的问题，而不是战争……

你的这玩意儿还在记录呢，对吧？是为了历史，对吧？

——叶莲娜·鲍里索夫娜·斯维亚金采娃

（列兵，枪械员）

我，终于回家了，家里人都还活着……是我的妈妈保护了所有人：爷爷和奶奶、妹妹和弟弟，现在我也回来了……

一年之后，我们的爸爸也回来了。爸爸带回来一大堆奖章，我也带回来一枚勋章和两枚奖章。但是在我家里，名次应该是这样排列的：大英雄是妈妈。她保护了全家，既保护了家人也保护了房子，那是一场多么可怕的战争啊。爸爸从来都不佩戴任何勋章或者军功章，他认为在妈妈面前夸耀战功是很羞愧、很尴尬的，因为母亲没有任何奖章……

但是，在这一生中，我从没有像爱妈妈那样去爱过任何人……

——丽塔·米哈伊洛夫娜·奥库涅夫斯卡娅

（列兵矿工）

我从战场上回来时，已经变成了另外一个人……长久以来，我早就和死亡建立了一种非同寻常的关系。我要这样说，那是一种奇异的关系……

战后，明斯克第一辆有轨电车开始行驶，那天我就坐在这辆电车上。突然间电车停了下来，有乘客尖叫起来，有女人在哭："有人被撞死了！有人被撞死了！"只有我一个人留在电车里，我不明白人们有什么好哭好喊的。我没有感到这有什么可怕，我在前线死人见得多了，没有任何反应。我已经习惯于在死人中间活着，与死者为伍。我们就在尸体身旁抽烟、吃饭、聊天。那些死去的人，他们既不在远处，也不在地下，就像和平生活时一样，永远在我们身边，和我们在一起。

后来我的感觉恢复正常了，看到死人又会感到害怕了，就是看到棺材也害怕。这种感觉过了几年之后又回到我身上，我变成了正常人，和其他人一样了……

——贝拉·伊萨柯夫娜·艾普什泰因

（中士，狙击手）

那是发生在战前的一件事情……

那天我正在剧院里看戏。中场休息期间,灯光亮起时,我突然看到了一个人,所有在场的人都看到了……顿时响起热烈的鼓掌声,雷鸣般的掌声:在政府包厢中,坐着斯大林。那个时候,我的父亲被捕了,我的哥哥在劳改营里毫无音讯,尽管如此,我仍然感到非常激动,泪水夺眶而出,幸福得喘不上气来!整个剧院大厅都沸腾了,观众们全都站立起来了,鼓掌长达十分钟!

我就是怀着这样的心情走向了战争,参加了战斗。可是在战场上,我听到过悄悄的对话……那是在夜深人静的时候,几个伤员在走廊里边抽烟边交谈,当时有人睡了,有人没有睡。他们说到了图哈切夫斯基[1],说到亚基尔[2],还说到几千名失踪者,还有几百万受难者!他们都去哪儿了?乌克兰人告诉人们,他们是如何被强迫加入集体农庄,他们是如何被镇压……他们把那次斯大林制造的饥荒称为大饥荒,悲痛欲绝的母亲吃掉了自己的孩子……可是乌克兰的土地是那么富有,插下一根小树枝就能长出一棵大树。德国战俘们都把乌克兰的土壤倒进包裹里寄回家去。这里的土地是如此肥沃,地表以下一米深的土都是黑色的,即使地表层也都能丰收粮食。他们的对话很轻,声音压得很低。人们从来不聚众谈话,永远是两个人。第三个人就多了,因为第三个人可能就会告密……

---

[1] 图哈切夫斯基:米哈伊尔·尼古拉耶维奇·图哈切夫斯基,苏联红军总参谋长、苏联元帅,在1937年的大清洗中被判处死刑并立即枪决。

[2] 亚基尔:约纳·埃马努伊洛维奇·亚基尔,犹太人,苏联首批五个一级集团军级司令之一,乌克兰军区司令,在1937年的大清洗中被枪决。

我给你讲个笑话吧……说笑话是为了不要哭，就是这个意思……话说有一天深夜，在一个板棚里，囚犯们躺在地上聊天。他们互相询问："您是为什么被关进来的？"有个人说，是因为说了真话；第二个人说，是因为父亲；第三个就回答说："是因为懒。"怎么会这样呢？！大家都很惊讶。那人就解释说："是这样，我们每天晚上都有一伙人坐在一起聊大天说笑话。有一次回家晚了，老婆问：我们是现在就去告发他们，还是等到明早再去呢？我就说：明天早上再说吧，现在想睡觉。于是被别人先告发，一大早就被抓来了……"

你说这事情滑稽吧？但是叫人笑不出来。倒是让人想哭，应该是哭。

战争结束后……每个人都在等待亲人从战场回来，我和妈妈却等着亲人从劳改营出来，从西伯利亚回来……现在怎么样啊！我们胜利了，我们证明了自己的忠诚，证明了自己的热爱，现在他们应该相信我们了吧。

弟弟是1947年才回来的，但我们一直没有找到爸爸。我最近去乌克兰看望我在前线时的女伴们，她们住在敖德萨附近的一个大村庄里。在村庄中间竖立着两座方尖碑：一座是纪念死于饥饿的半个村子的人，还有一座是纪念死于战争中的全村男人。而在俄罗斯又怎能计算得过来？幸好总还有人活着，你们可以去问活着的人们。亲爱的，在我们的故事中有很多很多像你这样的年轻姑娘。写写我们的痛苦吧，我们有流不尽的泪水。我的姑娘……

——纳塔丽娅·亚历山大洛夫娜·库普里亚诺娃

（外科护士）

"突然间,非常想活下去……"

电话一个接一个打来,信函一封接一封寄来,我不停地记下新的采访地址。没有可能停下来,因为每一个真实故事都叫人不能自已。

啊哈,我最亲爱的……

昨天一整夜我都在回想往事,在记忆中搜寻故事……

我记得我跑到兵役委员会去时,还穿着一条粗布短裙,脚上是一双白色胶底鞋,就跟便鞋一样,带纽襻的,当时这是最最时髦的鞋子呢。我就是这样,穿着这条裙子和这双鞋子去申请上前线,他们还就批准我了。我坐上一辆汽车就到了部队,这是个步兵师,驻扎在明斯克城郊。那里的人对我说,你就待在师部吧,说是如果派一个十七岁小姑娘上去打仗,男子汉们会无地自容的。当时是那样的一种心态,谁都以为敌人很快就会被我们砸得粉碎。你这小丫头,不如回家守着妈妈吧。不让上前线,严重挫伤了我的心情。怎么办呢?我就直接去找参谋长。正巧,那个先前拒绝我上前线的上校也坐在参谋长屋里,于是我说:"报告参谋长同志大人,请允许我拒绝服从这位上校同志的命令,我反正是不会回家的,撤退也要和你们一起走。我自己能去哪儿呢？德国人已经很近了。"打这儿以后，大家一看到我就叫"参谋长同志大人"。这是在战争爆发的第七天，我们开始撤退了……

不久就开始了流血激战，伤员多得不得了。他们都特别安静，特别能忍耐，但他们多么想活下去啊。谁都想活到胜利那一天，大家都在期盼：以为战争马上就要结束了……还记得在那些日子，自己每天都浑身沾满鲜血，以至于，以至于……我的胶底鞋穿破了，就打赤脚。您猜我看到了什么？有一次莫吉廖夫火车站遭到敌人飞机轰炸，那里正好停着一趟满载儿童的列车。孩子们纷纷从车窗里被抛出来，都是那么小的孩子，也就三四岁。附近有片树林，他们都朝着树林那边跑。不料突然开出了敌人的坦克，专门往孩子身上碾，把这群孩子碾得一个不剩……一想到那副惨状，就是在今天也足以使人发疯啊。但是在战争时期，人们都撑了下来，直到战后才会发疯，也是直到战后才生出大病。在战争中，连以前的胃溃疡都愈合了。我们在雪地里睡觉，大衣那么单薄，早上起来甚至都不会伤风流鼻涕。

后来，我们的部队被困住了。我要照顾的伤员那么多，可是过路的汽车一辆都不肯停下来。德国人紧跟着就要打过来，眼看就会把我们全部围堵在包围圈内了！这时候，有个中尉伤员把他的手枪递给了我："你会开枪吗？"我哪里会开枪呢？我只见过别人开枪。但我还是拿着这支手枪，走到大路中间去拦截汽车。站在大道上，我第一次像男人一样开骂了，用尽脏话破口大骂……汽车还是一辆一辆地从我身边绕过去，我就举手朝天开了一枪……我知道我们是没法把伤员都抱走的，我们抱不动。有的伤员恳求："同志们，打死我们吧……不要这样丢下我们。"我又开了第二枪，子弹射穿了车身……"傻瓜！你要从头学习开枪啊！"司机吓得大骂我。但卡车都刹住了，他们帮助我们把伤员们都装上了车。

最恐怖的还在后头呢，那就是斯大林格勒保卫战。那怎么能算是战场啊？它是一座城市！有那么多的街道、楼房、地下室。你要想从那儿搬走一个伤员，真是太难了。我身上到处是一块块的乌青、血斑，裤子上沾满了血，全都是鲜血。司务长责骂我们："姑娘们，裤子再也没有了，你们不要来领了。"我们每个人的裤子都浸满了血，被风吹干后就是硬邦邦的一层，穿都没法穿，都能割破皮肤。虽然已经是春天，但是一点清新感都没有。到处都在燃烧，在伏尔加河上，就连水也是燃烧的。河水在冬天都不结冰了，简直是一片火海。斯大林格勒每一寸土地都浸透了人血，有俄国人的血，也有德国人的血。土地里还渗透着汽油、润滑油……所有人都明白：我们已经无路可走，退无可退。对我们苏联国家和人民来说，要么覆灭，要么胜利。最后时刻已经到来，我们全都一清二楚。不必大声宣讲，从将军到士兵，每个人心里都很明白……

补充兵源到了，都是些年轻漂亮的小伙子。战斗之前看一眼就知道，他们是上去赴死的。我不敢看新兵，不敢记住他们，更不敢和他们交谈。因为他们来得快，走得也快，两三天后他们全都会死掉……但每次战前我还是情不自禁地要多看他们几眼……这是在1942年，是最艰苦的年份，最残酷的时刻。有一天结束时，我们三百多人打得只剩下十个人。当战场安静下来时，我们留下来的这些人就互相亲吻，为我们竟然还活着而哭泣。所有人都像一家人一样，亲如骨肉。

总是眼睁睁地看着自己人一个一个死掉……你明明知道也明明看到，他们只有几分钟可活了，却无能为力，不能够救活他们。只能吻他们，抚摸他们，对他们说些温柔的话语，然后就不得不和他们永别。是的，你再也不能帮助他们什么了……这些面孔至今还留在我的脑海里。我眼前还能浮现出他们的模样，所有的小伙子。过去了这么多年头，哪怕忘记一个人，忘记一张面孔呢？然而不行，一个都忘不了，全都记得清清楚楚，闭上眼睛就能见到所有人……我们都想亲手为他们建坟墓，想亲自动手去做，而这往往都无法做到。只能是我们离开，他们留下。常常是你把他的头包扎好了，他却在你包扎的时候死去了，我们就把头上缠着绷带的他直接埋葬了。还有一种情况是，他已经在战场上死了，但是还一直望着天空。或者他在临死前会向你请求："护士妹妹，把我的眼睛合上吧，就是请小心些。"城市毁了，家园毁了，固然很痛心，但最痛心的就是看到那么多人倒下，那么年轻的男人都死了……你还不能歇口气，你还要继续奔跑去救他们……总是觉得再过五分钟就再也没有力气了，但还是不能停止奔跑……那是在三月，俄罗斯的第一大河就在我脚下……不能穿靴子，就硬是使劲穿进去走路。一整天穿着靴子在冰上爬，到了晚上鞋子湿得脱不下来，不得不剪开它。但那时候我从来不生病……你相信我说的吗，我最亲爱的？

斯大林格勒战役一结束，我们就奉命把最重的伤员用轮船和驳船运送到喀山市和高尔基市去。正是阳春三四月，我们四处寻找伤员,他们有的在废墟下,有的在战壕里,有的在掩蔽所和地下室里,人数多极了,我都不能一一说给你听。真是悲惨!我们原来还以为,伤员们都被我们背下了战场,那儿已经没有伤员,他们都给运走了,至少斯大林格勒城里不会有伤员了。谁知战役结束时,我却发现他们全都在,而且数量多得难以置信,不可想象……在我乘的那艘轮船上,都是缺胳膊少腿的伤员,还有几百个结核病人。我们必须给他们治疗,还要用温存的语言去劝慰他们,用微笑去安抚他们。

当我们被派去侍候照料伤员时,有人还说,这下子你们不用打仗了,可以休息了,好像这是一次嘉奖,是一种鼓励。其实,这些工作甚至比斯大林格勒保卫战还要惊心动魄。在战场上,你只要把人背下来,为他做了急救包扎,再把他交给别人,你相信一切就好了,他已经给送走,你就可以朝下一位伤员爬去。可是在这里呢,他们无时无刻不在你眼皮下……在战场上他们是想活下来,大喊大叫地想活下来:"快点,护士妹妹!快来呀,亲爱的!"可是在这里,他们却拒绝吃喝,想要寻死。他们会从船舷上跳下海。我们只好一天到晚时时刻刻警惕地守着他们……一连几天几夜,我一直守着一位大尉军官,他失去了双臂,就想了却自己的性命。有一次,我仅仅外出了几分钟,忘记警告别的护士,他就自己跳出了船舷……

我们把伤病员们护送到乌索叶,安置在彼尔米雅郊外。那里新建了一批干净的小房子,是专门为伤员们建造的,就像少先队的夏令营……我们用担架抬他们进去,他们却死死地不愿离开。唉,我觉得他们个个都能做个好丈夫，真想把他们都抱在自己怀里。我们乘船返回去时，心里空落落的，虽然可以好好休息了，但我们却睡不着。姑娘们在床上躺着躺着，都哭了起来。我们坐在船上，每天都给他们写信。我们分了工，说好谁给谁写信，每天每人写上三四封信。

还有件小事要讲给你听：经过这次出差，我在后来的战斗中特别注意保护自己的腿和脸。我的两条腿长得很美，我害怕它们被打残废了。我还很担心自己的面孔。这是随便说说的小事啦……

战争之后，我多少年都不能摆脱掉血腥味，这气味追踪了我很久很久。我洗衬衫时，会嗅到这气味；烧午饭时，又会闻到这气味。别人送给我一件红色衬衣，当时这可是很稀罕的东西，这种衣料不多见，可我不敢穿它，因为它是红色的，我受不了这种颜色。我也不能到商店的肉食部去，特别是在夏天……一看到那些熏肉就不行了。你明白的，它很像是人肉，那也是白色的……所以每次都是我丈夫去买肉。夏天我根本就不能待在城里，总要想方设法到什么地方去。因为只要是在夏天，我就会觉得马上要爆发战争。当夕阳把树木、房屋和马路都染红时，那一切就都有了某种气味，对我来说，都是血腥味。不管吃什么、喝什么，我都驱除不了这种气味！甚至在摊开白衬衫时，我也觉得有血腥味……

1945 年 5 月的那些天……我记得我们拍了许多照片。那些日子太幸福了……5 月 9 日那天，大家都在欢呼："胜利了！胜利了！"战士们在草地上打着滚儿高喊胜利了！我们跳起了桥特卡舞：艾——达——呀呀呀……

大家都对着天空鸣枪,手上有什么枪就用什么枪……

"立即停止射击!"指挥员不得不发出命令。

"反正是剩下的子弹,留着还有什么用啊?"我们莫名其妙地问。

不管有谁在说什么,我都只能听清一个单词:胜利!刹那间,我们求生的欲望变得出奇强烈。我们现在开始的生活是多么美好!我把奖章全都佩戴好,请人给我拍照。我特别想站在鲜花当中,这张照片就是在一个花坛里拍的……

6月7号,是我最幸福的一天:我结婚了。部队为我们举办了盛大婚礼。我和丈夫早就认识:他是个大尉,指挥一个连。我和他发过誓,只要我们活下来,只要仗一打完,我们立马就结婚。上级给了我们一个月婚假……

我们一起到伊万诺夫州的基涅什玛去看望他父母。我一路上都被当作一个女英雄,从来没有想到人们会这样热情接待一位从前线回来的姑娘。我们走了那么多地方,为母亲们救下了那么多孩子,为妻子们救下了那么多丈夫。可是偶尔我也会受到羞辱,听到叫我气恼的话语。在此之前,除了"亲爱的护士妹妹""敬爱的护士"之外,我再没有听到过其他的话。其实,尽管我长得很美,但从来没有做过什么其他事情,但还是有人给我贴上了标签。

有一天晚上,家人在一起喝茶,妈妈把儿子打发到厨房去,然后哭着问我:"你嫁过什么人吗?在前线有过什么事情吗?你还有两个妹妹,现在谁还会娶她们啊?"就是今天,我回想起这件事情还想哭呢。想想看:我带回家一张自己非常喜欢的小照片,上面写了这样一番话:"你有权利穿上最时尚的鞋子走路。"……说的是前线姑娘。可是我把照片挂起来后，姐姐走过来，当着我的面撕掉了它，说你们没有任何权利。她们撕毁了我所有的前线照片……唉，我最亲爱的，对此我简直无话可说，完全无语……

那时候，我们都是凭军人优待卡购买食品，是一种小卡片。我和丈夫的优待卡放在一块儿，总是一起去领取供给食品。有一次我们来到一家专门的商店，那里顾客正在排队，我们也排进去等着。马上就要轮到我了，突然，一个站柜台的男人跳过柜台，向我扑过来，又吻又抱，大叫大喊："伙计们，伙计们！我找到她了。我一下就认出了她，我太想见到她了。我找得好苦啊，伙计们，就是她救了我啊！"我丈夫当时就在边上站着呢。这是个伤员，是我把他从战火中背出来，从枪林弹雨中救了他。他记住了我，可我呢？我怎么能记住所有的人，他们太多了！还有一次在火车站，一个伤残军人看到我就大喊："护士妹妹！"他认出了我，哭着对我说："我一直在想，等我碰上你时，一定要给你跪下……"可是他现在只剩下一条腿了……

对于我们前线的姑娘们来说，这些就很满足了。可是战后我们仍然很痛苦，我们又开始了另一种战争，同样可怕的战争。男人都抛弃了我们，毫不掩饰地走了。在前线的时候完全是另外一种样子，你在横飞的子弹和弹片中爬过去救他们，小伙子们也都很呵护你。有人一边喊着"卧倒，小护士"，一边扑到你身上，用自己的身体掩护你。子弹就打在他们身上，非死即伤。我有三次都是这样被他们救了命。

我们从基涅什玛回到部队。回来后得知部队不解散了，我们还要到旧战场上去扫雷，要把那些土地交给集体农庄使用。对于所有人而言，战争已经结束，但对于工兵来说，战争还在继续（可是他们的母亲也已经知道胜利了啊）……草丛又密又高，四处尽是地雷和炸弹，可是人民需要土地，我们必须赶紧扫雷，于是每天又都有同志在牺牲。战争过去了，我们还是要每天安葬战友，就这样，我们又把很多同志留在了旧战场上。很多人是这样死掉的……有一次，我们已经把一块土地交给了集体农庄，人们开来一辆拖拉机。谁知道在地里还藏有一颗地雷，是反坦克雷。结果拖拉机炸碎了，拖拉机手也被炸死了。那时候，拖拉机不像现在这么多，男人也不像现在这么多。都已经是在战后了，农村却又见到这么多眼泪……女人们号啕大哭，孩子们也号啕大哭。我还记得，在古罗斯城外，我们有个战士，我忘了那叫什么村庄了，他就是那个村的人。他为自己的集体农庄排雷，为故乡的土地排雷，最后却死在那里，全村人就把他埋葬在牺牲的地头上。小伙子从头至尾经历了战争，整整四年，却在战争结束后死在了自己的家乡，死在了生养他的土地上……

我只要一说这些故事，心里就很痛苦。一边说着一边内心冰冷，全身一个劲儿地发抖。我眼前又会浮现所有的景象：那些死者躺在地上，嘴巴大张着，好像想喊什么却又喊不出来，内脏翻出了体外。我见过的死人甚至比见过的劈柴还要多，太可怕了！还有残酷的混战，一个男人和另一个男人，用刺刀去打白刃战，赤裸着肉搏……看过之后，你的话都会说不清楚，一连好多天无法正常说话，失语了。这一切，没有亲临过战场的人难道能理解吗？怎么可能描绘得出来呢？用怎样的表情去讲述呢？你能回答我，应该用怎样的表情去回忆吗？别的人大概可以平静，他们也许有那个能力……但是我不行，我一定要哭的。但是这些记忆都必须保留下来，必须告诉所有人。这个世界上应该保存下我们的哭声、我们的哀号……

我总要等待着属于自己的节日，就是每年的胜利纪念日。但也是既盼望又害怕这一天的到来。我会特地在几星期之前就收罗衣物，集中起很多东西，到时候洗它一整天。我必须有事情干才行，我一整天都要用些家务事来转移自己的注意力。而每逢我们大家见面时，手绢都不够用——前线老兵聚会总是这样，泪如潮水……我从来不喜欢儿童军事玩具，坦克啦、冲锋枪啦什么的，这些儿童玩具我看都不能看……这都是谁发明的啊？它们会扰乱我的心境。我是从来都不去买，从来不给孩子们送军事玩具做礼物的。既不给自己的孩子，也不给别人的孩子。有一次，有人到我们家里，带来了一个小飞机和塑料冲锋枪。我立刻就把它们扔进污水坑里，立马扔掉！人类的生命，是非常珍贵的造物……是伟大的恩赐！而人类自己并不是这一造物的主人。

您可知道，我们所有人在战争中的真实想法是什么吗？我们梦寐以求的只是："伙计们，我们一定要活到底……战争过后的人们将会多么幸福！怎样快乐的生活，怎样美好的生活即将到来！人们经历了那么多苦难，他们终究会互相怜悯，互亲互爱。这将是另一种人类。"当时我们对此毫不怀疑，毫不怀疑。

我最亲爱的……人类从前是互相仇视，然后又是互相残杀。对我来说，这是最不可理解的，这都是些什么人啊？而这正是我们，是我们自己……

有一次，是在斯大林格勒城下……我要背走两个伤员。先背走一个,中间放下来,再去背另一个。就这样一个接一个,轮换着背他们。因为他们都是重伤,不能留下他们。简单地说,他们两个都是大腿受伤,血流如注,那是分秒必争的时刻。偶然间,当我一步一步离开战场,硝烟渐渐远去时,却突然发现我背下来的两个伤员,一个是我们的坦克手,还有一个是德国兵!这可把我吓坏了:战场上还有我们的士兵正在死去,我却救下一个德国兵。我是太慌乱了,在硝烟弥漫中什么都分不清,只看到有人快死了,只听到有人在啊啊啊地惨叫……再说,他们两个都被烧成了黑色,看上去都是一个样子。我是到后来才发现那个家伙的外国颈饰和外国手表,整个是外国人,一副该死的打扮。可是现在该怎么办呢?我一边在背着我军伤员,就一边在想:"是不是还要回去背那个德国人呢?"我知道,如果我丢下他,那他很快就会死掉,因为失血而死……最后我还是爬回去找他了。我继续轮流背着他们两个……

这就是斯大林格勒……人类最惨烈的战役,最最残酷的厮杀。告诉你吧,我最亲爱的……人不可能有两颗心,一颗是为了恨,另一颗是为了爱。每个人都只有一颗心,而我永远都在想的,是如何保护我的这颗心。

在战争结束后的很长时间里,我都害怕天空,甚至不敢抬起头去看天空。我也不敢去看深耕的土地,虽然白嘴鸦们早已悠然地在土地上闲逛。鸟儿很快就忘记了战争……

——塔玛拉·斯杰潘诺夫娜·乌姆尼亚金娜

(近卫军下士,卫生指导员)

(1978—2004)

译后记

三十年前某一天，我偶然翻阅苏联《十月》文学杂志，立刻被这部作品的标题和内容所吸引。那一年，正是苏联卫国战争胜利四十周年。转眼间又过了三十年，那片土地发生了天翻地覆的变化，这位当年的苏联作家，已经是白俄罗斯作家了。

我曾匆匆翻译过刚刚出炉的此书第一版，这次是根据莫斯科时代出版公司2013年版本译出。从初版到新世纪修订版，几乎就是作者的重新创作，不仅增加了很多内容，更由于苏联从巨变到解体之后，作者把许多曾被报刊检查部门禁止或被迫自我删去的内容发表了出来，率直地写出了战争期间和战后相当一段时间都让人噤若寒蝉的话题，比如战争的残酷，战争中的女兵感情和男女关系，还有苏联军人进入德国以后的一些个人行为，更有很多篇幅是作者本人忏悔录式的思索和同有关部门的对话摘录。

本书作者，斯韦特兰娜·亚历山德罗夫娜·阿列克谢耶维奇，1948年生于苏联斯坦尼斯拉夫（现为乌克兰的伊万诺-弗兰科夫斯克）。父亲为白俄罗斯人，母亲为乌克兰人，父母二人都是乡村教师，后来举家迁往白俄罗斯。她毕业于白俄罗斯国立大学新闻系。

阿列克谢耶维奇创作了以"乌托邦的回声"命名的编年史式纪实文学系列,包括本书在内的五部作品。她实际上是开创了一种独特的文学体裁:政治音律的长篇忏悔录,小人物在其中亲身讲述自己的命运,从小历史中构建出大历史。

由于政治原因,她在2000年曾离开白俄罗斯,侨居过意大利、法国、德国和瑞典等地。2012年返回明斯克居住。

阿列克谢耶维奇的作品被翻译成多达三十五种语言,仅本书的俄语版销量就超过两百万册。她的作品还成为全球数百部电影、戏剧和广播节目的素材。她获得过多项国际奖项,包括瑞典笔会为表扬她的勇气与尊严而颁发的特别奖、德国莱比锡图书奖、法国国家电台"世界见证人"奖和美国国家书评人协会奖,等等。2013年,阿列克谢耶维奇获诺贝尔文学奖提名,入围最终决选名单。

关于本书俄语书名,У войны не женское лицо,不论从文学色彩还是实际概念,我都想把它翻译为"战争中没有女性",这虽然是简单的短句,但含义深邃而深远。当年的中译本书名《战争中没有女性》[1]曾引发过热心人的讨论,有人认为应该按照原题直译为"战争中没有女人面孔",也有人认为应该按照内容译为"战争中的女人",还有中国作家据此创造出"战争让女人走开"等富有情感诗意的作品题目。但是我本人还是认为"战争中没有女性"是

---

[1] 本书还有其他中译版本:昆仑出版社,《战争中没有女性》,1985年9月出版;九州出版社,《我是女兵,也是女人》,2015年9月出版。(编者注)

最合适的原意传达。此书固然写的是战争中的女性,但通过本书的立意、主人公故事到现实气氛,却是告诉人们:当女性陷入战争烽火后,不但她们的穿着发型、行为举止,就连性格脾气乃至于从外表到生理特征都发生了变化,这正是战争对于女性最残酷的影响。所以,这本描写战争中的女人的作品,恰恰独一无二地使用了"战争中没有女性"这样强烈反差的题目,这应该是作者有意而为之。三十年过去了,这个独特的句式已经家喻户晓,而且扬名国际。女性在战争中的特殊作用特别是特殊感觉,成为人们津津乐道的话题。只要登上网络点击这个句式,当今世界各国各民族各战场上的女兵形象便蜂拥而出。

这是一本痛苦的书,也是一本真相的书。在阅读原文并译至中文的过程中,我屡屡被其中触目惊心的内容和人性细节所震撼、所感动,甚至为之而难抑泪水。我们小时候读过卓雅和舒拉的故事,这本书展示的是千千万万个卓雅,普普通通的卓雅,千姿百态的卓雅。正是普普通通的男女,默默无名的小人物,以巨大牺牲和惨痛付出,从纳粹的钢铁履带下拯救了苏联。后来,正如作者在书中所感慨的,卫国战争时期千百万人拼死保卫的那个祖国已经不存在了。我想,这也不仅仅是政治家们操作的结果,其中必有无数普通人沉默的因素所起的作用。

在那场灾难性的战争过去七十周年之际,我来到红场,亲眼看到本书中所写过的那些情景:佩戴勋章的老兵(或者他们的后代),打出原来部队的番号标牌,极力维系在血与火中建立的感情纽带。可惜,由于岁月之河的无情流淌与冲刷,聚集的人数是越来越少了，令人唏嘘。

  在根据新版本的新译本出版之际，我必须对三十年前为我当时的译作提供了巨大帮助的章海陵先生，我读俄罗斯文学研究生时的同窗好友，再次致以无比谢忱！

吕宁思

2015年5月9日深夜于莫斯科